Querverlag

Love to Love You, Baby

Jan Stressenreuter

Roman

Erste Auflage, Februar 2002

Umschlag und graphische Realisierung von Sergio Vitale unter
Verwendung eines Photos von Tiziano Bedin
Gesamtherstellung: Druckhaus Köthen
ISBN 3-89656-073-5
Printed in Germany

Bitte fordern Sie unser Gesamtverzeichnis an:
Querverlag GmbH, Akazienstraße 25, D-10823 Berlin
http://www.querverlag.de

1999 – Strong Enough

Normalerweise bin ich nicht sonderlich abergläubisch. Manchmal gehe ich sogar absichtlich unter Leitern durch, wenn sie zum Beispiel über den Bürgersteig hinausragend an einer Hauswand lehnen. Warum sollte ich es auch nicht tun? Die Wahrscheinlichkeit, beim Verlassen des Gehwegs von einem alkoholisierten Autofahrer angefahren und für den Rest meines Lebens zu einem Krüppel gemacht zu werden, ist statistisch gesehen mit Sicherheit doppelt so hoch wie die Wahrscheinlichkeit, daß mir etwas zustößt, nur weil ich unter einer Dachdeckerleiter durchmarschiere. Ich würde mich vielleicht vom Gegenteil überzeugen lassen, wenn mir unmittelbar danach ein muskulöser, schwitzender Dachdeckerlehrling vor die Füße fallen würde, aber die Chancen dafür sind doch eher lächerlich gering.

Außerdem ist das Fell meines Katers Lincoln vollkommen schwarz, und es macht mir überhaupt nichts aus. Trotz der sieben Jahre, die Lincoln nun meine Wohnung mit mir teilt, hat er noch nie auch nur andeutungsweise Anstalten gemacht, sich zu meinem Faktotum aufzuschwingen. Gelegentlich legt er mir nach einem erfolgreichen nächtlichen Streifzug durch die Hinterhöfe stolz die eine oder andere tote Maus vor die Füße – was in mir jedesmal den dringenden Wunsch nach einer Putzfrau auslöst –, aber ich bin mir ziemlich sicher, daß das nicht zählt. Prinzipiell scheint Lincoln in mir weniger den Hexenmeister zu sehen als den Napffüller und Katzenklosäuberer, und, allerdings eher seltener, den Streicheleinheitenverteiler.

Ich besitze auch keine Tarotkarten, was für ein Kind meiner Generation fast einer seelischen Behinderung gleichkommt – zumindest in den Augen meiner besten Freundin Kerstin –, und ich lese niemals mein Horoskop in der Zeitung, weil ich es für ausgemachte Zeitverschwendung halte, daran zu glauben, daß die zufällige Kreuzung zweier Planeten in einer Entfernung von mehreren Millionen Kilometern zur Erde in irgendeiner Beziehung zu bestimmten Ereignissen in meinem Leben stehen könnte.

Was ich damit sagen will: Ich bin ein durch und durch realistischer und pragmatisch eingestellter Mensch. Oder war es wenigstens.

Als Kerstin mir am Montagmorgen als erstes mein Wochenhoroskop per E-Mail schickte, das aus den verheißungsvollen Zeilen: „Sehen Sie sich vor! Ein Unglück kommt selten allein!" bestand, hatte ich nur ein müdes Grinsen für Kerstin übrig und für den Schnickschnack, an den sie glaubte. Ohne weiter darüber nachzudenken, löschte ich die Nachricht und widmete mich wieder dem Politikteil des *Kölner Stadtanzeigers*.

Jetzt ist Freitag, und angesichts der Ereignisse der zurückliegenden fünf Tage bin ich mir nicht mehr sicher, ob das eine angemessene Reaktion war. Aber das würde ich Kerstin gegenüber niemals zugeben.

Seufzend biege ich mit dem Wagen, den mir Kerstin geliehen hat, von der schmalen Hauptstraße ab und parke vor dem Haus meiner Eltern. Unter den Rädern wird ein wenig Straßenstaub aufgewirbelt. Die schwüle Luft des Sommerabends liegt wie eine Wolldecke über dem Dorf und erstickt jedes Geräusch. Ein paar erschöpfte Vögel zwitschern, ansonsten ist es still. Was für ein Unterschied zu Köln.

Seltsam. Jedesmal, wenn ich nach Hause fahre, zu dem Ort, an dem angeblich meine Wurzeln sind, kommt mir dieses gottverlassene Nest noch kleiner vor, als es sowieso schon ist. Als würde es einem ständigen Schrumpfungsprozeß unterliegen und in absehbarer Zeit völlig vom Erdboden verschwinden.

Ich komme nicht gerne nach Hause. Sicher, es hat sich im Laufe der Jahre nicht vermeiden lassen, meiner „Heimat“ hin und wieder einen Besuch abzustatten. Zwei- oder dreimal bin ich sogar über Nacht geblieben, aber es waren hastige Aufenthalte, darauf ausgelegt, sie möglichst schnell hinter mich zu bringen. Noch gestern wäre es mir nicht in den Sinn gekommen, gleich eine ganze Woche zu bleiben. Ich habe meine Gründe.

Ich steige langsam aus dem Auto aus und drehe mich nach der allzu vertrauten Umgebung um. Vor mir die zwei großen Kastanienbäume, aus deren Früchten ich als Kind mit Hilfe von Streichhölzern und Zahnstochern kleine, häßliche Figuren bastelte. Auf der anderen Straßenseite die Tankstelle, damals noch von Franz und Irene Schulpeter betrieben. Ihr jüngster Sohn, Sebastian, war einer meiner ersten Sandkastenfreunde. Ich klaute ihm seine Kuchenförmchen, und er stülpte mir seinen roten Plastikeimer so fest über den Kopf, daß ich ihn alleine nicht mehr herunterbekam.

Ich habe Angst. So sehr ich auch zerre und ziehe, der Eimer läßt sich nicht bewegen. Er drückt an meinen Ohren, und ich bekomme nicht mehr richtig Luft. Mein Kopf tut weh.

Um mich herum ist es dunkel; ich kann nichts sehen. Alle Geräusche dringen nur gedämpft zu mir.

„Basti!“ rufe ich, und ich spüre, wie die Angst in mir immer größer wird. „Mach den Eimer runter! Hilf mir!“

Ich höre, wie seine Schritte langsam näherkommen. Er lacht und trommelt auf den Eimer. „He!“ ruft er. „Ich habe eine Trommel!“ Seine Hände klatschen rhythmisch auf den Boden des Eimers und auf meinen Kopf. Er imitiert einen indianischen Kriegsgesang. Ich fange an zu weinen.

„Heulsuse, Heulsuse!“ ruft Basti verächtlich. „Das kommt davon!“ Ich versuche, meine Tränen zu unterdrücken. Seine Hände greifen an die Ränder des Eimers und streifen meine Wangen. Mit aller Kraft reißt er an den Seiten. Der Eimer schürft ein Stück an meinen Schläfen entlang, und ich spüre Blut.

„Hör auf!“ schreie ich. „Das tut weh!“

„Ich kriege das Ding nicht runter!“ keucht Basti, und seine Stimme klingt jetzt ebenfalls ängstlich.

Dann kommen andere Schritte näher. Meine Mama und Bastis Mama. Ich fühle, wie vier Hände den Rand des Plastikeimers sachte hin- und herbewegen. Kurz darauf gibt es einen kleinen Ruck, und ich kann wieder sehen.

Ich muß blinzeln, weil es plötzlich so hell ist. Das erste, was ich erkennen kann, ist Bastis Mama, wie sie ihm eine Ohrfeige gibt und ihn zurück ins Haus schleift. Ihre Stimme klingt wie das Gewehrfeuer in einem Cowboyfilm.

Mama nimmt mich auf den Arm, und ich vergrabe mein schmutziges Gesicht an ihrer Schulter.

„Er hat es absichtlich gemacht“, schniefe ich in ihre Bluse. „Basti kann mich nicht leiden!“

„Ach was“, sagt Mama beruhigend, „das bildest du dir nur ein. Ihr habt einen kleinen Streit gehabt. So etwas kommt vor. Morgen seid ihr wieder die besten Freunde.“

Ich glaube ihr nicht. Basti spielt nur mit mir, weil es sonst in der Nähe niemanden in unserem Alter gibt.

„Ich habe eine Überraschung für dich und für Anna“, sagt Mama, während sie mich nach Hause trägt. Ihre Stimme klingt bedeutungsvoll. „Ihr bekommt ein Geschwisterchen!“

„Wirklich?“ sage ich abwesend. Ich drehe mich um und schaue hinüber zur anderen Straßenseite, wo Basti gerade von seiner Mama durch die Tür gezerrt wird. Am Küchenfenster kann ich Jonas erkennen, den großen Bruder von Basti. Er darf immer nur zusammen mit Bastis Mama aus dem Haus, und obwohl er drei Jahre älter ist als Basti, muß er noch gefüttert werden und macht manchmal sogar noch in die Hose.

Entschlossen reiße ich mich von diesen unschönen Erinnerungen los, die ich eigentlich aus meinem Gedächtnis verbannt habe. Das ist alles so lange her, daß es nicht mehr wahr ist.

Ein Stück die Hauptstraße hinauf geht es zum Ortskern, mit der Kneipe, der katholischen Kirche, dem kleinen Rathaus aus Fachwerk und den roten Geranien in den Blumenkästen und der Grundschule. Vor einigen Jahren haben sie aus der Dorfmitte mit dem Brunnen eine Fußgängerzone gemacht, damit Gesike, der Wirt vom *Hessischen Kalb*, im Sommer ein paar Tische und Stühle nach draußen stellen kann. Seitdem gibt es sonntagsmorgens bei schönem Wetter einen verbissenen Sangeswettstreit, wenn sich die Stimmen der Gottesdienstbesucher bei dem Lied *„Lobet den Herrn"* mit denen der Bauern beim Frühschoppen mischen, die gerade bei *„Olé, wir fahr'n in'n Puff nach Barcelona"* angelangt sind.

Meine Schwester Franziska hat meine Ankunft durch das Fenster beobachtet und stürmt auf mich zu. Einige Sekunden später liegen wir uns in den Armen und halten einander fest. Ich spüre, wie ihre Tränen mein T-Shirt durchnässen, und wieder einmal wird mir bewußt, daß zwischen uns siebzehn Jahre Altersunterschied liegen. Vor zwei Monaten, als wir uns das letzte Mal gesehen haben, hat Franziska eine Party gefeiert. Es war ein ziemlich ausgelassenes Fest. Selbst meine Mutter lief am nächsten Tag mit einem Eisbeutel auf dem Kopf herum. Der Anlaß unseres heutigen Wiedersehens dagegen ist traurig.

„Komm", sage ich und lege meinen Arm um ihre Schulter, „laß uns reingehen."

Ich merke schon, ich sollte doch erst einmal einige Worte über die letzte Woche verlieren und ein paar Bemerkungen zu meiner Person machen, gewissermaßen als Einführung.

Also, mein Name ist Tobias, ich bin achtunddreißig Jahre alt – obwohl ich in Kneipen bei fortgeschrittenem Alkoholkonsum des Betrachters und angemessen schummriger Beleuchtung auch schon mal fünf Jahre jünger geschätzt werde. Ich lebe in Köln, in einem gewöhnlichen Mietshaus mitten in der Innenstadt. Das hat seine Vor- und Nachteile. Einer der Vorteile ist sicherlich, daß alle meine Lieblingskneipen in Kriechweite liegen. Ich brauche mir also niemals Gedanken zu machen, ob ich trotz der zwanzig Gläser Kölsch, die ich an einem Samstagabend konsumiert habe, den Weg nach Hause finde. Der größte Nachteil besteht darin, daß die Mietpreise in der Kölner Innenstadt davon abhängen, ob man von seiner Wohnung aus den Dom sehen kann. Dabei spielt es keine Rolle, welche Verrenkungen man anstellen muß, um einen Blick auf die Kathedrale zu erhaschen. Ich zum Beispiel muß in der Küche eine Leiter aufstellen, auf die mittlere Stufe klettern, mit den Zehenspitzen auf das schmale Fensterbrett umsteigen und mich dann mit den Fingern am Fensterrahmen hochziehen, damit ich in der linken oberen Fensterecke wenigstens die Spitzen des Doms erkennen kann – wenn ich mir nicht vorher beim Herunterfallen das Rückgrat gebrochen habe und ins Krankenhaus eingeliefert werde. Vom Bettenhaus der Uniklinik hat man übrigens auch einen wunderschönen Panoramablick über die Stadt. *Inklusive* Dom. Jedenfalls, dieser Blick auf das berühmteste Gotteshaus Kölns kostet pro Quadratmeter ungefähr eine Mark mehr als eine vergleichbare Wohnung ohne Aussicht auf den Dom. Wobei ich den Dom nicht einmal sonderlich ansprechend finde, vom ästhetischen Standpunkt aus. Er ist mir zu klotzig und zu klobig und ständig mit irgendwelchen Baugerüsten verschandelt. Außerdem hätte ich das Ding schon längst mal wieder neu gestrichen, in irgendeiner hellen Farbe, die den düsteren Gesamteindruck ein wenig auflockert. Beige vielleicht.

Die Wohnung teile ich, wie schon erwähnt, mit meinem Kater Lincoln, wobei er ungefähr zwei Drittel der fünfzig Quadratmeter als seinen persönlichen Besitz ansieht. Dazu zählt er vor allen Dingen den japanischen Futon und den Fernseher, um den er eine unsichtbare Todeszone von ungefähr fünf Metern gezogen hat. Meine sexuellen Aktivitäten spielen sich daher meist außer Haus ab, und das Problem mit dem Fernseher habe ich gelöst, indem ich mir eines Tages triumphierend ein Gerät mit Fernbedienung angeschafft habe. Trotzdem lassen sich kleinere Scharmützel mit Lincoln nicht vermeiden, insbesondere abends, wenn ich auch ein kleines Eckchen meines Bettes für mich beanspruche.

Dreimal die Woche gehe ich zum Sport, ich lasse meine Haare nie länger als ein paar Millimeter wachsen, und ich bin schwul. Aber das ist nur eine nebensächliche Information, die mit nichts etwas zu tun hat. Ich sage es nur gerne von Anfang an, damit die Fakten klar sind.

Ich habe – nein, das ist das falsche Tempus – ich hatte auch einen Freund, Christoph, dessen größter Vorteil darin bestand, daß er eine eigene Wohnung mit einem eigenen Bett – ohne Katze – besitzt. Er ist Spanischlehrer von Beruf, und jedesmal, wenn er beim Sex unregelmäßige spanische Verben konjugierte, wurde ich völlig willenlos und fing an zu sabbern. Außerdem hat Christoph blonde Haare und blaue Augen, eine Kombination von Äußerlichkeiten, die mich bei Männern immer zu einem grunzenden Primaten mutieren läßt. Ein weiterer Pluspunkt bestand darin, daß Christoph tatsächlich der Ansicht war, daß er mich liebt, und sich trotz diverser Streitigkeiten nicht von dieser Meinung abbringen ließ. Zumindest dachte ich das. Jedenfalls bis vergangenen Montag.

Jobmäßig verdiene ich mein Geld als Angestellter bei einer Krankenkasse. Es muß eine der langweiligsten und anspruchslosesten Tätigkeiten der Welt sein. Das einzige, worauf es ankommt, ist, nein zu sagen. Oberste Priorität der Geschäftsleitung ist die Einsparung von Finanzmitteln. Da aber weder ich noch meine Kollegen schon aus reinem Selbsterhaltungstrieb einem Personalabbau Vorschub leisten wollen, bedeutet dies, daß Kosten nur durch die Ablehnung von Anträgen der Beitragszahler eingespart werden können. In meiner Abteilung gibt es deshalb einen internen Wettbewerb: Der Mitarbeiter, der am Ende der Arbeitswoche die meisten abgewiesenen Anträge von Bittstellern vorweisen kann, erhält fünfzig Prozent der Kaffeekasse.

Daraus ergibt sich allerdings zwangsläufig, daß Anträge auf Zuzahlungen in meiner Abteilung eigentlich schon von vornherein zum Scheitern verurteilt sind. Beihilfen zum Zahnersatz? Wo kämen wir da hin! Im Mittelalter haben alte Leute auch nur Suppe gegessen! Ein neues Brillengestell? Das Höchste der Gefühle ist eine Armbinde mit drei Punkten! Eine neue Beinprothese? Die Kasse ist schon gnädig, wenn sie ein paar Krücken genehmigt! Finanzielle Unterstützung für eine Kur? Niemals! Wir hängen den Antrag an der Eingangstür zu unserer Abteilung auf und üben Dartwerfen.

Nun bin ich eigentlich kein Unmensch, und einige der Anträge, die auf meinem Schreibtisch landen, haben durchaus eine einsichtige Begründung. Deshalb versuche ich, bei dem internen Wettstreit immer unauffällig im Mittelfeld zu landen. Das macht am wenigsten Ärger.

Genauso war es letzten Montag. Nachdem ich die Zeitung in Ruhe ausgelesen hatte, genehmigte ich bis zur Mittagspause ein paar kleinere, finanziell eher unbedeutende Anträge auf Befreiung von Rezeptgebühren, einen Kassenrollstuhl und ein gebrauchtes Pflegebett, um mein soziales Gewissen zu beruhigen. Nach dem Essen lehnte ich einige – wesentlich teurere – Anträge auf Kostenübernahme der medizinischen Behandlung von Migräne und Krankengymnastik nach einem mittelschweren Motorradunfall ab. Danach hetzte ich einem angeblichen Pflegefall den medizinischen Dienst auf den Hals, zur Überprüfung der Bedürftigkeit. Außerdem ließ ich einen Bittsteller, der sich telefonisch über die Ablehnung seines Antrags aufregte, so lange in der Warteschleife hängen, bis er entnervt auflegte. Übrigens eine meiner Lieblingsbeschäftigungen. Zur Zeit wird in unserer Telefonanlage nämlich Beethovens neunte Symphonie auf dem Xylophon eingespielt. Das hält niemand länger als fünf Minuten durch.

Als ich um kurz nach halb vier Uhr meinen Computer ausschaltete, fiel mir noch einmal Kerstins E-Mail vom Vormittag ein. Nichts wies darauf hin, daß die düstere Prognose des Horoskops recht haben könnte. Wie immer war der Tag unendlich langweilig und ereignislos gewesen. Ich verabschiedete mich von meinen Kollegen und machte mich auf den Weg nach Hause.

Kerstin sollte sich ein Beispiel an mir nehmen! dachte ich verächtlich, während ich das repräsentative, aus viel Glas und Spiegelgranit bestehende Gebäude der Krankenkasse verließ. Ich bin der lebende Beweis, daß Aberglaube schwachsinnig ist!

Vielleicht hätte ich nicht so vorlaut sein sollen.

Trotz meiner pragmatischen Grundeinstellung spürte ich sofort, daß etwas nicht in Ordnung war, als ich den Wohnungsschlüssel ins

Schloß steckte und die Tür aufmachte. Normalerweise startet Lincoln, sobald er das Geräusch hört, einen seiner Angriffe aus dem Hinterhalt, mit denen er mir seine Abneigung gegen meine Abwesenheit deutlich machen möchte.

Wie gewohnt, hob ich reflexartig die Arme vor meinen Kopf, während ich den Flur betrat – aber es passierte rein gar nichts. Verwirrt ließ ich die Hände sinken und befürchtete das Schlimmste. Wenn Lincoln sich freiwillig eine Gelegenheit entgehen ließ, seine Initialen auf ein Stück meiner Haut zu ritzen, konnte es eigentlich nur bedeuten, daß ihm etwas zugestoßen war.

Mit einem unguten Gefühl in der Magengrube ging ich ins Wohnzimmer. Lincoln thronte oben auf dem Fernseher wie eine Sphinx aus der vierten Dynastie und würdigte meine Ankunft keines Blickes. Statt dessen sah er interessiert dabei zu, wie Christoph den Inhalt meiner Bücherregale in seinen Rucksack stopfte.

Ich war überrascht. Zwar hatte Christoph einen Schlüssel für meine Wohnung, aber normalerweise rief er vorher an, bevor er sich auf den Weg machte. Spontaneität gehörte nicht zu seinen herausragenden Charaktereigenschaften. Deshalb fand ich seine unangemeldete Anwesenheit eher ungewöhnlich.

„Äh ... hallo!" sagte ich vorsichtig. „Wieso bist du hier? Ich dachte, wir sehen uns erst heute abend? Und was tust du da?"

„Ich suche meine Sachen zusammen", antwortete Christoph, ohne mich anzusehen.

„Die Ralf-König-Comics gehören mir!" Ich deutete auf einen Stapel Hefte, die er in der Hand hielt.

„Das sind die spanischen Ausgaben", knurrte Christoph. „Das sind meine."

„Ich verstehe immer noch kein Wort", gab ich zurück. „Brauchst du sie irgendwie für den Unterricht?"

Christoph seufzte entnervt auf und setzte sich auf mein Bett. „Tobias, bist du tatsächlich so schwer von Begriff, oder tust du nur so?" Er fuhr sich durch die blonden Haare und sah mir endlich in die Augen. „Also schön, dann werde ich es ganz langsam und deutlich sagen: Ich – verlasse – dich!"

Es dauerte eine Weile, bis meine geschockten Gehirnzellen der syntaktischen Aneinanderreihung dieser Worte, bestehend aus einem simplen Subjekt, Prädikat und Objekt, einen ebenso simplen Sinn zuordnen konnten.

„Verlassen wie in ‚Weggehen und nicht mehr wiederkommen'?" fragte ich zögernd zurück.

Christoph nickte.

Ich mußte ihn mißverstanden haben. So etwas war in meiner derzeitigen Lebensplanung nicht vorgesehen. Vor allen Dingen, was für einen Grund sollte Christoph haben, mich zu verlassen? Wir waren doch glücklich! Zumindest war ich bisher davon ausgegangen.

„Aber warum?" brachte ich mühsam heraus.

Meine Gesichtsmuskeln begannen, unkontrolliert zu zucken, und ich fühlte, wie mir die Tränen in die Augen stiegen. Automatisch lief ich ein paar Schritte auf Christoph zu. Dann merkte ich, wie mir schwindelig wurde und sich um mich herum alles zu drehen begann. Ein leichtes Übelkeitsgefühl machte sich in mir breit. (In emotionalen Krisenzeiten kann ich mich nie darauf verlassen, daß wenigstens mein Körper einen kleinen Rest Würde behält. Vor Jahren, bei der Schul-Abschlußfeier, war ich so aufgeregt, daß ich der Sekretärin des Schuldirektors, Frau Rossler-Taubeck, auf den Schoß gekotzt habe. In Anbetracht der Tatsache, daß ich noch Jahre später auf diesen Fauxpas angesprochen wurde, muß es der Höhepunkt der Feierlichkeiten gewesen sein.)

Ich stützte mich an dem Fernseher ab, um nicht das Gleichgewicht zu verlieren, und atmete tief durch. Gleich darauf spürte ich einen stechenden Schmerz auf dem Handrücken und zog mit einem Schrei meinen Arm zurück. Auf meiner Hand waren fein säuberlich drei rote Kratzspuren zu erkennen.

Normalerweise mag ich Katzen, gerade weil sie ihren eigenen Willen haben. In dieser Situation allerdings hätte ich von Lincoln ein bißchen mehr Mitgefühl erwartet.

„Warum?" fragte ich erneut, denn Christoph hatte mir immer noch keine Antwort gegeben.

Er schaute verlegen zu Boden. „Ich ... äh ...“ stotterte er, „ich habe jemand anders kennengelernt.“

„Das ist jetzt nicht dein Ernst!“ murmelte ich geschockt.

„Es tut mir leid“, antwortete Christoph. „Aber es ist die Wahrheit.“

„Liebst du mich denn nicht mehr?“ fragte ich verzweifelt und biß mir sofort auf die Lippen. Ich hatte in letzter Zeit eindeutig zuviel Trivialliteratur gelesen. Offensichtlich hatten sich Christophs Gefühle geändert, denn sonst wäre er kaum damit beschäftigt gewesen, seine Sachen zusammenzusuchen.

Christoph stand auf und sah sich noch einmal in der Wohnung um, nur zur Vergewisserung, daß er nichts vergessen hatte. Dann kramte er in seiner Hosentasche und legte den Wohnungsschlüssel, den er in einer feierlichen Geste erst vor wenigen Monaten von mir geschenkt bekommen hatte, auf den Tisch.

„Du kannst doch jetzt nicht so einfach gehen!“ sagte ich und ließ mich auf einen Stuhl fallen. „Du bist mir zumindest ein paar Erklärungen schuldig!“

Christoph holte tief Luft, so als wollte er mit einer Rede beginnen, die er schon lange geprobt hatte. „Tobias“, erwiderte er dann, „du wirst doch nicht bestreiten können, daß es in letzter Zeit ziemlich langweilig gewesen ist zwischen uns. Daß wir uns auseinandergelebt haben.“

Das waren für mich völlige Neuigkeiten. *Ich* war zufrieden gewesen! *Ich* hatte nichts dergleichen bemerkt! Na schön, wir fielen vielleicht nicht mehr ständig hemmungslos übereinander her, wie in den ersten vier Wochen unserer Beziehung, und wir hatten in den letzten Monate unverhältnismäßig viel Zeit vor dem Fernseher verbracht.

Aber ist es vielleicht meine Schuld, daß *Lindenstraße* jeden Sonntag und *Marienhof* und *Verbotene Liebe* täglich ausgestrahlt werden, und man keine Sendung verpassen darf, um zu verstehen, welche Katastrophe zur Zeit über Mutter Beimer hereinbricht? (Gott, was hat diese Frau schon alles durchmachen müssen! Jede andere hätte wahrscheinlich schon vor mehreren Staffeln den Freitod gewählt!)

Früher war alles viel einfacher. Dienstags um 21.45 Uhr gab es *Dallas,* und mittwochs um 21.00 Uhr kam *Denver*. Punkt. Zwei Tage die Woche war man eine Dreiviertelstunde lang nicht erreichbar. Und dann hatte man eine Woche Zeit bis zur nächsten Folge, um darüber zu spekulieren, ob Miss Ellie absichtlich Sachen trug, die aussahen, als ob die zuständigen Kostümdesigner in dem Altkleidercontainer der Caritas gestöbert hätten, und ob Krystles Titten nun silikonverstärkt waren oder nicht. Das ließ wenigstens noch ein bißchen Zeit für ein Privatleben. Angesichts des heutigen Überangebots an täglichen Soaps vertrete ich persönlich ja die These, daß die Einführung der Vorabendserien zu einem geheimen Kommandoplan der öffentlich-rechtlichen Fernsehanstalten und ihrer Intendanten gehört, der das Ziel hat, allen schwulen Beziehungen im deutschsprachigen Raum die sexuelle Grundlage zu entziehen. Zumindest bei Christoph und mir schienen sie Erfolg zu haben.

„Ja, aber was heißt das denn schon!" entgegnete ich Christoph. „Ist das nicht normal? Gibt es nicht in jeder Beziehung mal so eine Phase? Ich meine, hättest du nicht mit mir reden können, wenn du unzufrieden mit uns bist?"

Christoph sah mich irritiert an. „Ich habe versucht, mit dir darüber zu reden. Aber du hast mir nicht zugehört."

Angestrengt erinnerte ich mich plötzlich an Vokabeln wie „Langeweile", „Stagnation" und „Veränderung", die mir Christoph an den Kopf geworfen hatte, als ich in den Werbeunterbrechungen aufs Klo ging oder uns ein Bier holte. Allerdings hatte ich seine Unmutsäußerungen auf die Entwicklung der Handlung in den Serien bezogen, nicht auf unsere Beziehung.

Unwillig schüttelte ich den Kopf. Etwas an diesem Gedankengang entbehrte jeder Logik. Man beendet keine Beziehung, nur weil der Partner jeden Abend von achtzehn bis zwanzig Uhr fünfzehn nicht ansprechbar ist. Wenn es Christoph so wichtig gewesen wäre, in der Beziehung etwas zu ändern, hätte er mich ja nach der Tagesschau ansprechen können. Im allergrößten Notfall hätte er sogar den Ton abdrehen können. Aber er hatte nichts dergleichen getan. Statt dessen war er losgezogen und hatte sich an einen anderen Typen rangeschmissen.

In diesem Moment wurde mir klar, daß dies der eigentliche Grund sein mußte, weshalb Christoph sich von mir trennen wollte. Ein anderer Mann.

„Wer ist es?“ fragte ich. „Kenne ich ihn etwa?“

„Bitte?“ fragte Christoph verwirrt. Offensichtlich hatte er meinen Gedankensprung nicht mitvollzogen.

„Der andere, den du kennengelernt hast!“ erwiderte ich stockend. „Wie heißt er?“

„Klaus“, antwortete Christoph zögernd.

Ich starrte ihn fassungslos an. „Doch nicht etwa der Klaus mit den Sommersprossen, der dicken Hornbrille und dem krummen Schwanz?“ fragte ich entgeistert.

Empört klappte Christoph den Mund auf und zu. Wie ein Goldfisch, dachte ich ungnädig. „Die Sommersprossen finde ich putzig. Außerdem hat er eine neue, randlose Brille“, verteidigte sich Christoph dann, „und er hat auch keinen krummen Schwanz!“

„Jeder in der Szene weiß, daß er einen krummen Schwanz hat!“ schoß ich zurück.

„Dann ist das bloß eines dieser dummen, unhaltbaren Gerüchte!“ erwiderte Christoph pampig. „Ich weiß es besser!“

„Oh“, machte ich, als mir einen Augenblick später die Implikationen seiner Antwort klar wurden. „Du warst schon mit ihm im Bett!“ Es war mehr eine Feststellung als eine Frage.

„Tobias“, sagte Christoph seufzend. „Begreifst du nicht? Es ist vorbei. Unsere Beziehung war langweilig, abgestanden ... wir hatten uns doch kaum noch etwas zu sagen, und sexuell war auch ziemlich die Luft raus. Klaus dagegen ist witzig, unternehmungslustig, voller Leben. Er betrachtet mich nicht als Teil des Mobiliars.“

„Arschloch“, murmelte ich. Nicht genug damit, daß Christoph mir ein Messer in den Bauch stieß, er mußte auch noch Salz in die Wunde reiben. „Bitte“, sagte ich dann, „geh nicht. Ich ... ich liebe dich doch.“ Irgendwie fiel es mir seltsam schwer, es auszusprechen.

Plötzlich hatte ich das brennende Verlangen, mich von ihm umarmen zu lassen und ihn zu berühren. Ich konnte noch immer nicht glauben, daß er es wirklich ernst meinte. Vielleicht war das Ganze nur ein Wink mit dem Zaunpfahl, eine Art Brachialmethode, um mich wachzurütteln und mir die Probleme aufzuzeigen, die ich anscheinend übersehen hatte.

„Tatsächlich?“ antwortete Christoph. „Weißt du eigentlich, daß du das Wort Liebe in unserer gesamten gemeinsamen Zeit nur dreimal benutzt hast? Sagt das nicht etwas über dich selber aus?“

Er hatte es auf einmal ganz eilig zu gehen. Hastig schnürte er seinen Rucksack zusammen, griff nach seiner Jacke und bewegte sich auf die Wohnungstür zu. „Im übrigen bezweifle ich, daß du mich je geliebt hast. Wie kann man jemanden lieben, wenn man sich selbst nicht liebt?“

Was, zum Henker, sollte denn das nun schon wieder heißen? dachte ich nervös. Der Satz war mir in irgendeiner Weise unangenehm vertraut. Vage erinnerte ich mich, daß mir einige Männer vor Christoph Ähnliches an den Kopf geworfen hatten.

„Das ist doch Blödsinn!“ sagte ich laut. „Natürlich liebe ich dich ... und mich, ich meine, uns beide!“ fügte ich verwirrt hinzu.

Christoph schüttelte den Kopf. „Nein, tust du nicht. Ich glaube, du warst nie zufrieden mit mir. Ich war immer nur der Ersatz für irgend jemand anderen, niemals das Original.“

Fassungslos starrte ich ihm nach, während er aus der Wohnung stürmte und die Tür hinter sich zuwarf. Seine letzten Worte fühlten sich an, als ob er mir nach dem Messerstich noch zusätzlich einen Tritt in die Magengrube versetzt hätte.

Plötzlich war es unheimlich still in der Wohnung. Noch nicht einmal das gelangweilte Gähnen von Lincoln, der die ganze Auseinandersetzung von seinem Fernsehthron in der ersten Reihe live und in Farbe mitverfolgt hatte, konnte die Stille unterbrechen.

Ich konnte nicht glauben, was gerade in meinem Leben passiert war. Innerhalb von kürzester Zeit war ich von einem zufriedenen Büroangestellten mit einem geordneten Privatleben nebst Freund und Haustier – quasi dem Ideal der homosexuellen Kleinstfamilie – zu einem dieser mitleiderregenden Schwulen jenseits der dreißig heruntergekommen, die Wochenende für Wochenende vereinsamt und glupschäugig in den Kneipen herumhängen und aufgrund ihres fortgeschrittenen Alters davon ausgehen müssen, für den Rest ihres Lebens die Hälfte ihres Gehaltes irgendwelchen Strichern buchstäblich in den Arsch zu schieben, um ihre sexuellen Bedürfnisse wenigstens halbwegs befriedigen zu können. Im Geiste sah ich mich schon mit einer braunen Bundfaltenhose, Mundgeruch und schlecht sitzendem Trenchcoat durch schmierige Pornokinos schlurfen, mit halbgeöffnetem Reißverschluß, um bei jeder unpassenden Gelegenheit alle Männer unter fünfzig mit meinem Schwanz verzweifelt anzuwedeln.

Ziellos wanderte ich durch die Wohnung und tat automatisch, was ich bei solchen Gelegenheiten, in denen mir Unrecht getan wird, immer tue: Ich zerfloß vor Selbstmitleid. Dazu habe ich mittlerweile ein idiotensicheres System entwickelt. Ich lege eine todtraurige CD auf, werfe mich in einer lebensverneinenden Position aufs Bett und singe so lange laut und falsch mit, bis mein ganzer Körper vor Schluchzen bebt. Währenddessen rede ich mir ein, daß es niemanden auf der Welt gibt, dem es dreckiger geht als mir. Das klappt immer.

Sobald ich wieder sprechen kann, rufe ich Kerstin an.

Zugegeben, normalerweise waren die Krisen, die ich bisher mit mir und meiner Umwelt hatte, vergleichsweise geringfügig, daher besitzt Kerstin in diesen Situationen eher die Funktion eines Dummys, an dem ich meine Frustrationen abladen kann. Aber diesmal war es anders. Krampfhaft versuchte ich mich zu erinnern, wann ich mich das letzte Mal so desolat und verzweifelt gefühlt hatte. Das einzige, was mir einfiel, war der Tag, als Achim, mein kleiner Bruder, den Kopf meiner Big-Jim-Puppe unter einer selbstgebastelten Guillotine abgeschlagen hatte. (Später ist er für vier Jahre freiwillig zur Bundeswehr gegangen, und er wählt bis auf den heutigen Tag CDU.)

Was ich damit sagen will, ist, daß mich Christoph wirklich kalt erwischt hatte. Ich hatte scheinbar in einer Phantasiewelt gelebt, ohne auch nur den geringsten Schimmer zu haben, was sich in der Wirklichkeit abspielte. Während ich im Schloßturm meinen Traum vom schwulen Glück träumte, hatte mein Traumprinz ein Verhältnis mit dem häßlichen Aschenputtel aus der Kartoffelküche angefangen. Ein Alptraum!

Allein der Peinlichkeitsfaktor dieser Situation war groß genug, um mich in die tiefste Depression meines Lebens zu stürzen. Während ich mein Gesicht im Kopfkissen vergrub, stellte ich mir vor, wie die halbe schwule Szene hinter meinem Rücken über mich lachte, weil Christoph mich wegen Säbelschwanz-Klaus verlassen hatte. Ich konnte die mitleidigen Blicke bereits sehen und den spöttischen Unterton in ihren Gesprächen schon hören, wenn ich das nächste Mal meine Stammkneipe betrat. Vor allen Dingen, was ließ das für Rückschlüsse auf mich als Sexualpartner zu? Entsetzt rollte ich die Augen. Ich würde nie wieder einen Mann abkriegen – zumindest nicht in Köln. Für einige Minuten spielte ich ernsthaft mit dem Gedanken, in eine andere Stadt auszuwandern. Hamburg, Berlin, Sydney – je weiter weg, desto besser.

Erst jetzt, mit einiger Verspätung, setzte der Schock der Erkenntnis ein, daß abends beim Einschlafen niemand mehr da sein würde. Niemand, an den ich mich kuscheln konnte – abgesehen von Lincoln, und da konnte ich genausogut mit einem Stachelschwein schmusen. Ich würde nie wieder Christophs Schritte im Treppenhaus und seinen Schlüssel in der Tür hören, ich würde ihm nie wieder samstags morgens beim Frühstück absurde Artikel aus dem Lokalteil der Zeitung vorlesen können, nie wieder das Gefühl von Nähe und Geborgenheit spüren, das ich immer hatte, wenn wir im Sommer bei schönem Wetter zusammen am Rhein spazieren gingen. Ich dachte an das Kratzen seiner unrasierten Stoppeln auf meinem Nacken und an die wässrigen blauen Augen, die mich jedesmal dahinschmelzen ließen, und fühlte mich entsetzlich einsam.

Über das, was Christoph mir vorgeworfen hatte, wollte ich erst gar nicht nachdenken. Beziehungsunfähig! Ersatz für jemand anderen! Lächerlich!

Entschlossen setzte ich mich auf, schneuzte mir die Nase und fingerte nach dem Telefon. Zeit, meinen Seelenmüll jemand anderem vor die Tür zu kippen. Zeit für Kerstin. Im übrigen trug sie ein gerüttelt Maß Mitschuld an meiner hoffnungslosen Lage. Hätte sie mir am

Morgen nicht das blöde Horoskop gemailt, hätte ich jetzt vielleicht nicht ohne Christoph dagesessen. Alles eine Frage der Interpretation.

„Christoph hat sich von mir getrennt!" schniefte ich ohne Vorwarnung ins Telefon, als Kerstin den Hörer von der Gabel nahm.

„*Scusi*?" erwiderte eine mir völlig unbekannte, männliche Stimme.

Typisch! dachte ich. Mein Leben geht gerade den Bach runter, und Kerstin muß mir ihre neueste Errungenschaft unter die Nase reiben!

„Ist Kerstin da?" sagte ich mißmutig zu dem Kerl am anderen Ende der Leitung. Ein kurzes, raschelndes Intermezzo folgte, und dann hatte ich endlich Kerstin am Apparat.

„Hi, Baby", sagte sie fröhlich zur Begrüßung. „Tut mir leid, aber wir waren gerade ein bißchen beschäftigt."

Ich will das nicht hören, dachte ich deprimiert, aber dann siegte trotz allem meine Neugier. „Wer ist es denn diesmal?"

Kerstin hat die Angewohnheit, wildfremde Männer von der Straße aufzulesen, sie in ein angeregtes Gespräch zu verwickeln und spätestens nach einer halben Stunde mit ihnen im Bett zu landen. Vor zwei Wochen war es der Geldsammler der Johanniter-Unfallhilfe, der an ihrer Tür um eine Spende gebeten hatte, davor ein türkischer Obstverkäufer vom Gemüsemarkt in Nippes und davor ein neuseeländischer Austauschstudent, dem Kerstin an der KVB-Haltestelle am Deutzer Bahnhof den Unterschied zwischen einem Kurz- und einem Langstreckenticket erklärt hatte. Trotz unserer vierjährigen Freundschaft ist es mir immer noch ein Rätsel, wie Kerstin sie so schnell herumbekommt. Wenn ich es wüßte, könnte ich es auch mal versuchen.

„Oh", antwortete Kerstin vergnügt, „das war gerade Leo. Ich habe ihn eben kennengelernt, als er die Werbung für einen neuen Pizzaservice in meinen Briefkasten werfen wollte: *Pizza Pronto – Wir kommen sofort!*"

Wie treffend! dachte ich. Rekordverdächtig. Diesmal hat es noch nicht mal dreißig Minuten gedauert. Und wahrscheinlich sieht er auch noch aus wie eine Mischung aus Sean Penn und George Clooney.

„Christoph ist weg", sagte ich verärgert. Es gab keinen Grund, Kerstins gute Laune mit ihr zu teilen. Schließlich war mein Schicksalsschlag der eigentliche Grund für dieses Telefonat.

„Wie, weg?“ fragte Kerstin verständnislos.

„Er hat seine Sachen gepackt und mich verlassen.“

Schweigen am anderen Ende der Leitung, dann plötzlich ein Rascheln und ein unterdrücktes Kichern, das so klang wie: „Jetzt nicht, Leo. Laß das!“

„Kerstin?“ fragte ich.

„Sorry“, hörte ich als Antwort und dann ein Räuspern. „Ich bin ganz Ohr! Was hast du gerade gesagt?“

Ich war kurz davor, die Nerven zu verlieren. „Der Mann meines Lebens hat mir soeben einen Tritt in den Hintern verpaßt und mich wegen einem anderen verlassen!“ brüllte ich sie an. „Und alles, woran du denken kannst, ist ein Pizzabäcker namens Leo!“

„Er verteilt nur die Werbebroschüren“, berichtigte mich Kerstin. „Mit der Zubereitung der Speisen hat er gar nichts zu tun.“

„Das ist mir völlig egal!“ brüllte ich noch lauter. Soweit zum Mitgefühl bester Freundinnen. Ich hätte genausogut mit den Blattläusen an meinem Gummibaum sprechen können.

„Tut mir leid“, sagte Kerstin schließlich. „Aber damit habe ich nicht gerechnet.“

Jetzt war ich verwirrt. Hatte sie nicht damit gerechnet, daß Christoph sich von mir trennt oder daß ihr ein Pizzabäcker über den Weg läuft und sich für ihre Möpse interessiert?

„Was meinst du?“ fragte ich.

„Na, was schon!“ erwiderte sie aufgeregt. „Dein Horoskop, das ich dir heute morgen geschickt habe! Erinnerst du dich nicht mehr? ‚Ein Unglück kommt selten allein!‘ Das war also das erste Unglück!“

„Oh, vielen Dank!“ antwortete ich wütend. „Mit dir als Kassandra ergibt mein Leben wieder einen Sinn. Als ob sich Christoph von mir getrennt hätte, weil es gerade in mein schwachsinniges Horoskop gepaßt hat!“

„Okay, okay! Wenn du meinst. Aber ich glaube nicht an Zufälle. Welchen Grund hat Christoph denn genannt? Ich dachte, ihr seid glücklich und zufrieden miteinander.“

„Anscheinend war nur *ich* glücklich und zufrieden“, antwortete ich stockend. „*Er* hat sich wohl eher gelangweilt. Und deshalb hat er was mit einem anderen Typen angefangen." Mir gingen die Vorwürfe, die er mir gemacht hatte, nicht über die Lippen.

„O Scheiße", antwortete Kerstin.

„Kann man wohl sagen!" erwiderte ich mit einem dicken Kloß im Hals. Darüber nachzudenken, was Christoph mir angetan hatte, war eine Sache, es tatsächlich auszusprechen, eine andere. Es war, als würde ich die Trennung dadurch erst zur Realität werden lassen, als hätte sie vorher nur in meinem Kopf existiert. Aber jetzt, wo ich die Worte gesagt hatte, waren sie zu Tatsachen geworden. Christoph war gegangen und hatte mich allein zurückgelassen. Irgendwann während unserer Beziehung hatte er aufgehört, mich zu lieben, ohne daß ich es bemerkt hatte, und es gab nichts, was ich dagegen tun konnte. Er hatte nach vorne zum Horizont gesehen und entschieden, daß seine Zukunft ohne mich – aber mit Klaus – heller und freundlicher aussah, und hatte mich am Straßenrand abgestellt.

„Und wie fühlst du dich?" fragte Kerstin.

„Wie ein alter Küchenschrank, der auf den nächsten Sperrmülltermin wartet", sagte ich deprimiert. „Ich verstehe nicht, wie das passieren konnte! Eben war noch alles prima und toll, und jetzt ist plötzlich alles kaputt! Warum tut er mir das an?"

Kerstin machte ein paar gluckenhafte Geräusche. „So ist es doch immer!"

„Verstehe ich nicht."

„Schätzchen, es gibt einen einfachen Grund dafür: Die Kirschen in Nachbars Garten sind immer verführerischer."

„Danke für die bildreiche Sprache", gab ich zurück. „Genau, was ich jetzt noch gebraucht habe: einen bunten Strauß voller hübscher Platitüden!"

„Tobias! Ich will damit nur sagen, daß du nichts daran ändern kannst. Er ist weg, und du wirst dich damit abfinden müssen!"

„Am besten, ich gehe jetzt auf den Balkon, klettere auf die Brüstung und stürze mich in die Tiefe", sagte ich entschlossen.

„Du wohnst im ersten Stock", erwiderte Kerstin trocken. „Du wirst dir nur den Fuß verstauchen und die Blumenbeete vor dem Haus plattmachen."

„Dann stecke ich den Kopf in den Backofen und drehe das Gas auf!“

„Du hast einen Elektroherd.“

„Ich werde für den Rest meines Lebens allein sein!“ stöhnte ich ins Telefon.

„Das weiß man nie so genau“, beruhigte mich Kerstin. Dann kam ihr eine neue Idee. „Sag mal, hat Christoph eigentlich gesagt, wie lange er den anderen Typen schon kennt?“

Überrascht hielt ich inne. „Nein“, sagte ich dann zögernd. „Keine Ahnung.“

„Und wo hat er ihn kennengelernt?“

„Ich weiß nicht“, antwortete ich langsam. Plötzlich erinnerte ich mich, daß Christoph in den letzten Wochen relativ wenig Zeit für mich gehabt hatte. Vorbereitungen für den Schulunterricht, hatte er gesagt. Neue Konzepte, neue Schulbücher, die er angeblich durcharbeiten mußte. Und ich hatte ihm geglaubt, weil er richtig übernächtigt ausgesehen hatte. War er ja auch – aber nur deshalb, weil er und Klaus wie die Karnickel gefickt hatten!

„Dieses Arschloch!“ murmelte ich zufrieden, als ich kurzzeitig meinen verletzten Stolz wiederentdeckte. „Seit Wochen hat er mich hintergangen!“ Endlich hatte ich den wahren Grund für die Trennung! Von wegen beziehungsunfähig!

„Hah!“ machte Kerstin.

Dann änderte sich meine Stimmung wieder schlagartig. „Aber es geht mir trotzdem beschissen!“ heulte ich ins Telefon. „Er fehlt mir so.“

„Ich weiß, ich weiß ...“ antwortete Kerstin.

„Und die Wohnung ist so still und leer ohne ihn! Ich halte das nicht aus!“

Kerstin seufzte. „Also schön, du willst, daß ich vorbeikomme.“

„Ja!“ stimmte ich erleichtert zu. Endlich hatte ich Kerstin da, wo ich sie haben wollte. Mir ihr in der Wohnung brauchte ich mir keine Sorgen über meine Einsamkeit zu machen. Und ich brauchte nicht darüber nachzudenken, ob nicht vielleicht ein klitzekleiner Teil am Scheitern der Beziehung auch meine Schuld gewesen war.

„Gut. Ich werde Leo rausschmeißen und ein paar Sachen zusammensuchen. In einer halben Stunde bin ich bei dir. Stell schon mal den Wein kalt. Wir werden uns heute abend die Birne zuknallen! Aber denk daran", sagte sie warnend, „das war nur das erste Unglück diese Woche. Irgendwas passiert noch in den nächsten Tagen! Am besten, du meldest dich krank und gehst nicht aus der Wohnung!"

„Ja, ja", sagte ich und beendete das Gespräch. Ich überlegte, welche Bettseite ich für Kerstin opfern würde – die linke. Dann hatte ich wenigstens keinen Ärger mit Lincoln am Hals.

Die nächsten Tage waren einfach nur entsetzlich – glaube ich wenigstens. Eigentlich kann ich mich gar nicht so genau erinnern, wie die Tage verstrichen, denn abends betranken Kerstin und ich uns sinnlos – ich, um Christoph und seine Vorwürfe zu vergessen, und Kerstin, um mir Gesellschaft zu leisten. Den Rest der Zeit lief ich durch die Gegend, als wäre mir gerade eine Zehnerpackung Valium eingetrichtert worden.

Als ich Kerstin am Montagabend darum bat, für ein paar Tage bei mir einzuziehen und sich um mich zu kümmern, hatte ich völlig außer Acht gelassen, daß sie ihr Leben nach einer sehr kurzen und prägnanten Devise gestaltete: ‚Alkohol oder Männer!' Dementsprechend machten wir Montagnacht noch meine Weinvorräte zunichte und probierten in den nächsten drei oder vier Tagen sämtliche alkoholische Spezialitäten, die uns in die Hände fielen: Whisky aus Schottland, Cognac aus Frankreich, Grappa aus Italien und Starkbier aus Irland. Ganz Europa war bei uns zu Gast, Hauptsache, es war irgendwie hochprozentig. Selbst der Rumtopf, den ich vor über einem Jahr von meiner Mutter geschenkt bekommen und der seitdem ein trostloses Dasein im hintersten Winkel meines Kühlschranks gefristet hatte, wurde aus seiner Verbannung befreit.

Kerstin kümmerte sich wirklich rührend um mich. Sobald der Name „Christoph" über meine Lippen kam, flößte sie mir ein Glas mit irgend etwas Alkoholischem ein – bis ich nur noch in der Lage war zu lallen oder mit dem Kopf auf der Tischkante aufschlug. An den

Abenden, an denen ich meinen Schlafplatz nicht mehr alleine fand, schleifte sie mich ins Bett und stellte mir fürsorglich einen Eimer direkt neben den Wecker. Morgens stand sie mit mir zusammen auf und kochte Kaffee, der eine Horde sibirischer Eisbären aus dem Winterschlaf geweckt hätte. Während ich dann zum Dienst schlich und acht Stunden lang vergeblich versuchte, die Zeichen auf meinem PC in irgendeinen Sinnzusammenhang zu stellen, legte sie sich noch ein paar Stunden aufs Ohr und begann dann ab der Mittagszeit diverse Spirituosenläden in der Südstadt abzuklappern und Nachschub für den kommenden Abend einzuholen. Als freischaffende Werbetexterin kann sie sich ihre Zeit selber einteilen.

Innerhalb kürzester Zeit sah meine Wohnung aus, als ob sich dort *Oasis* und *Die Kastelruther Spatzen* eine Saalschlacht geliefert hätten. Irgendwann – an den Zeitpunkt kann ich mich nicht mehr erinnern – lag einer meiner Stühle in Einzelteilen zerstreut in der Gegend herum. Aschenbecher blieben tagelang ungeleert, Kerstins Zigarettenkippen waren im Gummibaum ausgedrückt worden, und auf dem Teppich im Wohnzimmer befand sich nur Stunden nach Kerstins Ankunft ein, trotz großer Anstrengung unsererseits, nicht zu übersehender Rotweinfleck. (Womit ich meine, daß wir uns große Mühe gaben, den Fleck zu ignorieren, nicht, ihn wegzumachen. Dazu waren wir beim besten Willen nicht in der Lage.)

Zwischendurch versuchte mich Kerstin aufzumuntern, indem sie mich daran erinnerte, daß blonde Männer mit blauen Augen schon immer eine verhängnisvolle Anziehungskraft auf mich ausgeübt hatten. Christoph sei einfach nur der letzte in einer langen Reihe von Katastrophen gewesen.

„Erinnerst du dich, wie du sechs Stunden auf dem Hamburger Hauptbahnhof zugebracht hast, nur weil hinter dem Bratwurststand ein blonder Däne bedient hat? Du hast den Kerl nach allen Regeln der Kunst angebaggert, fünf Züge verpaßt, und dir war zwei Tage lang kotzübel, weil du sechs Currywürste hintereinander gegessen hast. Und dann ist der Typ nach Feierabend von so 'nem Discomäuschen abgeholt worden mit Körbchengröße C, und er hat dich keines Blickes mehr gewürdigt."

Ich starrte Kerstin mißmutig an. Ich hatte sie nicht zu mir gebeten, damit sie mir sämtliche meiner Fehltritte unter die Nase rieb.

„Oder als du einen Bandscheibenschaden vorgetäuscht hast, weil du eine Woche zuvor in einer Kneipe diesen blonden, blauäugigen Krankengymnasten aus dem therapeutischen Zentrum kennengelernt hattest? Und hinterher hat sich rausgestellt, daß seine Haare gefärbt waren?" Kerstin fing an zu lachen, während ich hastig zwei Wodka in mich hineinschüttete.

Die einzigen Nachteile, den mein fast kontinuierliches Delirium nach sich zog, waren eine leichte zeitliche Desorientierung und eine gewisse Unaufmerksamkeit während meiner Arbeitszeit. Als ich heute morgen aufwachte, mußte ich mich zum Beispiel erst durch einen längeren Blick auf meinen Kalender vergewissern, daß wirklich schon Freitag war.

Am Vormittag – ich hatte den Versuch aufgegeben, meine Augen offenzuhalten, und war in Gedanken gerade dabei, meine Zunge in Brad Pitts Achselhöhlen zu vergraben – wurde ich durch ein etwas lauteres Räuspern hinter mir aus meinem tranceartigen Zustand geweckt.

„Herr Listiger, Sie wollen diesen Antrag doch nicht etwa unterschreiben?" fragte mich Herr Caspar, der Abteilungsleiter, und schaute über meine Schulter auf das Blatt Papier, das ich gerade mit meiner Unterschrift versehen wollte. Verwirrt sah ich auf den Antrag und entdeckte zu meinem Entsetzen, daß ich um ein Haar einen Reha-Antrag für eine Patientin genehmigt hätte, die nur einen leichten Herzinfarkt gehabt hatte.

Ich raunte eine nichtssagende Entschuldigung, während der Abteilungsleiter mich von oben bis unten musterte.

„Sie sehen nicht gut aus, Herr Listiger", stellte er dann unnötigerweise fest und wippte wichtigtuerisch auf den Fußballen auf und nieder. „Kann es sein, daß Sie zur Zeit etwas überarbeitet sind? Und ein paar Probleme haben?"

Fast unmerklich nickte ich. Es wäre grotesk gewesen, abzustreiten, daß es mir nicht gutging. Ich konnte froh sein, wenn mein Chef meine Alkoholfahne nicht bemerkte. So unauffällig wie möglich schob ich mir ein Hustenbonbon in den Mund.

„Dann schlage ich vor, Sie gehen nach Hause, bevor Ihnen noch ein schwerwiegender Fehler passiert. Sie haben doch noch ein paar Tage Urlaub, die Sie noch nicht eingereicht haben."

„Eine Woche", murmelte ich mit niedergeschlagenen Augen.

„Sehr gut. Die nehmen Sie jetzt mal, und Montag in acht Tagen kommen Sie ausgeruht und voller Tatendrang wieder. Haben wir uns verstanden?"

Ich nickte. Natürlich hatte ich verstanden. Ein paar Gehirnzellen hatten die Exzesse der letzten Abende schon überlebt. Aber in solchen Fällen war es besser, den Launen des Chefs nachzugeben, weil man sich sonst ganz schnell am unteren Ende der Hackordnung wiederfand. Außerdem hatte ich gegen eine Woche Urlaub nichts einzuwenden. Ursprünglich hatten Christoph und ich eigentlich Ende Oktober Ferien auf Gran Canaria geplant, aber da würde ja nun wahrscheinlich Säbelschwanz-Klaus meinen Platz auf der Strandliege einnehmen. Von daher waren sieben Tage Vollrausch mit Kerstin die nächstbeste Alternative.

Ich schaltete den Computer aus, schob meinem Kollegen einen Stapel unerledigter Akten auf den Schreibtisch, den er mir bei meiner Rückkehr genauso unerledigt wieder zurückschieben würde, griff nach meiner Aktentasche und meiner Jacke und verließ unter den schadenfrohen bis neidischen Blicken der übrigen Angestellten das Büro.

Als ich ins Freie trat, begann sich gerade die Sonne, die sich den ganzen Vormittag am Himmel gezeigt hatte, hinter ein paar Wolken zu verstecken. Während meines zehnminütigen Fußmarsches nach Hause türmten sich innerhalb kürzester Zeit immer mehr Wolken auf, verdichteten sich zu einem tiefdunklen, schweren Grau und entleerten sich mittels eines heftigen Platzregens, gerade als ich den Neumarkt überquerte, einen Platz in der Mitte der Stadt, der auf mehreren hundert Metern keinerlei Möglichkeit zum Unterschlupf bietet. Meine Stimmung war auf dem Nullpunkt.

Triefnaß schloß ich die Wohnungstür auf und schob mich ins Trockene. Ich marschierte direkt ins Badezimmer, zog meine total durchweichten Sachen aus und hängte sie in die Dusche. Dann griff ich zu einem Handtuch und rubbelte mir die Haare trocken. Während ich mir das Wasser aus den Ohren pulte, erschien Kerstin gähnend im Türrahmen und sah mir schweigend zu.

„Was ist?" fragte ich gereizt. „Hast du noch nie einen nackten Mann gesehen?"

Sie hob spöttisch die Augenbrauen. „Diesen Wettbewerb würdest du glatt verlieren. Aber im Ernst, was machst du schon zu Hause?"

„Ich bin in Zwangsferien geschickt worden", antwortete ich mürrisch. „Mein Chef meinte, ich sähe so erbärmlich aus, daß ich dringend eine Woche Urlaub nehmen sollte." Im Spiegel untersuchte ich kritisch die Ringe unter meinen Augen. „Hätte ich an seiner Stelle auch getan."

Das Telefon klingelte. Ich zuckte zusammen und starrte Kerstin an. „Vielleicht ist es Christoph!" flüsterte ich. „Vielleicht hat er es sich anders überlegt, will mich um Verzeihung bitten und zu mir zurückkommen!"

Kerstin schnaubte verächtlich auf. „Benimm dich nicht wie ein Idiot!" Sie drehte sich um und ging ins Wohnzimmer. „Ich werde rangehen. Du bist nicht in der Verfassung, mit ihm zu reden, falls es wirklich Christoph ist."

Ich hörte ein paar gemurmelte Worte, und dann erschien Kerstin wieder im Badezimmer und hielt mir das Telefon entgegen, während ich sie mit hoffnungsvollen, fragenden Blicken bombardierte.

„Deine Schwester", sagte sie. „Scheint ziemlich aufgelöst zu sein."

„Welche?" fragte ich zurück. Schließlich habe ich zwei.

Vielleicht sollte ich an dieser Stelle kurz meine Familienverhältnisse erklären. Ich stamme aus einem kleinen Dorf im tiefsten Hessen, nahe der ehemaligen Zonengrenze. Einem *sehr* kleinen Dorf, mit ungefähr fünfhundert Einwohnern. Landschaftlich reizvoll, idyllisch gelegen – zumindest seit man die Grenzzäune und die Wachtürme abgerissen hat –, und unsere Nachbarn waren die sieben Zwerge und das Schweinchen Babe. Meine Eltern führten bis zu ihrer Pensionierung vor einigen Jahren die einzige Apotheke im Ort. Das heißt, mein Vater war der Apotheker, meine Mutter stand mit im Laden. Den Rest der Zeit – ich meine, es waren immerhin die sechziger Jahre, die in den ländlichen Bezirken gar nicht so wild waren – verbrachten sie damit, Kinder zu zeugen und großzuziehen.

Zuerst kam Anna, die ein Jahr älter ist als ich. Sie ist Partnerin in einer Grafik-Design-Agentur in Hamburg, arbeitet zirka achtzig Stunden die Woche und verfügt über ein dementsprechend kärgliches Privatleben. Kerstin findet, daß Anna eine schlechte Aura hat. Ich finde Anna einfach zickig.

Danach wurde ich geboren, sozusagen das schwarze Schaf in der Familie – wegen meines Hangs zu abartiger Sexualität, wie unser Gemeindepfarrer mißbilligend meint. Nach mir war eine Weile Pause, bis fünf Jahre später Achim, mein kleiner Bruder, auf die Welt kam. Ich habe ihn schon erwähnt, glaube ich.

Dann sollte eigentlich Schluß sein, aber die Verhütungstechniken meiner Eltern waren wohl nicht so ganz ausgereift, was bei ihrem Beruf einiges an Gerede im Dorf auslöste. Jedenfalls wurde meine Mutter am Ende der siebziger Jahre ein weiteres Mal schwanger – sozusagen mit einem Überraschungsei, aus dem dann neun Monate später meine kleine Schwester Franziska schlüpfte. Sie wohnt als einzige von uns Geschwistern noch zu Hause und ist von Beruf Nesthäkchen. Angeblich studiert sie Germanistik und Literaturwissenschaften, aber das ist wahrscheinlich nur eines der vielen Gerüchte, die sie um ihre Person wie eine Nebelwand gehüllt hat, um meine Eltern davon abzulenken, daß sie mit ihren einundzwanzig Jahren noch immer keine Lust hat, dem Ernst des Lebens – sprich: einer richtigen Arbeit – ins Auge zu sehen. Ihre Hauptbeschäftigung besteht darin, mit ihrer Neigung zu Chaos und Schlampigkeit meiner Mutter das Leben zur Hölle zu machen. Beide führen eine Art Kleinkrieg, was die Punkte Ordnung und Aufräumen betrifft, und benutzen mich als Schiedsrichter, indem sie ständig anrufen und versuchen, mich auf ihre Seite zu ziehen.

„Es ist Franziska", erwiderte Kerstin, als ich ihr das Telefon abnahm.

„Hallo, kleine Schwester", sagte ich enttäuscht in den Hörer. „Was gibt's?"

„Papa ist tot."

„Ja, ja, ist schon recht", gab ich etwas genervt zurück. Zu makabren Scherzen war ich im Moment nicht aufgelegt. Mein Freund hatte mich verlassen, ich war von einem Unwetter erwischt worden und hatte einen Brummschädel. Konnte denn niemand Rücksicht auf mich nehmen?

„Tobias, das ist kein Witz!" antwortete Franziska mit leiser Stimme, und dann begann sie zu weinen.

„Äh..." sagte ich etwas hilflos.

Da war plötzlich Schweiß auf meiner Stirn, der sich kühl und klebrig anfühlte. Einen Moment lang glaubte ich, meinen Herzschlag nicht mehr zu spüren. Stille um mich herum, als hätte jemand den Ton abgedreht. Dann, endlich, ein rasendes Pochen in meinen Schläfen, und die Welt war nicht mehr stumm.

Ich versuchte zu schlucken, aber meine Kehle war plötzlich vollkommen ausgetrocknet. „Sag das noch mal", brachte ich dann krächzend heraus.

Franziska brauchte eine Weile, bis sie sich wieder gefangen hatte. „Er hat sich heute vormittag aufs Ohr gelegt, weil er sich nicht so besonders gefühlt hat", sagte sie schließlich mit vibrierender Stimme. „Und dann ... wollte ihn Mama zum Mittagessen wecken, und ... da war er tot."

„Aber er war doch kerngesund!" protestierte ich schwach.

„Der Arzt war gerade hier. Er sagt, er hätte einen Herzinfarkt gehabt und sei im Schlaf gestorben."

Auf einmal begannen meine Hände zu zittern, und mir wurde eiskalt. Ich hörte ein merkwürdiges Klappern und registrierte erst nach einigen Augenblicken, daß meine Zähne aufeinanderschlugen. Etwas verloren sah ich mich nach meinem Bademantel um.

„Wie geht es Mama?" fragte ich schließlich ins Telefon.

Franziska seufzte bedrückt. „Sie sitzt im Schlafzimmer neben Papa und weint." Einen Moment rang sie erneut nach Fassung. „Tobias, kannst du bitte kommen?" sagte sie dann mit einer Klein-Mädchen-Stimme. „Ich schaffe das nicht alleine. Es ist mir zuviel. Das halbe Dorf ist hier und will irgendwas von uns ... von mir. Es geht hier zu wie auf dem Schützenfest. Und Mutter ... Mutter ist unfähig, einen klaren Gedanken zu fassen. Sie sitzt nur da mit nassen Augen und starrt aus dem Fenster. Bitte, Tobias, ich werde sonst noch verrückt hier!" flehte sie mich an.

„Was ist denn mit den anderen?" fragte ich abwehrend. Bei dem Gedanken, mehrere Tage zu Hause verbringen zu müssen, wurde mir plötzlich ganz übel.

„Bei Anna habe ich nur ihre Sekretärin erreicht. Anna sitzt gerade in einem Flugzeug nach Dresden. Ich weiß nicht, wann sie zurückruft. Und bei Achim habe ich auch nur mit Verena gesprochen." Verena ist meine Schwägerin. „Achim ist wohl auf irgendeinem Computerkongreß in der Nähe von München. Sie hat mir seine Handynummer gegeben, aber er hatte die Mailbox eingeschaltet. Ich habe ihm eine Nachricht hinterlassen."

Mist! dachte ich.

„Na schön", antwortete ich dann zögernd, „natürlich komme ich. So schnell ich kann. Ich organisiere hier noch ein paar Dinge und fahre dann nach Hause. Aber es wird drei bis vier Stunden dauern, bis ich da bin. Solange mußt du alleine durchhalten. Schaffst du das? Wirf notfalls alle aus dem Haus, die nicht hineingehören."

„Ist gut", antwortete Franziska, und ihre Stimme klang ein wenig erleichtert.

„Ich lege jetzt auf", sagte ich. „Wir werden das zusammen durchstehen, okay?"

„Okay."

Dann beendete ich das Gespräch und starrte entgeistert Kerstin an.

„Was ist passiert?" fragte sie. „Du bist kalkweiß im Gesicht."

„Mein Vater ist gestorben", erwiderte ich fassungslos. „Ich kann es noch gar nicht glauben." Ganz langsam ließ ich mich auf dem Rand der Badewanne nieder. „Er hatte einen Herzinfarkt."

Kerstin öffnete den Mund, und ich wußte genau, was sie dachte. „Sag es nicht!" fuhr ich sie an. „Es hat nichts mit meinem Horoskop zu tun. Es ist reiner Zufall!"

Kerstin hob abwehrend die Hände. „Schon gut, schon gut! Ich sage kein Wort." Einen Moment sah sie mich schweigend an. „Es tut mir leid", sagte sie dann. „Ich meine, das mit deinem Vater." Vorsichtig kam sie auf mich zu und nahm mich in den Arm. Ich legte meinen Kopf auf ihre Schulter und schloß die Augen.

„Was willst du jetzt tun?" fragte sie, als ich mich ein wenig beruhigt hatte und mich zurücklehnte.

Ich zuckte hilflos mit den Schultern. „Mich endlich anziehen", schniefte ich. „Und dann muß ich wohl oder übel nach Hause. Achim und Anna sind nicht zu erreichen, meine Mutter ist kaum ansprechbar, und Franziska ist völlig überfordert." Erschöpft hielt ich einen Moment inne. „Alles ein bißchen viel diese Woche, findest du nicht? Erst die Trennung von Christoph, und jetzt mein Vater. Irgendwie kann ich es nicht glauben, daß sie beide weg sind. Ich meine, ich kann nicht begreifen, daß mein Leben ab sofort ohne sie stattfinden wird. Es ist so ... unvorstellbar", setzte ich lahm nach.

„Eigentlich ist es ganz gut, daß du gerade jetzt eine Woche Urlaub hast", erwiderte Kerstin ernst. „Nimm dir die Tage für deine Geschwister und deine Mutter. Bleib in ... wie heißt der Ort, wo du herkommst? Ist ja auch egal. Bleib jedenfalls da und komm ein bißchen zur Ruhe. Auch wenn du es nicht hören willst, für mich ist das ein Wink des Schicksals!" fügte sie dann noch schnippisch hinzu.

„Eine Woche?" fragte ich entsetzt zurück und vergaß völlig, auf ihre spitze Bemerkung einzugehen. „Was soll ich denn die ganze Zeit in diesem Kaff machen? Schafe zählen?" Ich konnte wirklich nicht so lange dort bleiben. Allein der Gedanke verursachte eine Gänsehaut auf meinem Rücken.

„Es wird sowieso eine Weile dauern, bis ihr die Beerdigung über die Bühne gebracht habt", argumentierte Kerstin.

„Ja, aber ..." Ich konnte ihr nicht erklären, warum ich mich so dagegen sträubte. Eigentlich wußte ich es selber nicht. Aber natürlich war es logisch, was sie sagte. Ich konnte kaum davon ausgehen, daß mein Vater morgen beerdigt werden würde und ich am Abend wieder in Köln wäre.

„Vielleicht hast du recht", antwortete ich unruhig. „Vielleicht muß ich wirklich länger bleiben. O Gott!" Ich lief ins Wohnzimmer und zog mir frische Sachen an. „Sag mal, kannst du mir deinen Wagen leihen?“ fragte ich so beiläufig wie möglich, während ich im Kleiderschrank nach sauberen Socken fahndete.

„Was? Für eine Woche?“

„Na ja, ich muß wirklich so schnell wie möglich nach Hause. Und du brauchst den Wagen sowieso nicht, weil du auf Lincoln aufpassen mußt. Du kannst auch hier wohnen in der Zeit. Der Kater hat ganz gern Gesellschaft, wenn ich weg bin.“

„Du tickst wohl nicht mehr richtig!“ erwiderte Kerstin erbost. „Ich brauche mein Auto! Komm mir jetzt nicht mit der Mitleidstour! Und dein Kater haßt mich!“

„Lincoln haßt alles, was auf zwei Beinen läuft. Das darf man nicht persönlich nehmen. Ach, jetzt komm schon, Kerstin! Wenn ich die Bahn nehme, bin ich frühestens zur nächsten Eiszeit zu Hause. Meine Familie lebt am Arsch der Welt!“

Kerstin schnaubte ein paarmal wirkungslos und gab dann nach. „Also schön!“ Sie kramte die Autoschlüssel aus einer Jackentasche und warf sie mir zu. „Aber wehe, es ist Schweinemist oder Kuhfladen auf dem Lack, wenn du zurückkommst.“

Zum ersten Mal seit Tagen konnte ich mir ein kleines Grinsen nicht verkneifen. „Danke“, sagte ich einfach.

Franziska bleibt unten in der Küche und macht Tee. Ich gehe alleine die knarrenden Holzstiegen in den ersten Stock hoch. Die Tür zum Schlafzimmer meiner Eltern steht weit auf. Jemand hat die Gardinen zugezogen, so daß die Abendsonne das Zimmer in ein stilles Halbdunkel taucht. Ich sehe meinen Vater sofort. Er liegt im Bett, und abgesehen von der bleichen Gesichtsfarbe kann man nicht erkennen, daß er tot ist. Eigentlich sieht er aus, als döste er nur einen Augenblick, um sich vor dem Abendessen und einem längeren Fernsehabend auszuruhen. Seine Gesichtszüge sind völlig entspannt, und auch seine Körperhaltung läßt keine Rückschlüsse auf seinen Tod zu. Der Arzt oder meine Mutter hat ihm die Hände gefaltet und die Haare gekämmt. Für einen Moment bin ich versucht zu glauben, daß sich meine Familie einen üblen Scherz mit mir erlaubt hat, daß mein Vater gleich die Augen aufschlagen und mit einem Zwinkern und herzhaft lachend über mein Entsetzen aufstehen wird, um mir gutmütig auf die Schulter zu klopfen.

Dann sehe ich meine Mutter. Sie sitzt in dem Sessel neben dem Bett und spielt gedankenverloren mit einem Taschentuch. Als sie meine Schritte hört, blickt sie auf.

„Kind", sagt sie, und jetzt weiß ich, daß mein Vater wirklich tot ist. Normalerweise redet sie meine Geschwister und mich mit unseren Namen an; die Bezeichnung ‚Kind' benutzt sie nur, wenn es schlechte Nachrichten gibt.

Ich laufe auf sie zu, falle auf die Knie und vergrabe wortlos meinen Kopf in ihrem Schoß. Eine Weile streicht sie stumm über meine Stoppelhaare, dann hebt sie mein Gesicht und sieht mich an.

„Was ist passiert?" fragt sie, und ich fühle mich plötzlich wieder wie ein kleiner Junge, der mit einer Schürfwunde am Knie zu seiner Mama rennt, um getröstet zu werden.

„Christoph ist gegangen", sage ich mit brüchiger Stimme.

Meine Mutter hält kurz inne und seufzt. „Ein Unglück kommt selten allein", sagt sie dann. Und aus ihrem Mund hört es sich längst nicht so lächerlich an.

1974 – Waterloo

Einige Zeit später sitzen wir in der Küche und trinken Tee. Wir warten auf den Leichenbestatter, der sein Kommen noch für den heutigen Abend zugesagt hat. Der Tisch aus schwerem Eichenholz, um den wir uns versammelt haben, trägt die Spuren seiner unablässigen Beanspruchung wie die Jahresringe eines Baumes. Er stammt noch aus der Zeit, als dieses Haus drei Generationen beherbergte: neben meinen Eltern, mir und meinen Geschwistern auch meine Großmutter. Jetzt, wo wir zu dritt hier sitzen, wirkt der Tisch viel zu groß. Schweigend starren wir auf die dampfende Teekanne und in unsere Tassen.

Unausgesprochen befürchten wir alle das Schlimmste, denn das Bestattungsunternehmen wird nebenamtlich von dem Wirt des *Hessischen Kalbs*, unserer Dorfkneipe, geführt. Bei fünfhundert Einwohnern läßt sich mit dem Tod allein kein gewinnbringendes Geschäft machen. Dies an sich ist nicht das Problem. Der springende Punkt ist, daß Gesike im Laufe der Jahre einen tiefen Widerwillen gegen seinen Nebenjob entwickelt hat und diese Aversion mit erheblichen Mengen von Alkohol zu überwinden versucht. Außerdem hält sich seit Jahren das Gerücht, daß man sich besser gut mit Gesike stellen solle, wenn man Wert darauf legt, standesgemäß unter die Erde gebracht zu werden. Die Schwiegermutter von Bäcker Hartmann soll nach ihrem tödlichen Schlaganfall angeblich auf dem Bauch liegend beerdigt worden sein, nur weil sie Gesike einmal einen „versoffenen Hallodri" genannt hat, als sie ihn dabei erwischte, völlig betrunken in ihre Rosenbüsche zu pinkeln. Ich glaube zwar eigentlich kein Wort von dieser Geschichte, aber gleichzeitig bin ich mir nicht sicher, ob Gesike meinen Vater gut genug leiden konnte, um ihn richtig herum in den Sarg zu legen. Immerhin war mein Vater der Apotheker im Dorf und hat Gesike oft genug auf seinen Alkoholkonsum angesprochen.

„Es sind noch Kekse da", sagt meine Mutter. „Franzi, sieh doch mal in der Schublade unter dem Besteck nach."

Franziska stellt die Packung mit den Plätzchen neben die Teekanne und fängt mechanisch an zu essen. In Phasen psychischer Anspannung muß sie immer etwas Süßes in sich hineinstopfen, weil sie es angeblich für ihr „seelisches Gleichgewicht" braucht. Nicht, daß es meiner Meinung nach viel nützt.

An dem Abend zum Beispiel, als sie sich mit sechzehn von ihrem ersten Freund trennte, war sie innerlich so aufgewühlt, daß sie hintereinander sieben Tafeln Schokolade vertilgte, während sie Rudi den Laufpaß gab. Der arme Kerl konnte kaum etwas verstehen, weil Franziska ständig den Mund voll hatte; am nächsten Tag telefonierte er mit meiner Mutter, da er unsicher war, Franziska richtig verstanden zu haben. („Hat sie gesagt, sie will mich verlassen, oder hat sie gesagt, sie will mich vernaschen?") Es oblag dann meiner Mutter, Rudi über den Verlust seiner Freundin aufzuklären, weil Franziska mit einem verdorbenen Magen im Bett lag und sich außerstande sah, ihrem Ex-Freund ohne ein paar schützende Schokoriegel oder wenigstens einen Mohrenkopf gegenüberzutreten.

Noch schlimmer war es allerdings zwei Jahre später während der Abiturprüfungen, als sich meine Schwester mehrere Wochen fast ausschließlich von Süßigkeiten ernährte.

Alle zwei Tage erhielt ich in Köln einen Anruf von meiner Mutter, die sich beschwerte, daß sie reif für die Nervenklinik sei, wenn meine Schwester das Abitur wiederholen müsse. Danach riß ihr Franziska meist den Hörer aus der Hand und beklagte sich bei mir, daß sie nicht genug Schokolade bekomme, um ihre Nerven zu beruhigen, und so auf keinen Fall den Schulabschluß schaffen werde.

Schließlich wurde es meiner Mutter zu bunt, und sie begann, die Süßigkeiten zu verstecken, was allerdings nur dazu führte, daß Franziska ihr vorwarf, absichtlich ihre Abschlußprüfungen zu sabotieren, und nun – anstatt zu lernen – mehrere Stunden täglich darauf verwand, das Haus vom Keller bis zum Dachboden nach etwas Süßem abzusuchen.

Eine Weile herrscht Stille, die nur unterbrochen wird von dem Summen einer Fliege, die verzweifelt einen Weg nach draußen sucht, dem nervösen Klappern unserer Teetassen und dem rhythmischen Kauen meiner Schwester. Ab und zu werfe ich einen heimlichen Blick auf meine Mutter und suche nach Anzeichen eines psychischen Zusammenbruchs.

Kurz darauf klingelt das Telefon.

„Ich gehe schon", sagt Franziska und sprüht wie das Krümelmonster aus der Sesamstraße Keksreste über die Tischplatte.

„Es ist Achim", ruft sie nach einem Moment zu uns herüber.

Na endlich, denke ich. Wurde ja auch langsam Zeit.

Meine Mutter steht schwerfällig auf und übernimmt das Gespräch. Da sie nicht weiß, wie man die Lautsprecherfunktion einstellt, kann ich nur ihre Hälfte des Gesprächs verstehen.

„Ja", sagt sie, „doch, es stimmt. Heute mittag. Ein Herzanfall." Sie schweigt kurz und hört meinem Bruder zu. „Kind ..." setzt sie mehrmals an, aber Achim läßt sie scheinbar nicht zu Wort kommen. „Nein", sagt sie schließlich, und aus den Falten auf ihrer Stirn schließe ich, daß sie sich ärgert. „Woher sollen wir das jetzt schon wissen? Gesike hat ihn noch gar nicht abgeholt! Was? Natürlich wird Gesike es machen! Jeder im Dorf wird von Gesike bestattet, warum sollte ... ach, das ist doch dummes Zeug! Das ist doch nur eine von den Horrorgeschichten, die Oma Gundi erzählt hat, um euch Angst einzujagen! Du weißt doch, wie sie war. Außerdem soll es die Tante des Metzgers gewesen sein, nicht die Schwiegermutter des Bäckers", fügt sie nachdenklich hinzu.

Franziska und ich starren uns mit offenem Mund an.

„Ja." Mutter wird immer einsilbiger, und in ihrer Stimme schwingt Enttäuschung mit. „Nein, ich verstehe schon. Natürlich. Sobald wir etwas Genaueres wissen, sagen wir Bescheid. Nein, Tobias ist ja hier. In Ordnung. Mach's gut, mein Kind."

Sie legt den Hörer auf und kehrt uns den Rücken zu. „Er kann jetzt nicht kommen", sagt sie tonlos. „Eins der Kinder ist erkältet, und er hat ein paar wichtige Termine. Er wird aber zur Beerdigung hier sein."

Dann dreht sie sich um, und in ihren Augen glitzern wieder ein paar Tränen. Von allen ihren Kindern hat sie zu Achim die schlechteste Beziehung. Auf Franziskas Party vor zwei Monaten hat sie mir in einem schwachen Moment gebeichtet, daß sie immer das Gefühl hat, bei Achim versagt zu haben.

„Wie kommst du darauf?" habe ich sie damals erstaunt gefragt. Um uns herum tobte die Party gerade ihrem Höhepunkt entgegen, und wir befanden uns für einige Minuten allein in der Küche, wie im Auge des Hurrikans.

„Ach, ich weiß nicht", antwortete sie, während sie geistesabwesend eine Erdbeere nach der anderen aus der Bowle herausklaubte. „Schon als Kind hat er es gehaßt, auf den Arm genommen zu werden. Nie wollte er von mir getröstet werden, wenn er schlecht geträumt oder sich beim Spielen wehgetan hatte. Er ist immer zu Anna gerannt."

„Wirklich?" fragte ich entgeistert. „Zu Anna?"

Meine Mutter nickte. „Anna und Achim waren als Kinder unzertrennlich. Sie haben sich immer gegen dich verschworen", fuhr sie versonnen lächelnd fort. „Der Urlaub auf Norderney, als sie dich bis zum Hals im Sand eingegraben haben und dein Vater und ich dich erst nach zwei Stunden hinter einem Strandkorb haben schreien hören? Erinnerst du dich nicht?"

Ich schüttelte den Kopf. „Nein", erwiderte ich grimmig. „Um ehrlich zu sein, ich habe kaum Erinnerungen an meine Kindheit. Nur ein paar vage Bilder."

„O Tobias, das ist doch nicht dein Ernst!" sagte meine Mutter entrüstet, den Mund voller alkoholgetränkter Erdbeeren. „Du hattest soviel Spaß, als du klein warst. Du kannst das doch nicht alles vergessen haben! Weißt du noch, wie ..." Gerade wollte sie zu einem langatmigen Wortschwall ansetzen, als die Küchentür aufgerissen wurde und einer von Franziskas Freunden – in Baggies und Turnschuhen und die blonden Haare zu kleinen Dreadlocks verfilzt – mit kalkweißem Gesicht an uns vorbeistürzte, irgend etwas von „beschissener Stoff" murmelte und sich in die Spüle übergab. Danach hatte meine Mutter keine Zeit mehr, über meine Kindheit oder ihr schlechtes Verhältnis zu Achim zu sinnieren.

Jetzt schnaube ich ungläubig auf und setze zu einer verächtlichen Bemerkung über Achim an, als das Telefon erneut klingelt.

„Ich mag jetzt nicht mehr", erklärt meine Mutter. „Ich muß mich etwas ausruhen. Kannst du bitte rangehen, Tobias?"

Diesmal ist es Anna.

„Gott sei Dank!" sage ich erleichtert in den Hörer. „Ich dachte, du würdest überhaupt nicht mehr anrufen!"

Aber auch Anna kneift. Ich kann es schon am Tonfall hören, als sie mich begrüßt und nach Vater fragt. Genau wie mein Bruder schiebt sie berufliche Termine vor, die sich nicht vermeiden lassen. Genau wie Achim ist sie froh, daß sie mir die Verantwortung für die Beerdigung aufbürden kann. Nicht einmal mein etwas irrationaler Appell an ihre Pflichten als ältestes von vier Geschwistern kann etwas ausrichten. O ja, die Listiger-Nachkommen sind spitze, wenn es darum geht, sich vor unangenehmen Aufgaben zu drücken.

Ich gehe ins Wohnzimmer, wo meine Mutter auf dem Sofa liegt, den Blick nach draußen auf den Garten gerichtet.

„Im Sommer hat dein Vater es geliebt, hinten bei den Rosen mit mir Kaffee zu trinken", sagt sie leise. „Er hat immer eine der Blüten abgeknipst und sie in einer kleinen Vase auf den Tisch gestellt."

Das Bild macht mich unendlich traurig. Was ich auch tun kann, nichts wird ihr meinen Vater zurückbringen. „Das war Anna“, sage ich schließlich mit belegter Stimme. „Sie kommt auch erst zur Beerdigung. Ein wichtiger Kunde ...“

„Ah“, macht meine Mutter. Sie klingt nicht sonderlich überrascht.

Ich setze mich zu ihr auf den Rand der Couch und nehme ihre Hände in meine. „Wir schaffen das schon“, sage ich und lächele sie aufmunternd an. „Du, ich und Franzi.“ Dabei höre ich mich viel zuversichtlicher an, als ich mich fühle. Nur zögernd sickert die Tatsache in mein Bewußtsein, daß ich mich vielleicht wirklich eine Woche zu Hause aufhalten muß.

Franziska, die mir zusammen mit der Keksdose ins Wohnzimmer gefolgt ist, bleibt wie angewurzelt stehen, als sie hört, daß sie sich nicht davonstehlen kann. „Scheiße“, murmelt sie und stopft sich eine Handvoll Plätzchen in den Mund. „Wieviel Schokolade haben wir im Haus?“ fragt sie dann mit vollen Backen.

Wir sehen uns alle drei an, und plötzlich fangen wir an zu lachen, bis uns die Tränen die Wangen hinunterlaufen und wir nicht mehr wissen, ob wir noch lachen oder schon wieder weinen.

Kurz darauf klingelt es erneut; diesmal aber ist es die Tür. Gesike ist da.

Als Franziska etwas schüchtern die Haustür öffnet und Gesike hereinläßt, suche ich ihn heimlich mit den Augen nach den Merkmalen übermäßigen Alkoholgenusses ab, aber ich kann nichts Ungewöhnliches feststellen. Einzig die trüben und gelblichen Pupillen lassen erahnen, daß seine Leber seit Jahrzehnten Akkordarbeit leistet. Nach wie vor erinnert mich der Mann – wie schon während meiner Kindheit – an einen großen, schwerfälligen Bären. Allerdings ist sein Gesicht mittlerweile von Falten gezeichnet, und die ungekämmten Haare sind grau geworden. Immerhin hat er sich dem Anlaß entsprechend ein weißes Hemd, eine schwarze Krawatte und ein gedecktes, zerknittertes Jackett angezogen, das allerdings nach Mottenkugeln riecht und mit Sicherheit zwanzig Jahre auf dem Buckel hat. Seine Hände hat Gesike in den Hosentaschen versteckt, als wüßte er nichts mit ihnen anzufangen, wenn sie keinen Zapfhahn oder wenigstens ein Bierglas umklammern können. Erst als er ungelenk meine Mutter begrüßt, fahren die Hände nach vorne und begraben die Handflächen meiner Mutter zwischen sich.

„Hannah“, sagt er bedrückt, „es tut mer so leid.“ Und dann scheinen ihm die Worte auszugehen. Er wirft ein paar suchende Blicke an Mutter vorbei ins Wohnzimmer, und mir schießt der irrwitzige Gedanke durch den Kopf, daß Gesike vielleicht annimmt, wir hätten den Leichnam meines Vaters auf dem Wohnzimmertisch aufgebahrt, neben den Erdnüssen und der mit Bananen und Äpfeln gefüllten Obstschale.

Dann begrüßt er auch mich und murmelt: „Er war en guuder Mann.“

Ah, denke ich, das ist doch ein positives Zeichen! Anscheinend hat er keinen Groll auf meinen Vater!

Hinter ihm poltern zwei etwas jüngere Männer – anscheinend seine Gehilfen – ins Haus hinein und nicken uns stumm zu. Sie tragen einen hellbraunen und auf Hochglanz polierten Sarg in den Flur. Einige Minuten starren meine Mutter, meine Schwester und ich das monströse Möbelstück an, gefangen in der Faszination des Grauens und unfähig, unsere Augen abzuwenden oder etwas zu sagen, während die drei Männer unschlüssig im Zimmer stehen und warten, bis wir unsere Sprache wiedergefunden haben.

Schließlich gibt sich meine Mutter einen Ruck. „Er ist oben“, sagt sie. „Im Schlafzimmer.“ Sie nickt mir zu und bleibt demonstrativ zusammen mit Franziska am Fuße der Treppe stehen. Das soll wohl heißen, daß ich mit Gesike hinaufgehen soll. Ich schlucke und schreite dann langsam der kleinen Prozession voran.

Wir kommen allerdings nicht weit, denn einer der Gehilfen verliert auf der schmalen Treppe das Gleichgewicht. Der Sarg rutscht am Geländer entlang und schaukelt bedrohlich.

„Hoppla!“ sagt Gesike, als wäre ihm mal eben ein Bleistift aus der Hand gefallen, und grinst entschuldigend.

Franziska wird kalkweiß im Gesicht, dreht uns den Rücken zu und kotzt alle Kekse wieder aus. Ich komme mir vor wie in einem Film mit Dick und Doof.

Beim zweiten Anlauf klappt es endlich. Oben angelangt lasse ich Gesike und die zwei anderen an mir vorbei. Gesike dreht sich plötzlich um und sagt mit einer tiefen, sonoren Stimme: „Ei, laß des omol, Bub. Des willst dir net angugge. Mach disch zu dei Muddä und de klaa Franziska nach unne. Mer komme schon zurescht!" Damit macht er die Schlafzimmertür vor meiner Nase zu und läßt mich verdattert draußen stehen.

Unschlüssig trete ich von einem Fuß auf den anderen. Einerseits gebe ich ihm recht, denn ich will wirklich nicht mit ansehen, wie mein Vater in den Sarg gehoben wird, andererseits mißtraue ich Gesike jetzt noch mehr und möchte sicher sein, daß mein Vater nicht wie die Tante des Metzgers endet. Ich ringe mit mir, ob ich einen Blick durch das Schlüsselloch riskieren soll. Als ich allerdings ein Poltern und das Ächzen von zwei Stimmen höre, entscheide ich mich, daß ich auf keinen Fall irgend etwas von dieser Aktion miterleben möchte, nicht einmal durchs Schlüsselloch, und laufe schnell nach unten.

Nachdem wir, wie es mir scheint, eine halbe Ewigkeit am Treppenabsatz gewartet haben, hören wir Geräusche von oben und sehen, wie der Sarg, der nunmehr die sterblichen Überreste meines Vaters beinhaltet, langsam die Treppe heruntergetragen wird. Meine Mutter beobachtet jede Bewegung der Männer mit Argusaugen, als wäre auch sie nicht ganz sicher, daß nicht jeden Moment noch eine Katastrophe passieren könnte. Franziska hält den beiden Trägern die Haustür auf, und erst jetzt, als ich nach draußen blicke, fällt mir der weiße Lieferwagen auf, der neben Kerstins Auto geparkt ist und in meterhohen Buchstaben und schreienden Farben den süffigen Geschmack eines hessischen Bieres anpreist.

Er wird doch nicht ...?

Er wird.

Gesike senkt entschuldigend den Blick und murmelt etwas von Auspuffschaden am Leichenwagen. Entsetzt sehen wir zu, wie die Männer den Sarg im Laderaum des Lieferwagens verstauen.

Gesike kommt noch einmal ins Haus, um sich von uns zu verabschieden.

„Du wirst es anständig machen, Gesike, nicht wahr?" sagt meine Mutter plötzlich und steckt dem Wirt des *Hessischen Kalbs* einen Fünfzig-Mark-Schein in die ausgebeulte Jackettasche. Ihre Stimme klingt streng; der Befehlston ist unmißverständlich.

„Natürlich, Hannah", sagt Gesike.

„Wir gehen morgen beim Pfarrer vorbei, um mit ihm die Einzelheiten der Beerdigung zu besprechen."

Ich zucke innerlich zusammen. Daran hatte ich gar nicht gedacht. Ich fühle mich überhaupt nicht in der Lage, Choräle und Termine auszusuchen. Außerdem hasse ich Pfarrer Neurath, den katholischen Geistlichen unserer kleinen Dorfkirche. Und er haßt mich.

„Guud", erwidert Gesike im Gehen. „Da kannsde mir hinnerher aach sage, wann die Beärddischung stattfindet. Ei, Hannah ...", er dreht sich noch einmal um, „du wirst anen Ort brauche, um dei Leut zu bewirte. Isch ..."

Meine Mutter schüttelt schnell und entschlossen den Kopf. „Nein", sagt sie. „Der Leichenschmaus wird nicht in deiner Kneipe stattfinden. Wir werden es hier machen, aber ..."

„Was?" fallen Franziska und ich meiner Mutter entsetzt ins Wort. Vor unserem geistigen Auge sehen wir Tage voll mühseligen Backens und Saubermachens auf uns zukommen. Meine Mutter wirft uns einen strafenden Blick zu.

„... aber du kannst für die Getränke sorgen, und wegen des Kuchens werde ich mit Bäcker Hartmann reden", vollendet sie den Satz.

Gesike nickt und steigt in den Lieferwagen. Er parkt aus und streckt die Hand zum Gruß aus dem Fenster, als das Auto um die Ecke biegt und aus unserem Sichtfeld verschwindet. Allerdings höre ich kurz darauf quietschende Reifen, und es dauert eine ganze Weile, bis mich mein mulmiges Gefühl wieder verläßt.

Aufatmend schließe ich die Haustür hinter uns zu. Der schlimmste Teil des Abends ist überstanden.

Meine Mutter ist schon auf dem Weg nach oben. „Kinder", sagt sie, und ihre Stimme klingt müde, „ich gehe schlafen. Es war ein langer Tag. Eigentlich", fügt sie leise und mehr zu sich selber hinzu, „eigentlich war es der längste Tag meines Lebens. Und ich möchte jetzt ein wenig allein sein."

Langsam steigt sie die Treppe hinauf, und zum ersten Mal in meinem Leben kommt mir meine Mutter alt vor.

Erst jetzt habe ich Zeit, meine Tasche in mein altes Zimmer zu tragen. Viel an dem Raum erinnert nicht mehr an meine Kindheit oder daran, daß ich einmal hier gewohnt habe. Das einzige, was die Jahre überdauert hat, ist das Bett. Alles andere, inklusive des Mobiliars, hat die diversen Sperrgutaktionen meiner Eltern nicht überstanden. Und als meine Mutter beschloß, sie benötige erneut ein Bügelzimmer – das ursprüngliche Bügelzimmer hatte sie beim Einzug meiner Großmutter geräumt, und später hatte es Franziska bezogen –, wurde auch die Tapete gewechselt und ein neuer Teppich verlegt. Zugegeben, der alte Teppich wies ziemlich viele undefinierbare Flecken auf. Undefinierbar allerdings nur für meine Eltern.

Ich lasse mich auf das Bett fallen und schaue mich in der unpersönlichen Umgebung um: ein Bügelbrett, ein Korb mit zerknitterter Wäsche, in der Ecke vor dem Fenster eine Stechpalme, an der Wand ein kleiner Spiegel mit Jugendstilverzierungen. Der Anblick deprimiert mich. Ich fühle mich müde und ausgelaugt. Der Tod meines Vaters ist plötzlich ein Schock, dessen unmittelbare Auswirkung sich bei mir vor allen Dingen in Ungläubigkeit und Erstaunen niederschlägt. Mein Vater war mein ganzes Leben eine Selbstverständlichkeit, der Mann im Hintergrund, nie sonderlich auffällig, aber eben doch immer da – und jetzt erscheint es fast grotesk, daß er nicht unsterblich ist.

Dabei fällt mir erneut auf, daß ich mich nicht daran erinnern kann, wie meine Kindheit war. So sehr ich mich auch bemühe – kein Bild erscheint vor meinem inneren Auge. Kein „Ach ja, da waren wir ja an der Ostsee", kein „Das war der Sommer, als ich mir den Arm gebrochen habe" wirkt als Auslöser für eine Flut von Erinnerungen, die einen angeblich überfällt, wenn man an Verstorbene denkt. Statt dessen habe ich das unangenehme Gefühl, an einer Tür zu rütteln, die mit Absicht verschlossen ist, Einlaß zu einem Ort zu begehren, der mir verboten wurde. Aber wer hätte dieses Verbot aussprechen sollen, wenn nicht ich selber?

Und dann ist da auf einmal der kitschige und außerordentlich irritierende Gedanke, daß mein bisheriges Leben nirgendwo Spuren hinterlassen hat. Als hätte ich nie existiert. Nicht in diesem Zimmer, nicht bei Christoph – der mich offensichtlich von einem Tag auf den anderen durch einen anderen ersetzt hat – und anscheinend nicht einmal in meinem eigenen Gedächtnis, denn sonst könnte ich mich ja an mehr als ein paar spärliche und bruchstückhafte Szenen aus meiner Kindheit erinnern.

Scheiße, denke ich. Du benimmst dich genauso sentimental wie die Hauptfigur in einem Barbara-Cartland-Roman. Deprimiert ziehe ich mich bis auf die Boxershorts aus – lila mit lauter kleinen Nikoläusen drauf, ein Weihnachtsgeschenk von Christoph –, knipse das Licht aus und krieche unter die Bettdecke.

Aber es hat keinen Sinn. Ich kann nicht einschlafen. Ständig drehen sich meine Gedanken im Kreis. Sehnsüchtig denke ich an meine Depri-CDs, die bei mir zu Hause im Regal stehen. Eine Stunde zusammen mit Celine Dion oder Randy Crawford schluchzen und mich meinem Weltschmerz hingeben! Das wäre jetzt genau das Richtige. Zur Not täte es sogar eine Kuschelrock-CD. Aber ich habe blöderweise meinen Walkman zu Hause vergessen. Außerdem habe ich hier Pflichten übernommen, die es nötig erscheinen lassen, mein Selbstmitleid auf einen späteren Zeitpunkt zu verschieben. Wütend beneide ich Achim und Anna, die ihren Teil der Verantwortung einfach auf mich abgeschoben haben.

Mit einem Stoßseufzer setze ich mich auf. Aus dem Zimmer meiner Schwester dringt sphärische Musik. Leise und mit nackten Füßen laufe ich über den Gang und öffne ihre Zimmertür.

Franziska hat mindestens zwei Dutzend Kerzen angezündet, die riesige, flackernde Schatten an die Wand werfen. In einer Ecke qualmen Räucherkerzen, deren Duft mir Tränen in die Augen treibt. Schlagartig fällt mir ein, daß Franziska schon immer einen Hang zum Esoterischen hatte. Mit siebzehn zum Beispiel wollte sie unbedingt nach Indien, um von einem heiligen Yogi in die höheren spirituellen Geheimnisse des Geistes und der Seele eingeweiht zu werden. Allerdings mußte sie schon nach wenigen Kilometern umkehren, weil sie im Nahverkehrszug nach Kassel-Wilhelmshöhe beim Schwarzfahren erwischt worden war und der Schaffner ihrer Argumentation nicht folgen wollte, daß so etwas Profanes wie Geld sie auf der Suche nach dem ewig glückseligen Nichts nur behindern würde.

Einen Großteil der Wände hat Franziska in düsteren Farben gestrichen, um ihrem Zimmer eine gewisse Ähnlichkeit mit dem Inneren einer Kathedrale zu geben. Ich fühle mich allerdings eher wie der ungebetene Besucher bei einer schwarzen Messe. Unwillkürlich suche ich die Wände nach einem auf dem Kopf hängenden Kreuz ab oder zumindest nach ein paar Fledermäusen an der Decke. Aber Fehlanzeige. Nicht einmal ein Huhn mit durchgeschnittener Kehle liegt blutend in der Ecke. Statt dessen singen im Hintergrund irgendwelche Mönche gregorianische Choräle und beten das Agnus Dei oder so was ähnliches. Zwar kein Vergleich zu Celine Dion, aber immerhin.

„Kannst du nicht anklopfen?“ mault Franziska. Sie sitzt an ihrem Schreibtisch und blättert in einem Buch.

„Ich kann nicht schlafen“, sage ich.

Sie liest weiter und ignoriert mich. Ich lege mich auf ihr Bett und starre an die Decke. „Was liest du da?“ versuche ich ein zweites Mal, ein Gespräch anzufangen.

„Ein Buch über spirituelle Wiedergeburt“, brummt sie.

„Oh.“ Ich bin mir sicher, daß ich auf diese Aussage nicht die passende Erwiderung weiß.

„Glaubst du, daß Vater wiedergeboren wird?“ fragt sie plötzlich.

„Äh ...“ Sie hat mich auf dem falschen Fuß erwischt, denn sowohl meine pädagogischen Fähigkeiten als auch meine Standfestigkeit in Glaubensfragen sind etwas unterentwickelt. „Ich habe keine Ahnung“, antworte ich lahm. „Was sagt denn dein Buch?“

Franziska sieht mich mißgelaunt an. „Welche These vertritt wohl ein Buch, das sich mit Wiedergeburt beschäftigt?“ fragt sie spöttisch zurück.

„Es befürwortet sie?“ erwidere ich vorsichtig.

„Bingo!“

„Und was glaubst du?“ frage ich und spiele den Ball geschickt wieder in ihr Feld, ohne mir eine Blöße zu geben.

Franziska zuckt mit den Schultern. „Ich weiß nicht“, sagt sie zögernd. „Es ist eine nette Idee, sich auszumalen, daß Vaters Leben nur eine andere Form angenommen hat. Obwohl ... vielleicht auch nicht. Was ist, wenn er nun als Grashalm auf dem Landgut eines englischen Rasenfanatikers wiedergeboren wird?“ Gebannt von dieser Vorstellung legt sie die Stirn in Falten. „Das wäre sicherlich kein Spaß“, sagt sie dann. „Seine Überlebenschancen wären praktisch gleich Null. Und selbst wenn, es muß unglaublich langweilig sein, immer nur am selben Platz stehen zu können. Tagaus, tagein, immer dasselbe. Man wird naß, wenn es regnet, man schwitzt, wenn die Sonne scheint, man wartet auf den Morgen, man wartet auf die Nacht. Schrecklich! Und man muß ständig davor Angst haben, plattgetreten, gefressen oder unter einem stinkenden Kuhfladen begraben zu werden.“

Ich denke darüber nach, wie es wäre, wenn Christoph dieses Schicksal ereilen würde, und finde den Gedanken höchst anregend. Es wäre die gerechte Strafe dafür, daß er mich hat sitzenlassen. Ich könnte meinen Job bei der Krankenkasse an den Nagel hängen und Kuhhirte werden. Dann würde ich persönlich dafür sorgen, daß eine ganze Herde von Rindern auf der Wiese weidet, auf der Christoph sein tristes Dasein als Grashalm fristet. Und ich würde ihnen vorher eine ganze Tonne Abführmittel verabreichen.

Aber prinzipiell fühle ich mich außerstande, den abstrusen Gedankengängen meiner Schwester zu folgen, und versuche, das Gespräch auf ein intellektuell etwas weniger anstrengendes Gebiet zu lenken.

„Sag mal, erinnerst du dich an deine letzte Party?“ frage ich.

„Die im Frühjahr? Klar! Ich weiß noch, wie Manuel versucht hat, die Goldfische hinten im Gartenteich mit Dope zu füttern.“ Manuel war der Typ mit den Rastalocken, der in das Spülbecken gekotzt hatte. „Warst du auch da?“ fragt sie erstaunt.

„Ja, allerdings!" gebe ich bissig zurück, verletzt, daß sie von meiner Anwesenheit nichts mehr weiß. „Mutter hat mir auf der Party erzählt, daß Anna und Achim mich auf Norderney bis zum Hals im Sand eingegraben haben und ich zwei Stunden schreiend am Strand gelegen habe, bis mich Mutter und Vater endlich fanden. Aber ich kann mich beim besten Willen nicht daran erinnern."

„Ja und?" sagt Anna. „Wieso soll ich etwas dazu sagen können? Ich war damals noch nicht geboren."

„Das weiß ich auch!" erwidere ich genervt. „Was ich damit sagen will, ist, daß ich mich eigentlich an kaum etwas aus meiner Kindheit erinnere, und das beschäftigt mich schon eine ganze Weile. Geht es dir auch so?"

Franziska schüttelt den Kopf. „Nein. Ich kann mich leider an jede Peinlichkeit erinnern, die mir passiert ist. Aber meine Kindertage liegen ja auch noch nicht so weit zurück wie bei dir, Bruderherz."

„Vielen Dank auch", sage ich ein bißchen eingeschnappt. „Aber findest du das nicht merkwürdig? In meinem Gedächtnis spuken auch keine Bilder von Vater herum. Ich weiß nicht ... so, als ob alles, was vor meinem Auszug von zu Hause passiert ist, in einem schwarzen Loch verschwunden wäre."

Franziska sieht mich etwas interessierter an. „Vielleicht hast du ja eine partielle Amnesie!" erwidert sie. „Oder es hat etwas mit mir zu tun!"

„Wieso mit dir?" frage ich verständnislos.

„Das ist doch offensichtlich! Weil ich nur ein knappes Jahr alt war, als du von hier weggegangen bist. Psychologisch gesehen ein interessanter Fall: Du bist eifersüchtig gewesen, weil ich als Nachkömmling die gesamte Aufmerksamkeit der Familie von dir weg- und auf mich gezogen habe. Wenn aber Zuneigung so schnell umverteilt werden kann, dann kann sie auch nicht ernst gemeint gewesen sein. Und deshalb hat sich dein Unterbewußtsein entschieden, gleich die gesamte Kindheit in deinem Gedächtnis auszulöschen. Eine Art Selbstschutz, um dein Ego vor der Erinnerung an eine verpfuschte Kindheit zu schützen."

„Ich hatte keine verpfuschte Kindheit!" antworte ich entrüstet.

„Woher willst du das wissen? Ich denke, du kannst dich nicht erinnern!" gibt Franziska triumphierend zurück.

„Äh ..." sage ich sprachlos. „Was studierst du? Literaturwissenschaften?"

Aber meine Schwester hat das Interesse an einer weiteren Unterhaltung mit mir schon wieder verloren und sich erneut in ihr Buch vertieft.

Geistesabwesend gehe ich zurück in mein Zimmer und ziehe die Bettdecke bis ans Kinn. Doch je mehr ich darüber grüble, welche Erinnerungen sich eventuell in meinem Gedächtnis vergraben haben könnten, desto weniger fällt mir ein.

Das letzte, woran ich denke, bevor ich endlich wegdöse, ist: Tobias, laß es sein. All das hat seinen Grund. Man sollte keine Türen öffnen, deren Schlüssel man absichtlich weggeworfen hat.

Was für ein Blödsinn einem manchmal durch den Kopf schießt, wenn man dabei ist, einzuschlafen.

Am späten Vormittag werde ich von lautem Stimmengewirr geweckt, das aus der Küche zu mir nach oben dringt. Schlaftrunken stehe ich auf, ziehe mich an und laufe die Treppe hinunter, in der Hoffnung, daß Franziska mir noch etwas Eßbares übriggelassen hat.

Als ich nach unten komme, sehe ich, daß ungefähr die Hälfte der weiblichen Einwohnerschaft des Dorfes in unsere Küche eingefallen ist, um meiner Mutter „in dieser schweren Stunde" – wie es eine der Damen ausdrückt – beizustehen. Ich fühle mich sofort an Fernsehbilder aus dem Nahen Osten erinnert, wo bezahlte, zahnlose Klageweiber in hysterischen Posen zusammen mit der Witwe des Toten das Ende eines Familienpatriarchen beweinen. Überall sitzen und stehen mir aus meiner Kinder- und Jugendzeit mehr oder weniger bekannte Frauen herum, eilen geschäftig hin und her, klappern mit Geschirr, machen sich an der Küchenspüle zu schaffen, tätscheln meiner Mutter aufmunternd die Schulter und wischen sich dabei eine Träne aus dem Augenwinkel. Damit enden aber auch schon die Gemeinsamkeiten mit den Gepflogenheiten des vorderen Orients. Im Unterschied zu den in meiner Erinnerung doch eher abgemagerten, runzligen und vom Schicksal gezeichneten Klageweibern überwiegt bei den anwesenden Frauen eher die *Ritter Sport*-Figur: quadratisch, praktisch, gut. Auch die im Nahen Osten obligatorische schwarze Kleidung sowie das Kopftuch werden hier ersetzt durch das Motiv der karierten Kittelschürze.

Entsetzt versuche ich, mich unbemerkt zurück in mein Zimmer zu schleichen und abzuwarten, bis dieses Amazonenheer im Rentenalter den Rückzug angetreten hat, aber meine Reflexe sind nicht schnell genug. Einige der Nachbarinnen haben meine Anwesenheit schon entdeckt, und im gleichen Moment stürzt die pausbäckige Frau des Ortsvorstehers mit einem Schrei auf mich zu und zerrt mich nach unten.

„Ei, da isse ja endlisch, de Goldbub, gell!" ruft sie und drückt mich an ihren wogenden Busen. Ohne die Möglichkeit einer Gegenwehr werde ich wie der verloren geglaubte Sohn aus dem Neuen Testament von einer Matrone zur nächsten gereicht, schmerzhaft in die Wangen gekniffen, an den Ohren gezogen und mit feuchten Schmatzern übersät. Das Schlimmste aber sind die Umarmungen, weil ich beim Aufprall auf die überdimensionalen Oberweiten und Stützkorsagen keine Luft bekomme und es mir kaum gelingt, Atem zu holen. Hilfesuchend werfe ich meiner Mutter einen Blick zu, aber sie ist der kollektiven Hausbesetzung genauso ausgeliefert wie ich. Jedesmal, wenn sie versucht, sich von ihrem Küchenstuhl zu erheben, wird sie nach unten gedrückt und mit beschwichtigenden, aber bestimmten Worten zum Sitzenbleiben gezwungen.

„Du muß dich jetz erstemol ausruhe!" höre ich einige Stimmen meiner Mutter gut zureden. „Du muß jetz erstemol Kräfte sammele." „Die nächste Daag un Woche wärn schwer genug wärn." „Mathildsche, gib demm Hannah mal a sche stakk Tass' Kaffee, des arm Ding is ja ganz blaß um die Nas'!"

Ich weiß genau, daß meine Mutter deswegen so blaß aussieht, weil sie Kaffee nur in geringen Mengen verträgt. Sie ist sonst eher Teetrinkerin – eine Eigenschaft, die sie mit ihrer ungeliebten Mutter, Oma Gundi, teilte. Wahrscheinlich hat sie schon einen ganz nervösen Magen, bei der Überdosis Koffein, die ihr mittlerweile eingetrichtert worden ist. Außerdem ist der Kaffee so stark, daß er eine schon drei Tage tote Kuh wiederbeleben würde.

Überhaupt schlägt die Stimmung der zur Unterstützung herbeigeeilten Nachbarinnen langsam um. Immer mehr Frauen strömen ächzend durch die offene Haustür in die Küche, alle beladen mit schweren Taschen und Körben. Mehrere gedeckte Apfel- und Kirschkuchen materialisieren sich wie von Zauberhand auf dem Küchentisch. Die Kaffeemaschine brodelt unaufhörlich, Schlagsahne wird geschlagen, Tische werden gedeckt und wieder abgeräumt, und der Geräuschpegel erreicht die Ausmaße eines Konzerts von Maria und Margot Hellwig. Mit dem Auftauchen zweier Sherryflaschen und eines selbstgemachten Wacholderschnapses bekommt die Trauerrunde immer mehr den Anstrich einer außer Rand und Band geratenen Butterfahrt. Ich bin empört über die mangelnde Pietät der Anwesenden, auch wenn ich weiß, daß es sich um ein institutionalisiertes Trauerritual handelt. Aber immerhin ist es noch nicht einmal vierundzwanzig Stunden her, daß mein Vater gestorben ist, und hier wird gefeiert, als ob die *California Dream Boys* einen kostenlosen Männerstrip veranstalten würden.

Doch es gibt kein Halten mehr. Die gedämpft geäußerten Beileidsbekundungen weichen mehr und mehr gackerndem Gelächter, erst unterdrückt, dann immer lauter, und die Gesprächsinhalte wechseln unausweichlich von Lobeshymnen auf den Charakter meines Vaters zu dem eigentlichen Grund dieses Zusammenseins: dem Austausch des neuesten Dorftratsches. „Ei, Heddwisch, horschemal! Die Frau vom Lederers Franz hat schon widder a blau Aach! Angeblisch isse die Trepp hinunnergefalle. Das wär dann schon es zweute Mal den Monat!"

Schließlich schwappt die vormittägliche Party ins Wohnzimmer über, und irgend jemand durchstöbert die Plattensammlung meiner Eltern. Kurz darauf ertönen in voller Lautstärke Cindy und Bert mit *„Immer wieder sonntags kommt die Erinnerung"*, und ich entdecke Rosalinde, die Frau von Gesike, und Mathilde, die Frau des Metzgers, Arm in Arm und mit leichten Schunkelbewegungen in der Hüfte.

Beide Damen haben ein halbleeres Sherryglas in der Hand und einen glasigen Blick in den Augen, und gemeinsam fallen sie inbrünstig beim Refrain in das *„Dibbl dibbl dip dip, dip"* ein. Am anderen Ende des Raums treffen die Gattinnen des Ortsvorstehers und des Bezirksveterinärs unübersehbar die ersten Vorbereitungen zu einer Polonäse rund um die Wohnzimmercouch. Der Wahnsinn hat viele Gesichter.

Endlich kann ich in einem unbeobachteten Augenblick dem Treiben entrinnen und flüchte nach oben auf mein Zimmer. Ich werfe mich aufs Bett, ziehe mir die Bettdecke über den Kopf und wünsche mir inständig, ich könnte Christoph anrufen und ihm von diesem Irrenhaus berichten. Er hätte seine helle Freude daran. Zur Zeit könnte er mir sicherlich nicht vorwerfen, das Leben mit mir sei langweilig und stumpfsinnig. Aber abgesehen davon, daß ich eine Nahkampfausrüstung der Bundeswehr bräuchte, um mich zum Telefon durchzuschlagen, würde Christoph auch nichts mehr von mir wissen wollen. Er hat ja jetzt Säbelschwanz-Klaus.

Als ich gerade ein paar Tränen des Selbstmitleids vergießen will, klopft es leise an der Tür, und meine Mutter kommt herein.

„Hallo", sagt sie vorsichtig. „Ein bißchen heftig, nicht wahr?"

Zur Antwort ziehe ich unter der Bettdecke die Nase hoch und schlucke meine Tränen herunter. Erneut komme ich mir wie ein kleiner Junge vor.

„Es ... es ist so unpassend!" bringe ich schließlich heraus. „Vater ist erst gestern gestorben, und sie singen und lachen da unten wie auf einer Hochzeit! Das ist geschmacklos!"

Meine Mutter setzt sich auf den Rand des Bettes und legt eine Hand auf mich. „Ach, Tobias", sagt sie seufzend. „Sie meinen es doch nur gut. Es ist bloß ihre Art, mir zu zeigen, daß ich nicht alleine bin. Zugegeben, es sieht ein wenig ... überdreht und tölpelhaft aus, aber wir sind hier auf dem Land, das weißt du doch. Hier gibt es wenig Abwechslung, deshalb wird jede Gelegenheit zum Feiern genutzt. Selbst wenn es ein Todesfall ist. Erinnerst du dich noch? Du hast jedem Schützenfest und jedem noch so kleinen vorbeifahrenden Zirkus tagelang entgegengefiebert!"

Ich stecke den Kopf unter der Bettdecke hervor. „Ist das wahr?" frage ich.

„Aber ja!" erwidert meine Mutter mit einem sentimentalen Lächeln. „Anna und du, ihr habt uns manchmal wahnsinnig gemacht mit der Frage, wie oft ihr noch schlafen müßt, bis ihr die Elefanten und Tiger sehen könnt. Ihr konntet es gar nicht abwarten!"

Ich verziehe mürrisch das Gesicht. „Ich kann mich an so wenig aus meiner Kindheit erinnern!"

„Vielleicht hast du nur noch nicht intensiv genug darüber nachgedacht", erhalte ich als Antwort.

„Aber jedesmal, wenn ich es versuche, ist da nichts. Nur eine große, leere Wand", jammere ich.

Meine Mutter sieht mich grübelnd an. „Wir haben diese Unterhaltung schon einmal geführt", sagt sie. „Wo war das bloß? Ach, ich weiß wieder: auf Franziskas Fete."

„Das weißt du noch? Ich dachte ..."

„Kind", sagt sie streng, „du darfst nicht glauben, daß ich nicht mehr weiß, mit wem oder worüber ich mich unterhalte, nur weil ich ein paar in Alkohol getränkte Früchte zuviel gegessen habe. Mein Gedächtnis funktioniert noch sehr gut." Sie ist eine Weile stumm, und ich sehe ihr an, daß sie sich die Worte zurechtlegt, die sie gleich sagen möchte, weil ihr der nächste Satz sehr wichtig ist.

„Weißt du, Erinnerungen sind oft verbunden mit Gegenständen, die man früher benutzt hat. Dinge wie eine Kinderrassel, ein Buch oder ein Stofftier können Erinnerungen an Ereignisse auslösen, an die du seit Jahrzehnten nicht mehr gedacht hast und von denen du glaubtest, du hättest sie vergessen. Alte Bilder oder Fotos haben manchmal den gleichen Effekt oder auch Menschen, die du jahrelang nicht gesehen hast und dann durch Zufall auf der Straße oder in einem Café wiedertriffst." Sie zögert einen Moment. „Als du damals ausgezogen bist, hast du nichts mitgenommen, was dich an früher erinnern konnte. Du hast mit allen deinen Freunden aus dem Dorf den Kontakt abgebrochen. Auch mit ... ihm. Vielleicht war das ein Fehler. Aber ich dachte immer, daß du deine Gründe dafür hattest, deshalb habe ich dich nie danach gefragt."

Ich starre aus dem Fenster und weiß nicht, was ich sagen soll. Die Worte meiner Mutter hallen in meinem Kopf wider, und ich denke an den Vorwurf von Christoph. „Tobias, du bist beziehungsunfähig!“ Was, wenn er recht hatte?

Und dann ist da auf einmal ein Gesicht, an das ich seit Jahren nicht mehr gedacht habe und auch nicht denken wollte. Ich schließe die Augen und spüre den Sturm, der sich hinter meiner Stirn zusammenbraut.

Ich packe, werfe wahllos Dinge in den großen Rucksack und einen Koffer, wild entschlossen, der Enge des Dorfs ein für allemal zu entkommen. Meine Mutter steht in der Tür meines Zimmers und versucht, mich umzustimmen.

„Tobias, nur noch ein paar Monate“, sagt sie, „bis du die Lehre beendet hast!“

Aber ich halte es nicht mehr aus, das Gefühl, daß mir jeder Tag hier die Kehle unweigerlich ein wenig mehr zuschnüren wird, bis ich ersticke.

„Nein!“ Ich bringe Argumente vor, die auswendig gelernt klingen: die unerträgliche Gewißheit, keinen Schritt tun zu können, ohne daß jeder sofort darüber Bescheid weiß. Die Beklemmung in meiner Magengegend, weil ich glaube, alles in meinem Leben wäre schon im voraus festgelegt, ohne daß ich die Möglichkeit habe, Einfluß darauf zu nehmen.

„Das ist nicht der wahre Grund“, sagt meine Mutter. „Hör auf, dich selbst zu belügen!“

„Nein!“ schreie ich wieder. „Ich muß weg! Verstehst du das nicht? Jeden Abend kann ich von hier das Licht in seinem Zimmer sehen. Jeden Abend ist da sein Schatten, der zu mir herüberstarrt. Ich ertrage das nicht mehr!“ Mit einem Ruck lasse ich die Schlösser des Koffers zuschnappen.

„Niemand gibt dir die Schuld“, erwidert meine Mutter ruhig.

„Doch“, sage ich verzweifelt. „Sebastian gibt mir die Schuld. Und er wird es immer tun!“

Was ich nicht sage, ist, daß er jedes Recht dazu hat.

Nur mit großer Mühe gelingt es mir, diese Gedanken beiseite zu schieben und mich wieder auf das Hier und Jetzt zu konzentrieren. Aber die Worte meiner Mutter haben die wohlbehütete Büchse der

Pandora versehentlich geöffnet, und ich weiß, daß es nur eine Frage der Zeit ist, bis mich die Vergangenheit wieder einholt.

Meine Mutter steht auf und sieht auf mich hinunter. „Genug geschwätzt für heute", sagt sie, und ich atme tief durch. „Los, steh jetzt auf und geh duschen. Wir haben einen Termin beim Pfarrer. Ich werde in der Zwischenzeit das Kaffeekränzchen unten beenden."

Als sie zur Tür hinausgeht, halte ich sie noch einen Moment zurück. „Wieso kommst du so leicht mit Vaters Tod zurecht?" Die Frage entwischt mir ganz unwillkürlich. „Ich meine, ihr wart ein Leben lang zusammen. Wieso ... wieso bist du nicht ständig in Tränen aufgelöst?" Ich habe das Gefühl, mich falsch und ungeschickt ausgedrückt zu haben.

Meine Mutter zuckt mit den Schultern. „Vielleicht hast du nur nicht genau hingesehen, Tobias. Vielleicht mußt du das erst noch lernen."

Pfarrer Neurath und ich sind nicht gerade die besten Freunde. Milde ausgedrückt. Er sieht in mir den personifizierten Antichristen, der auf die Erde geschickt wurde, um zu seinem persönlichen Sargnagel zu werden, und ich hasse den Boden, auf den er mit seinen Füßen tritt.

Unser besonderes Verhältnis kultivieren wir seit dem Tag, an dem ich und Sebastian den Boden des Kirchenschiffes entweiht haben. Dabei hatten wir nur gemeinsam onaniert, also wirklich eine verzeihliche Sünde. Aber Pfarrer Neurath betrachtete schon dieses geringfügige Vergehen als den Beginn der kommenden Apokalypse. Seinem damaligen Gesichtsausdruck jedenfalls war zu entnehmen, daß er damit rechnete, seine geliebte Kirche würde in wenigen Minuten in der Erde versinken, und wir, zwei pubertierende Jungen im Alter von dreizehn Jahren, trügen die volle Verantwortung dafür. Angefangen hatte alles mit den Chorproben einige Monate davor.

Meine Eltern, Sebastians Vater und seine Tante Rena hatten beschlossen, daß Sebastian und ich Mitglieder des Kinderkirchenchors werden sollten. Sebastians Mutter war damals schon in einem Sanatorium in Bad Oeynhausen untergebracht und existierte nur noch als ein dunkler Schatten der Vergangenheit. Sebastian sprach nie über sie.

Im nachhinein habe ich nie begriffen, was sich unsere Erziehungsberechtigten davon versprochen hatten, uns in den Kirchenchor zu stecken, denn wir befanden uns beide zu der Zeit gerade im Stimmbruch, und unsere Sangeskünste erinnerten eher an eine verrostete Holzsäge als an die *Wiener Sängerknaben*. Aber immerhin wohnen wir im ländlichen Hessen, direkt an der ehemaligen Grenze zum anderen deutschen Staat – man sagte bei uns noch bis zur Wiedervereinigung „Ostzone" –, damals noch in Sichtweite der Stacheldrahtzäune, und das ist eine Ecke Deutschlands, die schon immer vom Katholizismus in seiner strengsten Form beeinflußt worden ist. Noch bis vor kurzem hätte der Fuldaer Erzbischof am liebsten die heilige Inquisition wieder eingeführt und alle Abtreibungsgegner, Homosexuellen und Grünen-Wähler auf dem Scheiterhaufen verbrennen lassen. Gott war allerdings anderer Ansicht und hat ihn vorher zu sich geholt.

Jedenfalls waren unsere Eltern und Tante Rena der Meinung, ein wenig Anteilnahme am religiösen Leben der Gemeinde könne unseren Seelen nicht schaden, und so trabten wir mürrisch jeden Dienstagnachmittag in die Kirche – während unsere Freunde draußen Fußball spielten, Fahrradrennen veranstalteten oder versuchten, den am Reck des Spielplatzes herumturnenden Mädchen unter die Röcke zu schielen.

Pfarrer Neurath, in Personalunion auch Chorleiter, begrüßte uns freudig und teilte uns zu Beginn der ersten Stunde den meist erst zehnjährigen Sopranisten zu. Aber schon nach dem ersten Lied – *„Es ist ein Ros' entsprungen"* – wurde ich zum Triangelspieler degradiert, und Sebastian mußte auf dem Tamburin herumschlagen. Nicht gerade tragende und besonders verantwortungsvolle Rollen, und dementsprechend stieg auch unsere Langeweile in den nächsten Wochen mit jeder Chorprobe sprunghaft an.

Speziell mein Desinteresse an dem wöchentlichen Martyrium wurde dadurch noch gesteigert, daß das Repertoire des Kirchenchors in keinster Weise der Musik entsprach, die ich bevorzugte.

Im Frühjahr hatte ich zum ersten Mal in meinem Leben den „Grand Prix de la Chanson“ im Fernsehen gesehen (der mit dem historischen Sieg von Schweden) und war seitdem ein glühender Fan von *Abba*. Ich investierte mein gesamtes Taschengeld in jede neue Single der Popgruppe und hüpfte stundenlang mit einer imaginären Gitarre in der Hand zu den Klängen von *„Waterloo“*, *„Honey, Honey“* und *„So Long“* durch das Haus, bis Anna mir drohte, meinen Plattenspieler aus dem Fenster zu schmeißen. Ich begann, mir wöchentlich die *Bravo* zu kaufen, und verschlang mit glänzenden Augen jedes Wort, das über *Abba* geschrieben wurde. Achim erhielt die Sammlung meiner Fix-und-Foxi-Hefte und die Micky-Maus-Taschenbücher, für die ich mich nun zu alt wähnte. Statt dessen sammelte ich den *Bravo*-Starschnitt und klebte das fast lebensgroße Poster meiner Lieblings-Popgruppe an die Innenseite meiner Tür. Ich war unsterblich in Agnetha verknallt und trieb meine Mutter an den Rand des Wahnsinns, weil ich unbedingt weiße Plateaustiefel wie Benny haben wollte oder zumindest eine Hose aus hauteng anliegendem und glänzendem Lycra.

Bald darauf gab es allerdings einen Grund, der die entsetzliche Langeweile der Chorproben bei weitem wettmachte und Sebastian und mich bewog, doch noch großen Enthusiasmus bei der Bedienung von Triangel und Tamburin an den Tag zu legen.

Ein für mich unerwarteter – und positiver – Nebeneffekt meiner neuen Musikleidenschaft war nämlich die Entdeckung der Aufklärungsseite in der *Bravo*, geschrieben von einem gewissen Dr. Sommer. Hier waren endlich die Antworten auf meine vielen unbeantworteten Fragen zu Sexualität: Wie bringe ich ein Mädchen dazu, es mit mir zu tun? Wie werde ich sie hinterher wieder los? Was ist eine prä-koitale Ejakulation? Am allerbesten aber war, daß jeder Bericht dieses Dr. Sommers einherging mit einem ganzseitigen Foto eines halbnackten Mädchens und manchmal sogar eines halbnackten Jungen, was mich schon damals irgendwie mehr erregte. Ich verbrachte Stunden im Badezimmer und wichste mir die Finger wund, während ich vorgab, Durchfall zu haben oder ein langes, heißes Bad zu nehmen, und ignorierte stoisch das durchdringende Hämmern von Oma Gundi, die eine schwache Blase hatte, oder das wütende Geschrei meiner Schwester Anna vor der Badezimmertür.

Eine unfreiwillige Unterbrechung meines Freizeitspaßes ergab sich kurzfristig aus einem Gerücht, das zu diesem Zeitpunkt bei den Jungen meiner Schulklasse in Umlauf war und welches besagte, jeder Mann habe in seinem ganzen Leben nur fünftausend „Schuß" zur Verfügung. Völlig verzweifelt lag ich abends im Bett, versagte mir jegliche körperliche Vergnügen und versuchte krampfhaft auszurechnen, wieviel „Schüsse" mir noch blieben. In Anbetracht meiner fast täglichen und manchmal mehrmaligen Masturbationen war dies natürlich ein völlig unmögliches Unterfangen, und ich litt unter der Furcht, in spätestens einem Jahr meinen Vorrat an Sperma aufgebraucht zu haben. Zusätzlich machte mich meine erzwungene Enthaltsamkeit nervös und ständig schlechtgelaunt – von dem Zustand permanenter sexueller Erregung und der damit einhergehenden Tatsache, daß ich andauernd eine Latte hatte, ganz zu schweigen.

Schließlich hielt ich es nicht mehr aus und schrieb in meiner Not unter dem Pseudonym „Stefan Müller, Kassel" einen Leserbrief an Dr. Sommer, in dem ich ausführlich meine Ängste schilderte. Dankenswerterweise wurde dieser Brief in einer der folgenden Ausgaben der *Bravo* veröffentlicht, und die Antwort des Sex-Experten beruhigte mich vollends. Ich feierte die Befreiung aus meinem Zwangszölibat mit mehreren Mega-Orgasmen, die dazu führten, daß ich danach an einer Sehnenscheidenentzündung des rechten Handgelenks litt.

Natürlich teilte ich die Entdeckung der Aufklärungsseite in der *Bravo* mit Sebastian. Auch Sebastian war schwer beeindruckt, vor allem deshalb, weil die halbnackten Körper in der *Bravo* natürlich nicht zu vergleichen waren mit den Damen- und Herrenunterwäscheseiten aus dem *Otto*-Katalog, die wir vorher als gemeinsame Onaniervorlage verwendet hatten und den Sebastian regelmäßig seiner Tante Rena aus dem Nähkorb stahl. Im Laufe der Zeit fanden Sebastian und ich zu einer gewissen Routine, was unsere gemeinsame Lieblingsbeschäftigung betraf. Nach den Chorproben blieben wir unter dem Vorwand, unsere Triangel- und Tamburinschläge üben zu wollen, zurück und warteten nervös, bis die zehnjährigen Soprangören verschwunden waren und Pfarrer Neurath als letzter endlich die Kirchentür hinter sich zugeschlagen hatte.

Danach holten wir sofort die neueste *Bravo* und den letzten *Otto*-Katalog aus unseren Schulranzen, schoben unsere Hosen nach unten und wichsten, als gäbe es nie wieder eine Möglichkeit, einen Orgasmus zu haben – wobei ich mehr als einmal einen heimlichen Blick auf Sebastian warf und er auf mich, wie sich später herausstellte, allerdings bemerkte ich damals nichts davon. Anfangs hatten wir noch entsetzliche Angst, daß unsere Kirchenschändung aufgrund der für ein Gotteshaus doch etwas untypischen Geräusche bemerkt werden könnte, und versuchten krampfhaft, jedwedes Stöhnen zu unterdrücken. Aber je länger wir unentdeckt blieben, desto ausgelassener und unvorsichtiger wurden wir.

An besagtem Tag, an dem wir den Zusammenstoß mit Pfarrer Neurath hatten und der wahre Grund für die verlängerten Schlagzeugübungen aufflog, waren wir besonders unvorsichtig.

„Laß uns ein Wettwichsen veranstalten!" sagt Sebastian plötzlich, als wir schon unsere Hosen auf den Knien hängen haben und uns oben in unserem Versteck neben der großen Orgel über die Bravo *beugen. Er blickt mich – oder meinen steifen Schwanz? – herausfordernd an.*

„Was meinst du?" frage ich neugierig.

„Wer am weitesten in die Kirchenbänke hineinspritzt, hat gewonnen", erwidert er.

Zögernd schaute ich über das Geländer nach unten in das Kirchenschiff. Die Empore, auf der die Orgel befestigt war und auf der wir uns gerade befanden, war im linken Seitenschiff angebracht. Direkt unter uns, von unserem Standpunkt aus nicht einzusehen, befanden sich der Seiteneingang der Kirche und ein kleiner Marienaltar, vor dem ein gutes Dutzend kleiner Teelichter brannten. Die hölzernen Kirchenbänke, die Sebastian meinte, zeigten in Richtung Hauptaltar und waren im Mittelschiff, in einiger Entfernung zur Orgelempore plaziert.

„Aber das geht doch gar nicht!" antworte ich. „Die Bänke sind viel zu weit weg! Das schafft keiner!"

Sebastian lenkte meinen Blick auf den die Orgel einrahmenden Prospekt, der mit massiven Holzschnitzereien verziert war, weit in den offenen Raum der Kirche hineinragte und sehr viel näher an die Bänke im Mittelschiff herankam. Der Prospekt befand sich allerdings auch in einer Höhe von ungefähr zehn Metern über dem Boden.

„Du spinnst!" sage ich erschrocken, als ich seine Absicht errate. „Und wenn wir runterfallen? Wir könnten uns den Hals brechen!"

„Quatsch!" erwidert Sebastian. „Da gibt es doch 'ne ganze Menge Ecken und Tritte, wo wir uns festhalten können. Wir müssen nur ein bißchen klettern! Komm schon, das wird geil! Oder kannst du etwa nicht?"

Damit hatte er mich festgenagelt. Nach meiner unnötigen Enthaltsamkeit stand ich noch immer unter dem Zwang, der Welt im allgemeinen und mir im besonderen bei jeder Gelegenheit zu beweisen, daß ich wieder jederzeit – und überall – „konnte", ohne Angst haben zu müssen, nach fünftausend Schuß keine Munition mehr zu haben.

Ohne Sebastian eine Antwort zu geben, ziehe ich meine Hosen hoch und beginne den gefährlichen Aufstieg auf den Prospekt. Die ersten Meter sind auch überhaupt nicht schwierig, weil sich tatsächlich sehr viele Möglichkeiten bieten, sich festzuhalten. Überall gibt es Winkel, Kanten und schnörkelige Verzierungen, die vom Orgelbauer eingeplant worden waren, um neben einem visuellen Effekt die bestmögliche Akustik zu erreichen, und an denen wir uns jetzt Stück für Stück entlanghangeln. Aber je weiter wir klettern – Sebastian immer dicht hinter mir –, desto schwierigerer ist es, Halt zu finden, denn nach außen hin werden die Holzverstrebungen immer schmaler und filigraner.

Schließlich halte ich an und klammere mich mit einer Hand an einer stilisierten Rose fest. Meine Füße finden auf dem letzten schmalen Holzvorsprung der Empore Platz. Sebastian ist direkt hinter mir. Tief unter uns befindet sich das Mittelschiff der Kirche, und die Kirchenbänke, auf die wir es abgesehen haben, sind nur noch zwei oder drei Meter Luftlinie von uns entfernt.

„Weiter geht nicht!" sage ich atemlos und mit Angstschweiß auf der Stirn. Wenn ich nach unten sehe, wird mir ein wenig schwindelig.

Sebastian nickt stumm. Anscheinend hat er mittlerweile auch Muffensausen bekommen.

Mit der linken Hand klammerten wir uns weiter an den schmalen Ausläufern des Prospekts fest, und dann, wie auf ein Kommando, begannen wir an unseren Gürtelschnallen zu fummeln, bis wir die Hosen auf unsere Fußgelenke heruntergezerrt hatten.

Wie alle unsere Freunde achteten Sebastian und ich natürlich sehr genau darauf, daß unsere Klamotten immer dem aktuellen Trend entsprachen, das heißt, die Jeans waren unten mit einem weiten Schlag versehen, aber in der Taille und an den Oberschenkeln so eng, daß wir Probleme hatten, den Reißverschluß zuzumachen. Man mußte also schon einige Mühe und manchmal auch Fingerspitzengefühl investieren, um sich aus diesen Hosen herauszupellen. Aber irgendwie gelang es uns doch. Denn trotz oder vielleicht gerade wegen der Gefährlichkeit unserer Lage waren wir beide erregt wie noch nie.

Natürlich hatte keiner von uns daran gedacht, die *Bravo* oder den *Otto*-Katalog als Wichsvorlage bei unserer Kletterpartie mitzunehmen. Wir wären allerdings auch gar nicht imstande gewesen, in den Heften zu blättern, da wir keine Hand frei hatten. Mit der linken hielten wir uns am Orgelprospekt fest, mit der rechten umklammerten wir unsere Schwänze. Daher war es ganz natürlich, daß unsere Blicke jeweils den anderen suchten und ihn dabei beobachteten, wie er wichste.

Sebastians Mundwinkel umspielt ein spöttisches Grinsen, als wollte er mich anfeuern. Ich grinse unbeholfen zurück. Dann treffen sich unsere Augen und bleiben aneinander hängen. Ich komme fast sofort.

Und dann passierte das Unvermeidliche. Noch während ich laut stöhnend versuchte, mit meinem Sperma die Kirchenbänke zu treffen – schließlich war es immer noch ein ernstzunehmender Wettbewerb –, öffnete sich unter uns quietschend die kleine Seitentür, und die Schritte und Stimmen von zwei Menschen kamen näher: Pfarrer Neurath und Frau Erika Bauer, die Schwester des Floristen. Der Pfarrer blieb irritiert vor den vordersten Kirchenbänken stehen und blickte sich etwas hilflos um, auf der Suche nach den merkwürdigen Geräuschen in seiner Kirche. Natürlich war ich im Augenblick meiner Ekstase nicht in der Lage, mich so still zu verhalten, wie es angesichts unserer prekären Lage angebracht gewesen wäre. Offensichtlich konnte der Pfarrer aber weder vor noch hinter sich jemanden entdecken. Dann plötzlich, und für ihn sicherlich völlig unerwartet, klatschte ihm eine Ladung von etwas Klebrigem, Nassem direkt vor die Füße, etwas, das im ersten Moment einer Handvoll Taubendreck nicht unähnlich war.

Ich hatte unser Ziel, die Kirchenbänke im Mittelschiff, nur um eine Handbreit verfehlt.

Pfarrer Neurath sah überrascht nach oben, auf der Suche nach den vermeintlichen Tauben, streifte mit seinem Blick erst die Kirchenkuppel, dann die Orgel –, und dann klappte seine Kinnlade nach unten.

Ich muß gestehen, daß ich anstelle von Pfarrer Neurath ebenfalls sprachlos gewesen wäre. Was er sah, waren zwei halbwüchsige Jungen aus seiner Gemeinde – aus seinem Kirchenchor! –, die sich wie brünftige Paviane mit nacktem Hintern und erigierten Gliedern an *seiner* Orgel in *seiner* Kirche entlanghangelten, das Ganze in luftiger Höhe zehn Meter über dem Boden, und es scheinbar darauf abgesehen hatten, den Kirchenboden mit ihrem Samen zu entweihen.

Es dauerte ein paar Sekunden, bis sich Pfarrer Neurath gefaßt hatte. Dann stürmte er wie der rächende Erzengel Gabriel die Treppe zur Orgelempore hoch, während Sebastian und ich verzweifelt versuchten, unsere Hosen hochzuziehen und gleichzeitig so schnell wie möglich von dem Prospekt herunterzuklettern, um dem wütenden Pfarrer zu entkommen.

Natürlich hatten wir keine Chance. Als wir endlich mit puterroten Gesichtern von dem Orgelprospekt abgestiegen waren, erwartete uns Pfarrer Neurath mit zwei saftigen Ohrfeigen und zerrte uns dann ohne viel Federlesen zu unseren Eltern, denen er lautstark und völlig außer sich angesichts der Obszönitäten, die wir seiner Meinung nach begangen hatten, die ganze Geschichte erzählte. Im Eifer des Gefechts vergaß der Pfarrer allerdings, daß auch meine Schwester Anna und mein gerade acht Jahre alter Bruder Achim mit am Abendbrottisch saßen, als er – von einem mehrmaligen Ringen nach Worten unterbrochen – von meiner Missetat berichtete.

„Pfui Teufel!" sagte Anna mit Abscheu, warf demonstrativ ihr Salamibrot auf den Teller und machte Würgegeräusche, während sich meine Eltern sprachlos ansahen. „Männer sind so ekelig!"

„Was ist Onanie?" fragte Achim interessiert. „Kann ich das auch haben?"

Ich bekam zehn Tage Hausarrest und die erste Tracht Prügel meines Lebens – meine Eltern hatten sich immer zugute gehalten, uns antiautoritär erzogen zu haben –, und Pfarrer Neurath erhielt die Ermahnung, solch delikate Dinge in Zukunft nicht mehr vor den Ohren der anderen Kinder auszubreiten. Herr Schulpeter verbot Sebastian den Umgang mit mir, weil ich angeblich einen schlechten Einfluß auf ihn ausübte. Dieses Verbot war aber nach dem Ablauf meines Hausarrests kinderleicht zu umgehen; schließlich sind die Felder und Wiesen außerhalb des Dorfes groß genug, und innerhalb einer so kleinen Dorfgemeinschaft ist ein solches Verbot auf Dauer sowieso nicht aufrechtzuerhalten. Außerdem waren wir direkte Nachbarn. Schon allein aus diesem Grund waren Sebastian und ich nicht lange getrennt.

Natürlich sprach sich die Geschichte in Windeseile herum, und Sebastian und ich hatten das zweifelhafte Vergnügen, eine Woche lang der Hauptgesprächsstoff in der Schule zu sein. In den Pausen mußten wir den anderen Jungen immer wieder alle Einzelheiten unserer Kirchenschändung erzählen, und wir genossen die Aufmerksamkeit und die bewundernden Blicke, die uns unsere Schulkameraden heimlich zuwarfen.

Niemand jedoch ahnte auch nur im entferntesten, was dieses Erlebnis zwischen Sebastian und mir ausgelöst hatte. Selbst unsere Eltern taten es als pubertierendes Kräftemessen ab. Einzig Pfarrer

Neurath verdächtigte uns eines Hanges zu – wie er es nannte – „gottlosem und abartigem Treiben".

Von diesem Tag an verschlechterte sich das Verhältnis zwischen Pfarrer Neurath und mir zusehends. Er konnte mir nicht verzeihen, was sich in seiner Kirche abgespielt hatte, und ich konnte ihm nicht vergeben, daß er Sebastian und mich als Perverse ansah.

Natürlich wurden wir beide aus dem Kirchenchor ausgeschlossen – als ob wir jemals freiwillig wieder dort hingegangen wären! –, und ich ging immer seltener in die Messe, weil ich den zornigen Blicken des Pfarrers nicht standhalten konnte, bis ich mich schließlich weigerte, die Kirche überhaupt zu betreten. Bis zu meinem Wegzug nach Köln beschränkte sich unser Kontakt auf ein knappes und kühles „Guten Tag", wenn wir uns im Dorf über den Weg liefen.

An all das erinnere ich mich plötzlich wieder, als ich mit meiner Mutter die Stufen zum Pfarrhaus hinaufsteige. Sie hat wohl recht: Es braucht nur ein paar alte Gegenstände oder langvertraute Menschen, um Erinnerungen, auch wenn sie noch so unangenehm sind, wieder auftauchen zu lassen. Aber es ist das erste Mal seit Jahren, daß ich an Sebastian denke. Es ist ein seltsames, irreales Gefühl, als ob ich durch einen langen, dunklen Tunnel in die Vergangenheit blicke, dessen Ende so weit entfernt ist, daß man kaum erkennen kann, was sich dort befindet. Überrascht entdecke ich, daß sich Schweißperlen auf meiner Stirn gebildet haben.

Ich sehe dem Wiedersehen mit Pfarrer Neurath ausgesprochen widerwillig entgegen. Auf einmal bin ich mir ziemlich sicher, daß ich die plötzliche Konfrontation mit meiner Kindheit nicht sonderlich mag.

1958 – Wenn die Conny mit dem Peter

Als wir an der Tür klingeln, wird uns sofort geöffnet. Es ist fast so, als hätte Frau Heidkamp, die ältliche Haushälterin des Pfarrers, unsere Ankunft beobachtet. Sie empfängt uns mit einem freundlichen Lächeln und bittet uns herein. Mutter nickt ihr zu und gibt geistesabwesend ihre Handtasche ab, als befände sie sich an der Garderobe, um sich gleich Mozarts *Don Giovanni* anzusehen. Fast erwarte ich, einen kleinen, grünen Zettel mit einer Nummer in die Hand gedrückt zu bekommen. Einen kurzen Augenblick bedauere ich es, keinen Hut oder Mantel anzuhaben, das hätte die Farce komplett gemacht. Statt dessen gebe ich der Haushälterin unschlüssig die Hand.

Während wir noch etwas betreten im Flur herumstehen, ertönt aus dem hinteren Teil des Hauses eine ältere, brüchige Stimme.

„Frau Heidkamp, führen Sie Frau Listiger doch bitte in mein Studienzimmer."

Für einen Moment bleibe ich wie angewurzelt stehen. Es ist so lange her, seit ich diese Stimme das letzte Mal gehört habe, daß ich mir nicht sicher bin, was ich empfinde. Schließlich entscheide ich mich, daß es mir lästig fällt, Pfarrer Neurath wiederzusehen. Er gehört zu den Menschen, von denen ich dachte, ich hätte sie längst hinter mir gelassen, und es beunruhigt mich, daß ich einer Vergangenheit gegenübergestellt werde, die ich in den hintersten Speicherplätzen meiner Gehirnzellen vergraben habe.

Meine Mutter gibt mir einen Stoß mit dem Ellbogen, und ich trabe schuldbewußt hinter ihr her in das Studienzimmer.

Der Pfarrer sitzt hinter einem riesigen Schreibtisch aus Glas, der übersät ist mit aufgeschlagenen Büchern, diversen Notizzetteln – das akribisch gesammelte Sündenregister seiner Gemeindemitglieder als schriftlicher Beweis der Anklage beim jüngsten Gericht? – und Stiften in allen möglichen Variationen. Sogar ein altes Tintenfaß mit Feder kann ich erkennen. Wahrscheinlich nur Staffage. Im übrigen bin ich über den Schreibtisch doch ein wenig erstaunt. Eigentlich habe ich statt Glas Eiche furniert erwartet.

Als wir hereinkommen, hebt Pfarrer Neurath den Kopf, setzt ein ernstes Lächeln auf – soweit so etwas überhaupt möglich ist – und kommt mit einem leichten Keuchen in den Stimmbändern auf uns zu.

„Meine Tochter!" sagt er bedeutungsschwer, und ich muß wirklich an mich halten, um nicht laut loszuprusten. „Gott steht dir bei in deiner schweren Zeit." Mir wird wieder bewußt, daß auf dem Land die Uhren etwas anders gehen. Wenn er meine Mutter jetzt auch noch segnet, falle ich tot um. Doch dann dreht er sich zu mir.

Er mustert mich kurz von oben bis unten und schüttelt mir die Hand. Ich zucke zusammen, bin erstaunt über die Kraft seines Händedrucks. „Es tut mir leid, daß wir uns unter diesen Umständen wiedersehen", sagt er. „Es ist lange her, seit wir uns das letzte Mal begegnet sind, Tobias. Fünfzehn, zwanzig Jahre?"

„Ja", presse ich heraus und warte darauf, daß er aus seinem Jackett ein Kreuz zieht und damit vor meinem Gesicht herumfuchtelt, um mir den Teufel auszutreiben. Zumindest bin ich auf eine vernichtende Anspielung auf meine „Perversion" vorbereitet. Aber statt dessen bedeutet er meiner Mutter und mir, ihm zu einer kleinen, mit verschlissenen Polstern überzogenen Sitzgruppe zu folgen, und nimmt ächzend in einem Sessel Platz. Die Tür hinter uns geht nach einem leisen Klopfen auf, und Frau Heidkamp kommt mit einem Tablett voll Kaffeegeschirr herein.

O Gott, denke ich, schon wieder Kaffee. Mutter wird bald ein Magengeschwür bekommen! Zu meiner Überraschung ist die Kanne jedoch mit Tee gefüllt, und meine Mutter sieht Pfarrer Neurath dankbar an.

„Ich weiß doch, was für einen empfindlichen Magen du hast, Hannah", sagt der Pfarrer und lächelt verschwörerisch.

Frau Heidkamp stellt noch eine Schale mit Keksen auf den Tisch, und ich nehme mir vor, meiner Schwester diese Tatsache später gebührend unter die Nase zu reiben. Sie hat sich standhaft geweigert, zu dem Termin ins Pfarrhaus mitzukommen, was zu einer der üblichen Auseinandersetzungen zwischen ihr und meiner Mutter geführt hat.

„Ich mag diesen alten Mann nicht. Er sieht mich ständig so lüstern an! Erst letzte Woche hat er mir in den Ausschnitt gestarrt, als ich ihn auf der Straße getroffen habe!" hatte Franziska erklärt.

„Blödsinn!" hatte meine Mutter entnervt geantwortet. „Das liegt an der Brille! Er ist fast blind! Mit zwei Zentimeter dicken Brillengläsern sähe wahrscheinlich selbst ... Carolin Reiser lüstern aus!"

„Reiber", warf ich ein.

„Was?" fragte meine Mutter irritiert.

„Reiber", antwortete ich. „Sie heißt Carolin Reiber!"

„Seit wann siehst du dir Volksmusiksendungen an?" fragte meine Schwester erstaunt. „Bist du schon so verkalkt?"

„Tu ich gar nicht! So was weiß man einfach!"

„Jedenfalls hat er auf meine Titten geglotzt!" behauptete Franziska weiter.

„Das wundert mich überhaupt nicht", hatte Mutter zurückgegeben. „Du bist zehn Zentimeter größer als er, und er hat einen krummen Rücken. Wo soll er sonst hinsehen, wenn du direkt vor ihm stehst? Im übrigen solltest du deine Zunge im Zaum halten. Du weißt, wie ich über diesen Straßenjargon denke!"

Die Diskussion wurde durch den Kompromiß beendet, daß Franziska sich bereit erklärte, die Küche aufzuräumen, die nach dem blitzkriegsähnlichen Angriff der Nachbarinnen förmlich um den Besuch einer Putzkolonne bettelte. Nicht, daß sich meine Mutter oder meine Schwester der Illusion hingaben, Franziska würde tatsächlich auch nur einen Finger rühren. In unserer Familie ist allgemein bekannt, daß sie einen Gendefekt hat. Ihr fehlt das Putz- und Reinigungsgen. Noch vor vierzehn Tagen hat meine Mutter Franziska dabei erwischt, wie sie im Schneidersitz vor einem Berg schmutziger Wäsche saß und geschlagene fünf Minuten angestrengt auf ihre Blusen und Jeans starrte, um sie mit Hilfe von angeblich in ihr steckenden telekinetischen Fähigkeiten in die Waschmaschine schweben zu lassen. Ich hatte es brühwarm am Telefon erzählt bekommen.

„Ein Irrenhaus!“ hatte meine Mutter laut meiner Schwester gemurmelt, während sie Franziska energisch beiseite schob und die Wäsche in den Wäschekorb legte. „Ich habe nur verrückte Kinder großgezogen.“

Während Pfarrer Neurath und meine Mutter miteinander plaudern und mit vorsichtigen Worten den Ablauf der Beerdigung vorbereiten, betrachte ich das Studienzimmer genauer. Alles ist alt und ein bißchen heruntergekommen, abgesehen von dem Glastisch. Nicht nur die Polstermöbel sind verschlissen, auch der Teppich ist matt und ausgetreten, die Tapete vergilbt vom Pfeifenrauch des Pfarrers. Es riecht nach Staub und ein wenig nach kalter Asche. Zwei großflächige Fenster geben den Blick frei auf viel Grün – nach hinten in den gepflegten Garten der Pfarrei, in dem ich weiß und gelb blühende Rosenstöcke und einen kleinen Steingarten ausmachen kann, nach vorne auf einen kleinen Rasen direkt vor dem Haus. Die beiden Seitenwände des Studienzimmers sind vollgestopft mit Büchern. Regale reichen bis an die Decke, biegen sich förmlich unter der Last der Bände, die nicht nur nebeneinander aufgestellt sind, sondern auch übereinander gestapelt wurden, alles scheinbar willkürlich und ohne erkennbare Systematik.

Um möglichst nicht an der Unterhaltung beteiligt zu werden, versuche ich so auszusehen, als wäre ich in die Betrachtung der Bücher versunken, und lese ein paar Titel und Autoren von den Buchrücken ab. Von etwas fortschrittlicheren Werken keine Spur. Nichts über die Bewegung „Kirche von unten" und natürlich nirgendwo ein Drewermann. Über dessen Bücher würden wahrscheinlich die Flammen des heiligen Geistes mit einem hysterischen Aufschrei herfallen und sie an Ort und Stelle verbrennen.

Statt dessen religiöse Traktate, Altes und Neues Testament in jeder erdenklichen Form und mit Kommentar, Biographien von Päpsten und Kardinälen, deren Namen ich noch nie gehört habe, Abschriften diverser Enzykliken, die gesammelten Werke des heiligen Augustinus, eine Geschichte des Opus Dei und eine signierte Fotografie von Papst Johannes Paul II. Aber immerhin, am Rande eines Regals entdecke ich ein paar griechische Philosophen: Platon, Sokrates – und dann Isidor von Sevilla: den Mann, der behauptet hat, die Erde sei eine Scheibe. Jetzt wundert mich nicht mehr, wie der Pfarrer zu seinem rückständigen Weltbild gelangt ist. Im Grunde habe ich es immer gewußt: Hier im tiefsten Hessen lebt das Mittelalter weiter. Ich wäre auch nicht erstaunt, wenn zwischen all den Büchern eine detaillierte Beschreibung versteckt wäre, wie die heilige Inquisition zu den Geständnissen ihrer Opfer gelangt ist. So eine Art Do-it-yourself-Handbuch für Dorfpfarrer, um unzüchtige Gemeindemitglieder wieder zur Räson zu bringen. (Punkt 1: Lade deine sündigen Schäfchen zum Tee ein und wiege sie in Sicherheit. Punkt 2: Hole aus dem Geräteschuppen die Folterwerkzeuge. Zum Abtrennen von Finger- und Zehnägeln eignen sich rostige Heckenscheren besonders gut.)

Ich schrecke zusammen, denn plötzlich sind die Augen des Pfarrers und die meiner Mutter auf mich gerichtet. Ich habe den Faden verloren.

„Tobias?" fragt meine Mutter.

„Entschuldigung ..." sage ich nervös.

Meine Mutter seufzt. „Wir unterhielten uns gerade über die Musik, die während der Trauerfeier gespielt werden soll."

„Ich hatte etwas Angemessenes, ein kirchliches Werk oder etwas Klassisches vorgeschlagen", betont Pfarrer Neurath. „Deine Mutter möchte ..."

„... Peter Kraus und Conny Froboess", wirft sie schnell ein.

Ich verschlucke mich an dem Tee, den ich gerade nippe, und bekomme einen Hustenanfall. Ich muß mich verhört haben. Mutter verdreht die Augen und wartet, bis ich wieder Luft bekomme. Es ist nicht so, daß ich den Wunsch an sich ausgefallen finde, schließlich habe ich schon an Beerdigungen teilgenommen, bei denen „*Y.M.C.A.*" gespielt wurde und drei aufgedonnerte Transen jedem ein Glas *Rotkäppchen*-Sekt in die Hand drückten. Ich hätte nur nie im Leben damit gerechnet, daß *meine Mutter* einen ähnlichen Wunsch äußern könnte.

„Hast du gerade Conny Froboess gesagt?" röchele ich, noch immer nach Atem ringend.

„Ja", sagt sie und wirft mir einen vernichtenden Blick zu, der ausdrückt, daß sie von mir eigentlich mehr Unterstützung erwartet hätte. „Und Peter Kraus!" Ihr Gesicht bekommt einen verträumten Ausdruck, und in ihren Augen ist die Welt plötzlich vierzig Jahre jünger. „1958", sagt sie, „bin ich mit ein paar Freundinnen in Kassel ins Kino gegangen. Wir wollten uns den Film ansehen *Wenn die Conny mit dem Peter.* In ein Filmtheater zu gehen war damals noch ein richtiges Ereignis. Man putzte sich heraus dafür. Den ganzen Nachmittag habe ich vor dem Kleiderschrank zugebracht, bis ich mich entschieden hatte, was ich anziehen wollte. Ich trug eine weiße Bluse, einen dunkelroten Rock und darunter einen Petticoat, und ich hatte meine Haare zu einem Pferdeschwanz zurückgebunden. Dein Vater stand ein paar Meter vor mir an der Kasse, drehte sich dauernd nach mir um und verrenkte sich fast den Hals dabei. Ich hätte es allerdings gar nicht bemerkt, wenn meine Freundinnen nicht die ganze Zeit wie ein paar dumme Gänse gekichert und mich auf deinen Vater aufmerksam gemacht hätten. Er hatte seine Haare wie James Dean gekämmt und trug Blue Jeans und eine Lederjacke, so wie es damals Mode war – obwohl er gar kein Motorrad hatte. Oh, und er war unglaublich schüchtern. Jedesmal, wenn sich unsere Blicke trafen, schaute er schnell zu Boden und wurde rot. Und dann – ist das nicht ein unglaublicher Zufall? – bekam er im Saal genau den Platz neben mir zugewiesen."

„Wie ist es weitergegangen?“ frage ich fasziniert, denn diese Geschichte habe ich noch nie gehört. Außerdem habe ich große Schwierigkeiten, mir meine Eltern als junge Leute, jünger als ich es jetzt bin, vorzustellen.

„Wir haben Händchen gehalten“, erwidert meine Mutter und wird ein wenig rot. „Das heißt, eigentlich habe ich den Anfang gemacht. Dein Vater war sogar in der Dunkelheit des Theaters viel zu schüchtern und aufgeregt, um den ersten Schritt zu wagen. Seine Hand war schweißnaß, als ich sie das erste Mal berührte. Und nach dem Kino hat er mich zum Eis-Essen eingeladen.“

„Hattet ihr auch Sex?“ frage ich.

„Im Eiscafé?“ erwidert meine Mutter entrüstet. „Natürlich nicht!“

Wir haben beide die Anwesenheit von Pfarrer Neurath vergessen und erinnern uns erst wieder an ihn, als er hilflos den Mund auf- und zumacht und um Fassung ringt.

„Nicht im Eiscafé!“ sage ich. „Danach ... ich meine, vor der Hochzeit.“

„Ich weiß wirklich nicht, was dich das angeht, Tobias!“ antwortet meine Mutter indigniert. „Aber glaub ja nicht, daß ich deinen Vater noch nicht ... kannte, bevor ich ihn geheiratet habe. Wer kauft schon gerne die Katze im Sack?“ fügt sie dann verschmitzt hinzu.

Ich bin sprachlos. Dieser leicht frivole Zug an meiner Mutter war mir völlig unbekannt.

„Ja“, beendet sie den Ausflug in die Vergangenheit würdevoll, „so haben dein Vater und ich uns kennengelernt. Zu der Musik von Peter Kraus und Conny Froboess. Es wäre so schön, wenn etwas davon gespielt werden könnte. Dein Vater würde es verstehen. Ich weiß aber leider nicht mehr, welches Lied sie gesungen haben.“

„*Pack die Badehose ein*?“ rate ich etwas hilflos.

„Das wäre wohl ausgesprochen unpassend für eine Beerdigung!“ wirft Pfarrer Neurath eisig ein.

„Nein“, schüttelt meine Mutter traurig den Kopf, ohne auf den Pfarrer zu achten. „Das war es nicht. Es war ein Duett. Wenn ich mich doch nur erinnern könnte!“

„Wir werden es herausfinden", sage ich entschlossen und lege meinen Arm tröstend auf ihre Schulter.

„Wir sollten vielleicht doch auf ein etwas traditionelleres Liedgut zurückgreifen", versucht Pfarrer Neurath den Gesprächsfaden wieder an sich zu reißen. „Es gibt da einige sehr schöne Kirchenchoräle, die den Angehörigen des Verstorbenen Zuspruch gewähren. Im übrigen, was soll die Kirchengemeinde denken, meine Tochter, wenn wir plötzlich eine solche ... äh ... Musik während einer Trauerfeier spielen! Wir sind hier schließlich nicht in der Großstadt! In Köln mag so etwas in gewissen Kreisen zum guten Ton gehören", sagt er dann mit einem giftigen Seitenblick zu mir, „aber hier ist das doch zum Glück etwas anderes."

„Was wollen Sie denn damit sagen?" frage ich betont liebenswürdig zurück und würde den alten Trottel am liebsten ungespitzt in den Boden rammen. Meine Mutter legt beschwichtigend eine Hand auf meinen Arm.

„Können wir uns denn nicht auf einen Kompromiß einigen?" fragt sie. „Der Herr Pfarrer gestaltet die Trauerfeier ganz in seinem Sinne, mit den entsprechenden Chorälen und Orgeluntermalung, und zum Ende hin läßt Tobias das Lied, das ich mir wünsche, auf einem Kassettenrecorder laufen?"

Pfarrer Neurath holt ein paarmal tief Luft, und man kann sehen, wie er mit seinen Überzeugungen und den Wünschen eines angesehenen Mitglieds seiner Gemeinde ringt. Ich könnte schwören, daß seine Hände zucken, als sehnten sie sich nach einer rostigen Heckenschere. „Also schön", sagt er dann. „Aber nur, weil du es bist, Hannah. Ich möchte nicht, daß der Eindruck entsteht, eine kirchliche Beerdigung sei ein nach Gutdünken zu gestaltendes ‚Happening'! Es gibt gewisse Regeln, die dem Anlaß entsprechend beachtet werden müssen!" In seine Stimme kehrt eine Art gutsherrliche Strenge zurück.

„Einverstanden", sagt meine Mutter erleichtert. „Dann müssen wir uns nur noch auf einen Termin einigen."

Pfarrer Neurath kramt umständlich in seiner Jackettasche nach seinem Terminkalender und blättert durch die Seiten. Er räuspert sich und murmelt ein paar unverständliche Worte, während sein

Bleistift die Eintragungen auf dem Papier nachfährt. „Donnerstag", sagt er dann. „Donnerstag um 10.30 Uhr", und klappt sein Buch zu. „Das läßt allen Beteiligten – auch Gesike – genug Zeit, die nötigen Vorbereitungen zu treffen."

Meine Mutter nickt und steht gleichzeitig mit dem Pfarrer auf. Noch einmal hören wir einige Worte des Beileids und des Zuspruchs, die für mich hohl und hilflos klingen, und dann ist die Audienz beendet. Bis zuletzt warte ich auf eine Anspielung von Pfarrer Neurath auf das, was damals zwischen mir und Sebastian in der Kirche passiert ist, und es hat etwas Enttäuschendes, als mir klar wird, daß es keine Bemerkung geben wird. Fast bin ich wütend darüber, daß der Pfarrer meine Erwartungen nicht erfüllt. Es ist, als vermindere seine Weigerung, die Vergangenheit zur Sprache zu bringen, die Wichtigkeit dieses Erlebnisses, die es in meiner Erinnerung hat.

„Ihr habt meine Kirche entweiht!" schreit er uns an, und auf seiner Stirn sind dicke, wulstige Zornesadern zu erkennen. Mein Gesicht ist rot, und meine linke Wange brennt von der Ohrfeige, die er mir verpaßt hat.

Sein ganzer Körper zittert vor Wut, und ich spüre, daß er am liebsten solange zuschlagen würde, bis unsere vermeintliche Sünde getilgt ist. Es kostet ihn große Überwindung, seine Hände nicht noch einmal gegen uns zu erheben.

Er hält mein Kinn und sieht mich an. „Was ihr getan habt, verstößt gegen Gottes Gebote!" zischt er.

„Aber wir haben doch nur ..." fällt ihm Sebastian ins Wort.

„Halt den Mund!" fährt Pfarrer Neurath ihn an. „Ich weiß genau, was ihr getan habt!"

Ich senke den Blick und wage nicht, Sebastian anzusehen.

Für einen kurzen Moment bin ich verunsichert. Hat mir mein Gedächtnis erneut einen Streich gespielt? Hat sich das alles nur in meiner Fantasie ereignet? Dann schüttele ich unwillig den Kopf. Nein. Die Erinnerung an diesen Tag vor so vielen Jahren ist zu lebendig, als daß sie ausschließlich ein Produkt meiner Vorstellung sein könnte. Der Pfarrer ist wahrscheinlich nur völlig verkalkt. Zuviel Weihrauch in den Nasennebenhöhlen.

Frau Heidkamp begleitet uns nach draußen, und an ihren geröteten Wangen meine ich ablesen zu können, daß sie an der Tür gelauscht hat. Wahrscheinlich wird in zwei Stunden das ganze Dorf wissen, daß meine Mutter Pfarrer Neurath gezwungen hat, auf der Beerdigung ihres Mannes einen deutschen Schlager zu spielen. Ich muß wirklich aufpassen, daß ich nicht laut loslache.

Auf dem Weg nach Hause gehen wir schweigend nebeneinander her. Wir laufen über den Marktplatz am Dorfbrunnen vorbei, und meine Mutter nickt beiläufig einigen Leuten zu, die wir passieren. Rosalinde Gesike ist gerade dabei, die Fenster des *Hessischen Kalbs* zu putzen; Dr. Werner, unser Bezirksveterinär, kommt uns mit ein paar Einkaufstüten aus Herbert Schmechters *Konsum* entgegen.

„Conny Froboess?" sage ich dann fragend.

Meine Mutter fängt an zu lächeln, das erste richtige Lächeln seit dem gestrigen Tag, und ein paar Schritte lang vermag ich das junge Mädchen von 1958 zu erkennen, in das sich mein Vater verliebt hat, damals im Kino.

„Und Peter Kraus!" sagt sie. Wieder verfällt sie in ein Schweigen, aber ihr Stirnrunzeln läßt erkennen, daß sie angestrengt nachdenkt. Sie fängt an zu summen und bleibt plötzlich stehen. „Jetzt ist es mir wieder eingefallen!" sagt sie laut und sieht mich an.

„Was?" sage ich verwirrt.

„Na, das Lied!" erwidert sie aufgeregt und boxt mir auf den Arm. „Ich kann mich wieder an das Lied erinnern!"

Und dann fängt meine Mutter mitten auf der Straße an zu singen.

„Ich möcht mit dir träu-häu-men
vom silbernen Meer,
unter blühenden Bäu-häu-men,
wie herrlich das wär', mmh-mm!"

Neben uns auf der Weide fängt eine Kuh an zu muhen, und ich bin schrecklich froh, daß wir uns nicht gerade auf der Haupteinkaufsstraße in Köln befinden.

Als wir nach Hause zurückkommen, ist die Küche natürlich nicht aufgeräumt. Franziska verteidigt sich mit dem schwachen Argument, das Telefon habe ständig geklingelt und es könne ihr ja wohl kaum zugemutet werden, sowohl das Fräulein vom Amt als auch die Putzfrau zu spielen. Als meine Mutter fragt, wer alles angerufen habe, fallen ihr allerdings nur Anna und Achim ein, die sich nach dem Stand der Dinge erkundigt haben, um ihr kollektives schlechtes Gewissen zu beruhigen.

Meine Mutter seufzt gleichmütig auf, bindet sich die Küchenschürze um und beginnt, das schmutzige Geschirr einzusammeln. Franziska murmelt etwas von „spiritueller Erschöpfung" und flüchtet in ihr Zimmer. Wahrscheinlich wird sie sich auf ihrem Bett herumlümmeln, anstandshalber ein paarmal die heilige Silbe „Om" summen und sich den Rest des Tages ins Fäustchen lachen, daß sie wieder einen Dummen gefunden hat. Ich werfe ihr einen wütenden Blick hinterher. Danach helfe ich notgedrungen meiner Mutter bei den Aufräumarbeiten.

Nach ungefähr vier Stunden Schwerstarbeit ist die Küche wieder sauber, das Geschirr abgewaschen, der Boden geschrubbt, und alles steht wieder an seinem Platz. Erschöpft lasse ich mich auf einen der Küchenstühle fallen. Morgen habe ich bestimmt Muskelkater. Meine Mutter stellt ein Glas Milch und ein Käsebrötchen auf den Tisch.

„Danke", sagt sie.

Ich winke geistesabwesend ab. Mich beschäftigt noch immer das Gespräch vom Vormittag, als ich erfahren habe, wie sich meine Eltern kennenlernten. Es hat mir ein weiteres Mal vor Augen geführt, wie wenig ich über die Vergangenheit weiß.

„Kannst du dich eigentlich an meine Geburt erinnern?" frage ich plötzlich.

Meine Mutter sieht mich überrascht an. „Was für eine Frage!" sagt sie dann. „Natürlich!"

„Und?"

„Zumindest war es leichter als anderthalb Jahre zuvor bei Anna. Du warst innerhalb von sechs Stunden da. Und du hattest so niedliche, schwarze Locken."

„Ist das alles, was du noch weißt?“ frage ich enttäuscht.

Meine Mutter schüttelt den Kopf. „Was mir wirklich noch ganz deutlich im Gedächtnis ist, daß wir damals alle dachten, es gibt Krieg“, sagt sie nachdenklich.

„Krieg?“ gebe ich entgeistert zurück, während ich in mein Käsebrötchen beiße.

„Ja“, erwidert meine Mutter. „Natürlich. Im August 1961 dachte das eigentlich jeder! Die vielen Flüchtlinge aus der Ostzone, und dann brachten sie am 13. August Sonderberichte im Fernsehen und im Radio, daß in Berlin eine Mauer gebaut würde. Ich stand mit deinem Vater hier vor dem Haus und sah zu, wie gegenüber an der Tankstelle Franz Schulpeter einen Kunden an der Zapfsäule bediente. Irene lief zu uns herüber und erzählte es uns. Anna schlief in ihrem Körbchen, ich war hochschwanger mit dir und dachte: O Gott, jetzt gibt es Krieg, und du hast demnächst zwei kleine Kinder, um die du dich kümmern mußt!“

Es ist sehr still in der Küche. Ich habe sogar vergessen zu kauen und bin ganz versunken in das Bild, das meine Mutter heraufbeschworen hat.

Ich sehe einen vor Hitze flimmernden Tag, an dem es sogar für die Mücken zu heiß ist. Die Luft flirrt über dem Asphalt der kleinen Landstraße, die an unserer Apotheke vorbeiführt. Ich sehe meine Eltern vor dem Haus stehen, mein Vater in dem weißen, nach Jod und Antiseptikum riechenden Kittel, neben ihm meine Mutter mit ein paar Strähnen, die sich aus dem nach hinten geflochtenen Haar gelöst haben und ihr in die Stirn fallen. Es ist Mittagszeit, und die Apotheke ist bis fünfzehn Uhr geschlossen. Beide sehen Franz Schulpeter auf der gegenüberliegenden Straßenseite zu, wie er den Einfüllstutzen des Benzinschlauchs wieder an die Zapfsäule hängt und dem rostigen Ford vor ihm mit einem Schwamm und einem Abzieher die Windschutzscheibe säubert. Jonas, der älteste Sohn der Schulpeters, sitzt daneben und spielt im Dreck. Noch ist nicht klar, wie zurückgeblieben Jonas ist. Das werden erst die folgenden Jahre zeigen. Noch können sich seine Eltern einreden, Jonas sei nur ein wenig langsamer in seiner Entwicklung als andere Kinder.

Aus dem kleinen Laden, der zur Tankstelle gehört, tritt plötzlich Irene Schulpeter. Sie ist schwanger mit Sebastian, genau wie meine Mutter mit mir. Allerdings ist sie erst im sechsten Monat, und der Bauch unter ihrem blauen Umstandskleid mit den großen, gelben Margeriten zeichnet sich noch längst nicht so ab wie der meiner Mutter, die nur eine Woche von der Niederkunft entfernt ist. Irene hat im Laden immer das Radio laufen, den Hessischen Rundfunk, und dort hat sie die Sondermeldungen gehört, daß die „Werktätigen der Deutschen Demokratischen Republik" begonnen haben, „einen antifaschistischen Schutzwall zu errichten". Irene redet auf ihren Mann ein, aufgeregt, heftig gestikulierend. Immer wieder deuten ihre Hände auf den Laden und auf das Radio, und man kann an ihrer nervösen und abgehackten Gestik schon erahnen, warum sich später monatelange Aufenthalte in der Psychiatrie mit meist erfolglosen Versuchen abwechseln, mit dem Alltagsleben und der Verantwortung für ein behindertes Kind zurechtzukommen. Aber dort, wo meine Eltern stehen, auf der anderen Seite der Straße, kann man nicht verstehen, was Irene sagt.

Franz Schulpeter kratzt sich am Kopf, wie immer, wenn er unsicher ist, und schaut zu meinen Eltern. Dann kommen beide über die Straße, um meinem Vater und meiner Mutter die Neuigkeit zu erzählen.

Der schrille Ton der Türklingel schreckt mich aus meinen Gedanken. Noch immer gefangen vom Eindruck der Bilder, die in meinem Kopf herumspuken, öffne ich die Tür. Vor mir steht Sebastian, und die Büchse der Pandora ist weit geöffnet.

Teil II

1968 – Hello Goodbye

Draußen ist es dunkel. Der Regen klatscht so heftig gegen das Fenster, daß die Rahmen klappern. Es klingt, als ob ein Geist in unser Zimmer will und draußen mit seinen Ketten rasselt. Ich muß an die Geschichte von Hui Buh, das Schloßgespenst *denken, die ich mir neulich im Radio angehört habe. Das war auch ziemlich gruselig. An manchen Stellen habe ich mir mit dem Kopfkissen die Ohren zugehalten.*

Wegen dem Gewitter hat Mama mir erlaubt, die kleine Nachttischlampe anzulassen, „damit ich mich nicht fürchte". Als ob ich Angst hätte im Dunkeln! Ich bin doch nicht Achim! Achim heult bei jeder Kleinigkeit. Sogar als ich ihm neulich über seinem Kinderbett ein paar Grimassen geschnitten habe, hat er angefangen zu flennen. Ich habe die Augen nach hinten verdreht, die Zähne gefletscht und meine Hände wie Krallen ausgefahren und bin dann langsam auf ihn zugeschlichen, wie eines der schleimigen Monster, die ich im Fernsehen gesehen habe. Dazu habe ich dann gestöhnt wie der dicke Bäcker Hartmann, wenn er ein Brot aus dem oberen Regal holen muß. Achim hat geschrien wie am Spieß und ist ganz rot geworden im Gesicht. Er hat erst wieder aufgehört zu brüllen, als Mama die Tür aufgerissen und ihn auf den Arm genommen hat. Ich habe möglichst unschuldig ausgesehen, und sie hat nichts gemerkt.

Ein Blitz flackert über den Himmel und macht für einen Moment unser Zimmer ganz hell, und danach knallt der Donner. Ich zucke zusammen. Instinktiv wollen meine Beine in das Schlafzimmer meiner Eltern rennen, gegenüber auf der anderen Seite des Flurs, aber dann sage ich mir noch einmal, daß ich dafür zu alt bin. Vorsichtig schaue ich hinüber zu Anna. Vielleicht schläft sie ja noch nicht. Aber ich kann sehen, wie sich ihre Bettdecke regelmäßig hebt und senkt. Ich überlege, ob ich sie wecken soll, aber dann würde sie mich wieder eine Woche lang damit aufziehen. Außerdem ist es sehr schwer, Anna aufzuwecken, wenn sie erst mal schläft. Neulich habe ich einen Knallfrosch direkt neben ihrem Ohr explodieren lassen, und sie hat nichts gemerkt. Ich ziehe mir lieber die Bettdecke über den Kopf und warte, bis das Gewitter vorbei ist.

Ich bin viel zu aufgeregt, um einschlafen zu können. Morgen fahren wir nämlich in Urlaub. Es ist das erste Mal, daß wir ins Ausland fahren. Bisher waren wir einmal an einem Ort, der Schwarzwald hieß, und einmal an der Ostsee. Aber das war vor Achims Geburt, und ich kann mich kaum noch daran erinnern. Der Schwarzwald war blöd. Es gab überall nur Bäume, Bäume, Bäume und uralte Leute. Die waren alle mindestens vierzig oder so. Nur ein anderes Kind außer Anna und mir war da. Andy aus Bremen, so ein kleiner, fetter Rothaariger mit Sommersprossen. Der hat eigentlich die ganze Zeit nur auf der Wiese gelegen, mit vollen Backen Maoam *und* Treets-*Klicker gekaut und* Pippi-Langstrumpf-*Bücher gelesen. Ich finde Pippi Langstrumpf blöd. Ein Mädchen, das sich benimmt wie ein Junge. Das ist irgendwie nicht richtig. Obwohl Mädchen, die sich wie Mädchen benehmen, finde ich auch dämlich. Die Mädchen in meiner Klasse spielen in den Pausen immer Gummitwist und Seilspringen. Und das seit Wochen, jeden Tag, jede Pause immer dasselbe. Dazu singen sie dann diese komischen Reime, die überhaupt keinen Sinn machen, und müssen im Takt über das Seil hüpfen:*

Der Kaiser von China,
der hatte eine Trina
die Trina war zu klein,
um Kaiserin zu sein.

Ist doch blöde! Außerdem weiß ich überhaupt nicht, was das sein soll, eine Trina!

Aber wehe, wenn man den Mädchen einfach mal so aus Spaß das Seil klaut! Dann rennen sie sofort zu dem Lehrer, der Pausenaufsicht hat, und petzen! Letzte Woche, zwei Tage, bevor die Sommerferien angefangen haben, mußte ich als Strafe eine ganze Mathestunde lang mit dem Gesicht zur Wand stehen. Die anderen haben mich die ganze Zeit kichernd mit Papierkugeln beworfen, und Franz Arler hat es sogar geschafft, mir Juckpulver ins Hemd zu stecken, als Herr Baier, unser Mathelehrer, sich mit der Streberin Yvonne über Mengenlehre unterhalten hat. Da war dann auch noch ein Eintrag ins Klassenbuch für mich fällig. Das fand ich total ungerecht! Als ob man mit Juckpulver im Nacken still bleiben könnte! Nach der Schule habe ich mich mit Franz geprügelt. Er wird mir nicht mehr so schnell Juckpulver ins Hemd tun. Ich habe ihn erst an den Haaren gezogen, und dann habe ich mich auf ihn geworfen und ihm den Arm auf dem Rücken verdreht, bis er endlich „Gnade" gerufen hat. Allerdings ist seitdem der Riemen meines Tornisters gerissen. Mama hat es zum Glück noch nicht gemerkt.

Andy fand Pippi wahrscheinlich gut, weil sie noch mehr Sommersprossen hat als er und genauso rote Haare. Ich gucke ja lieber Fernsehen. Zum Beispiel Bezaubernde Jeannie, das ist wirklich lustig, nicht so wie Andys Pippi Langstrumpf. Von seinen Süßigkeiten hat er übrigens auch nie was abgegeben. Dabei esse ich Maoam für mein Leben gerne, vor allen Dingen die mit Zitronengeschmack. Die Kaubonbons bleiben immer so klasse an den Zähnen kleben, und die mit Zitrone ziehen mir immer den ganzen Mund zusammen, weil sie so sauer sind. Jedenfalls war Andy ein totaler Langweiler. Ich mußte sogar mit Anna spielen. Und die kann noch nicht mal einen Fußball geradeaus schießen.

Aber dieses Jahr fahren wir nach Italien. Ich bin mir nicht ganz sicher, wo das ist, Italien, aber immerhin liegt es am Meer, und ich finde Meer klasse. Man kann am Strand Burgen bauen, Fußball spielen und mit anderen Kindern Wasserschlachten veranstalten. Papa hat gesagt, wir müssen sehr lange mit dem Auto fahren, über sehr hohe Berge drüber, bis wir endlich da sind. Allerdings bin ich etwas beunruhigt über den vielen Regen. Was ist, wenn es in Italien auch so stark regnet und das ganze Land überflutet wird?

Achim kann nicht mitkommen. Er ist noch zu klein. Ich bin ziemlich froh darüber, denn sein Geschrei geht mir auf die Nerven. Viel besser wäre es, wenn Sebastian mein Bruder wäre. Obwohl, dann wäre auch Jonas mein Bruder, und das will ich eigentlich doch nicht.

Wir sind die ersten aus unserem Dorf, die ans Mittelmeer fahren. Dr. Werner, der Tierarzt und seine Frau, die immer so einen erstaunten Blick hat, wie bei einem Pferd, das gerade frisch beschlagen worden ist, waren zwar auch schon am Meer, aber nur in Holland. Die fahren gerne Segeln. Dr. Werner hat ein kleines, weißes Segelboot, das fast das ganze Jahr in der Garage steht. Deshalb kann er seinen Wagen auch nie ins Trockene stellen, weil an das Boot kein Wasser rankommen darf. Jedenfalls kein Regenwasser. Und Bäcker Hartmann fährt lieber nach Österreich in die Ferien. Er hat gesagt, es reicht ihm schon, wenn er „die ganzen Spaghettis" bei uns rumlaufen sieht, er bräuchte nicht auch noch da hinzufahren.

Vorgestern ist Oma Gundi gekommen. Sie hat ihre beiden Wellensittiche mitgebracht. Während wir in Italien sind, wird sie auf das Haus und auf Achim aufpassen und in Papas Apotheke arbeiten. Seit Opa Friedhelm vor zwei Jahren gestorben ist, kommt sie uns sehr häufig besuchen. Sie sagt, daß sie sich in ihrer Wohnung in Fulda manchmal einsam fühlt. Ich habe ihr vorgeschlagen, zu uns zu ziehen, aber das will sie nicht. Sie sagt, sie hat keine Lust, sich von Mama wie ein kleines Kind behandeln zu lassen. Ich verstehe genau, was sie meint.

Eigentlich heißt Oma Gundi Gundula, aber den Namen mag sie nicht, deshalb sollen wir Gundi zu ihr sagen. Sie ist nett. Gestern abend, als sie ins Bett ging, hat sie mir ihre Zähne gezeigt. Sie hat nämlich keine eigenen mehr, sondern welche, die man nachts rausnehmen kann. Ich finde das sehr praktisch. Man braucht sich dann nicht mehr ständig morgens und abends die Zähne zu putzen. Ich durfte das Gebiß sogar anfassen und in das Schälchen mit Wasser legen, in dem es über Nacht einweichen muß. Oma Gundi hat dann noch eine Brausetablette hineingeworfen, damit die Zähne am nächsten Morgen wie neu sind. Aber ein bißchen ekelig war es doch. Ohne ihr Gebiß sieht Oma Gundi aus wie ein verschrumpelter Kürbis mit Haaren oben drauf. Als ich ihr das gesagt habe, mußte sie ganz laut lachen, und dann hat sie etwas zu mir gesagt, aber ich habe sie nicht verstanden, weil sie ganz schrecklich nuschelt, wenn sie keine Zähne im Mund hat.

Mama ist Oma Gundi den ganzen Tag damit auf die Nerven gegangen, worauf sie achten muß, wenn wir in Italien sind. „Paß auf, daß du den Pflanzen nicht zuviel Wasser gibst! Denk daran, am Montagmorgen den Mülleimer vor die Tür zu stellen, für die Müllabfuhr! Achte darauf, womit Achim spielt! Ich will nicht, daß er erstickt! Im Moment stopft er sich alles, was er mit seinen Händen erreichen kann, in den Mund!"

Das stimmt. Letzte Woche habe ich mit Achim im Garten gespielt. Ich habe ihm zwei von den Kaninchenkötteln, die in der Sandkule lagen, in die Hand gedrückt. Die hat er auch gegessen.

Am Abend hat Oma Gundi die Nase vollgehabt. „Kind", hat sie empört gesagt, „ich habe dich und deine Brüder großgezogen, und das auch noch während des Krieges. Ich habe für euch Kohlen geklaut, als euer Vater die schlimme Hüfte hatte, damit wir heizen konnten, und im Keller Geschichten erzählt, während über uns der Engländer seine Luftangriffe geflogen hat. Ihr hattet immer etwas zu essen, auch wenn es manchmal tagelang nur Graupensuppe gab. Also erzähl mir nicht, worauf ich bei Achim achten muß, wenn er in seinem Kinderstall herumkrabbelt!"

„Du hast noch nie in deinem Leben Graupensuppe gekocht! Das war Vater!" hat Mama geantwortet und die Augen verdreht. Das tut sie oft, wenn sie mit Oma Gundi redet, und Papa hat gelacht und Mama auf die Schulter geklopft.

Als ich wissen wollte, was Graupensuppe ist, hat Mama mich ganz ernst angesehen, und dann hat sie gesagt: „Das ist etwas, was ich nie wieder essen werde, solange ich lebe. Und wenn ich verhungern müßte!"

Manchmal verstehe ich Erwachsene nicht.

Am Abend hat mir Papa geholfen, meine Sachen zu packen. Ich darf nur ein paar Spielsachen mitnehmen, weil wir in dem VW nicht so viel Platz haben. Der Wagen ist sowieso schon ziemlich alt; manchmal fällt der Außenblinker auf der linken Seite aus, und dann muß Papa die Scheibe herunterkurbeln und mit der Hand anzeigen, daß wir abbiegen wollen. Ich habe also nur meine Comic-Hefte von Micky Maus und Spiderman eingepackt, meine Legosteine, den Ministeckkasten, den Fußball, meine Indianerfedern, die Pistole mit den Platzpatronen, den Cowboyhut, meine Ritterfiguren aus Plastik und die Ritterburg – falls es wirklich eine Überschwemmung in Italien gibt und der ganze Sand weg ist und ich keine Sandburgen für die Ritter bauen kann –, außerdem den Hockeyschläger, die Bocciakugeln, die Mau-Mau-Karten, das Mensch-Ärgere-Dich-Nicht-Spiel, die Pfeile und die Zielscheibe fürs Pfeilewerfen, und meinen Malkasten und den Zeichenblock.

Papa hat den Kopf geschüttelt und gesagt, das ginge auf keinen Fall, dafür müßte man ja einen Anhänger mieten. Genau wie Anna dürfte ich nur drei Sachen mitnehmen, und ich solle mich entscheiden. Ich habe ihm vorgeschlagen, doch einfach Anna hierzulassen, dann hätten wir mehr Platz im Auto, und ich könnte alle meine Spielsachen einpacken. Ich meine, Anna will sowieso nicht mitfahren, weil ihre beste Freundin Britta auch nicht in die Ferien fährt und die beiden lieber zusammen mit ihren Puppen spielen wollen. Und wenn Achim zu Hause bleiben kann, warum dann nicht auch Anna? Oma Gundi hat doch selber gesagt, daß sie gelernt hat, auf viele Kinder gleichzeitig aufzupassen.

Schließlich habe ich mich für die Ritterfiguren, die Comic-Hefte und den Fußball entschieden, und Papa hat dann noch augenzwinkernd das Mensch-Ärgere-Dich-Nicht-Spiel eingepackt.

Der wahre Grund, warum wir so wenig Platz im Auto haben, ist, daß Sebastian mit uns nach Italien fährt, und deshalb habe ich auch nicht so viel gemeckert.

Sebastians Eltern fahren dieses Jahr nicht in Urlaub, und Mama und Papa haben beschlossen, daß Sebastian mit uns mitkommen kann.

Papa hat gesagt, Schulpeters können keine Ferien machen, weil Sebastians Vater so viel an der Tankstelle zu tun hat. Und das stimmt auch. Sebastian und ich haben neulich eine Schlange von sieben Autos gezählt, die darauf warteten, von Sebastians Vater an der Zapfsäule vollgetankt zu werden. Einer hat immer ganz ungeduldig auf die Hupe gedrückt und die Hühner aufgescheucht, die über den Platz vor der Tankstelle wanderten.

Aber ich glaube, daß sie wegen Sebastians Mama nicht wegfahren können. Sebastian redet zwar nicht gerne darüber, aber er hat mir erzählt, daß seine Mutter ziemlich oft krank ist. Manchmal ist sie so müde, daß sie den ganzen Tag im Bett bleiben muß und Sebastians Vater nicht nur den Autos neues Benzin geben muß, sondern auch noch alleine in dem kleinen Laden, der zur Tankstelle gehört, hinter der Theke steht.

Und dann ist da ja auch noch Jonas. Sebastian hat gesagt, daß seine Mutter ganz leicht anfängt zu weinen und seinen Bruder ziemlich oft anschreit, ohne daß er irgend etwas ausgefressen hat. Sie war wegen Jonas auch schon zweimal ganz lange im Krankenhaus, in einer Spezialklinik für Verrückte, wo man als

Besucher nur hinein darf, wenn man zur Familie gehört, und wo Wärter in weißen Anzügen die Türen abschließen. Wie im Gefängnis. Sebastians Tante Rena ist dann zu Besuch gekommen und hat für ihn und Jonas Mittagessen und Abendbrot gemacht und im Laden ausgeholfen. Sie kommt jedesmal, wenn es Bastis Mama nicht gutgeht. Manchmal bleibt sie sehr lange.

Sebastian sagt, wenn seine Mutter aus dem Krankenhaus zurückkommt, geht es ihr eine Weile wieder gut, aber meistens hält das nicht lange an.

Vor drei Wochen ist sie wieder ins Krankenhaus gekommen. Sebastian hat erzählt, sie hat am Abend vorher furchtbar laut mit Jonas geschimpft und das ganze Küchengeschirr auf dem Boden zerschlagen. Danach hat sie sich in eine Ecke der Küche gehockt, ganz schrecklich geweint, und nicht einmal sein Vater konnte sie trösten.

Sebastian hat sie zwei- oder dreimal im Krankenhaus besucht, aber jedesmal, wenn ich ihn gefragt habe, wie es seiner Mutter geht, hat er nur mit dem Kopf geschüttelt und mich weggestoßen. „Laß mich in Ruhe!" hat er gesagt. „Hau ab!"

Ich habe Mama gefragt, ob Sebastians Mutter verrückt ist, weil sie ja immer in dieses Krankenhaus muß, aber sie hat gesagt, ich soll so etwas nicht sagen, es wäre nicht schön, so über andere Menschen zu reden. Sie meint, daß Bastis Mama sich zuviele Sorgen um Jonas macht. Jonas ist schon zehn Jahre alt und benimmt sich noch wie ein Baby. Ständig läuft ihm Spucke aus dem Mund, und er lacht ganz komisch, wie die Seehunde im Zoo. Man darf auch nicht wütend auf ihn sein, weil er sich sonst furchtbar aufregt und sofort anfängt zu heulen. Mama hat gesagt, daß Jonas' Kopf mal zu wenig Luft bekommen hat, wahrscheinlich bei der Geburt. Seitdem versuche ich so oft wie möglich an der frischen Luft zu sein, damit mir nicht das Gleiche passiert. Ich habe auch Jonas schon gesagt, er soll mal tief durchatmen, aber es hat nichts genützt.

Jedenfalls fährt Jonas auch nicht mit uns in Urlaub. Er und Bastis Papa und seine Tante Rena bleiben hier. Sie wollen lieber Bastis Mama im Krankenhaus besuchen.

Der Regen hört und hört nicht auf. Das Wasser läuft jetzt in Sturzbächen an der Fensterscheibe herunter. Ich mache mir wirklich Sorgen wegen Italien.

Mama kommt mitten in der Nacht in unser Zimmer und weckt uns auf. Sie hat sich bestimmt in der Uhrzeit vertan. Draußen ist es noch dunkel, sogar der Mond scheint noch. Aber immerhin hat es aufgehört zu regnen.

„Laß mich in Ruhe", murmele ich schlaftrunken, „ich bin müde!"

„Du bist ein Vollidiot, Tobias!" sagt Anna gehässig. Sie steht im Nachthemd vor dem Spiegel und kämmt sich die Haare. „Du hast wohl schon wieder vergessen, daß wir in den Urlaub fahren."

„Hab ich nicht!" rufe ich wütend und werfe Anna mein Kissen an den Kopf, so daß sie sich noch mal kämmen muß.

„Kinder!" sagt Mama entnervt. „Könnt ihr nicht wenigstens am frühen Morgen eure ständigen Streitereien sein lassen!"

„Anna hat angefangen!" maule ich beleidigt.

„Ich muß mir wegen Tobias die Haare schon wieder kämmen!" ruft Anna dazwischen.

Ich hasse meine Schwester. Immer tut sie so, als wüßte sie alles besser, dabei ist sie nur ein Jahr älter. Und überall im Zimmer verstreut sie ihre blöden Puppen und die Anziehsachen dafür, so daß für meine Sachen kein Platz ist. Und wenn ihre Freundinnen zu Besuch kommen, schmeißt sie mich immer raus. Ich habe Mama und Papa gesagt, daß ich ein eigenes Zimmer haben möchte, aber sie haben gemeint, dafür wäre jetzt kein Geld da.

Papa kommt herein und sagt, daß das Frühstück fertig ist. Ich gähne und sehe auf meine neue Armbanduhr, die ich vor zwei Wochen zu meinem siebten Geburtstag geschenkt bekommen habe.

„Aber es ist erst halb vier!" sage ich erstaunt. Ich habe auch noch gar keinen Hunger.

„Wir müssen eine lange Strecke bewältigen", erklärt mein Vater. Er hat auch noch ganz kleine Augen. „Je früher wir losfahren, desto größer ist die Chance, ohne Stau durchzukommen. Los, macht voran. Oma Gundi hat in der Küche alles schon vorbereitet. Und keine Streitereien mehr!"

Weil es noch mitten in der Nacht ist, ist das Frühstück eine ziemlich ruhige Angelegenheit. Selbst Oma Gundi, die sonst eigentlich ununterbrochen irgendwas zu erzählen hat, ist ein bißchen stiller als sonst. Vielleicht liegt das aber auch daran, daß sie vergessen hat, ihr Gebiß einzusetzen. Achim, der sonst morgens einen Heidenlärm macht, schläft noch in seinem Kinderbettchen. Während ich meinen Haferbrei mümmele, beneide ich meinen kleinen Bruder einen Moment lang, weil er nicht mitten in der Nacht aufzustehen braucht. Aber dann fällt mir ein, daß er dafür auch nicht das Meer und den Strand in Italien sehen wird.

Mama erklärt uns, daß wir heute abend in „Trohl" oder so ähnlich übernachten werden. Ich hatte das beinahe schon wieder vergessen.

„Ti-rol, nicht Trohl, Knallkopf!" sagt Anna.

Ich strecke ihr die Zunge raus.

„Und wo schlafen wir heute nacht?" frage ich. „Im Auto?"

„Nein, natürlich nicht", antwortet Mama und lächelt Papa an. „Wir haben Zimmer für uns in einem Hotel gebucht, mitten in den Bergen."

Ich nicke. Dann gebe ich unter dem Tisch Anna einen Tritt vors Schienbein, einfach so, aus Rache.

Während sie gerade wütend aufschreit, klingelt es an der Tür, und Herr Schulpeter und Sebastian kommen herein. Sebastians Vater trägt einen kleinen braunen Koffer. Auch Sebastian sieht aus, als wäre er gerade aus dem Bett gefallen. Seine Haare sind ganz strubbelig und stehen in alle Himmelsrichtungen ab, und seine Brille rutscht ihm ständig nach vorne auf die Nase.

„Hi Basti!" rufe ich und renne zu ihm. „Welche Spielsachen nimmst du mit?"

Sebastian holt hinter seinem Rücken zwei blaue Schwimmflossen und eine Schnorchelbrille hervor und grinst mich an. „Wow!" sage ich neidisch. „Leihst du mir die mal?"

„Vielleicht", antwortet Sebastian zögernd.

„Hast du schon gefrühstückt?" fragt meine Mutter fürsorglich. „Möchtest du einen heißen Kakao?"

Sebastian nickt und setzt sich zu uns an den Tisch. Anna sagt kein einziges Wort mehr, weil sie weiß, daß sie gegen uns keine Chance hat. Während Sebastian seinen Kakao trinkt und ich meinen Haferbrei esse, ziehen sich Herr Schulpeter und Papa ins Wohnzimmer zurück zu einem „Erwachsenengespräch". Erwachsene haben ständig etwas zu besprechen, das Kinder nicht hören dürfen.

Frauen reden gerne über andere Frauen, und meistens flüstern und tuscheln sie dabei, aber Männer unterhalten sich lieber über Politik. Oder Fußball. Deshalb werden Männer auch Minister oder Bundeskanzler oder Bundestrainer, und Frauen werden ... Hausfrauen. Normalerweise redet Papa allerdings erst abends über Politik, wenn er sich mit den anderen alten Männern aus dem Dorf im Hessischen Kalb *zum Stammtisch trifft. Mama sagt jedesmal: „Aber nicht so lange, Paul!", aber Papa hält sich nie daran. Manchmal darf ich mit Papa zusammen in die Kneipe gehen und zugucken, wie sich die Männer unterhalten. Ich bestelle mir dann eine* Afri-Cola*, die ich mit einem Strohhalm direkt aus der Flasche schlürfe. Darauf ist immer so eine Südseepalme abgebildet, allerdings ohne Kokosnüsse. Erst spielen Papa und die anderen ein paar Runden Skat zusammen und lachen und trinken Bier, und dann werden ihre Stimmen meist lauter. Neulich haben sie über einen neuen Kinofilm geredet, der heißt:* Das Wunder der Liebe *oder so. Da ging es richtig hoch her. Dr. Werner meinte, er findet es höchste Zeit, daß es so einen Aufklärungsfilm gibt, aber Gesike hat hinter dem Tresen mit der Faust auf den Tisch gehauen und gesagt, Oswald Kolle sei ein Schmierfink und der Film Schweinkram. Da bin ich dann schon neugierig geworden, aber als ich gefragt habe, worum es in dem Film denn geht und wer Oswald Kolle ist, habe ich natürlich keine Antwort gekriegt. Typisch.*

In letzter Zeit schreien sie sich am Stammtisch sogar manchmal an. Vor allen Dingen, wenn es um die Studentenunruhen geht. Papa sagt, junge Leute müssen ihre Meinung sagen dürfen, aber Bäcker Hartmann hat wütend gesagt, die gehören alle an die Wand, und früher wäre das nicht passiert. Und dann ist Papa auch ganz wütend geworden und hat erklärt, Bäcker Hartmann wäre ein großer Schwachkopf. Da habe ich ganz laut lachen müssen, weil Papa was gesagt hat, was ich nie sagen darf.

Studenten sind Schüler, die noch lernen müssen, obwohl sie mit der Schule fertig sind, und sie müssen alle Rollkragenpullis, lange Koteletten und Beatles-Frisuren tragen. Und wenn die sich dann mit ihren Freunden treffen, selbstgemalte Plakate in die Luft halten und im Chor brüllen, dann sind das Studentenunruhen. Hat Mama mir erklärt. Im Fernsehen zeigen sie immer, wie die Studenten sich mit der Polizei prügeln. Die Studenten haken sich gegenseitig unter, schreien Sachen wie „Ho-Ho-Ho-Schi-Minn" und drohen mit den Fäusten. Dann werden die Polizisten ganz böse und spritzen sie mit Gartenschläuchen naß. Oma Gundi hat gesagt, zu ihrer Zeit habe es so etwas nicht gegeben, da hätten die Leute andere Sorgen gehabt. Heutzutage wüßten die Menschen gar nicht mehr, wie gut es ihnen geht. Mama hat dann wieder die Augen gerollt.

Vor ein paar Monaten haben die Studenten andauernd „Rudi, Rudi!" geschrien, weil jemand einen von ihren Freunden, der Rudi heißt, angeschossen und fast umgebracht hat. Danach haben sie versucht, das Haus zu stürmen, in dem die Bild-*Zeitung gedruckt wird. Da hat es richtige Kämpfe zwischen den Studenten und der Polizei gegeben. Es wurde in der Tagesschau gezeigt, und Karl-Heinz Köpke hat die Bilder erklärt. Die Studenten haben Steine geworfen und kleine Bomben und haben ein paar Autos umgekippt. Schaufenster sind auch kaputtgegangen. Es hat sogar auf den Straßen gebrannt. Die Polizisten hatten Schutzhelme auf und trugen Schutzschilde wie die Ritter in meiner Ritterburg, und dann haben sie mit Gummiknüppeln auf die Studenten eingeschlagen, bis ein paar von ihnen auf dem Boden lagen und geblutet haben. Einige sind auch festgenommen worden, so richtig mit Handschellen, und müssen jetzt ins Gefängnis. Ich fand das ein bißchen gruselig und habe Papa gefragt, ob jetzt Krieg ist wie der, von dem Oma Gundi immer erzählt, aber er hat gesagt, das sind nur Ausschreitungen. Den Unterschied habe ich nicht so genau verstanden.*

Während Herr Schulpeter und Papa im Wohnzimmer über Politik reden, gibt uns Oma Gundi ein paar gutgemeinte Ratschläge für die Reise, aber weil sie ihre Zähne nicht im Mund hat, kann sie niemand verstehen. Schließlich sagt Mama: „Halt die Klappe, Mutter!“

Sebastian sieht schockiert auf, aber Anna und ich sind den Umgangston zwischen Mama und Oma Gundi gewöhnt. Eigentlich haben sich die beiden ganz gerne, und wenn sie sich streiten, meinen sie es meistens gar nicht so. Die Stimmen von Papa und Herrn Schulpeter im Wohnzimmer werden ein bißchen lauter, und angestrengt versuchen Sebastian und ich, ein paar Worte zu verstehen, aber die Tür ist fest geschlossen. Wir bekommen nur ein paar Wortfetzen mit, die keinen Sinn ergeben. Sie haben auch gar nichts mit Politik zu tun.

„Ach herrje!“ sagt Papa. Seine Stimme ist sehr kräftig und etwas besser zu verstehen. Herr Schulpeter redet leider immer sehr leise.

„Bist du dir wirklich sicher?“ höre ich dann. „Ja, ich verstehe schon. Wir können ihn ein bißchen darauf vorbereiten, aber letzten Endes ist es deine Aufgabe …“

Dann hört man nur ein Gemurmel und schließlich: „Also schön, Franz, ich muß das aber erst mal mit Hannah besprechen. Ja, ich weiß … es ist nur, weil …“

Plötzlich fängt Mama an, ganz laut mit Geschirr zu hantieren, so daß man von dem Gespräch überhaupt nichts mehr verstehen kann.

Ich schubse Sebastian an. „Was ist los?“ bewege ich lautlos meine Lippen.

Sebastian zuckt mit den Schultern. „Keine Ahnung", bedeutet er mir.

Endlich kommen Herr Schulpeter und Papa aus dem Wohnzimmer. Papa ist verärgert, und Herr Schulpeter sieht ein bißchen betreten aus, als hätte er etwas angestellt.

Mama schaut auf die große Küchenuhr. Halb fünf. Normalerweise würde ich um diese Zeit noch fest schlafen. „So", sagt sie auf einmal, „jetzt wird es aber wirklich Zeit! Kinder, tragt eure Sachen schon mal zum Auto, und helft Papa gleich beim Koffer einladen!"

Das ist natürlich nur eine Ausrede, damit sie kurz ungestört mit Papa und Herrn Schulpeter alleine reden kann, aber Anna, Sebastian und mir ist es egal, Hauptsache, es geht endlich los. Plötzlich bin ich ganz aufgeregt. Wenn wir doch endlich fahren würden! Wir stellen unsere Taschen und Koffer neben dem VW ab und streiten uns, wer welchen Platz auf der Rückbank bekommt. Sebastian und ich wollen zusammensitzen, deshalb nehme ich freiwillig den unbequemen Platz in der Mitte. Dann fällt uns ein, daß wir vergessen haben, uns von Oma Gundi zu verabschieden, und wir stehen alle drei noch einmal auf und rennen ins Haus zurück. Sebastian gibt ihr höflich die Hand, und Anna und ich werden von Oma Gundi so fest gedrückt, daß uns fast die Luft wegbleibt. Heimlich steckt sie jedem zwanzig Mark zu und murmelt uns ins Ohr, wir sollen nicht alles für Eis ausgeben, sonst bekämen wir Läuse im Bauch. Mama schickt uns alle drei noch einmal aufs Klo, damit wir „in zehn Minuten nicht schon Halt machen müssen". Als wir schließlich wieder im Auto sitzen, ist Papa auch gerade fertig damit, alle Taschen und Koffer zu verstauen. Mama und Papa haben ausgemacht, daß Papa als erster fährt, deshalb setzt er sich auf den Fahrersitz und Mama nimmt auf der Beifahrerseite Platz. Ich bin froh, daß Papa fährt, denn Mama hat erst vor ein paar Wochen den Führerschein gemacht und fährt immer so langsam, daß uns sogar Bauer Mehnert auf seinem Traktor überholt.

Ich schiebe Anna meinen Ellenbogen in die Seite und sage, sie soll sich nicht so breitmachen.

Papa sagt laut: „Jetzt ist Schluß, Kinder! Reißt euch ein bißchen zusammen", und dann fahren wir endlich, endlich los.

Oma Gundi und Herr Schulpeter stehen vor dem hell erleuchteten Haus und winken uns zum Abschied nach. Rundherum ist es noch immer stockdunkel. Während wir zurückwinken und „Wiedersehen!" schreien, werden sie im-

mer kleiner, bis sie schließlich aus dem Rückfenster verschwinden, als wir um die erste Kurve biegen.

Bis wir in Tirol sind, dauert es eine Ewigkeit. Zuerst bin ich noch immer aufgeregt, aber dann wird mir langweilig. Draußen wird es zwar langsam hell, aber es ist sehr nebelig, und man kann gar nichts erkennen. Außerdem knattert der Motor unseres VWs so eintönig und gleichmäßig – immer tschuk-tschuk-tschuk, fast wie bei einer Eisenbahn – daß Anna, Sebastian und ich wieder müde werden. Mama und Papa reden auch nur wenig miteinander, und dann lehnt plötzlich Sebastians Kopf an meiner Schulter. Zuerst will ich ihn wegschubsen, weil er so schwer ist, aber dann lasse ich es bleiben und halte ganz still. Ein komisches Gefühl.

Ich wache auf, als Papa das Auto auf einen Rastplatz fährt und Mama uns alle wachrüttelt. „Aufwachen!" sagt sie laut. „Wir machen eine kleine Verschnaufpause."

Anna, Sebastian und ich klettern von der Hinterbank. Ich fühle mich zerknautscht, und mein linkes Bein ist eingeschlafen. Sebastian und ich rennen um die Wette ins Gebüsch und pinkeln an einen großen Ahornbaum. Er hat mehr Druck auf der Blase und kann länger als ich. Mama und Anna gehen auf die Mädchentoilette, weil Frauen nicht so einfach ins Gebüsch machen dürfen. Sie müssen sich dazu auch setzen. Männer können im Stehen pinkeln.

Papa bleibt währenddessen im Auto und sieht auf der Landkarte nach, ob wir uns auch nicht verfahren haben. Dann steht er auf, macht ein paar Kniebeugen, gähnt herzhaft und zündet sich eine Zigarette an.

„Wie weit ist es noch?" fragt Sebastian, als wir zurückkommen.

„Noch ziemlich weit", sagt Papa. „Ihr müßt noch etwas Geduld haben."

Als Mama und Anna wieder da sind, packt Mama zwei Thermoskannen aus und gibt jedem einen kleinen Plastikbecher mit heißem, dampfendem Tee. Danach holt sie aus der großen Tasche, die sie am Boden des Beifahrersitzes deponiert hat, ein paar Tupperdosen und verteilt belegte Brote. Auf mein Käsebrot hat sie wieder ein Salatblatt gelegt, obwohl sie genau weiß, daß ich das nicht mag. Als sie mal kurz wegsieht, werfe ich das Salatblatt heimlich unter das Auto.

Anschließend sagt Papa, wir sollen uns noch ein paar Minuten bewegen, bevor wir weiterfahren. Anna holt ihr blödes Springseil aus dem Kofferraum, fängt an zu hüpfen und dreht uns den Rücken zu. Sebastian und ich laufen zum Rasthof. Die Kassiererin sieht gleichgültig auf, als wir die Tür aufmachen. Ein paar LKW-Fahrer sitzen in der Cafeteria auf orangeroten Plastikstühlen und schlürfen Kaffee. In einer Vitrine hinter dem Tresen liegen Brötchen mit Fleischwurst, und es gibt ein Regal mit Bierflaschen, Kindercola und Bluna-*Limonade. Auf einer Wärmeplatte steht ein halbvoller Pott mit Kaffee. Ansonsten ist der Imbißraum ziemlich leer. Alle sehen müde aus. Einer der Fahrer ist mit verschränkten Armen im Sitzen eingeschlafen und schnarcht leise. Ich stoße Sebastian an und deute grinsend auf das Doppelkinn, das bei jedem Atemzug hin und her wackelt.*

„He, ihr Buben!“ sagt die Frau hinter der Kasse und zeigt auf uns. „Was wollt ihr? Wo sind eure Eltern?“

„Nichts“, sagt Sebastian mürrisch.

„Draußen“, sage ich.

Die Kassiererin winkt uns zu sich heran. „Wo soll's denn hingehen?“ fragt sie.

„Nach Italien!“ antworte ich und schiele auf eine der Schokoladentafeln neben der Kaffeekanne.

Die Frau seufzt. „Italien!“ sagt sie und verstummt. Ihre Finger trommeln auf die Kasse, ohne daß sie es bemerkt. Dann betrachtet sie uns etwas genauer. „Ihr seht euch gar nicht ähnlich“, sagt sie dann unvermittelt. „Seid ihr überhaupt Brüder?“

„Nein“, erwidert Sebastian.

„Ja“, antworte ich und mache den Mund überrascht wieder zu.

„Ach, macht, daß ihr wegkommt!“ sagt die Kassiererin verärgert. „Dumme Gören!“

Sebastian und ich laufen zum Auto zurück. „Warum hast du das gesagt?“ fragt Sebastian und sieht mich von der Seite an. „Wir sind doch keine Brüder!“

Ich tue so, als hätte ich ihn nicht gehört, und renne den Weg zum Parkplatz. Sebastian zockelt langsam hinter mir her.

„Tobias“, sagt Mama, als ich am Wagen ankomme, „du bist ja ganz rot im Gesicht.“

„Bin gerannt!“ antworte ich knapp und atme heftig ein und aus, als wäre ich außer Puste.

Als wir weiterfahren, will Anna mit mir den Platz tauschen, weil sie in der Mitte besser nach vorne sehen kann. Irgendwie bin ich erleichtert, denn jetzt kann ich aus dem Fenster gucken und brauche Sebastian nicht anzusehen.

Mama schlägt vor, ‚Ich sehe was, was du nicht siehst' zu spielen. Ich kenne kein einziges Kind, das dieses Spiel gerne spielt. Aber Erwachsene fahren voll darauf ab. Papa beginnt und stellt sich den Blinker des VWs vor. Schon nach ein paar Minuten haben wir es herausbekommen, obwohl Sebastian gar nicht richtig mitspielt und so tut, als sieht er sich die vorbeirasende Landschaft an. Danach denkt Mama an die grauen Haare von Papa, Anna an das doofe Kleid der Puppe auf ihrem Schoß und ich an die Sonnenbrille, die am Rückspiegel baumelt. Dann ist Sebastian dran.

„Ich sehe was, was du nicht siehst", sagt er langsam, „und das ist rot."

Viele Sachen gibt es nicht im Auto, die rot sind – eigentlich nur die Punkte auf Mamas Sommerkleid und Annas Sandalen, aber das ist es nicht, was Sebastian meint. Wir raten eine Weile wild durcheinander, und dann geben wir uns geschlagen.

„Tobias' Kopf, als er eben zum Wagen gerannt ist!" löst Sebastian das Rätsel auf und grinst zu mir rüber.

„Das gilt nicht!" schreit Anna erbost. „Das ist unfair! Man darf nur Sachen nehmen, die hier im Auto sind!"

„Aber Tobias hat einen roten Kopf!" sagt Sebastian. Und natürlich werde ich im selben Moment rot, fühle, wie mein Gesicht zu brennen beginnt. Die anderen fangen an zu lachen und halten Sebastian für besonders clever. Plötzlich wünsche ich mir, er wäre nicht mitgefahren, und nehme mir vor, heute kein Wort mehr mit ihm zu sprechen.

Wütend krame ich in meinem Tornister nach meinen Spiderman-Comics, während die anderen noch zwei Runden spielen. Dann haben auch Sebastian und Anna keine Lust mehr.

Als wir endlich in Tirol ankommen, ist es schon Abend. Wir haben den ganzen Tag im Auto verbracht. Obwohl ich eigentlich nur gesessen habe, bin ich vollkommen k.o., und den anderen geht es genauso. Mama versucht, uns für die Schönheiten der Natur zu begeistern, aber mir ist egal, wie hoch die Berge hier sind und daß auf manchen Kuppen auch mitten im Sommer noch Schnee liegt, denn meinen Schlitten habe ich sowieso nicht dabei. Links vor uns liegt ein See, und rechts neben der Fahrbuhn grast eine Herde Bergziegen an einem steilen Abhang. Ich schaue nur müde daran vorbei. Nur einmal werde ich wieder hellwach, als wir in ganz engen, scharfen Serpentinen einen Berggipfel hochkriechen. Hinter uns hupt ständig ein LKW und will uns überholen. Unser Auto ist wirklich ziemlich alt. Als ich aus dem Fenster schaue, sehe ich, wie es direkt neben den Leitplanken mehrere hundert Meter steil nach unten in eine Schlucht hinuntergeht. Plötzlich habe ich ein ganz mulmiges Gefühl in der Magengegend und hoffe sehr, daß Papa uns hier heil herausbringt. Für einen Augenblick vergesse ich sogar, daß ich sauer bin auf Sebastian. An einer Stelle ist die Leitplanke völlig verbogen und hat sogar eine Lücke. Anna sagt, daß hier bestimmt ein Unfall passiert ist, wahrscheinlich sind alle in die Schlucht gestürzt und ums Leben gekommen. Mama erwidert, sie soll nicht so einen Unsinn reden, und ich versuche, in der Tiefe die Leichen oder wenigstens das Autowrack zu erkennen, aber da ist überhaupt nichts, nur Felsen und ein paar Büsche.

Schließlich halten wir am Rande einer kleinen Stadt vor einem Haus, auf dem „Pensione" steht. Eine Frau, die ganz komisch spricht, begrüßt uns. Ich kann überhaupt nicht verstehen, was sie sagt, und Papa erklärt uns, daß hier ein Dialekt gesprochen wird.

Anna, Sebastian und ich teilen uns ein Zimmer. Mein Bett steht direkt unter dem Fenster, und wenn ich nach draußen schaue, kann ich einen dieser hohen Berge sehen, die hier überall sind. Das Fenster steht weit auf, weil es so warm ist, und man kann in der Luft den Duft von Gras und die Geranien im Balkonkasten riechen. In einiger Entfernung bimmeln ein paar Kuhglocken. Es ist fast wie zu Hause, aber irgendwie doch ganz anders.

Die Hotelwirtin hat extra für uns einen Eintopf mit viel Fleisch und grünen Bohnen gemacht, den wir zum Abendbrot unten im Gasthaus essen, und danach werden wir direkt ins Bett geschickt. Meine Beine sind ganz schwer, und ich bin so müde, daß ich völlig vergesse zu protestieren. Mama kommt noch in unser Zimmer, um zu sehen, ob wir auch wirklich schlafen, und wünscht uns eine gute Nacht. Erst als Sebastian „Gute Nacht, Frau Listiger!" murmelt, fällt mir wieder ein, daß seine Mama im Krankenhaus liegt, und ich bekomme ein schlechtes Gewissen, weil ich seit heute morgen nicht mehr mit ihm gesprochen habe. Ich warte ein paar Minuten, bis ich an den regelmäßigen Atemzügen höre, daß Anna eingeschlafen ist.

„He, Basti", flüstere ich dann im Halbdunkel, „ich bin jetzt nicht mehr sauer auf dich."

Er antwortet nicht, aber ich weiß, daß er es gehört hat, denn ich habe gesehen, daß er kurz zu mir herübergeschielt hat.

Ich weiß nicht, was ich sagen soll. Ich bin überhaupt nicht auf diesen Augenblick vorbereitet. Zwanzig Jahre habe ich ihn nicht gesehen, aber ich erkenne ihn sofort. Sebastian. Er sieht älter aus als damals, ein paar Falten um die Augen, ein paar angedeutete Tränensäcke. Seine Haare sind dünner geworden, und in einigen Jahren wird er einen Bauch haben, wenn er nichts dagegen tut. Ein leichter Bartschatten läßt sein Gesicht kantiger als früher aussehen. Er trägt auch keine Brille mehr, vielleicht ist er auf Kontaktlinsen umgestiegen. Aber das Grübchen am Kinn ist noch immer da, er ist noch immer etwas breitschultriger und fünf Zentimeter größer als ich, und auch der Blick aus den eisblauen Augen wirkt noch immer genauso herablassend und leicht arrogant wie früher. Großer Gott!

Er trägt ein kariertes Hemd, ein dunkles Sakko und eine engsitzende, verwaschene Jeans. Meine Hand verkrampft sich um den Türgriff. Genauso wie ich ihn anstarre, starrt Sebastian auf mich hinunter, und für einen Moment komme ich mir vor wie Elizabeth Taylor, als sie in *Cleopatra* zum ersten Mal Richard Burton begegnet.

Es gibt keine Begrüßung, kein lockeres „Hallo", genauso wie es damals kein „Auf Wiedersehen" gegeben hat.

Schließlich räuspert sich Sebastian, und wir fangen beide gleichzeitig an zu reden.

„Was willst du hier?" frage ich tonlos. Ich habe nichts vergessen. Nicht mehr.

„Ich wollte euch mein Beileid aussprechen." Er sieht an mir vorbei und redet mit dem Briefkasten.

„Oh", sage ich hilflos und verstumme wieder.

„Darf ich reinkommen?" fragt er.

Wortlos trete ich zur Seite.

An der Art und Weise, wie er sich drinnen bewegt, wird mir schlagartig klar, daß Sebastian hier nicht fremd ist. Da ist kein Zögern im Blick, als er an dem erst ein Jahr alten Flurregal vorbeigeht, an dem ich mir gestern den Zeh gestoßen habe, weil es noch so ungewohnt ist. Da ist kein unmerkliches Einstellen auf die neue Tapete und die Bilder, die so anders sind als diejenigen, die vor zwanzig Jahren dort hingen. Sebastian kennt die Veränderungen im Haus meiner Eltern, das nun das Haus meiner Mutter ist. Er war hier häufiger zu Besuch als ich.

Meine Mutter kommt aus der Küche in den Flur, neugierig geworden, wer an der Tür geklingelt hat. Im Gehen trocknet sie sich geistesabwesend die Hände an einem Geschirrtuch. Als sie Sebastian sieht, ist auch in ihrem Blick kein Zögern, kein Moment des Wiedererkennens, kein Erstaunen zu entdecken. Statt dessen läuft sie auf ihn zu und sagt: „Schön, daß du gekommen bist, Sebastian." Es ist, als ob seine Anwesenheit eine Selbstverständlichkeit wäre. Und dann passiert etwas, was mich völlig sprachlos macht. Sebastian umarmt meine Mutter. Ihre zierliche Gestalt verschwindet fast gänzlich zwischen seinen breiten Schultern, und meine Mutter beginnt in den Armen von Sebastian zu weinen.

Ich traue meinen Augen nicht. Wieso ... Was ...? Ich bin mir nicht einmal sicher, welche Frage ich in Gedanken eigentlich zu formulieren versuche. Ich weiß nur, daß ich auf einmal von rasender Eifersucht überrollt werde, von einer Wut, die mich fast das Gleichgewicht verlieren läßt.

Wie kann er es wagen! Das ist *meine* Aufgabe! Und warum sucht sie Trost bei ihm und nicht bei mir? *Ich* bin ihr Sohn! Ich bin extra aus Köln gekommen, um für sie da zu sein.

Und dann ist da auf einmal eine leise, bittere Stimme in meinem Hinterkopf, die sagt, daß ich derjenige sein sollte, der in seinen Armen liegt. Ich habe einen Anspruch darauf, auch nach all den Jahren, auch nach allem, was passiert ist.

Christoph hatte recht. Er war nicht gut genug. Niemand war jemals gut genug für mich. Niemand der anderen war Sebastian.

Ich drehe mich auf dem Absatz um und laufe in den Garten, schlage die Kellertür hinter mir zu. Schwer atmend gehe ich vorbei an den schon abgeernten Erdbeerreihen und an den Rabatten mit Gerbera und blaublühendem Fingerhut bis zum Goldfischteich. Ich schaue den fetten, gelbrot glänzenden Fischen zu, die in dem trüben, von Algen durchsetzten Wasser hin und her schwimmen. Erst als ich wieder langsam zu mir komme, wird mir klar, daß ich schon wieder vor ihm weggerannt bin. Genau wie vor zwanzig Jahren. Nichts hat sich geändert.

Verzweifelt sehne ich mich nach einer Zigarette. Ich habe vor einem halben Jahr mit dem Rauchen aufgehört, aber jetzt wäre genau der richtige Zeitpunkt, um wieder damit anzufangen.

Die Kellertür quietscht in ihren Angeln, und ich höre Schritte hinter meinem Rücken. Ich traue mich nicht, hinzusehen. Aber es ist Franziska, die sich scheinbar unbeteiligt neben mich stellt und ebenfalls die Fische beobachtet.

„Der Teich muß gesäubert werden", stellt sie fest, ohne den Blick zu heben. „Zu viele Algen, zu wenig Sauerstoff. Früher hat das immer Papa gemacht. Ich weiß nicht, wer es in Zukunft machen wird."

„Frag doch Sebastian!" antworte ich schnippisch. „Er scheint hier ja sowieso ein- und auszugehen!"

Franziska seufzt.

„Hast du eine Zigarette?" frage ich unvermittelt.

„Ich denke, du hast aufgehört?"

„Hast du nun eine oder nicht?" gebe ich gereizt zurück.

Wortlos reicht sie mir eine Packung *Gauloises*. Mit zitternden Fingern klaube ich mir eine Zigarette heraus und lasse mir von Franziska Feuer geben. Das ungewohnte Nikotin knallt in meine Lungen und macht mich schwindelig.

„Er hat kein Recht!" sage ich heftig. „Er hat kein Recht, hierzusein!"

„Soweit ich weiß, bist du derjenige gewesen, der gegangen ist", sagt Franziska vorsichtig. „Du bist gegangen. Sebastian ist geblieben. Warum hätte er den Kontakt zu uns abbrechen sollen?"

„Auf deiner Party ... war er da auch eingeladen?"

Franziska nickt. „Aber als er gehört hat, daß du auch kommst, hat er gesagt, es sei wohl besser, wenn ihr euch nicht seht."

„Wie oft ist er hier?" frage ich. Meine Stimme hört sich an wie die eines Staatsanwaltes, der einen Zeugen ins Kreuzverhör nimmt.

„Er wohnt direkt gegenüber. Erinnerst du dich? Die Tankstelle gehört jetzt ihm. Herr Schulpeter ist vor vier Jahren gestorben."

Ja! will ich schreien, natürlich erinnere ich mich! Auch wenn ich zwanzig Jahre versucht habe, es zu vergessen. Aber ich sage kein Wort.

„Er war der einzige große Bruder, den ich hatte", sagt Franziska.

Die Worte meiner Schwester tun weh. Der Vorwurf ist nicht zu überhören.

„Was ist mit Achim?" versuche ich abzulenken.

Meine Schwester zuckt mit den Schultern. „Achim hat mich nicht interessiert. Wir hatten nie dieselbe Wellenlänge. Und du warst nur eine Stimme am Telefon, weit weg, unerreichbar. Sebastian war da. Wenn ich jemanden brauchte, mußte ich nur über die Straße laufen."

„Warum hast du mir das nie erzählt?"

Franziska sieht mich erstaunt an. „Du hättest es nicht hören wollen."

„Du weißt gar nichts von damals", sage ich verbittert. „Du warst erst ein Jahr alt."

Meine Schwester schüttelt den Kopf und grinst verlegen. „Das stimmt nicht ganz. Es ist wahr, ich erinnere mich an keine Gespräche oder Begebenheiten. Gerüchte über die Einzigartigkeit meines Intellekts sind in diesem Punkt dann doch übertrieben." Als sie merkt, daß ihr Versuch, die Spannung zu lockern, keine Wirkung auf mich hat, fährt sie mit ernster Miene fort. „Eine meiner ersten Erinnerungen besteht darin, daß die Stimmung zu Hause plötzlich nicht mehr fröhlich war. Ich erinnere mich an viel Geschrei und Weinen."

„Er hatte aufgehört, mich zu lieben", sage ich leise. „Und er hat mir das mit Jonas nicht verziehen. Bis heute nicht. Ich konnte nicht bleiben."

Franziska schützt sich mit einer Hand vor der blendenden Sonne. „Ich habe von Jonas gehört."

„Von wem?" frage ich schnell. „Von ihm?"

„Nein. Von Mutter. Sebastian spricht nie über Jonas."

Ich sehe Franziska kurz an. Jonas. Aber ich will nicht an Jonas denken. Noch nicht.

Italien ist toll.

Das Hotel, das Mama und Papa bestellt haben, heißt Pensione Sol e Mare, *auf deutsch heißt das „Sonne und Meer". Und das stimmt. Die ganzen drei*

Wochen, die wir in Ferien sind, ist es furchtbar heiß, und das Meer ist ganz groß, es reicht bis zum Horizont und ist schön warm. Unsere Wirtsleute heißen Signor und Signora da Pietro, und sie können kein Deutsch. Mama und Papa können auch nur ein bißchen Italienisch, und sie müssen ständig in ihrem kleinen Wörterbuch nachschauen, wenn sie sich mit Signora da Pietro unterhalten wollen. Die Erwachsenen scheinen das alle sehr komisch zu finden, denn Mama und Papa und die da Pietros fangen ständig an zu lachen, wenn wir zum Essen nach unten kommen und etwas bestellen wollen.

Ich finde es gar nicht so schwierig. Schon nach dem ersten Tag weiß ich, was per favore, scusi, pronto und grazie bedeutet. Papa sagt, daß Kinder viel schneller Fremdsprachen lernen als Erwachsene.

Das Essen ist ganz anders als bei uns zu Hause. Am liebsten mag ich Pizza; die essen Basti und ich jeden Abend. Pizza ist so ein rundes, flaches Weißbrot, das man mit Salami und Schinken belegt und mit Käse bestreut und dann im Ofen backt. Man kann aber auch Thunfisch oder Zwiebeln oder Spinat drauf tun. Oder alles zusammen. Je nachdem, was als Belag drauf ist, hat die Pizza einen anderen Namen. Vor zwei Tagen hatte ich eine Pizza Vesuvio, die war furchtbar scharf, weil überall kleine Paprikaschoten, Peperoni, drauf waren. Ich habe mir den Gaumen verbrannt und eine ganze Flasche acqua minerale getrunken.

Mama und Papa haben beschlossen, einfach die Speisekarte von oben nach unten zu probieren. Meistens wissen sie gar nicht, was sie bestellen, weil sie die Karte nicht lesen können. Neulich haben sie Scampi gegessen, daß fand ich ein bißchen ekelig, weil die Krebse so lebendig aussahen, aber dann hatten sie mal Spaghetti Carbonara und Spaghetti Bolognese und Lasagne. Das fand ich auch lecker. Dazu essen Mama und Papa dann immer einen insalata mista und trinken Rotwein, der Lambrusco heißt. Und wenn sie satt sind, hat Mama so ein zufriedenes Glitzern in den Augen und seufzt: „Gott, ist das herrlich hier! Das werde ich uns zu Hause auch mal kochen. Bevor wir abfahren, muß ich mir von der Signora die Rezepte geben lassen. Dann haben wir ein kleines Stück Italien auch daheim!" Papa drückt dann unter dem Tisch ihre Hand und sagt: „Tu das, Schatz, tu das!" Basti, Anna und ich kichern dann immer.

Das Beste am Essen ist aber das Eis. Das heißt hier gelato, und es gibt Eissorten, von denen ich noch nie gehört habe: Stracciatella, Pistacchio, Malaga und Zabaione. Bei uns im Dorf gibt es keine Eisdiele. Ich esse jeden Tag mindestens ein gelato, manchmal auch zwei, von dem Geld, das Oma Gundi mir zugesteckt hat. Man muß sich aber beeilen mit dem Abschlecken, weil es hier so warm ist, daß das Eis ganz schnell schmilzt und einem über die Finger läuft.

Direkt nach dem Frühstück gehen wir an den Strand. Die Sonne scheint den ganzen Tag, und man kann immer in der Badehose herumlaufen. Papa hat einen kleinen Weltempfänger mit und versucht, die Fußballergebnisse der Bundesliga zu hören. Aber statt dessen hört man meistens nur Rauschen und Knistern. Neulich hat er einen deutschen Rundfunksender deutlich empfangen, aber die haben dann nur Schlager gespielt: „Mein Freund, der Baum ist tot“, „O Pardon, sind Sie der Graf von Luxemburg?“ und so. Papa hat geflucht, und wir haben gelacht. Anna hat schon am zweiten Tag zwei Freundinnen gefunden, die auch auf Puppen stehen, und legt sich immer zu denen. Ich finde das klasse. So sind wir Anna wenigstens los. Basti und ich haben uns mit drei italienischen Jungs angefreundet, die auch mit ihren Eltern hier im Urlaub sind. Sie heißen Giovanni, Gennaro und Andrea. Zuerst haben wir uns über Andrea kaputtgelacht, weil das doch bei uns ein Mädchenname ist. Wir sind eigentlich die ganze Zeit zusammen und bauen Ritterburgen im Sand, spielen Fußball, toben im Meer herum, machen Schlammschlachten oder bringen uns gegenseitig Schimpfwörter auf deutsch und italienisch bei. Jedenfalls haben wir viel Spaß.

Nur vorgestern war es nicht so lustig wie sonst. Basti war den ganzen Tag irgendwie muffelig und schlechtgelaunt, und als Andrea, die anderen und ich zum Muschelnsammeln losgezogen sind, wollte er nicht mitkommen. Ich bin dann auch auf unserer Decke geblieben, und die Italiener sind ohne uns gegangen. Als ich Basti gefragt habe, was er hat, ist er plötzlich ganz wütend geworden und hat gesagt, ich soll mich verziehen und mich um meinen eigenen Kram kümmern, und ich hätte es ja sowieso viel besser als er. Das habe ich nicht verstanden und wollte ihn fragen, was er damit meint, aber danach hat er angefangen, mich zu schubsen, und dann habe ich zurückgeschubst, und schon haben wir uns geprügelt, obwohl ich gar nicht wußte, wieso. Basti ist stärker als ich und hat mir in Null Komma nichts den Arm auf dem Rücken verdreht und mein Gesicht in den Sand gestoßen, und ich hatte den ganzen Mund voll Sandkörner und konnte mich nicht wehren. Papa ist dann dazwischen gegan-

gen und hat Basti beiseitegenommen, weil er gemerkt hat, daß mit ihm etwas nicht in Ordnung ist, aber ich habe trotzdem gehört, worüber sie gesprochen haben.

Basti hat erst ein bißchen herumgedruckst, und dann hat er gesagt, daß er Heimweh hat und daß er seine Mama vermißt. Und dann hat er noch gesagt, daß er es blöd findet, daß seine Mama ständig ins Krankenhaus muß und daß er sie dann nicht so oft sieht, weil das Spital so weit weg ist, und eigentlich hätte er lieber eine Mama wie meine Mama, die nicht so oft herumschreit und weint und auf Jonas herumhackt.

Papa hat geseufzt und gesagt, daß er gut verstehen kann, wie Sebastian sich fühlt, und hat versucht, ihn zu trösten. Und dann hat er was ganz Merkwürdiges gesagt, was weder Basti noch ich so richtig kapiert haben. Er hat gemeint, daß sich manchmal einiges im Leben viel schneller ändert, als man denkt, und daß zu Hause vielleicht eine Überraschung auf Sebastian wartet. Er könnte zwar nichts daran ändern, daß seine Mama im Krankenhaus bleiben muß, aber vielleicht wäre es ja möglich, daß Sebastian seine Mama in Zukunft trotzdem häufiger besuchen kann. Und als Basti gefragt hat, was er denn damit meint, hat Papa den Kopf geschüttelt und gesagt, er soll warten, bis wir wieder zu Hause sind. Sein Papa würde ihm dann schon alles erklären.

Am Abend, als wir schon im Bett lagen, haben wir noch geflüstert über das, was Papa zu Basti gesagt hat. Anna hat schon geschlafen und sogar ein bißchen geschnarcht, weil sie Schnupfen hatte. Basti hat gemeint, es tut ihm leid, daß er mich verhauen hat, und ich habe so getan, als hätte es mir nichts ausgemacht, obwohl ich einen blauen Fleck am Arm habe, der ziemlich weh tut. Dann haben wir überlegt, was Papa wohl gemeint haben könnte, und als ich ganz angestrengt nachgedacht habe, ist mir etwas eingefallen, aber ich will nicht, daß das passiert, weil ich dann meinen besten Freund verlieren würde. Erst wollte ich es gar nicht sagen, aber dann ist es mir doch rausgeplatzt.

„Vielleicht zieht ihr weg", habe ich zu Basti gesagt. „Vielleicht zieht ihr in die Nähe des Spitals, wo deine Mama liegt."

„Du spinnst ja!" Basti hat zuerst großspurig gelacht, aber dann ist er ganz still geworden. Nach einer Weile hat er wütend gesagt: „Mama ist an allem schuld! Ich hasse sie! Ich will nicht wegziehen. Das ist doch mein Zuhause! Alle meine Freunde wohnen dort!" Dann war er wieder eine Zeitlang stumm, und dann hat er leise gesagt: „Aber ich vermisse meine Mama auch ganz schreck-

lich, und ich will, daß sie endlich wieder gesund ist, und ich will, daß Jonas auch nicht mehr so blöde ist, und ich will, daß wir endlich wieder eine normale Familie sind wie andere." Seine Stimme war ganz zittrig, und ich habe gehört, wie er anfing zu weinen, und ich hatte auch einen dicken Kloß im Hals, weil ich mir vorgestellt habe, wie es wäre, wenn Basti nicht mehr da ist.

Und dann ist er plötzlich aufgesprungen, zu mir herübergerannt und unter meine Bettdecke geschlüpft. Er hat sich an mich gekuschelt, und ich mußte ihn trösten, und er hat meine ganze Schlafanzugjacke vollgeheult. Zuerst fand ich das ein bißchen komisch, aber nach einer Weile war es ganz okay. Ich habe gewartet, bis Basti sich ausgeheult hatte, und ich habe ihn festgehalten, bis er eingeschlafen war. Dann bin ich vorsichtig und ganz leise aufgestanden, damit er nicht aufwacht, und habe mich in seinem Bett schlafen gelegt.

Der Duft seiner Haut, eine Mischung aus säuerlicher Milch, Sand und Meersalz hat sich in meiner Nase verfangen, und ich brauche einen Moment, bis mir klar wird, daß ich mich im Garten meiner Eltern befinde und nicht in einem kleinen Hotelzimmer in Fano, Italien, mit Sebastian in meinen Armen, zum ersten Mal.

Die Erinnerung an den Urlaub ist so real, als hätte mich eine Zeitmaschine urplötzlich einunddreißig Jahre in die Vergangenheit versetzt. Und noch immer schmerzt es ungemein, wenn ich zurückschaue und mir die Empfindungen ins Gedächtnis rufe, die ich als Siebenjähriger hatte, als ich bei unserer Rückkehr erfuhr, daß all das, wovor wir uns gefürchtet hatten, wahr werden sollte.

Sebastians Vater hatte die Tankstelle, seine Tankstelle, verpachtet und in Bad Oeynhausen einen Job als Tankwart bei einem großen Ölkonzern angenommen. Ebenfalls in Bad Oeynhausen hatte er eine Wohnung für sich, Jonas und Sebastian gemietet, denn dort befand sich auch die Nervenklinik, in der Frau Schulpeter nun auf unbestimmte Zeit untergebracht worden war. Ihre Erkrankung, als manische Depression mit paranoiden Zügen diagnostiziert, hatte sich verschlechtert, wie mein Vater mir viel später erzählen würde, und es war nicht absehbar, ob oder wann sich ihr Zustand bessern könnte.

Zwar lag Bad Oeynhausen nur ungefähr zweihundert Kilometer von unserem Heimatdorf entfernt, aber für Sebastian und mich hätte es ebensogut am anderen Ende der Welt liegen können.

Drei Jahre sollten wir uns nicht wiedersehen.

Ein erster kühler Abendwind jagt mir einen Schauer über den Nacken. Zögernd mache ich mich auf den kurzen Weg zurück ins Haus.

Meine Mutter und Franziska bereiten das Abendbrot vor, klappern mit Tellern und Tassen.

„Wo ist er?“ frage ich.

„Er ist wieder gegangen“, antwortet meine Mutter, ohne mich eines Blickes zu würdigen.

1971 – Chirpy Chirpy Cheep Cheep

Lange Zeit war ich am Boden zerstört, als Sebastian wegzog. Es tat so furchtbar weh, Sebastian nicht mehr jeden Tag zu sehen, nicht mehr neben ihm auf der Schulbank zu sitzen, keine Streifzüge durch die Wälder mehr zu unternehmen, jedenfalls nicht mit ihm. Es war alles so ungerecht, so unfair, als ob ich für etwas bestraft würde, was ich gar nicht angestellt hatte. Für eine Weile wußte ich überhaupt nichts mit mir alleine anzufangen und spielte aus lauter Verzweiflung sogar mit Anna. Ansonsten versteckte ich mich stundenlang auf dem Dachboden, starrte auf die mit Spinnweben überzogenen Holzbalken und dachte an Italien. Insgeheim gab ich Sebastians Mutter die Schuld, daß ich meinen besten Freund verloren hatte, und wünschte mir, sie würde in dem Krankenhaus sterben. Das wäre zwar schlimm, aber dann könnte Sebastians Vater wieder auf der Tankstelle gegenüber arbeiten, Sebastian würde zurückkommen, und alles wäre wie früher.

Natürlich hatten wir uns versprochen zu schreiben, jede Woche mindestens einmal, aber siebenjährige Jungen besitzen nicht die nötige Ausdauer und Schreiblust, um ein solches Versprechen einzuhalten. Die Briefe, die wir uns schickten, enthielten ohnehin nur Banalitäten und konnten die Abwesenheit des anderen nicht ersetzen. Mit der Zeit kamen sie immer unregelmäßiger, bis sie eines Tages ganz ausblieben, ohne daß ich sagen könnte, wer von uns beiden den Kontakt als erster abgebrochen hatte.

Ich schloß neue Freundschaften, und ich nahm an, daß Sebastian das gleiche tat an diesem fremden Ort, den ich mir nur anhand einer Hochglanzpostkarte vorstellen konnte, die er mir zwei Wochen nach seinem Umzug zugeschickt hatte. Ein Ort mit einem Kurbad, beschnittenen Bäumen und gepflegten Rasen- und Parkanlagen, so ganz anders als die Äcker und Felder, über die ich weiterhin tollte.

Meine Eltern gaben sich redlich Mühe, mir über den Verlust von Sebastian hinwegzuhelfen. Endlich bekam ich mein eigenes Zimmer. Ein kleiner Raum, der über Jahre als Abstellkammer benutzt worden war, wurde ausgebaut, mit einem großen Fenster zur Straße versehen, sowie neu tapeziert und gestrichen. Anna zog ebenfalls aus unserem alten gemeinsamen Kinderzimmer aus, das jetzt Achim allein für sich behielt, und bekam den Raum direkt neben mir. Natürlich hatte sie durch ihre ständige Quengelei das größere Zimmer für sich reserviert, aber das war mir egal. Hauptsache, ich hatte endlich mein eigenes Reich.

Die Tankstelle, die Herr Schulpeter an einen alleinstehenden, kontaktscheuen Mann mit einem lahmen Bein verpachtet hatte, stand schon nach wenigen Monaten leer und ging auch nicht in den Betrieb eines neuen Pächters über. Statt dessen begann sie langsam zu verfallen, die kleinen, bunten Wimpel im Eingangsbereich vom Wind zerfleddert, die geteerte Auffahrt an vielen Stellen von Unkraut überwachsen – und manchmal, wenn ich aus dem Fenster meines neuen Zimmers nach drüben schaute, fiel mir Sebastian wieder ein, und ich hatte ein schlechtes Gewissen.

Allerdings gab es auch viele Sachen, die die Lücke, die Sebastian hinterlassen hatte, langsam wieder füllten und meine ganze Aufmerksamkeit beanspruchten. Zum Beispiel der Tag, an dem Lisa, einer der Wellensittiche meiner Großmutter, in der kochenden Gulaschsuppe meiner Mutter ertrank.

Oma Gundi zog bei uns ein, kurz nachdem ich meinen zehnten Geburtstag gefeiert hatte. Zwei Tage lang hatte ich mich danach stöhnend mit Magenschmerzen herumgeschleppt, ohne von meiner Mutter ein Wort des Mitleids zu hören, und alles nur deshalb, weil ich die Hälfte meiner Geburtstagstorte allein aufgegessen hatte.

Ich hatte die Torte zufällig am Vorabend meines Geburtstags in der Vorratskammer entdeckt, direkt hinter der Kiste mit den Kartoffeln – ein wirklich einfallsloses Versteck, normalerweise war meine Mutter mehr auf Zack. Zusammen mit der Torte, Winnetou, Old Shatterhand und Nscho-tschi hatte ich mich auf den Speicher verkrümelt, während meine Eltern und meine Geschwister gebannt vor der Glotze saßen. Dort lief gerade *Wünsch dir was* mit Vivi Bach und Dietmar Schönherr – *die* Samstag-Abend-Show des deutschen Fernsehens, die mir nur deshalb im Gedächtnis geblieben ist, weil während einer Sendung ein paar todesmutige Quizkandidaten zusammen mit ihrem Auto in einem Swimmingpool versenkt wurden. Bei dem Auto handelte es sich um einen alten amerikanischen Austin, dessen Türen leider klemmten; die Kandidaten mußten von bereitstehenden Tauchern aus dem Wrack vor dem Ertrinken gerettet werden – und das alles zur besten Sendezeit. Vivi Bach, die die geschockten Mitspieler nach dem Unglück in ihrem etwas unverständlichen dänischen Akzent anwies, wieder in ihrer runden Sitzecke Platz zu nehmen („Bitte, gehen Ssie zurück in Ihre Snecke!"), trug damals noch immer die bestechende Bienenkorbfrisur, die sie schon einige Jahre zuvor beim *Raumschiff Orion* gehabt hatte, als sie eine außerirdische Amazone mimte, die den tollkühnen Raumfahrer Commander MacLane, alias Ehemann Dietmar Schönherr, bezirzen sollte. Sebastian und ich waren glühende Fans dieser Science-Fiction-Serie, und uns war natürlich nie aufgefallen, daß die improvisierte Kulisse verkehrt herum aufgestellte Bügeleisen beinhaltete und überhaupt sehr stark an das endlich abebbende Nierentisch-Design erinnerte.

Den Verlust ihrer halben Erdbeertorte bemerkte meine Mutter erst, als mich nach dem sechsten Stück ein gewisses Unwohlsein überfiel, das sich in Sekundenschnelle exponentiell steigerte und mich unter heftigen Würgegeräuschen eine Etage tiefer zum Klo stürzen ließ.

Als Strafe mußte ich am nächsten Tag zusehen, wie meine Eltern, mein Bruder Achim und meine Schwester Anna den Rest des Geburtstagskuchens alleine aufaßen.

Wie schon erwähnt, war Oma Gundi relativ häufig bei uns zu Besuch, vor allem nach dem Tod von Opa Friedhelm. Trotzdem hatte sie immer viel Wert auf ihre Selbständigkeit gelegt und nach wie vor betont, wie froh sie sei, ihre eigene Wohnung in Fulda zu besitzen.

In letzter Zeit allerdings hatte es wohl „Vorfälle“ gegeben, wie mein Vater es später meinen Geschwistern und mir gegenüber euphemistisch umschrieb. Einmal war sie im Beichtstuhl eingenickt und hatte den Beichtbetrieb der Domkapelle laut schnarchend eine halbe Stunde lang aufgehalten, während der nervöse junge Kaplan es nicht gewagt hatte, sie aufzuwecken. Ein anderes Mal hatte sie einen kleinen Aufruhr verursacht, als sie in einem Geschäft vergaß, ihren neuen Hut zu bezahlen, und ein weiteres Mal bemerkte sie erst im Taxi unterwegs zu einem Kaffeeklatsch mit zwei Freundinnen, daß sie es versäumt hatte, vorsorglich zu Hause auf die Toilette zu gehen. Die Reinigung der Taxipolster kostete meine Eltern dreihundert Mark.

Aber es war die Hingabe zu ihrem Lieblingshobby, dem Lösen von Kreuzworträtseln, die Oma Gundis Selbständigkeit beenden sollte. Immer, wenn Anna, Achim und ich sie besuchten, lagen ganze Stapel dieser Rätselhefte – festgehalten von einem großen, marmornen Briefbeschwerer – auf dem Beistelltischchen neben ihrem mit Schutzdeckchen versehenen Sofa. Jedesmal gab es ein Familiendrama, wenn meine Mutter sich erdreistete, vorzuschlagen, die ausgefüllten Bücher ihrer Bestimmung als Altpapier zuzuführen. Auch in Oma Gundis überdimensionaler Handtasche befanden sich immer mindestens drei Rätselhefte. Nie wieder in meinem Leben habe ich jemanden kennengelernt, der in einer solch atemberaubenden Geschwindigkeit soviel sinnlos gespeichertes Wissen auf Kommando abrufen konnte. Selbst auf die kniffligsten Fragen wie „Nebenfluß der Bug in Polen“ (fünf Buchstaben) und „Autokennzeichen für Äthiopien“ (drei Buchstaben) wußte sie die richtige Antwort. Ich hätte noch nicht einmal mit Sicherheit die Frage beantworten können, ob es in Äthiopien überhaupt Autos gibt, geschweige denn, wie deren Landeskennzeichen lautet. Ich bin mir sicher, daß meine Oma der ideale Kandidat für *Jeopardy*, *Wer wird Millionär?* oder ähnliche unsinnige Quizsendungen gewesen wäre, wenn sie zu ihren Lebzeiten existiert hätten. Mit ihrem akkumulierten nutzlosen Wissen wäre sie als der Schrecken von Günther Jauch und Co. unschlagbar von Sendung zu Sendung gestürmt und hätte einen Jackpot nach dem anderen abgeräumt.

Der einzige Haken an der Sache war, daß Oma Gundi dazu tendierte, die Welt um sich herum völlig zu vergessen, sobald sie sich aufs Sofa setzte und ihren Bleistift zückte. Einmal vergaß sie nach einem Gang in den Keller, die Wohnungstür zu schließen, und erlitt fast einen Herzinfarkt, als sie plötzlich ihren zweiundsiebzigjährigen Nachbarn im Wohnzimmer bemerkte – Oberst Wilkens, einen ehemaligen Wehrmachtsoffizier, dem in Rußland ein Arm weggeschoßen worden war und der den hochgekrempelten Hemdsärmel so ungünstig an seiner Schulter zu befestigen pflegte, daß er aussah wie ein permanenter Grüßaugust – und der sie fragte, ob bei ihr alles in Ordnung sei oder ob sie seine Hilfe benötige.

Vier Wochen bevor Oma Gundi zu einem Dauergast bei uns wurde, passierte ihr dann das entscheidende Mißgeschick zuviel. Nachdem sie sich ihren nachmittäglichen Tee zubereitet hatte, knipste sie im Wohnzimmer die Stehlampe an, setzte sich auf ihr Sofa, wickelte sich die Heizdecke um die Beine, schaltete die oberste Stufe ein und vertiefte sich in eine neuerworbene Ausgabe ihres Lieblingsrätselheftes. Eine Stunde später erwachte sie aus einem erholsamen Nachmittagsnickerchen, weil beißender Rauch ihr das Atmen erschwerte und die ersten Flammen ihrem Kreuzworträtsel den Garaus machten. Außerdem verspürte sie von den Füßen bis zu den

Oberschenkeln eine unerträgliche Hitze, die sie so beim Einschalten der Heizdecke auch nicht beabsichtigt hatte. Zum Glück für Oma Gundi hörte Oberst Wilkens ihre krächzenden und gehusteten Hilferufe und alarmierte die Feuerwehr, allerdings erst nachdem er sich galant bemüht hatte, Oma Gundi persönlich aus ihrer mißlichen Lage zu befreien, und vergeblich versuchte, ihre Wohnungstür einzurennen – wobei er sich eine Schulterprellung seines amputierten Armes zuzog. Meine Großmutter wurde dann von einem Notarzt aus der qualmenden Heizdecke herausgeschält und unter Protest und mit Verbrennungen zweiten Grades an Oberschenkeln und Waden ins Krankenhaus gebracht.

Kurz darauf setzte sich eine Sozialarbeiterin der Caritas mit uns in Verbindung und versuchte meinen Eltern schonend beizubringen, daß es mit der Selbständigkeit von Oma Gundi nicht mehr allzuweit her sei und solche Unfälle sich häufen könnten, wenn sie weiter allein lebe. Die Alternativen bestanden in der Übersiedlung in ein Altersheim oder dem Einzug in unser Haus. Da meine Großmutter sich strikt weigerte, ein Seniorenstift auch nur von außen zu betrachten, wurde aus den zwei Alternativen sehr schnell eine einzige Möglichkeit.

Also zog meine Großmutter nach ihrer Entlassung aus dem Krankenhaus bei uns ein. Natürlich hatten es unsere Eltern nicht für nötig gehalten, mich und meine Geschwister davon in Kenntnis zu setzen, daß wir ab sofort eine archaische Großfamilie bilden würden.

Achim und ich gingen davon aus, daß Oma Gundi wie schon häufiger nur über das Wochenende zu Besuch sei, sich erst mit meiner Mutter, anschließend mit meinem Vater über die korrekten Erziehungsmethoden heranwachsender Teenager streiten würde und wir sie am Montag wieder los wären. Allerdings fanden wir es schon merkwürdig, daß sie für dieses eine Wochenende ihren halben Hausrat durch eine Speditionsfirma in unser Haus schleppen ließ. Überraschend und verwirrend war auch, daß sich, wie sonst bei Oma Gundis Besuchen üblich, kein Zehn-Mark-Schein in meiner

Hosentasche materialisierte. Immerhin hatte ich diese zusätzliche Einnahmequelle fest einkalkuliert, da mein wöchentliches Taschengeld von fünfzig Pfennig nicht annähernd reichte, um meinen Bedarf an Süßigkeiten zu decken.

Einzig Anna schien etwas zu ahnen, denn als die Möbelpacker Oma Gundis schweren Art-Deco-Wandschrank sowie ihren verblichenen und abgetretenen Perserteppich in das Zimmer wuchteten, in dem Mutter bisher immer die Wäsche gebügelt und ich meine Holzeisenbahn aufgebaut hatte, verfinsterte sich ihre Miene, und sie murmelte den Rest des Tages Sätze wie „sozialer Abstieg“ und „kann nie wieder meine Freundinnen einladen“ – was ich persönlich durchaus als Verbesserung der Wohnsituation ansah, denn Annas Freundinnen waren ausschließlich hysterische, pickelige, blondgezopfte Mädchen mit einem Mama-Komplex, die den ganzen Tag damit beschäftigt waren, ihre Barbie-Puppen an- und wieder auszuziehen, ihnen die Haare zu flechten und mit ihnen „Hochzeit“ zu spielen.

Die Abneigung meiner Schwester gegen die dauerhafte Anwesenheit von Großmutter in unserem Haus hing unter anderem damit zusammen, daß es vollkommen untertrieben gewesen wäre, Oma Gundi exzentrisch zu nennen.

Im Laufe ihres fast achtzigjährigen Lebens hatte sie sich Eigenarten angewöhnt, die mit fortschreitendem Alter immer mehr ihren Charakter dominierten. Eine dieser Eigenarten war ihr inniges Verhältnis zu Wellensittichen. Sie besaß meist zwei dieser tropischen Vögel, die allerdings aufgrund ihrer nicht allzu langen Lebenserwartung im Laufe der Jahre immer wieder ersetzt werden mußten, so daß es während kurzer Phasen auch schon mal zu einer Unterbesetzung im Vogelkäfig kam.

Einige Monate, bevor Oma Gundi zu uns zog, hießen ihre gefiederten Mitbewohner „Puppi“ und „Struppi“. Struppi hatte ein blaues, ziemlich zerrupftes Federkleid und war so fett, daß er es nicht mehr schaffte, von einer der niedrigen Stangen auf die im oberen Bereich des Käfigs angebrachten zu hüpfen. Als er eines Morgens tot auf dem Boden des Vogelbauers lag, die Krallen gen Himmel gereckt, äußerte meine Mutter gegenüber meiner trauernden Großmutter den perfiden Verdacht, Struppi sei wahrscheinlich aufgrund von Überfütterung gestorben, was dazu führte, daß Oma Gundi eine Woche lang kein Wort mit meiner Mutter sprach.

Puppi, der überlebende Sittich, ausgestattet mit einem graugrünen Federkleid und der enervierenden Angewohnheit, stundenlang mit seinem Schnabel gegen die metallenen Gitterstäbe zu schlagen, war allerdings auch nicht mehr der jüngste und verkraftete – laut Oma Gundi – das Dahinscheiden seines jahrelangen Lebenspartners nur schwer. Deshalb wunderte es niemanden in unserer Familie, als nur einige Wochen später auch das Ableben Puppis unter Tränen bekanntgegeben wurde. Als Todesursache gab meine Großmutter ein gebrochenes Herz an, während meine Mutter mit einem zynischen Unterton behauptete – allerdings erst nachdem sie den Telefonhörer aufgelegt hatte –, es sei wohl eher Leberzirrhose gewesen, weil Oma Gundi Puppi immer an dem Bier hatte nippen lassen, das sie abends zu trinken pflegte.

Jedenfalls war der Vogelkäfig merkwürdig leer, als Oma Gundi nach der einschneidenden Episode mit der Heizdecke ihr Domizil in unser Zuhause verlegte. Dieser sittichlose Zustand sollte allerdings nicht lange anhalten.

Es dauerte eine Zeitlang, bis sowohl meine Großmutter als auch meine Familie sich daran gewöhnt hatten, daß wir nun ein Drei-Generationen-Haushalt waren. Insbesondere meine Mutter und Oma Gundi gerieten in den ersten Wochen relativ häufig aneinander. Meist drehten sich ihre Meinungsverschiedenheiten um die Tolerierung von Unordnung im Haushalt. Meine Oma, die zeit ihres Lebens an keinem Sofakissen vorbeigehen konnte, ohne einen Knick hineinzumachen, war strikt dagegen; meine Mutter, die jetzt einen Sechs-Personen-Haushalt zu führen hatte, der drei Halbwüchsige beinhaltete, war da etwas nachsichtiger. Ein anderer Streitpunkt war, wie schon erwähnt, die Erziehung von uns Kindern.

Nachdem Oma Gundi sich häuslich im Bügelzimmer meiner Mutter niedergelassen hatte, bot sie sich an, Anna, Achim und mir die tägliche Gute-Nacht-Geschichte vorzulesen, um meine Eltern ein wenig zu entlasten. Meine Eltern waren hocherfreut, da die Doppelbelastung von Familie und Beruf doch erheblichen Tribut verlangte und sie ziemlich erschöpft waren, wenn der Tag zu Ende ging. Am ersten Abend, an dem diese neue Arbeitsteilung in Kraft treten sollte, versammelten wir uns in Achims Zimmer, das wir jahrelang zu dritt geteilt hatten, machten es uns alle in seinem Bett gemütlich und waren zuversichtlich, daß Oma Gundi viele neue Geschichten zu erzählen hatte, die die altbekannten und mittlerweile zum Gähnen langweilig gewordenen Erzählungen unserer Eltern bei weitem übertreffen würden. Was dann folgte, war frühkindlicher Horror pur.

Anstatt ein Märchenbuch oder einen Abenteuerroman von Enid Blyton mitzubringen, trat Oma Gundi mit leeren Händen in das Kinderzimmer, löschte wortlos das Licht bis auf eine kleine, schummrige Nachttischlampe, deren Licht den Raum mit großen, gespenstischen Schatten erfüllte, setzte sich auf das Fußende von Achims Bett, schloß die Augen und begann zu erzählen.

Ihre Geschichten kreisten um Kobolde, die nächtens in fremde Häuser eindrangen, Kinder aus ihren Betten stahlen und sie dann nach Arabien oder auf große Ozeandampfer in die Sklaverei verkauften; andere Geschichten verwoben die Kriegserlebnisse meiner Großmutter mit ihrer ausufernden Fantasie und handelten von Nachbarn und Bekannten, denen im Bombenhagel Granatsplitter den Leib auf- oder beliebig viele Körperteile abgerissen hatten. Wieder andere schienen direkt der Boulevardpresse entnommen zu sein, die sie mit Vorliebe las, und drehten sich um wahnsinnige Mörder, die Menschen entführten, ermordeten und dann – in kleine, pfannengerechte Stücke zerhackt – entweder tiefgefroren im Eisschrank aufbewahrten oder auf einsamen Waldstücken vergruben. Ungläubig und mit weit aufgerissenen Augen hörten wir Oma Gundi zu, unfähig, uns dem Bann der blutrünstigen Gruselgeschichten zu entziehen, die so völlig unerwartet aus ihrem Mund sprudelten. Im Grunde war Oma Gundi ein menschlicher Vorläufer der Splatter-Movies der achtziger und neunziger Jahre, und manchmal bin ich nicht sicher, ob sie nicht als eine Art Leni Riefenstahl der Horrorfilme eine unglaubliche zweite Karriere als Regisseurin hätte machen können. An Einfallsreichtum hätte sie es jedenfalls mit jedem Drehbuchautor von Freddy Krüger und *Halloween* aufnehmen können.

An jenem ersten Abend beendete Oma Gundi ihre „Gute-Nacht-Geschichte" mit einem zufriedenen Lächeln, wünschte uns allen schöne Träume und schloß leise die Zimmertür hinter sich.

An Schlaf war natürlich überhaupt nicht zu denken. Achim lag wimmernd unter seiner Bettdecke und war für den Rest der Nacht nicht mehr dazu zu bewegen, sein Gesicht herauszustrecken. Seit diesem Abend begann er wieder am Daumen zu lutschen, eine Angewohnheit, die ihm Mutter erst ein halbes Jahr zuvor mühselig dadurch abgewöhnt hatte, daß sie seinen Daumen mit Essig bestrich. Weder Anna noch ich trauten uns über den dunklen Flur zurück in unsere eigenen Zimmer. Anna sprang alle fünf Minuten auf und überzeugte sich zitternd, daß kein unbefugter Mann älteren Jahrgangs unter dem Bett oder im Wandschrank lauerte, und ich saß kerzengerade und stocksteif im Bett, überzeugt, daß jedes Knacken oder Quietschen, das in Achims Zimmer drang, nur bedeuten konnte, daß jemand sich in unser Haus geschlichen, meine Eltern in ihren Betten ermordet hatte und jetzt die Axt ansetzte, um die Zimmertür einzuschlagen.

Unseren Eltern, die durch ihren Beruf ziemlich abgelenkt waren, fielen unsere Nervosität, Ängstlichkeit und völlige Übermüdung erst nach einigen Tagen auf, als Achims Vorschullehrerin sie zu einem Gespräch bat, weil mein kleiner Bruder in den Tagen zuvor mehrmals im Kindergarten eingeschlafen war. Außerdem hielt er sich zu Hause die Ohren zu, sobald meine Großmutter Anstalten machte, ihn anzusprechen. Zusätzlich mutierte Anna plötzlich zur Vegetarierin und weigerte sich eines Abends, das Rindfleisch zu essen, das meine Mutter am Morgen aus dem Tiefkühler genommen hatte.

Nach einigem Nachfragen konnte sich meine Mutter ein ungefähres Bild davon machen, was sich allabendlich bei uns Kindern unter der Obhut von Oma Gundi abspielte. Mit zusammengekniffenen Lippen schickte sie Anna, Achim und mich nach oben, meinen Vater zu Gesike ins *Hessische Kalb*, und anschließend hatten Oma Gundi und meine Mutter eine Grundsatzdiskussion über Kindererziehung, die man unter dem Begriff „Generationenkonflikt“ zusammenfassen könnte.

Natürlich versuchten meine Geschwister und ich, möglichst viel von dem immer lauter werdenden Gespräch mitzubekommen, und krochen vorsichtig und mit großen Ohren auf den Treppenabsatz, wo die Worte meiner Mutter und von Oma Gundi bruchstückhaft aus der Küche in den ersten Stock drangen. Großmutter verteidigte ihre Horrorgeschichten mit dem Hinweis auf das reale Leben, das nicht immer nur schöne Dinge vorzuweisen habe und auf das auch Kinder in unserem Alter vorbereitet sein müßten. Meine Mutter erklärte daraufhin, *ihre* Kinder würden schon früh genug auf den Ernst des Lebens vorbereitet, sie müßten nicht extra von „altersstörrischen, wirklichkeitsfernen Märchentanten“ zu Psychopathen erzogen werden. Beendet wurde die Diskussion, als meine Mutter andeutete, daß es durchaus in der näheren Umgebung Altenheime gebe, die meine Großmutter gerne aufnehmen würden, wenn sie sich nicht an die Spielregeln im Hause meiner Eltern halte. Diese Art der Erpressung ließ meine Großmutter augenblicklich verstummen, denn mehr als eine Entzweiung mit ihrer Tochter fürchtete sie die Abschiebung in ein Altenheim, in dem sie zwangsweise zu Spielenachmittagen, Lichtbildvorträgen über die Schönheit der Mecklenburgischen Seenplatte und Singspielen zu der Musik von Heino und Rudolf Schock animiert werden würde.

Von da an waren die Märchenstunden mit Oma Gundi beendet; statt dessen bekamen wir abwechselnd von unserem Vater und unserer Mutter abends die altbekannten, aber harmloseren Abenteuer von den *Kindern aus Bullerbü* oder den *Fünf Freunden* vorgelesen.

Mama und Oma Gundi sprechen nicht miteinander. Mama ist noch sauer auf Oma wegen der Geschichten, die sie uns abends erzählt hat, und Oma ist sauer auf Mama, weil sie ihr angedroht hat, sie in ein Altersheim zu stecken. Aber so gar nicht miteinander sprechen können sie natürlich auch nicht, weil sie ja im selben Haus wohnen und sich jeden Tag sehen. Deshalb haben sie sich darauf verlegt, Anna und mich als Boten und Überbringer von Nachrichten zu benutzen. Das ist ein bißchen nervig, weil sie das auch machen, wenn sie sich gleichzeitig in einem Zimmer aufhalten und selbst wenn wir zusammen am Mittagstisch sitzen.

„Tobias", sagt Mama, „sag deiner Großmutter, sie möchte mir das Salz reichen."

„Oma Gundi, Mama möchte den Salzstreuer haben", sage ich.

„Sag deiner Mutter, sie soll sich das Essen nicht immer versalzen", erwidert Oma Gundi. „Das ist schlecht für die Nieren."

Ich weiß genau, daß Mama es nicht vertragen kann, wenn Oma Gundi so etwas sagt, und meistens vor Wut platzt, wenn Oma Gundi so tut, als wüßte sie alles besser. Bevor ich Mama Oma Gundis Antwort ausrichten kann, fällt mir Mama ins Wort. „Richte deiner Großmutter aus, daß sie sich ihre Ratschläge sonstwohin stecken kann!" Und dann steht Oma Gundi beleidigt auf und verläßt die Küche.

Nur wenn die beiden vor dem Fernseher sitzen, vergessen sie manchmal, daß sie Krach miteinander haben. Vor ein paar Wochen haben sie in den Nachrichten erzählt, daß in der Zone ein Präsident gegen einen anderen ausgetauscht worden ist – glaube ich wenigstens, aber ich habe auch nicht genau zugehört, weil Politik total langweilig ist. Der eine hatte einen Kinnbart und hieß Ulbricht, der andere war glattrasiert und hieß Honecker. Aber beide hatten den gleichen häßlichen Hut auf. Jedenfalls hat Oma Gundi dann geseufzt und gesagt: „Vielleicht macht der ja die Mauer weg."

Und Mama hat ganz normal zu ihr gesagt: „Nein, Mutter, das werden wir sicher nicht mehr erleben."

Seit neuestem sitzen sie auch ganz einträchtig vor dem Fernseher, wenn Margret Dünser ihre V.I.P.-Schaukel *präsentiert. Oma Gundi holt dann die Flasche mit dem selbstgemachten Eierlikör aus dem Kühlschrank, und Mama nimmt zwei von den unpraktischen Gläsern, in die nur ein klitzekleiner Schluck hineinpaßt und die sie dann während der Sendung andauernd nachfüllen muß. Und dann gucken sie zusammen, wie die Margret Dünser sich mit Prominenten darüber unterhält, mit welchem Shampoo sie ihren Dackel waschen.*

Ausgerechnet der Fernseher war aber auch der Grund für ihren letzten großen Streit. Das war vorige Woche, als plötzlich im ZDF zum ersten Mal eine Frau die Nachrichten gelesen hat.

„Na endlich!" hat Mama ausgerufen und sogar Beifall geklatscht. „Wieder eine Männerbastion, die gestürmt worden ist! Wurde ja auch langsam Zeit!"

„Wie heißt die?" hat Oma Gundi gefragt und die Augen ganz schmal gemacht, weil sie die Schrift auf dem Fernseher nicht lesen konnte.

„Wibke Bruhns", habe ich ihr vorgelesen.

„Die Frau sollte sich was schämen!" hat Oma Gundi dann aus heiterem Himmel gesagt. „So was gehört sich nicht! Die sollte bei ihrer Familie bleiben! Wer versorgt denn jetzt den Haushalt und die Kinder, während sie der Kamera schöne Augen macht?"

Mama ist der Kinnladen nach unten geklappt.

„Also, das ist doch wohl die Höhe!" hat sie mit schmalen Lippen gesagt. „Du hast es gerade nötig. Du hast doch auch Papa den Haushalt und die Erziehung überlassen!"

„Das war ja wohl etwas ganz anderes! Das waren ja auch die Jahre nach dem Krieg!" hat Oma Gundi entrüstet geantwortet. „Das kann man überhaupt nicht miteinander vergleichen! Ich habe mich damals aufgeopfert! Aber daß du mir das jetzt vorhältst, das finde ich empörend!"

Und dann ist sie auf ihr Zimmer gegangen und hat so getan, als ob ihr das Treppesteigen furchtbar schwerfällt, damit Mama ein schlechtes Gewissen kriegt.

Schon zwei Tage später aber vergaß meine Großmutter ihren Groll gegen meine Mutter. Es war der Tag, an dem Lisa in ihr Leben trat.

Kurz vor dem Frühstück hatte es einen weiteren Zwischenfall gegeben, der meine Mutter langsam daran zweifeln ließ, ob Großmutter noch ganz richtig im Kopf war. Oma Gundi war in ihrem schwarzen Trauerkleid die Treppe heruntergekommen, hatte sich in bester Laune zu uns an den Tisch gesetzt und so lange demonstrativ an einer auf ihrer Brust prangenden Brosche gezupft, bis sich selbst meine Mutter genötigt sah, davon Notiz zu nehmen.

„Was hast du da?" fragte sie mißtrauisch.

Großmutter Gundi sah sie mit einem entwaffnenden Lächeln an. „Oh, die Brosche habe ich vorhin in meinem Schmuckkästchen gefunden. Ich hatte völlig vergessen, daß ich sie besitze."

„Ja, aber wo hast du sie her?"

„Ach, Tante Trudi hat sie mir mal mitgebracht. Damals, vom Reichsparteitag 1938 in Nürnberg.“ Liebevoll und offensichtlich in sentimentale Erinnerungen versunken, sah Oma Gundi auf die Brosche hinunter. Tante Trudi war Oma Gundis ältere Schwester gewesen und hatte in den dreißiger Jahren den Nationalsozialisten recht nahe gestanden. Zusammen mit vier oder fünf Freundinnen war sie Mitglied im BDM gewesen – eines der dunklen Kapitel in unserer Familie. Nach dem Krieg trat die Gruppe dann mangels Alternativen geschlossen in den Ortsverein des Deutschen Roten Kreuzes ein.

Mein Vater bekam einen Hustenanfall, weil er sich an seinem Kaffee verschluckt hatte, und meine Mutter sah aus, als hätte sie soeben der Schlag getroffen.

„Du trägst Nazi-Schmuck?“ fragte sie dann entgeistert. „Fünfundzwanzig Jahre nach Kriegsende?“

„Aber die Brosche ist doch recht hübsch“, wandte Oma Gundi entschuldigend und etwas kleinlaut ein.

Verstohlen sah ich mir die Brosche genauer an. Sie hatte eine knospenähnliche Form, war in einem metallisch-braunen Grundton gehalten und besaß einen Durchmesser von drei oder vier Zentimetern. In der Mitte befanden sich zwei schwarz emaillierte Runen. Nicht wirklich häßlich, aber sogar für meine kindlichen und ungeübten Augen ein wenig unpassend.

Die Greuel des Nazireichs, die wir ein Jahr zuvor in der Schule zum ersten Mal ansatzweise behandelt hatten, nahmen in meiner Vorstellung plötzlich eine andere Qualität an. Bis zu diesem Zeitpunkt war mir gar nicht bewußt gewesen, daß es am Rande solcher Parteitage scheinbar auch Souvenirshops gegeben hatte, in denen man Andenken und Mitbringsel für Freunde und Verwandte erstehen konnte. In meiner Fantasie stellte ich mir weihnachtsmarktähnliche Holzbuden vor, die Glühwein, Zuckerwatte und Bierkrüge mit dem Konterfei Adolf Hitlers verkauften, Manschettenknöpfe mit eingravierten SS-Insignien und Nippesfigürchen, die Eva Braun nachempfunden waren. Vielleicht hatte es ja auch einen schwunghaften Tauschhandel mit Parteiabzeichen gegeben, ähnlich dem Sammelfieber von Fußball-Quartetten, dem ich zu diesem Zeitpunkt verfallen war.

„Trotzdem ist es eine Nazibrosche!“ sagte meine Mutter empört. „Es sind Hakenkreuze drauf!“

„Das sind keine Hakenkreuze“, erwiderte Oma Gundi entrüstet. „Es sind Runen. Germanische Runen! Und außerdem sind sie ganz klein!“ versuchte sie sich zu verteidigen. „Man kann sie ja kaum erkennen.“

Nachdem meine Mutter Oma Gundi die Brosche entwunden hatte und der Rest des Frühstücks schweigend verlaufen war – abgesehen von einem merkwürdigen Glucksen, das ab und zu hinter der Zeitung hervordrang, die sich mein Vater vor das Gesicht hielt –, beschloß sie, daß Oma Gundi ein Spaziergang guttäte, und befahl mir, meine Großmutter auf ihrem Rundgang durch das Dorf zu begleiten. Nur unter Protest und mit viel Murren befolgte ich die Anweisung. Schließlich waren Sommerferien, und ich hatte weiß Gott Besseres zu tun, als mit Oma Gundi im Schlepptau durchs Dorf zu laufen und den Spott meiner Freunde zu riskieren.

Oma Gundi verbrachte den größten Teil des Spaziergangs damit, mir von ihrem schweren Los mit einer so verständnislosen Tochter vorzujammern. „Herzlose Despotin“ und „undankbare Göre“ waren nur einige der Vokabeln, die ihr in den Sinn kamen – bis wir den Dorfplatz erreicht hatten, sie mitten im Satz abbrach und abrupt stehenblieb.

„Was ist?“ fragte ich halb neugierig, halb ängstlich, daß einer meiner Freunde in der Nähe sein und sich über mich lustig machen könnte.

„Da!“ sagte Oma Gundi aufgeregt und zeigte auf einen kleinen Punkt in etwa fünfzig Meter Entfernung.

Vor uns auf dem Dorfplatz, direkt neben dem Brunnen, saß ein gelber Wellensittich auf den Pflastersteinen und rührte sich nicht. Mühsam ihre Erregung bezwingend, näherte sich Oma Gundi dem kleinen, verhungert aussehenden Vogel.

Der Sittich bemerkte die Annäherungsversuche meiner Großmutter und begann, aufgeregt zu zwitschern, bewegte sich aber nicht vom Fleck. Kraftlos versuchte er ein paarmal mit den Flügeln zu schlagen, aber anstatt sich in die Luft zu schwingen und auf einen

Baum zu flüchten, kippte er jedesmal um, wie ein kleines Ruderboot mit Schlagseite.

„Er ist verletzt!" sagte ich.

„Es ist bestimmt ein Weibchen", erklärte meine Großmutter. „Das kann ich am Piepsen erkennen."

„Ah!" sagte ich verständnislos.

Inzwischen war Oma Gundi bei dem Vogel angelangt und hatte den kurz vor einem Herzinfarkt stehenden Sittich in die Hand genommen und auf den Bauch gedreht, um seine Flügel zu untersuchen. Angesichts seines scheinbar unmittelbar bevorstehenden Ablebens blieb dem Piepmatz vor Schreck die Stimme weg.

„Da!" sagte sie nach einigen Augenblicken triumphierend. „Siehst du das rosa Zeug unter seinem linken Flügel? Das ist Kaugummi." Behutsam trennte sie ein Stück der zähen Masse ab. „Deshalb kann er nicht mehr fliegen. Der Kaugummi hat seine Federn zusammengeklebt. Und da, an seinen Krallen ist noch mehr von dem Zeug!"

Es war, als durchströmten meine Großmutter plötzlich Energien und Kraftreserven, von denen sie selbst bisher nichts gewußt hatte. Endlich ein Vogel, der die Nachfolge von Puppi und Struppi in dem leeren Vogelkäfig antreten konnte! Oma Gundi war im siebten Himmel.

Entschlossen richtete sie sich auf und stürmte über den Dorfplatz, mit einem Elan und in einer Geschwindigkeit, die ich ihr nicht zugetraut hatte. Während sie mich keine Widerrede duldend hinter sich her zerrte, schloß sie beschützend ihre Hand über dem sich verzweifelt gegen sein Schicksal wehrenden Wellensittich.

Wir bogen in eine der kleinen, mit Kopfstein gepflasterten Nebenstraßen ein und befanden uns wenige Minuten später in der Tierhandlung von Frau Podgornowskaja. Die Tierhändlerin war russischer Herkunft, eine Tatsache, die sich noch immer in abenteuerlichen deutschen Satzkonstruktionen niederschlug. Frau Podgornowskaja hatte als Wolgadeutsche die stalinistische Umsiedlungspolitik der vierziger Jahre überlebt, war auf Umwegen nach Deutschland geflohen und dann in unserem Dorf hängengeblieben. Ihre Entscheidung, eine Tierhandlung zu eröffnen, hing damit zusammen, daß sie auf einer Kolchose für die Schweine- und Hühnermast verantwortlich gewesen war. Beide Erfahrungen – die Jahre des Hungerns und die Arbeit auf der Kolchose – hatten bei ihr unweigerlich Spuren hinterlassen: Frau Podgornowskajas Umgangston war derb bis rüde und ihre Körperfülle massig, da sie die Erinnerungen an die früheren Entbehrungen mit wöchentlichen Ausflügen in die Konditorei Magenbrod zu vertreiben suchte. Jetzt, kurz vor ihrer Rente, brachte sie fast 120 Kilogramm auf die Waage. Außerdem trug sie tagaus, tagein immer dieselben dunkelgrünen Gummistiefel, als ob der Schweinemist, durch den sie in ihrer Jugend gewatet war, sie jederzeit wieder einholen könnte.

Atemlos stellte sich Oma Gundi vor den Verkaufstresen, hinter dem Frau Podgornowskaja ihren kugelrunden Körper und ihren wogenden Busen verschanzt hatte.

„Ah", sagte Frau Podgornowskaja zur Begrüßung, „Sie haben krankes Vogel!" Behende nahm sie der überraschten Oma Gundi den Wellensittich aus der Hand und ließ ihn unsanft auf den Tresen plumpsen. „Soll ich Hals umdrehen? Ich kann auch Hammer nehmen und Kopf einschlagen! Ja? Obwohl ich nix bin Tierdoktor."

„Was?" erwiderte meine Großmutter entsetzt und fegte ebenso geschickt den fast ohnmächtigen Vogel wieder von der Verkaufstheke. „Wie kommen Sie denn darauf? Das arme Tier braucht Pflege und kein russisches Exekutionskommando!"

„Warum Pflege?" fragte Frau Podgornowskaja verständnislos. „Warum soviel Mühe machen? Ist doch schon halbtot! Ich kann Ihnen geben unbeschädigte Ware! Zwei Stück Sittiche für zwanzig Mark!" Ihr Arm deutete unbestimmt in den hinteren Ladenteil, in dem sich mehrere Vogelkäfige mit einem guten Dutzend Kanarienvögel türmten.

„Nein!" sagte Oma Gundi finster und mit zitternden Lippen. „Ich will diesen Vogel gesundpflegen."

„Sehen Sie", erwiderte Frau Podgornowskaja amüsiert. „Hat kaputten Flügel. Krallen auch verklebt. Kann nicht mehr fliegen. Wird sterben. Ist Gesetz von Natur!"

„Der Flügel ist nicht kaputt! Er ist nur mit Kaugummi verklebt. Man muß die verklebten Federn stutzen, den Kaugummi entfernen und warten, bis die Federn nachgewachsen sind. Der Wellensittich wird wieder ganz gesund." Sie schwieg einen Moment. „Und die Gesetze der Natur sind mir dabei völlig egal!" fügte sie dann drohend hinzu.

Frau Podgornowskaja blickte auf den kleinen, gelben Vogel, der gerade dabei war, aus lauter Angst meiner Großmutter auf die Hand zu kacken. „Was Sie dann wollen hier in Tierhandlung?"

„*Trill!*" sagte Oma Gundi bestimmt.

„*Trill?*" echote Frau Podgornowskaja und sah Oma Gundi an, als hätte sie es mit einer Schwachsinnigen zu tun.

„Ja! *Trill* mit Jod-S-11-Körnern. Vogelfutter! So etwas haben Sie doch, oder? Der Vogel ist halb verhungert und muß fressen, damit er wieder zu Kräften kommt."

Frau Podgornowskaja verließ seufzend ihren Tresen, stapfte nach hinten in den Laden – nicht ohne ein paar russische Verwünschungen zu murmeln – und zog ein Paket aus einem Regal hervor. Dann kam sie wieder nach vorne und stellte das Vogelfutter auf die Ladentheke.

Meine Großmutter sah Frau Podgornowskaja mißtrauisch an. „Das ist nicht dasselbe Vogelfutter, das ich in Fulda immer gekauft habe", erklärte sie. „Die Packung war grün, und vorne war ein gelber Wellensittich drauf!"

„Was macht schon?" gab Frau Podgornowskaja ungehalten zurück. „Paket hier ist rot und hat grünen Vogel. Ist Billigmarke. Gleicher Inhalt!"

Kurzentschlossen riß Oma Gundi die Packung auf und stopfte sich eine Handvoll Vogelfutter in den Mund, bevor die entgeisterte Frau Podgornowskaja und ich etwas sagen konnten.

Sprachlos sah ich zu, wie Oma Gundi mit einem kritischen, sachverständigen Blick die Körner zermalmte und dabei sogar ein wenig schmatzte. Erneut schaute ich mich vorsichtig um, ob es auch wirklich niemanden in der Nähe gab, der die surreale Szene meiner vogelfuttervertilgenden Großmutter beobachtete.

Frau Podgornowskaja erholte sich als erste von dem Schrecken. „Sie haben Ware geöffnet!" sagte sie laut und erbost. „Jetzt Sie auch kaufen!"

„Schon gut, schon gut!“ erwiderte Oma Gundi mit vollem Mund und pulte ein Körnchen heraus, das sich zwischen ihren Schneidezähnen festgesetzt hatte. „Tobias, gib der Dame das Geld aus meiner Geldbörse.“ Seelenruhig schüttete sie erneut ein paar Körner auf ihre Hand und hielt sie dem Wellensittich hin, der nach ein paar Sekunden auch tatsächlich zaghaft zu picken begann. „Na, es scheint ihr ja zu schmecken!“ sagte sie dann zufrieden.

Mit hochrotem Kopf legte ich Frau Podgornowskaja den auf der Packung ausgewiesenen Betrag auf die Theke. Während meine Großmutter schon auf dem Weg nach draußen war, hielt mich die Tierhändlerin noch einen Moment zurück.

„In Rußland, wenn alte Leute nicht mehr ganz richtig in Kopf, werden im Winter in Schnee ausgesetzt. Damit sie Familie nicht zur Last fallen“, raunte sie mir verschwörerisch zu. „Aber nur Sitte in Sibirien“, setzte sie dann mit einer bedauernden Miene hinzu.

Ich stellte mir Hunderte von alten Leuten vor, die halbverhungert und zähneklappernd irgendwo in der verschneiten sibirischen Steppe auf einem kleinen Holzstuhl saßen und vergeblich darauf warteten, von ihren Angehörigen in ein warmes Haus zurückgebracht zu werden.

Unschlüssig, was ich mit dieser Information anfangen sollte – ich konnte mir nicht vorstellen, daß Oma Gundi sich ohne ein Mordsspektakel auf eines der nahegelegenen abgeernteten Weizenfelder verbannen lassen würde, außerdem war gerade Hochsommer, und am Ortseingang gab es eine Pommesbude –, nickte ich zustimmend und rannte hinter Oma Gundi her.

„Wo gehen wir denn jetzt hin?“ fragte ich, als ich sie eingeholt hatte. Der Tag schien sich zu einem unvorhergesehenen Abenteuer zu entwickeln.

„Wir bringen Adler zum Tierarzt.“

„Adler?“

„Ja“, erklärte meine Großmutter, „ich habe sie Adler genannt.“

Ich empfand das etwas unpassend für einen flügellahmen, mit Kaugummi verklebten und höchstens fünf Zentimeter großen Wellensittich, hütete mich aber, etwas zu sagen, da Oma Gundi im Moment für konstruktive Kritik nicht sonderlich empfänglich zu sein schien.

„Wenn der Vogel sich erholt hat", fügte meine Großmutter erklärend hinzu, „wird er so gut fliegen können wie ein Raubvogel." Sie blieb stehen und schwenkte demonstrativ ihre Arme in der Luft, um ihrer Überzeugung Nachdruck zu verleihen. Allerdings vergaß sie dabei, daß sie Adler in der rechten Hand hielt. Gefangen in der wild umherrudernden Faust von Oma Gundi wie in einem Kirmeskarussell für Wellensittiche, machte der Piepmatz einen todunglücklichen Eindruck, und ich war überzeugt, daß er grün im Gesicht geworden wäre, wenn er seine Gesichtsfarbe hätte wechseln können. Außerdem begann ich langsam zu begreifen, warum meine Mutter behauptete, Oma Gundi habe eine „Sargnagelmentalität".

Vorsichtshalber unterließ ich es, meine Großmutter darauf hinzuweisen, daß sie überhaupt nicht vorhatte, „Adler" die Benutzung seiner Flügel zu gestatten, sondern ihn nach seiner Genesung zu lebenslanger Käfighaltung verdammen wollte.

„Aber ich dachte, der Vogel ist eine ‚Sie'?" fragte ich statt dessen.

Meine Großmutter blieb stehen und sah mich mißtrauisch an. „Du kommst dir wohl besonders schlau vor, was?" erwiderte sie. Dann seufzte sie nachgebend auf. „Also schön, hast du einen besseren Vorschlag?" brummelte sie und tätschelte dem Vogel den Kopf.

Angestrengt dachte ich nach. „Wie wäre es mit Lisa?"

„Lisa?" überlegte meine Großmutter laut. „Die Kusine meiner Mutter, deiner Urgroßmutter, hieß Lisa. Ich erinnere mich, daß sie 1940 zum Geburtstag des Führers einen knallgelben Hut trug. Eine furchtbare Person!"

„Wer?" fragte ich verwirrt. „Die Kusine meiner Uroma?"

„Ach was, Junge. Der Führer natürlich! Ein grobschlächtiger, ungebildeter Choleriker! Die Kusine meiner Mutter war nur ein wenig einfältig. Sie glaubte, sie sei etwas Besseres, und hat immer damit angegeben, daß eine ihrer Nichten mit einem entfernten Bekannten von Joseph Goebbels verheiratet sei. Eigentlich eine ganz hübsche Idee, einen kleinen Piepmatz nach ihr zu benennen", erklärte Oma Gundi sichtlich vergnügt. „Geben wir ihr also den Namen Lisa! Und hoffen wir, daß die richtige Lisa in ihrem Grab rotiert!" setzte sie mit einem gackernden Lachen hinzu.

Kurz darauf marschierte Oma Gundi mit mir im Schlepptau in die Praxis von Dr. Werner, unserem Tierarzt, der alles andere als begeistert war, mit der Leidensgeschichte eines Wellensittichs belästigt zu werden. Dennoch ließ er sich nach einigem Hin und Her auf die Behandlung von Lisa ein, und eine halbe Stunde später war Lisa von dem Kaumgummi befreit. Der Tierarzt hatte allerdings die Flugfedern zurechtstutzen müssen, so daß Lisa weiterhin für einige Wochen fluguntauglich sein würde und somit der unerbittlichen Pflege von Oma Gundi hilflos ausgeliefert war. Überglücklich bedankte sich meine Großmutter bei Dr. Werner, der uns von seiner Sprechstundenhilfe so schnell und unauffällig wie möglich auf die Straße befördern ließ.

Im Gegensatz zu meiner Großmutter war meine Mutter wenig begeistert, als wir mit dem Wellensittich nach Hause kamen. Meine Eltern hatten uns bisher immer die Erlaubnis verweigert, ein Haustier halten zu dürfen, mit dem Hinweis, daß Tiere nur Dreck und Ärger machen und es außerdem einer artgerechten Tierhaltung widerspräche, in einem Haus eingesperrt zu werden.

Bei Lisa blieb ihr aber gar nichts anderes übrig, als eine Ausnahme zu machen, da Oma Gundi schon immer Wellensittiche gehabt hatte und unter gar keinen Umständen bereit war, ihren Findling aus den Händen zu geben. Allerdings mußte sie meiner Mutter hoch und heilig versprechen, sie mit der Säuberung des Vogelkäfigs nicht zu belästigen.

Während ich von Anfang an etwas skeptisch war, was den Unterhaltungswert eines kleinen, gelben Vogels betraf, dem man weder Mäusefangen noch „Sitz" oder „Hol das Stöckchen" beibringen konnte, waren Anna und Achim begeistert von Lisas Ankunft. Anna brachte Stunden vor dem Vogelkäfig zu und versuchte vergeblich, Lisa die Melodie von Heintjes *„Mama, du sollst doch nicht um deinen Jungen weinen"* beizubringen, während Lisa gelangweilt auf ein paar *Trill*-Körner einpickte, und Achim fragte in den ersten Tagen immer wieder, ob er Lisa, wenn sie gesund sei, zum Spielen in den Garten mitnehmen könne. Nach ein paar Tagen aber begriffen beide, daß Lisa kein Ersatz für eine Barbie-Puppe oder einen Hundewelpen war, und verloren das Interesse an Oma Gundis Wellensittich.

Großmutter dagegen wich in den darauffolgenden Wochen kaum von Lisas Seite. Am Abend wurde Lisas Käfig von seinem Platz auf der Fensterbank geholt und neben Oma Gundis Bett abgestellt, zum Frühstück kam er mit in die Küche, und sogar auf Toilette durfte Lisa meine Großmutter begleiten. An sonnigen Nachmittagen machte es sich Oma Gundi zur Gewohnheit, sich mit einem Stuhl vor das Haus zu setzen, den Käfig neben sich auf den Treppenabsatz zu stellen und den vorbeilaufenden Leuten und dem Autoverkehr zuzusehen. Während sie mit der einen Hand einen kleinen schwarzen Schirm aufspannte, um ihren – und Lisas – Teint vor den Strahlen der Mittagssonne zu schützen, und in der anderen Hand stilvoll eine Tasse Earl Grey balancierte, kommentierte sie jeden Passanten mit sarkastischen, aber meist zutreffenden Spitzen, um Lisa, wie sie sagte, mit ihrer beiden neuem Zuhause vertraut zu machen.

An manchen dieser Nachmittage, wenn ich nichts Besseres zu tun hatte, gesellte ich mich zu den beiden, auch wenn mir bei dem Blick auf Schulpeters Tankstelle Sebastians Abwesenheit schmerzlich vor Augen geführt wurde – Sebastian, von dem ich seit fast einem Jahr kein Lebenszeichen erhalten hatte, nicht einmal mehr eine Postkarte. Oma Gundis Bemerkungen über die Dorfbewohner lenkten mich jedoch immer sehr schnell ab, denn sie waren höchst informativ und verschafften mir ganz neue Einsichten über die Menschen, die mir tagtäglich begegneten.

„Siehst du die kleine, dicke Frau mit dem häßlichen quergestreiften Kleid?“ sagte Oma Gundi beispielsweise zu Lisa und zeigte mit einer kaum merklichen Kopfbewegung auf eine vorbeilaufende Frau, die heftig schnaufend ihre Einkaufstüten von Schmechters *Konsum* nach Hause schleppte und meiner Großmutter im Vorbeigehen freundlich zunickte. „Das ist die Frau von Bauer Mehnert. Sie wechselt nur alle vier Wochen die Bettwäsche. Ich weiß es, weil sie immer zur Mitte des Monats die Bezüge auf die Leine hängt.“ Während sie noch sprach, hob sie beiläufig eine Hand und grüßte süffisant lächelnd zurück.

Kurz darauf fuhr Harald auf seinem knatternden Moped vorbei, ein siebzehnjähriger Nachbarsjunge, den ich heimlich wegen seines Aussehens bewunderte: Er hatte schon etwas Flaum auf der Oberlippe und besaß eine Lederjacke, die er scheinbar nie auszog.

„Das ist der Sohn von Ederers Karl. Er hat die kleine brünette Aushilfe in der Metzgerei geschwängert", erklärte Oma Gundi befriedigt, während mir ein enttäuschtes Seufzen herausrutschte.

Um kurz nach sechs Uhr beförderte meine Mutter die letzten Kunden aus der Apotheke, schloß die Tür ab und ging an meiner Großmutter und Lisa vorbei ins Haus, um das Abendbrot vorzubereiten.

„Und das", murmelte Oma Gundi halblaut zu Lisa, „ist die böse, verzogene Tochter, die ihre arme, gebrechliche Mutter am liebsten ins nächstgelegene Altersheim abschieben würde."

Meine Mutter, die ein sehr feines Gehör hatte, drehte sich auf dem Absatz herum. „Und wenn die arme, gebrechliche Mutter ihr gehässiges Mundwerk nicht im Zaum halten kann, wird die böse, verzogene Tochter ihre Drohung wahrmachen. Aber vorher wird sie dem geliebten Piepmatz ihrer Mutter ein bißchen Strychnin unter das Futter mischen", erwiderte sie zuckersüß. „Haben wir uns verstanden?"

Großmutter Gundi zog es vor, so zu tun, als hätte sie ein akutes Hörproblem.

In den folgenden Wochen wurde Lisa gehegt und gepflegt, verhätschelt und verwöhnt. Sie brauchte nur ein zaghaftes Tschilpen von sich zu geben und etwas unbeholfen auf dem Boden ihres Käfigs herumzuhopsen, und Oma Gundi war sofort zur Stelle, um ihr jeden Wunsch von den Augen abzulesen und sie mit frischen Salatblättern oder Vogelkörnern mit Honig- und Rosinengeschmack zu verwöhnen. Nicht, daß Lisa großartige Bedürfnisse gehabt hätte, außer zu trinken, zu fressen und mit ihrem lauten Gepiepse meiner Mutter auf die Nerven zu gehen.

Dafür, daß Lisa ein so kleines Gehirn hatte, merkte sie ziemlich schnell, daß meine Mutter und Oma Gundi auf Kriegsfuß miteinander standen, und zeigte bald auf ihre Art, auf wessen Seite *sie* stand. Jedesmal, wenn meine Großmutter Spaziergänge oder Besorgungen machte und den Käfig mit der mittlerweile sehr munter auf ihren Stangen herumhopsenden Lisa in der Küche stehen ließ, stürzte Lisas kleiner Trinknapf wie zufällig um und ergoß sich auf dem frischgewischten Boden, oder sie setzte es sich in den Kopf, ein Sandbad zu nehmen, und spritzte den Dreck bis auf den ausgerollten Kuchenteig, den meine Mutter gerade auf dem Küchentisch zubereitete. Meine Mutter schwor Stein und Bein, daß Lisa diese „Mißgeschicke" absichtlich passierten und daß sie von meiner Großmutter dazu angestiftet wurde.

Unhaltbar wurden die Zustände allerdings, als nach einigen Monaten Lisas Flugfedern so weit nachgewachsen waren, daß sie erste Flugversuche starten konnte. Zwar hatte meine Mutter Oma Gundi eingeschärft, den Vogel, wenn überhaupt, nur in ihrem eigenen Zimmer fliegen zu lassen, aber es gelang Lisa immer wieder, in den Rest des Hauses zu entwischen. Nachdem sie ihre volle Flugfähigkeit wieder erreicht hatte, waren Anna, Achim und ich mehrmals die Woche damit beschäftigt, Lisa einzufangen. Omas Liebling verschanzte sich mit Vorliebe auf unerreichbaren Gardinenstangen oder auf dem obersten Bücherregal meines Vaters im Wohnzimmer und begann wütend zu tschilpen, wenn sie sah, daß wir ihr mit der Leiter zu Leibe rücken wollten. Sie wartete dann jedesmal, bis wir sie fast erreicht hatten, ließ ein bißchen Vogeldreck auf uns herabplatschen und flog dann unbekümmert einmal quer durchs Zimmer, um von der Deckenleuchte aus interessiert unsere erneuten, aber meist vergeblichen Versuche zu beobachten, sie zur Räson zu bringen.

Nachdem Lisa erst einmal die Vorzüge des Freigangs entdeckt hatte, gelang es uns überhaupt nicht mehr, sie in ihren Käfig zu sperren. Standhaft weigerte sich der Vogel, sein Quartier aufzusuchen, und wir – sowohl ich und meine Geschwister, als auch meine Großmutter und meine Eltern – hatten zeitweise den Überblick verloren, wo sich Lisa überhaupt aufhielt. Mal sah ich sie in der hintersten Ecke unter meinem Bett, mal entwischte sie aus Oma Gundis Nähkorb, mal war sie stundenlang wie vom Erdboden verschluckt. Am liebsten aber hielt sie sich in der Küche bei meiner Mutter auf, wenn auch immer gerade außer Reichweite. Sie widerstand allen süßlichen Lockrufen von Oma Gundi und sogar den prall mit Körnern gefüllten Futterschälchen, die wir im Vogelkäfig plaziert hatten. Selbst die Drohgebärden meiner Mutter, die versuchte, Lisa mit dem Besenstiel vom obersten Küchenregal zu verscheuchen und dabei nur erreichte, daß mehrere Tassen eines Kaffeeservices zu Bruch gingen, schüchterten sie nicht ein.

Ihre schwer erkämpfte Freiheit benutzte Lisa vorzugsweise, um ihrer neu entdeckten Lieblingsbeschäftigung nachzugehen: meiner Mutter morgens in den Tee zu kacken.

Schon ganz früh, wenn noch alle schliefen, plazierte sie sich gut versteckt im Küchenregal hinter der Saftpresse und wartete geduldig, bis meine Mutter nach unten kam, um für die Familie das Frühstück vorzubereiten. Bevor sie damit begann, hatte meine Mutter es sich angewöhnt, bei einer ersten Tasse Tee am Tisch zu sitzen und in aller Ruhe die Sieben-Uhr-Nachrichten im Radio zu hören. Ein paar Minuten, in denen sie still ihre Gedanken sammeln, den Morgen begrüßen und sich auf das anschließende, alltägliche Chaos einstellen konnte. Ein paar Augenblicke, die sie nur für sich hatte. Dieses morgendliche Ritual stellte für meine Mutter den Höhepunkt ihres Tages dar. Allerdings auch für Lisa. Während meine Mutter Wasser erhitzte und schon mal die Butter aus dem Kühlschrank nahm, traf Lisa ihrerseits Vorbereitungen für den Angriff. Sobald der Wellensittich sah, daß meine Mutter ihren Tee auf den Tisch stellte und sich hinsetzte, schoß er aus seinem Versteck hinter der Saftpresse hervor, peilte flügelschlagend die dampfende Tasse an, stürzte sich im Steilflug auf die Tischplatte und ließ zielgenau ein Häufchen Vogeldreck in den Tee meiner Mutter fallen, bevor er wie ein grellgelb bemalter Tarnkappenbomber, der sein Ziel erfolgreich vernichtet hat, wieder nach oben zog und sich aus dem Staub machte, um den Vergeltungsmaßnahmen des Feindes zu entkommen. Dies alles geschah so schnell, daß meiner Mutter nie die Zeit blieb, ihre Teetasse vor der abenteuerlichen Attacke des Wellensittichs zu schützen. Bevor sie angewidert aufspringen konnte, war Lisa schon mit Warp 2 und unter lautem Gezwitscher auf den Speicher geflüchtet, wo sie sich vor einer Verfolgung durch meine Mutter sicher wußte.

Meine Geschwister und ich wurden an den folgenden Tagen regelmäßig von einer mißgelaunten und fluchenden Mutter geweckt, die drohte, dem „Mistvieh" den Hals umzudrehen, sobald sie seiner habhaft werden würde. Oma Gundi zog es vor, den Schuldzuweisungen und Wutausbrüchen meiner Mutter aus dem Weg zu gehen, und nahm ihr Frühstück erst dann ein, wenn meine Eltern aus dem Haus gingen, um die Apotheke zu öffnen.

Allerdings sollte Lisas Vorwitzigkeit ihr schließlich auch zum Verhängnis werden.

Ungefähr eine Woche, nachdem Lisa ihren Gitterstäben endgültig ade gesagt hatte, stand meine Mutter abends in der Küche und rührte in einem großen Topf Gulaschsuppe. Der Duft zog meine Geschwister und mich magisch an und erinnerte uns daran, daß wir seit dem Mittag nichts gegessen hatten – außer ein paar Riegeln *Leckerschmecker*, einer süßen, zähen Karamelmasse mit Schokoladenüberzug, die einem immer die Zähne zusammenklebte. Selbst meine Großmutter legte ihre geliebten Kreuzworträtsel beiseite und machte sich ächzend auf den Weg in die Küche.

„Da ist Lisa!" schrie Achim plötzlich und deutete mit dem Finger, mit dem er gerade noch in der Nase gepopelt hatte, auf das Usambaraveilchen auf dem Fensterbrett. Und tatsächlich. Gut versteckt hinter den dicken, pelzigen Blättern leuchtete unverkennbar das gelbe Gefieder des Wellensittichs auf.

„Igitt!" sagte ich, als ich sah, daß an der ausgestreckten Fingerspitze meines Bruders noch ein schleimiger, grüner Popel hing.

„Hol die Fliegenklatsche!" rief meine Mutter und ging mit funkelnden Augen und erhobenem Kochlöffel auf das Usambaraveilchen zu.

„Nein!" riefen Anna und Oma Gundi entsetzt wie aus einem Munde.

„Jetzt ist Schluß!" sagte meine Mutter mit dünnen Lippen. „Dieser Vogel hat einmal zuviel in meinen Tee gekackt!"

Lisa aber ignorierte die Gefahr, die in Gestalt meiner Mutter auf sie zusteuerte. Statt dessen hatte sie nur Augen für die Gulaschsuppe. Wahrscheinlich hielt sie den dampfenden Kochtopf für eine Art überdimensionale Teetasse, eine neu errichtete Provokation des Feindes, die einen außerplanmäßigen Kampfeinsatz des aviatischen Flugbombers rechtfertigte. Mit einem entschlossenen Tschilpen und ein paar hektischen Flügelschlägen schwang sich Lisa in die Höhe, stieß dabei das Usambaraveilchen um, das mit lautem Getöse am Boden zerschellte, streifte den Luftraum meiner Mutter und setzte Kurs auf die Gulaschsuppe. Während meine Mutter wutentbrannt hinter dem Wellensittich hersprang, um zu verhindern, daß unser Abendbrot einen unerwünschten Beigeschmack erhielt, begann Lisa schon mit dem Sturzflug und stob als gefiederte Miniatur-Bombe in einem Neunzig-Grad-Winkel nach unten, um ihren Auftrag zu erledigen. Kurz darauf gab es einen kleinen Platsch, und auf der Suppe schwamm ein gelblich-weißer Klumpen Vogelkacke.

Leider hatte Lisa bei ihrem Plan, die Gulaschsuppe meiner Mutter mit Vogeldreck zu bombardieren, außer Acht gelassen, daß sie nach einer Woche, in der sie nur von ein paar spärlichen Brotkrumen gelebt hatte, körperlich am Ende ihrer Kräfte war. Der Verzicht auf ihr Körnerfutter und ihr tägliches Salatblatt hatte wohl doch Spuren hinterlassen. Nachdem sie ihre Mission erfolgreich durchgeführt hatte, gelang es Lisa jedenfalls nicht, wie gewohnt abzudrehen und steil nach oben zu beschleunigen. Statt dessen schlug sie ein paarmal hilflos mit den Flügeln, hielt sich noch einen kurzen Augenblick genau über dem Topf in der Luft und plumpste dann mit einem letzten Tschilpen senkrecht nach unten.

Einen Moment lang war es totenstill in der Küche. Meine Mutter stand wie erstarrt und mit erhobenem Kochlöffel mitten im Raum; Oma Gundi blickte mit offenem Mund und wie ein hypnotisiertes Kaninchen auf den Herd. Erst als sie erschüttert „Lisa!" krächzte, kamen alle wieder zu sich. Anna und ich stürzten zum Kochtopf, gerade noch rechtzeitig, um die letzten Federn von Lisa in den braunen Fluten versinken zu sehen. Hilflos drehten wir uns um und schüttelten betreten den Kopf, als uns Oma Gundi fragend ansah.

Meine Mutter senkte ihre noch immer ausgestreckte Hand und bemerkte trocken: „Kinder, es gibt heute abend belegte Brote. Ich habe vergessen, das Fleisch zu rupfen."

Achim legte tröstend seine Arme um meine Großmutter, der ein paar dicke Tränen die Wange hinunterliefen. „Du bist gemein!" sagte er heftig zu meiner Mutter.

Oma Gundi stand auf, schneuzte in ihr Taschentuch und sah meine Mutter indigniert an. „Ich werde mich zurückziehen", erklärte sie mit zitternden Händen. „Ich möchte jetzt allein sein. Es gibt einen Trauerfall in der Familie."

Meine Geschwister und ich begleiteten Oma Gundi nach oben in ihr Zimmer, wo sie sich mit gramverzerrtem Gesicht auf ihr Sofa setzte und den leeren Vogelkäfig betrachtete. Meiner Mutter blieb die undankbare Aufgabe, den gulaschverklebten Leichnam zu bergen und einigermaßen würdevoll herzurichten. Während ich Großmutter die Treppe hochhalf, drehte ich mich um und sah, wie meine Mutter Lisa mit der Suppenkelle aus dem Kochtopf fischte.

Lisas Beerdigung fand einen Tag später im Schloßpark von Fulda statt. Meine Mutter mußte meinen Vater allein in der Apotheke zurücklassen, da meine Großmutter einen Chauffeur benötigte. Oma Gundi hatte sich nämlich entschlossen, Lisa in der alten Heimat zu beerdigen, und hatte sich für den Schloßpark als würdige letzte Ruhestätte für ihren kleinen Liebling entschieden. Das sei so üblich, erklärte sie etwas geheimnisvoll, ohne näher darauf einzugehen. Auch Annas Einwand, daß sie dann immer eine kilometerlange Busfahrt auf sich nehmen mußte, um Lisas Grab zu besuchen, konnte sie nicht umstimmen.

„Dann werde ich mir eben eine Jahreskarte für den Bus kaufen", sagte sie mit einer Stimme, die keine Diskussionen zuließ. „Ich denke nicht daran, Lisa im Garten neben dem Komposthaufen zu verscharren!" Das war eine Idee meiner Mutter, die Oma Gundi aufgebracht abgelehnt hatte.

Großmutter, die die Schuld am Tode Lisas meiner Mutter gab und kaum das Nötigste mit ihr sprach, hatte sich dem traurigen Anlaß entsprechend in Schale geworfen, und das Trauerkleid, das sie zuletzt bei Opa Friedhelms Beerdigung getragen hatte, angezogen. Auf dem Kopf trug sie einen kleinen, schwarzen Hut, dessen Schleier ihr Gesicht zur Hälfte verdeckte.

Wir parkten unseren alten, italienerprobten VW in der Nähe des Schlosses und stapften gemeinsam durch das herbstliche Laub, wobei Oma Gundi immer wieder stehenblieb, um ihren Hut zurechtzurücken, da sie vergessen hatte, ihn mit Haarnadeln festzustecken. Meine Mutter trug Großmutters große, schwarze Handtasche, und ich hielt eine kleine Schaufel in der Hand.

Zielsicher steuerte Oma Gundi auf die Nordseite des Parks zu, bis wir schließlich in der Nähe der Orangerie unter einer riesigen Rotbuche stehenblieben.

„Mein Gott!“ entfuhr es meiner Mutter. „Was ist denn das?“

Vor uns standen in einer Reihe zehn kleine, amateurhaft zusammengenagelte Holzkreuze.

„Das“, erwiderte Oma Gundi nicht ganz ohne Stolz, „ist der Platz, an dem ich meine Wellensittiche beerdige.“

„Du meinst, du hast dir hier so eine Art Privatfriedhof für deine Vögel angelegt?“ fragte meine Mutter ungläubig. „Mitten im Schloßpark? Auf so etwas kannst auch nur du kommen, Mutter!“

Anna und ich sahen uns die Kreuze genauer an. In alle war etwas ungelenk der Name des verstorbenen Wellensittichs eingeritzt. Die Schriftzüge auf den ältesten Kreuzen waren so verwittert, daß man sie kaum noch entziffern konnte, und das Holz war recht morsch. Offensichtlich bestand diese „Familiengruft“ schon seit Jahren. Die Kreuze am rechten Rand waren aber noch ziemlich neu, und man konnte die Namen „Puppi“ und „Struppi“ deutlich lesen.

„Ist es nicht schön“, sagte Oma Gundi versonnen und blickte die Reihe der Kreuze entlang. „Jedesmal, wenn ich hierherkomme, setze ich mich dort hinten in die Sonne“, sie deutete auf eine Parkbank, die in einiger Entfernung am Wegrand stand, „sehe die kleinen Gräber an und denke darüber nach, wieviel Freude mir die kleinen Vögelchen gemacht haben.“

Meine Mutter schnaubte hörbar auf und erntete dafür einen mißbilligenden Blick meiner Großmutter.

„Hast du das alles ganz allein gemacht?“ fragte Achim neugierig.

„Zuerst hat mir dein Opa geholfen, und später war Oberst Wilkens so freundlich, mir ein paar Holzkreuze zu basteln."

„Aber jetzt haben wir kein Holzkreuz", sagte Achim traurig.

„Nein", sagte Oma, „aber ich habe etwas anderes. Los, Tobias", wandte sie sich an mich, „heb ein kleines Grab aus."

Zögernd trat ich nach vorn und blickte mich hilfesuchend um. Es war zwar nur ein Wellensittich, der hier beerdigt werden sollte, aber trotzdem fand ich es unheimlich, ein Stück Erde auszuheben, in dem ein totes Lebewesen begraben werden würde. Ich hatte so etwas noch nie gemacht, und die Vorstellung, mich als Totengräber zu betätigen, jagte mir einen Schauer über den Rücken. Meine Mutter kam mir schließlich zu Hilfe. Sie nahm mir die Schaufel aus der Hand, hockte sich wortlos auf den Boden und hob ein etwa zehn Zentimeter tiefes Loch aus, gerade groß genug, um einen Wellensittich darin unterzubringen.

„So", sagte sie, als sie fertig war und sich die Hände abklopfte, „und jetzt?"

Oma Gundi holte vorsichtig Lisas Leichnam aus der Handtasche und wickelte ihn in einen pastellfarbenen Seidenschal, bis nichts mehr von dem Wellensittich zu sehen war. Dann beugte sie sich ächzend nach unten und legte Lisa in das kleine Loch in der Erde. Anschließend nickte sie kurz, und meine Mutter begann die ausgehobene Erde auf das Grab zu schaufeln und festzuklopfen. Zum Schluß griff meine Großmutter ein weiteres Mal in ihre Handtasche und holte erst einen dicken, schwarzen Filzstift und dann den großen rosafarbenen, marmornen Briefbeschwerer heraus, der bis vor kurzem dazu gedient hatte, den Stapel ihrer Rätselhefte zu bändigen. In Großbuchstaben schrieb sie „LISA" auf den Briefbeschwerer und legte ihn auf das Grab.

„Ja", sagte sie zufrieden und trat ein paar Schritte zurück, um das vollendete Werk zu betrachten. „Es sieht hübsch aus", sagte sie zu meiner Mutter. „Danke." Meine Mutter blickte sie erstaunt an, sagte aber nichts.

Respektvoll und stumm blieben wir alle ein paar Sekunden vor der langen Reihe mit den kleinen Holzkreuzen und dem frischen

Grab für Lisa stehen. Oma Gundi wischte sich verstohlen eine Träne aus den Augen, und dann begann sie plötzlich, das „Vater unser" zu sprechen.

„Vater unser, der du bist im Himmel, geheiligt werde dein Name ..." Ergriffen von der Würde des Augenblicks murmelten Anna, Achim und ich im Chor mit. Nur meine Mutter rollte einmal kurz mit den Augen.

„Du betest für deine Wellensittiche?" fragte meine Mutter auf dem Rückweg zum Auto.

„Ja, natürlich", antwortete Oma Gundi erstaunt, „Genauso wie ich für Opa Friedhelm bete, bete ich auch für meine kleinen Vögel."

„Ich glaube, du hast manchmal wirklich nicht mehr alle Tassen im Schrank", sagte meine Mutter mit einem resignierten Kopfschütteln. Dann hakte sie sich bei meiner Großmutter unter und half ihr über den regennassen, herbstlichen Rasen zum Auto.

Am nächsten Tag hielt gegen Mittag ein großer Möbelwagen vor der alten Tankstelle von Schulpeters. Sebastian war zurück.

Ich renne nach draußen, freue mich, daß Basti wieder da ist, bin aber auch ein bißchen ängstlich und unsicher. Was, wenn sich alles verändert hat? Bin ich noch sein bester Freund? Und: Ist er noch meiner?

Basti klettert aus dem Führerhaus des Möbelwagens und springt auf die Straße. Er kommt direkt vor mir zu stehen. Er ist größer geworden und überragt mich um einige Zentimeter, und er ist drahtiger als vor drei Jahren. In meiner Erinnerung sah er ganz anders aus.

„Hi Basti!" sage ich zurückhaltend. „Warum hast du dich nicht gemeldet?"

Hinter Sebastian tauchen plötzlich Herr Schulpeter und Jonas auf, und Herr Schulpeter begrüßt meine Eltern und Oma Gundi, die anscheinend nicht überrascht sind über die Rückkehr von Sebastian. Wieder etwas, was sie mir nicht gesagt haben.

Jonas springt um mich herum wie ein Tanzbär, der seinem Dompteur entwischt ist, haut mir immer wieder auf die Schulter und ruft aufgeregt: „Tobias! Tobias! Tobias!" Es macht mich irgendwie stolz, daß er meinen Namen nicht vergessen hat.

„Jonas! Schluß jetzt!" sagt Sebastian scharf, und ich weiche unwillkürlich zurück, weil ich die Härte in seiner Stimme nicht wiedererkenne. Jonas zuckt zusammen und bleibt stehen.

„Wo ... wo ist deine Mutter?" frage ich zögernd. „Ist sie nicht mitgekommen?"

Jonas fängt an zu schniefen und flüchtet sich in die Arme seines Vaters. Er hat sich nicht verändert. Er ist noch immer ein Riesenbaby und wird es wohl auch bleiben.

Basti verzieht verächtlich die Mundwinkel. „Sie ist noch in der Klapse", sagt er brutal. „Sie wird da wohl noch Jahre bleiben. Ist auch besser so. Lohnt sich nicht, sie zu besuchen. Sie will uns nicht mehr." Obwohl er so cool tut, kann ich sehen, wie er mit den Tränen kämpft. Dann sagt er: „Tante Rena wohnt jetzt bei uns." In seiner Stimme schwingen Wut und auch Trauer mit.

Sebastian weigerte sich, seine Mutter zu besuchen, und es dauerte Jahre, bis er bereit war, wenigstens über sie zu sprechen. Doch als es soweit war, kam es für mich völlig überraschend. Erst dann begriff ich, daß er ihre Krankheit als Verrat ansah – und Verräter bestrafte er mit Mißachtung. Ich hätte vorbereitet sein sollen.

Genau wie früher stehe ich am Fenster meines verdunkelten Zimmers und beobachte die Tankstelle. Es ist Mitternacht, und ich kann wieder nicht schlafen. Aus der Ferne höre ich, wie die Glocke der Dorfkirche den Sonntag verabschiedet. Den ganzen Tag habe ich damit vertrödelt, vor dem Fernseher zu sitzen, lange Spaziergänge zu machen und in mich hineinzuhorchen. Das Haus um mich herum ist jetzt still; Franziska und meine Mutter sind schon vor Stunden zu Bett gegangen. Der Rauch meiner Zigarette kräuselt sich in dem leichten Luftzug und verschwindet in der Nacht.

Ich weiß nicht, warum ich gerade jetzt über die Zeit in meiner Kindheit nachdenken muß, in der Sebastian nicht da war.

Es ist merkwurdig, daß er immer dann wieder auf der Matte steht, wenn ich gerade gelernt habe, ohne ihn zurechtzukommen. Wer also von uns beiden ist es, der die Vergangenheit nicht ruhen lassen kann?

Wütend auf Sebastian und auf mich selbst schnippe ich die Zigarette nach draußen und starre weiter in die Dunkelheit.

1975 – If You Think You Know How to Love Me

Seitdem ich Sebastian vor zwei Tagen wiedergesehen habe, bin ich immer wieder von Alpträumen heimgesucht worden. Alpträume, die mein Bett zerwühlen und mein Laken mit Schweiß durchtränken. Das heißt, eigentlich ist es immer derselbe Traum: Sebastian und ich sitzen in den wippenden Ästen unserer Eiche, direkt neben dem Bach, der zwei Kilometer vom Dorfrand entfernt zwischen den Feldern entlangfließt. Von hier aus ist es nur noch ein Katzensprung bis zu den Wachtürmen der Zonengrenze. Es ist aufregend, in der Nähe einer unbestimmten Gefahr zu spielen, auch wenn wir auf dieser Lichtung im Wald noch sicher sind. Als Kinder haben wir hier lange, selbstvergessene Nachmittage damit zugebracht, an den seichten, zugänglichen Stellen des Baches Dämme aus Steinen und Ästen zu bauen. In einiger Entfernung tuckert der Traktor von Bauer Mehnert und bereitet den Acker auf den kommenden Winter vor. Provinzidylle. Tief unter uns spielt Jonas mit kleinen Kieselsteinen. Speichel fließt als feines Rinnsal aus seinem linken Mundwinkel, und er brabbelt sinnlose Wortfetzen vor sich hin. Es ist ein kühler Abend, und die Sonne ist fast untergegangen. Sebastian hat sein PLO-Tuch um den Hals gebunden und den Parka zugeknöpft, um den Wind fernzuhalten, und er redet auf mich ein. Ich weiß, daß er mir etwas Wichtiges sagen will, aber ich kann ihm nicht folgen, denn ich versuche gleichzeitig, Jonas' Gemurmel am Ufer des Baches zu verstehen. Plötzlich wird die Dämmerung von grellen Schweinwerfern durchbrochen, aufgeregtes Stimmengewirr umgibt uns, und Jonas ist auf einmal wie vom Erdboden verschluckt. Sebastian schreit mich an: „Du bist schuld! Verschwinde! Ich will dich nie wiedersehen!" Seine Augen sind haßerfüllt und klagen mich an.

Ruckartig wache ich aus meinem wenig erholsamen Schlaf auf. Für einen Augenblick befinde ich mich noch in der Schattenwelt zwischen Schein und Sein, und ich bin verwirrt. Es war doch alles ganz anders. Damals.

Erst als ich auf meine Armbanduhr sehe, werde ich vollends wach. Es ist Montag. Montagmorgen. Vor einer Woche erst hat mir Kerstin ihre unheilvolle E-Mail geschickt. So viel ist seitdem passiert. Mein Vater ist jetzt genau drei Tage tot, am Donnerstag ist die Beerdigung, und ich muß heute mit meiner Mutter eine Grabstätte aussuchen.

Stöhnend ziehe ich mir die Bettdecke über den Kopf und schließe die Augen. Ich möchte, daß jetzt sofort eine gute Fee in meinem Zimmer erscheint und mit hochrotem Kopf und peinlich berührt zu mir sagt: „Es tut mir schrecklich leid, Herr Listiger, aber es hat da eine Verwechslung gegeben. Da ist etwas in den Büchern durcheinandergebracht worden. Diese Lebenslinie war gar nicht für *Sie* vorgesehen, sondern für einen Herrn Lustiger aus Mölln. Ein Irrtum unsererseits. Aber Sie wissen ja, wie das ist mit Aushilfspersonal. Bitte nehmen Sie als Zeichen unserer Entschuldigung einen zweiwöchigen Luxusurlaub auf den Seychellen an."

Ich will gerade anfangen, mit der Fee darüber zu verhandeln, ob es statt des Traumurlaubs auch eine geile Nummer mit zwei muskelbepackten Pornostars sein darf, weil das meine aufgestauten Frustrationen erheblich wirkungsvoller abbauen würde, als es an der Tür klopft. Aber es ist nur Franziska, die überhaupt nicht feengleich die

Nase rümpft und ruft: „Jetzt steh endlich auf, du faule Socke! Und mach mal das Fenster auf! Hier riecht's ja wie Mäusekotze!"

Als Antwort werfe ich ihr einen Pantoffel hinter, aber natürlich verfehle ich mein Ziel.

In der Küche hat meine Mutter mir einen Kaffee auf den Tisch gestellt und ist dabei, sich den Mantel anzuziehen.

„Du hast verschlafen", sagt sie vorwurfsvoll. „Beeil dich. Wir müssen zum Friedhof."

„Na und?" maule ich müde. „Ob wir da nun eine halbe Stunde früher oder später auftauchen, ist doch völlig egal." Seit ich Sebastian vorgestern wiedergesehen habe, bin ich ständig schlechter Laune.

„Nichts da!" erwidert meine Mutter in ihrem gewohnten Befehlston. „Ich habe heute so viel zu tun, daß ich kaum weiß, wo mir der Kopf steht. Die Trauerkarten müssen verschickt werden, ich muß zu Bäcker Hartmann wegen dem Leichenschmaus, und du brauchst einen schwarzen Anzug."

Ich kenne diese Reaktion. Damals, als Oma Gundi gestorben ist, vergrub sich meine Mutter ebenfalls in Arbeit. Arbeit bedeutete damals wie heute, die Beerdigung so perfekt wie möglich zu organisieren. Arbeit heißt, nicht zum Nachdenken zu kommen, nicht innehalten zu müssen, vor der eigenen Leere zu fliehen – jedenfalls für eine Weile. Ich würde meiner Mutter gerne zeigen, daß sie mit ihrer Traurigkeit nicht alleine ist, aber ich weiß nicht, wie.

„Warum brauche ich einen neuen Anzug?" frage ich statt dessen.

„Ja, glaubst du vielleicht, du kannst auf die Beerdigung deines Vaters in Jeans und Lederjacke gehen?"

„Ich habe meinen dunklen Anzug in Köln", sage ich kleinlaut.

„Schade, daß du ihn nicht mitgebracht hast", antwortet sie. „Man sollte meinen, daß du mit fast vierzig Jahren gelernt hättest, ein wenig vorausschauender zu planen. Aber du benimmst dich, als wärst du siebzehn!"

Der Tadel meiner Mutter läßt mich verstummen. Sie hat ja recht.

„Tut mir leid", entschuldige ich mich etwas hilflos, „aber immerhin bin ich da. Anna und Achim haben sich völlig gedrückt! Sie müßten eigentlich auch hier sein."

Meine Mutter sagt nichts.

„Ach, Mist!“ Ich nehme meine Mutter in den Arm. „Ich weiß auch nicht, ich wollte das nicht sagen! Es ist nur ... ich fühle mich überfordert. Ich kann überhaupt nicht mehr klar denken, seit Sebastian wieder aufgetaucht ist.“

Meine Mutter schüttelt den Kopf. „Er ist nicht wieder aufgetaucht“, berichtigt sie mich noch immer verstimmt. „Er war immer da. Du bist derjenige, der weg war und jetzt zurückkommen muß.“ Sie schweigt einen Moment. „Warum könnt ihr euch nicht aussprechen? Es ist zwanzig Jahre her! Das ist eine lange Zeit, Tobias.“

„Ja, ja“, murmele ich abweisend. Ich habe Sebastian nichts zu sagen. Er war es, der alles zerstört hat. Wenn er mit mir reden will, soll er zu mir kommen. Ich werde ihm nicht hinterherlaufen.

Meine Mutter seufzt und löst sich aus meiner Umarmung. „Ach, Kind“, sagt sie und tätschelt mir die Wange. „Du warst schon immer sehr eigensinnig. Spring doch einmal im Leben über deinen Schatten. Gib nicht immer anderen die Schuld, wenn etwas schiefgeht.“

Das hat mir gerade noch gefehlt! Meine Mutter als Hobbypsychologin! Aber zum Glück scheint sie es wirklich eilig zu haben, denn sie verfolgt diesen Gedankengang nicht weiter und wechselt das Thema. „Da hinten liegen noch zwei Croissants. Spül die schnell mit deinem Kaffee herunter, und dann müssen wir wirklich los!“

„Oh!“ ertönt plötzlich eine erschrockene Stimme hinter mir. Während des Gesprächs hat sich Franziska in die Küche geschlichen und gedankenverloren das erste gegessen, was ihr zwischen die Finger kam, während sie gebannt der Unterhaltung zwischen Mutter und mir lauschte. „Sorry“, sagt sie mit vollen Backen und versucht entschuldigend zu lächeln. „Ich wußte nicht, daß die Croissants für dich waren, Tobias.“

„Natürlich!“ fahre ich Franziska aufgebracht an. Endlich jemand, an dem ich meinen Frust ablassen kann. „Hauptsache, meine kleine Schwester kann sich den Bauch vollschlagen! Dann ist die Welt in Ordnung!“

Franziska sieht mich mit großen Augen an. Sie beginnt hektisch zu kauen und zu schlucken. Dann sagt sie: „Ach, leck mich doch!" und schlägt die Küchentür hinter sich zu.

Verloren starre ich auf die krümeligen Überbleibsel meines Frühstücks auf dem Küchentisch.

Meine Mutter rollt die Augen. „Ich habe jetzt wirklich weder die Zeit noch die Nerven für eure Kindereien!" Ihr Tonfall deutet an, daß sie am Ende ihrer Geduld ist und keinen Widerspruch duldet. „Ihr könnt das später klären. Jetzt fahren wir zum Friedhof."

Sie zerrt mich nach draußen und wartet vor der Beifahrerseite von Kerstins Wagen, daß ich ihr die Tür aufschließe.

„Wessen Auto ist das eigentlich?" fragt sie plötzlich.

„Kerstins", murre ich noch immer beleidigt.

„Es ist ziemlich schmutzig."

Ich betrachte flüchtig die Dreckspuren an den Kotflügeln und die verschmierte Windschutzscheibe und sage nichts.

„Kannst du es nicht vor der Beerdigung waschen lassen?" fragt meine Mutter. Scheinbar unabsichtlich blickt sie auf die andere Straßenseite zu Schulpeters Tankstelle. Ich folge ihrem Blick und bleibe an der Schaufensterscheibe des Tankstellenshops hängen. Sebastian steht hinter der Kasse und unterhält sich mit einem Kunden, während er eine Kreditkarte durch das Lesegerät zieht. Dann, plötzlich, dreht er den Kopf und sieht zu uns herüber. Er hebt reflexartig die Hand, als wollte er uns grüßen, aber dann, mitten in der Bewegung, zögert er und läßt die Hand fallen. Einen Moment lang starrt er mich an, und dann wendet er sich wieder dem Kunden zu.

„Nein", sage ich heftig, als wir einsteigen. „Nein."

Unser kurzes Gastspiel im Kinderchor von Pfarrer Neurath, das im Sommer zuvor so kläglich an der Kirchenorgel gescheitert war, hatte zumindest zur Folge, daß Sebastian und ich ziemlich detaillierte Vorstellungen davon entwickelten, welche berufliche Laufbahn für uns geeignet war: Wir wollten Popstars werden.

Die Idee dazu kam uns, als wir uns eines Mittwochabends wie jede Woche in Sebastians Zimmer verbarrikadierten, um im Radio auf

WDR 2 *Mal Sondocks Hitparade* zu hören. Die Teeniebopperwelle hatte gerade ihren Höhepunkt erreicht, und englische Gruppen wie *Smokie*, *Sailor* und die *Rubettes* bevölkerten die internationalen und deutschen Charts. Jeden Monat wurde eine neue unbekannte Band an die Spitze der Hitparaden gespült, und die Interpreten waren kaum älter als wir. Die meisten unterschieden sich auch weniger durch ihre Songs als durch ihr Outfit. Die *Bay City Rollers* zum Beispiel trugen grundsätzlich Karo-Applikationen auf ihren Hemden und Hosen, weil sie angeblich aus Schottland stammten; *Kiss* dagegen traten ausschließlich mit schwarzweiß geschminkten Gesichtern auf, die sie im Fernsehen bei „Hallo Freunde, hallo Ilja"-Richter zum Entsetzen aller Erwachsenen zu obszönen Fratzen verzerrten.

„Früher hatten die Schlagersänger einen Frack an!" erklärte Oma Gundi empört, als sie eines Abends mit mir die *Disco* im Fernsehen schaute. „Und sie haben auch noch richtige Musik gemacht. Nicht so ein Negergetrommel!"

„Früher sind die Männer auch zur Jagd gegangen, und die Frauen haben die Höhle gefegt!" gab ich patzig zurück. Oma Gundi tat, als hätte sie mich nicht gehört.

Meine Lieblingsgruppe zu diesem Zeitpunkt war immer noch *Abba*, was von Sebastian nur mit einem herablassenden Grinsen quittiert wurde. Sein Musikgeschmack hatte sich in den Jahren seines Bad Oeynhausener Exils, wie er es verächtlich nannte, grundsätzlich geändert. Er stand jetzt auf Rockmusik à la *Led Zeppelin* und *Deep Purple*. Wie seine Idole ließ er sich die Haare wachsen und hatte seinem Vater sogar den Kauf seiner ersten Lederhose abgetrotzt, auf die ich grün vor Neid war. Gemeinsam teilten wir aber immerhin den Wunsch, reich und berühmt zu werden.

Zugute kam uns dabei, daß die Chorproben mit Pfarrer Neurath trotz ihrer widrigen Umstände nicht spurlos an uns vorbeigegangen waren. Ich hatte einige Wochen später meine Eltern überredet, mir eine Gitarre zu kaufen, und mir ein paar Griffe selber beigebracht. Zu meinem eigenen Erstaunen war ich nicht völlig untalentiert und bald in der Lage, einige der gängigen Erfolgstitel zu begleiten. Sebastian hatte ebenfalls Gefallen daran gefunden, selber Musik zu machen – das Tamburin des Kirchenchors hatte anscheinend Eindruck auf ihn gemacht. Jedenfalls bettelte er so lange, bis Tante Rena und sein Vater ihm Weihnachten 1974 ein gebrauchtes Schlagzeug schenkten, auf dem er so lange unermüdlich herumtrommelte und -schepperte, bis es ihm gelang, den Takt von *Satisfaction* zu halten, und Herr Schulpeter ihn samt seinem Schlagzeug in den leerstehenden Geräteschuppen neben der Tankstelle verbannte. Mit diesem Rüstzeug, so unsere feste Überzeugung, war es nur noch eine Frage der Zeit, bis wir berühmt werden würden.

Allerdings gab es da noch ein kleines Problem: Als Gitarrist und Schlagzeuger allein hatte man keine Chance, in den *Bravo*-Himmel der Popidole erhoben zu werden. Wir brauchten eine Band. Zusammen sahen wir uns unter unseren Freunden um. Im Fußballverein taten wir Zimmi auf, Michael Zimmermann, dessen Gesicht aufgrund pubertärer Akne einer Kraterlandschaft glich und der seit Monaten den Rekord im Lautrülpsen in der Umkleidekabine hielt. Er besetzte den Baß und hatte den Vorzug, auch noch Linkshänder zu sein, genau wie Paul McCartney. Wir hielten das für ein gutes Omen. Als letzter stieß Mac zu uns, der die Tasteninstrumente bediente. In der fünften Klasse hatte unser Englischlehrer jedem einen englischen Vornamen verpaßt – der pädagogische Nutzen dieses Unterfangens ist mir später entfallen –, und bei Mac blieb der Spitzname hängen, so sehr, daß sein richtiger Name im Laufe der Zeit in Vergessenheit geriet und er schließlich sogar von seinen Eltern Mac gerufen wurde. Mac war ein Glücksfall für uns, denn er besaß neben dem Akkordeon seines Großvaters auch eine Hammond-Orgel und musikalisches Talent und wurde daher automatisch zur treibenden Kraft unserer Band. Damit waren wir komplett. Darüber, wer singen sollte, machten wir uns erst einmal keine Gedanken, schließlich konnten wir alle die Texte unserer Lieblingsbands mitsingen, außerdem schien das nicht so wichtig zu sein.

Das Gründungstreffen fand in dem Geräteschuppen statt, in den Sebastians Vater das Schlagzeug verbannt hatte. Es roch nach altem Öl und verrostetem Blech. In einer Ecke standen die ausgeschlachtete Hülle eines alten Audis, ein kaputter Rasenmäher, eine durchlöcherte Regentonne und mehrere Fahrradleichen, die Jonas bei seinen Versuchen, das Fahrradfahren zu meistern, demoliert hatte. Auf grobschlächtig gezimmerten Regalen häufte sich Handwerkszeug, das Herr Schulpeter für Autoreparaturen benutzte. Gegenüber an der Wand lagen zwei ausgediente und fleckige Matratzen, deren Sprungfedern sich unter dem Stoff nach oben preßten.

Dem ersten Erproben unserer musikalischen Fähigkeiten gingen stundenlange Diskussionen über den Bandnamen voraus, die aufgrund der zwei Joints, die Zimmi von seinem älteren Bruder gestohlen hatte, immer unzusammenhängender wurden und schließlich in hysterischen Lachsalven endeten. Bis auf Zimmi hatte keiner von uns bisher einen Joint geraucht, und die Wirkung war dementsprechend verheerend. Sebastian hatte zusätzlich eine Flasche Apfelkorn mitgebracht, „damit wir nicht so verkrampft spielen", und der Alkohol machte so lange die Runde, bis ich zum Schluß immer wieder den Faden verlor und vergaß, was ich eigentlich sagen wollte. Letztendlich einigten wir uns ziemlich benebelt und angetrunken auf den etwas merkwürdigen Namen *Band on the Run* – in Anlehnung an einen Song der *Wings*, die ein Jahr zuvor einen Riesenhit damit gehabt hatten.

Als nächstes gingen wir die Frage an, welche Art von Musik wir spielen wollten. Zimmi und Sebastian schlugen sich Begriffe wie Rhythm 'n' Blues und Heavy Rock um die Ohren, ich warf Philly Sound ein, und ehe wir uns versahen, begannen wir über Verkaufschancen, Marktstrategien, Promotiongigs und Groupies zu fachsimpeln. Mac beendete die ausufernde Debatte, indem er einige Notenblätter verteilte und bemerkte, vielleicht sollten wir mit ein paar einfachen Sachen beginnen, um zu sehen, ob wir überhaupt miteinander spielen könnten. Danach sei immer noch Zeit, sich darüber zu unterhalten, wer die erste Goldene Schallplatte in Empfang nehmen würde. Zimmi und ich starrten auf die Noten, die uns Mac in die Hand gedrückt hatte, starrten dann uns an und brachen schließlich in gackerndes Gelächter aus. Sebastian, der sich hinter sein Schlagzeug zurückgezogen hatte, mit den Trommelstöcken Fingerübungen veranstaltete und natürlich keine Noten erhalten hatte, rief aufgeregt: „Was ist? Was ist? Was ist denn so komisch?"

Zimmi wischte sich ein paar Tränen aus den Augenwinkeln und prustete: „Mac will, daß wir *A Hard Day's Night* spielen! *A Hard Day's Night*! Ey, Typ, spinnst du? Das ist doch Kinderkram!"

Aber anstatt in unser überhebliches Lachen einzustimmen, zuckte Sebastian mit den Schultern, reckte die Arme und sah Mac erwartungsvoll an. „Ach komm", erklärte er, „egal. Hauptsache, wir spielen irgendwas! Außerdem habe ich noch keinen einzigen Ton von dir gehört, Zimmi. Vielleicht reicht's bei dir ja noch nicht mal für 'ne Tanzkapelle!"

Mac begann, den Takt anzuzählen, und brach dann ab. „Und wer von uns singt jetzt?" fragte er.

Plötzlich war es furchtbar still im Geräteschuppen. Die feinen Risse, die auf dem Estrich zu erkennen waren, bildeten auf einmal ein faszinierendes Muster, das ich unbedingt näher betrachten wollte.

Singen? Vor einem Mikro? So laut, daß mich jeder hören konnte?

„Also, ich bestimmt nicht!" erklärte Sebastian entschieden. „Drummer singen nie!"

„Pah!" erwiderte Zimmi. „Und was ist mit Ringo Starr?"

„Zimmi und Tobias singen!" befahl Mac ungeduldig. „Baß und Gitarre. So gehört es sich!"

„Aber ich kann nicht singen!" wehrte ich kreidebleich ab. „Ich kann's beweisen. Ich bin aus dem Kirchenchor geflogen!"

„Das war vor über einem Jahr. Und wir wissen alle, warum du aus dem Kirchenchor geflogen bist!" sagte Sebastian mit einem bösen Grinsen. Ziemlich bekifft ahmte er kichernd ein paar Wichsbewegungen nach, und mir schoß das Blut in den Kopf.

„Du bist aus demselben Grund rausgeflogen!" erwiderte ich heftig. „Blöder Arsch! Außerdem hast du doch angefangen!"

„Also spielen wir jetzt oder nicht?" ging Mac dazwischen. Zögerndes Kopfnicken von Zimmi, Sebastian und mir.

„Dann los! Eins, zwei ... eins, zwei, drei, vier!" zählte Mac vor. Ich schlug den ersten Akkord auf der Gitarre, und dann traten Zimmi und ich zögernd und mit Angstschweiß im Nacken vor das einzige Mikro, das wir besaßen. Und plötzlich machten wir Musik!

„It's been a hard day's night,
and I've been working like a dog,
it's been a hard day's night,
I should be sleeping like a log ..."

Natürlich klangen wir grauenvoll, wie eine wildgewordene Betonmischmaschine kurz vor dem Explodieren, aber das war es nicht, was *ich* hörte. Das Schlagzeug krachte und schepperte, wir hieben wie die Holzhacker auf die Saiten, wir verpaßten unsere Einsätze, und das Mikro hatte immer wieder eine Rückkopplung. Zwar brach Mac schon nach ein paar Takten ab und ließ uns von vorne beginnen und manchmal jeden Akkord einzeln proben, aber das war mir egal! Nach dem zehnten Versuch war es gar nicht mehr schlimm, vor das Mikro zu treten, nein, es fing sogar an, Spaß zu machen! Mein Adrenalinspiegel stieg in bisher unbekannte Höhen. Während ich sang, breitete sich ein Grinsen auf meinem Gesicht aus, und plötzlich konnte ich nicht mehr aufhören zu lachen. Ich drehte mich, während ich sang, zu Sebastian, und auch auf seinem Gesicht, wie auf denen der anderen, war dieses Lächeln, diese erstaunte, ungläubige Begeisterung: Wir können es! Es hört sich wahrscheinlich Scheiße an, es hört sich sogar *bestimmt* Scheiße an, aber das ist egal! Nur nicht aufhören, es macht soviel Spaß!

Sebastian bemühte sich, den Takt zu halten. Er bearbeitete die Drums mit geschlossenen Augen, drosch auf die Becken ein, und seine Zungenspitze lugte zwischen seinen Lippen hervor, wie immer, wenn er sich konzentrierte. Während einer der vielen Unterbrechungen warf er sein schweißdurchtränktes T-Shirt in die Ecke und spielte mit nacktem Oberkörper weiter. Mac griff in die Tasten seiner Hammond-Orgel und versuchte, uns alle zusammenzuhalten. Was machte es schon, daß er sich ab und zu vergriff? Zimmi zupfte mit einem verträumten Gesichtsausdruck die Saiten seines Basses, und ich schlug quäkende Akkorde auf meiner schlecht gestimmten E-Gitarre. Wir klangen auch sicherlich nicht wie die *Beatles*. Aber das waren *wir*, die diese Töne hervorbrachten, keine abstrakte Popband auf einer schwarzen Vinylscheibe. Nein, *wir* – Mac, Zimmi und Sebastian und ich! Die *Band on the Run*!

Irgendwann schafften wir es, dieses simple, gottverdammte *Beatles*-Lied durchzuspielen, und ich hatte das Gefühl, kurz vor einem Orgasmus zu stehen. Als der Schlußakkord verklungen war, bemerkte ich, daß mein Hemd ebenfalls durchgeschwitzt war und mir die Haare am Kopf klebten.

„Wow!" sagte ich atemlos ins Mikro, und der Hall trug meine Begeisterung quer durch den Raum. „Yeah!" Die anderen nickten beifällig. Mac schaltete den Verstärker an seiner Hammond-Orgel aus.

„He", rief Zimmi, „was ist los? Warum hörst du auf? Ich will mehr!"

„Hast du auf die Uhr gesehen?" knurrte Mac. „Mein Vater kommt gleich und holt mich ab. Ich muß meinen Kram zusammenpacken."

Erstaunt stellten wir fest, daß wir fast drei Stunden lang richtig hart gearbeitet hatten.

„Ja, und jetzt?" fragte Sebastian unschlüssig und legte seine Trommelstöcke auf das Schlagzeug.

„Nächste Woche, gleiche Zeit, gleicher Ort?"

Die *Band on the Run* nickte und grinste. Yeah!

Mac und Zimmi haben ihre Instrumente verstaut und sind gegangen. Während ich draußen noch die Hand zum Gruß hebe, kann ich in der Dunkelheit die Rücklichter des Autos von Macs Vater verschwinden sehen. Ich gehe zurück in den Geräteschuppen, nein, unseren Proberaum, und lasse die Tür hinter mir ins Schloß fallen.

Sebastian sitzt noch immer mit nacktem Oberkörper hinter dem Schlagzeug. Nach dem ohrenbetäubenden Lärm, den wir in den letzten drei Stunden produziert haben, ist es jetzt seltsam still. Er starrt mich an, begutachtet mich von oben bis unten, als nähme er eine neue Schaufensterauslage unter die Lupe, und ich komme mir vor wie auf einer Bühne, den unbarmherzigen Augen meines einzigen Zuschauers hilflos ausgeliefert.

„Was ist?" frage ich und fange unsicher an zu lachen.

„Schließ die Tür ab!" sagt er in dem kalten, fordernden Tonfall, den er vor vier Jahren aus Bad Oeynhausen mitgebracht hat und den ich nicht leiden kann und trotzdem anziehend finde.

Ungeduldig schlägt er einen Trommelwirbel, erst ganz leise und verhalten, läßt den Wirbel anschwellen, immer mehr, immer lauter, bis schließlich mein ganzer Kopf davon erfüllt ist. Dann bricht er ab.

„Na los, mach schon, Tobias", sagt er leise.

Wie eine Marionette drehe ich ihm den Rücken zu und lege den Hebel der Eisentür um. Ich spüre seine Augen auf mir ruhen, wie sie jede meiner Bewegungen exakt verfolgen. Ich weiß genau, was jetzt passieren wird. Selbst wenn es keiner von uns beiden geplant hat, es ist unausweichlich geworden, seit dem Tag, an dem wir von Pfarrer Neurath in der Kirche erwischt wurden.

Als ich mich umdrehe, hat Sebastian seinen Platz hinter dem Schlagzeug verlassen. Er liegt bäuchlings auf einer der schmutzigen Matratzen, den Kopf in seinen Armen verborgen. Sein Rücken glänzt noch immer verschwitzt, und ich bemerke zum ersten Mal, wieviel Muskeln er bekommen hat. Wir sind keine Kinder mehr.

Sebastian beachtet mich nicht, während ich auf ihn zugehe, und ich komme mir idiotisch vor. Beinahe trete ich auf seine Brille, die er achtlos neben die Matratze gelegt hat. Ich lasse mich neben Sebastian fallen und starre an die Decke. Eine ausgeleierte Sprungfeder drückt mir in den Rücken. Ich weiß nicht, was jetzt von mir erwartet wird. Oder doch? Sebastian hebt den Kopf leicht und sieht mich von der Seite an. Seine Mundwinkel zucken unwillkürlich, und plötzlich und unerwartet fängt er an zu prusten und zu lachen. Ich blicke überrascht zu ihm, weiß nicht, wie ich reagieren soll, das ist alles so ungewohnt, und ich habe Angst, aber sein Lachen ist ansteckend. Wir sind beide noch ein bißchen high vom Adrenalin und vielleicht auch noch von Zimmis Joint. Wir lachen, bis uns die Tränen die Wangen hinunterlaufen, bis unsere Körper sich krümmen und bis Sebastian hungrig sagt: „Jetzt."

„Ja", sage ich, und irgendwie stimmt es, und irgendwie auch wieder nicht.

Wortlos ziehe ich mein Hemd über den Kopf, und dann ziehen wir uns beide die Turnschuhe und die Strümpfe und die Jeans und die Unterhosen aus. Diesmal ist es nicht damit getan, die Hosen auf die Fußknöchel herunterrutschen zu lassen; diesmal ist es anders. Wir starren uns an, und die Nacktheit des anderen ist irgendwie schockierend, obwohl wir schon so häufig miteinander gewichst haben. Aber dann waren da immer noch irgendwelche Kleidungsstücke, ein T-Shirt oder ein Pullover, manchmal sogar nur ein geöffneter Reißverschluß, der schnell und verstohlen nach dem Abspritzen hinter einem Heuscho-

ber oder im Wald am Dorfrand wieder hochgezogen werden konnte. So als wäre gar nichts passiert. Diesmal aber können wir nicht zurück.

Mein Blick bleibt an seinem Oberkörper hängen, an seinem sich schnell hebenden und senkenden Brustkorb und den kleinen, hervorstehenden Brustwarzen. Rund um seinen Bauchnabel hat sich erster, feiner Flaum gebildet, an den ich mich noch nicht gewöhnt habe und der in mir das verwirrende Bedürfnis weckt, sachte mit der Handfläche darüberzufahren. Ansonsten kenne ich diesen Körper fast genausogut wie meinen eigenen, alles an ihm ist mir seit frühester Kindheit vertraut. Ich weiß, daß die längliche Narbe an seiner Wade von dem Unfall stammt, als wir einen Zaun überklettern wollten und er im Stacheldraht hängenblieb und mit sieben Stichen genäht werden mußte. Ich kenne die kleinen Leberflecke auf seinem Rücken, die wie eine Perlenkette an der Wirbelsäule entlanglaufen – und doch ist mir mein Freund plötzlich fremd, und ich bin unsicher, ob ich ihn berühren darf.

Sebastian legt sich zurück auf die Matratze, leckt sich nervös die Lippen und schließt die Augen. Meine Hand greift vorsichtig nach seinem harten, vertrauten Schwanz, der nicht in meine Faust paßt, mein Daumen streicht über die rosarote Eichel und über die dicken, ausgeprägten Adern, so wie ich es gelernt habe, so wie ich es unzählige Male vorher auch schon getan habe. Dann, plötzlich, fühle ich seine klamme und kühle Hand um meinen Schwanz und stöhne. Sebastian reißt die Augen auf und zieht seine Hand langsam zurück. Er weiß, daß ich oft sehr schnell komme. Ich grinse verlegen, umschließe seinen Schwanz und beginne, ihn zu wichsen, erst langsam und dann immer schneller. Ich weiß, was er mag.

Sebastian unterbricht mich und schüttelt den Kopf. „Nimm ihn in den Mund“, sagt er, und seine Stimme ist auf einmal ganz heiser.

Ich zucke zurück. Das ist mehr, als wir bisher gemacht haben. Wir haben unsere Schwänze immer nur angefaßt. Ich weiß nicht, ob ich das kann. Ich weiß nicht, ob ich das will. Aber ich glaube, ich weiß, wie es geht. Ich habe davon gehört, auf dem Schulhof, im Umkleideraum nach dem Sportunterricht. Es gibt ein Wort dafür: Schwanzlutscher.

„In den Mund?“ frage ich zögernd.

Anstelle einer Antwort drückt Sebastian meinen Kopf nach unten, und ich leiste nur ein bißchen Widerstand, gerade soviel, daß er weiß, daß ich das nur für ihn tue, daß ich kein Schwanzlutscher bin. Und dann öffnen sich meine Lippen.

klatscht auf unsere Bäuche und unsere Oberkörper, und ich kann gar nicht glauben, was wir gerade getan haben.

Danach können wir uns nicht in die Augen sehen; ich glaube, wir schämen uns beide irgendwie. Sebastian langt über mich hinweg nach seiner Brille, und sein Arm streift versehentlich meine Brust, und diese Berührung ist ganz anders als die Berührungen vorher. Es ist, als ob wir einen elektrischen Schlag bekommen hätten, und wir zucken beide zurück.

Schweigend steht Sebastian auf und holt sein T-Shirt aus der Ecke, in die er es während der Probe gepfeffert hat. Langsam und gründlich wischt er sich das Sperma vom Bauch, und dann wirft er mir das klebrige Hemd zu, ohne mich anzusehen, und ich mache mich ebenfalls sauber, ganz schnell und mit rotem Kopf. Ich habe es eilig, wegzukommen. Ich will jetzt allein sein, ich muß nachdenken über das, was gerade passiert ist. Ich stolpere in meine Klamotten, gebe mir nicht einmal die Mühe, meine Schnürsenkel zuzubinden, nur raus hier. Ich entriegele die Tür des Geräteschuppens und rufe eilig: „Bis morgen, Basti!“, ohne darüber nachzudenken, ob ich ihn morgen sehen will, und ohne ihn wirklich anzuschauen, aber ich weiß, daß er hinter mir steht, nackt und schweißverklebt, und daß er mir mit zusammengekniffenen Augen nachstarrt, als ich nach Hause renne.

Daheim knalle ich die Haustür hinter mir zu und laufe nach oben ins Badezimmer. Ich dusche so heiß ich kann, lasse die Wasserstrahlen wie kleine Pfeile auf meine Haut prasseln, bis ich krebsrot bin und der heiße Dampf den Spiegel über dem Waschbecken vernebelt, und ich gurgele, um den Geschmack von Sex aus meinem Mund herauszuspülen.

Als ich im Bett liege und darüber nachdenke, was heute passiert ist, schwöre ich mir, daß es nie wieder dazu kommen wird. Zu viele ekelige Gerüchte habe ich über Schwule gehört. So einer bin ich nicht, so einer will ich nicht werden. Aber dann denke ich an das Gefühl, als Sebastian meinen Schwanz im Mund hatte und wie wir uns geküßt haben, und sicherlich war das doch etwas anderes – und mein Schwanz wird wieder steif, und plötzlich bin ich genauso erregt wie wenige Stunden zuvor, und ich kann einfach nicht anders und muß mir nochmal einen runterholen.

Erst danach fällt mir ein, daß ich meine Gitarre im Proberaum vergessen habe.

Der Friedhof liegt außerhalb des Dorfes, auf einem sanft ansteigenden Hügel an der Grenze zu unserer Nachbargemeinde. Noch immer wird er der „neue" Friedhof genannt, obwohl er schon über fünfzig Jahre existiert. Der alte Friedhof, der mitten im Dorf hinter der Pfarrkirche liegt, war im zweiten Weltkrieg zu klein geworden. Jetzt sind die Gräber verwildert, die Grabsteine mit grüner Patina überzogen, die Wege moosbewachsen und selten benutzt. Weit ausladende Ahornbäume und Fichten werfen dunkle Schatten, und die einzigen Besucher, die regelmäßig kommen, sind die Dorfkatzen, die sich zu Pfarrer Neuraths unendlichem Verdruß hier treffen, um ihre Duftmarken zu setzen und sich lautstark zu paaren.

Der neue Friedhof dagegen ist hell und freundlich. An seinem hervorgehobenen Platz ist er von jeder Seite gut einsehbar; ein paar Eichen und Buchen stehen in geordneten und wohldurchdachten Gruppen zum Schattenspenden bereit, wenn die Sonne den Südhang zu sehr verbrennt. Der Kleingartenverein kümmert sich mit rührender Sorgfalt um die Instandhaltung der Wege und der Gräber, deren Angehörige nicht in der Nähe wohnen. Parkbänke laden zum Sitzen ein, eine Sprinkleranlange sorgt an heißen Sommertagen dafür, daß der Rasen nicht vertrocknet, die kleine Trauerkapelle im Eingangsbereich wird alle fünf Jahre weiß getüncht, und es gibt einen Parkplatz, auf dem bis zu zehn Autos gleichzeitig abgestellt werden können. Hier lassen wir auch Kerstins Auto stehen. Mutter hat mir inzwischen meine schlechte Laune nach dem Aufstehen verziehen, und ich habe mich bereiterklärt, mir einen schwarzen Anzug zu kaufen. Insgeheim habe ich mir schon vorgenommen, Franziska zu einem Einkaufsbummel in Fulda zu zwingen. Ich weiß nur noch nicht, wie.

Außer unserem Wagen ist nur ein weiteres Fahrzeug zu sehen, und Mutter sagt: „Zepp erwartet uns schon. Das ist sein Wagen."

Erwin Zepp ist eigentlich der Ortsvorsteher, der Bürgermeister, aber wie so häufig in kleinen Gemeinden werden repräsentative und ehrenamtliche Posten der Dorfverwaltung häufig in Personalunion besetzt. Deshalb ist der hagere, asthmatische Zepp nicht nur Ortsvorsteher, sondern auch Vorsitzender des Kleingartenvereins und

Mitglied der Friedhofsverwaltung. Die anderen beiden Mitglieder sind übrigens Pfarrer Neurath und seine Haushälterin, Frau Heidkamp. Die Posten sind, wie gesagt, ehrenamtlich und bringen außer Arbeit nur eines ein: Macht. Ortsvorsteher Zepp ist unbestritten einer der wichtigsten Männer im Dorf. Außer ihm haben nur noch der Präsident des Schützenvereins – zur Zeit übrigens Franz Arler, der mir in der Schule Juckpulver ins Hemd getan hat – und der Bezirksveterinär feste, reservierte Plätze sowohl in der Kirche von Pfarrer Neurath wie auch in Gesikes Kneipe. Nein, das ist nicht ganz richtig. Mein Vater, als der Apotheker des Dorfes, besaß diese Stammplätze ebenfalls. Ob sie wohl wie ein Erbtitel von Generation zu Generation weitergegeben werden, immer an den ältesten Sohn? Dann besäße ich jetzt das Recht, im *Hessischen Kalb* schräg rechts am Tisch zu sitzen, weil man von da aus am besten die Fußballübertragungen im Fernsehen mitbekommt, und ich dürfte in der Kirche die zweite Bank des Mittelschiffs für mich und meine Familie beanspruchen.

Seinen Lebensunterhalt verdient Zepp im übrigen als Florist. Seine Blumenhandlung, die er früher mit seiner Schwester, Frau Bauer, führte, hat er allerdings mittlerweile an seine Söhne abgegeben, die mit mir zur Realschule gegangen sind. Der Laden liegt praktischerweise genau neben dem neuen Friedhof. Während wir aus dem Auto steigen, kann ich auf der anderen Straßenseite das Firmenlogo in Form einer Fünfziger-Jahre-Neonreklame über dem Schaufenster ausmachen. *Zepp & Sohn, Blumen* heißt es einfach, in einer geschwungenen Wohlstands-Nachkriegsschreibschrift.

Zepps Familie macht seit mehreren Generationen in Blumen. Soweit ich mich erinnern kann, hat der Urgroßvater das Geschäft gegründet. Es ist auch kein Zufall, daß der Blumenladen direkt am neuen Friedhof liegt. Der Hang, der nun die letzten Ruhestätten unserer Dorfbewohner beherbergt, befand sich früher im Privatbesitz der Familie Zepp und wurde der katholischen Kirche kurz nach der Währungsreform zu einem Vorzugspreis verkauft, wovon sich die Familie den strategischen Vorteil erhoffte, ihrem Blumengeschäft die Friedhofsgärtnerei anzugliedern. Eine Rechnung, die natürlich aufging. Dorfklüngel.

Ich öffne das Tor zum Friedhof und lasse meiner Mutter den Vortritt. Gegenüber geht die Tür der Trauerhalle auf, und Zepp Senior kommt uns entgegengeschlurft. Auch er ist alt geworden, genau wie Gesike und Pfarrer Neurath. Ein gekrümmter Rücken und ein Stock, auf den er sein Gewicht beim Gehen stützt, verdeutlichen sein Alter. Es ist offensichtlich, daß meinem Heimatdorf ein Generationswechsel bevorsteht. Alle Respektspersonen, die mir aus meiner Kindheit geläufig sind, haben sich zurückgezogen oder sind gerade dabei, es zu tun. Ihre Kinder oder Angehörigen haben ihre Funktionen übernommen. Manche allerdings, wie mein Vater, haben den richtigen Zeitpunkt verpaßt.

Zepp reicht uns eine zittrige, von Altersflecken übersäte Hand. „Hannah", sagt er, „schön, dich zu sehen." Auf seinen Stock gelehnt, schwankt er leicht, und ich habe Angst, daß ihn der nächste Lufthauch zu Boden werfen könnte. Dann schaut er zu mir hoch. „Und wer sind Sie?" Seine Stimme klingt wie die einer Krähe.

„Ich bin's, Tobias." antworte ich.

Zepp wendet den Blick ab und wackelt ungehalten mit dem Kopf. „Sie müssen lauter sprechen! Meine Ohren!"

„Tobias!" Ich beuge mich zu dem alten Mann hinunter. „Ich bin Tobias!" schreie ich ihm ins Ohr.

Zepp sieht mich überrascht an, und in seinen Augen keimt eine Erinnerung auf. „Tobias? So, so!" murmelt er. „Das schwarze Schaf der Familie, nicht wahr? Die Sache mit dem Sohn von Schulpeters Franz. Na, irgendwann kommen sie alle wieder zurück."

Er entsinnt sich! Es ist zwanzig Jahre her, und er hat nichts vergessen! Aber auch ich erinnere mich, vor allen Dingen daran, daß er einer derjenigen war, die die Gerüchteküche kräftig anheizten und Sebastian und mir keine Chance ließen. Erstaunlich, wie schnell ich wütend bin. Am liebsten würde ich dem gebrechlichen Wrack einen Tritt in seinen schlaffen Hintern geben. Wie kommt er dazu, mir meine Vergangenheit vorzuhalten? Oder meint er am Ende gar nicht Sebastian, sondern Jonas?

Ich will ihn in seine Schranken weisen, aber meine Mutter stößt mir bedeutungsvoll in die Rippen, und ich halte den Mund.

„Ach, weißt du, Erwin", sagt sie fast nebenbei, aber so laut und deutlich, daß Zepp sie hören muß, „niemand sollte den Dreck vor der eigenen Tür vergessen, stimmt's?" Dabei lächelt sie den alten Mann zuckersüß an. Ich kenne diesen Tonfall noch von früher. Er bedeutet, daß man sich jetzt besser nicht mit ihr anlegen sollte. Oma Gundi könnte ein Lied davon singen.

Und tatsächlich gibt Zepp auf, murmelt etwas Unverständliches in sich hinein und bedeutet uns kurz angebunden, ihm den Hügel hinaufzufolgen.

„Was war denn das jetzt?" flüstere ich meiner Mutter zu, während wir Erwin Zepp hinterherlaufen, der sich wie eine Dampflokomotive schnaufend den Hang hinaufschleppt.

„Erinnerst du dich an seine Söhne? Andreas und Kai-Uwe? Sie führen jetzt das Geschäft."

Natürlich erinnere ich mich an die beiden. Andy und Kai waren in der Schule eine Klasse über mir und Sebastian. Zwillinge, und einer so blöde wie der andere. Schlaksig, großmäulig und zu dumm, einen einfachen Dreisatz zu begreifen. Die Stürmerstars der Handballmannschaft, bei jeder Prügelei an vorderster Front dabei. Auf jede Folge von *Drei Engel für Charlie* waren sie ganz versessen und prahlten auf dem Schulhof damit, daß sie Farah Fawcett-Majors gerne mal ordentlich „rannehmen" würden. Wie könnte ich sie je vergessen?

„Die beiden haben ein nettes, kleines Vorstrafenregister", erklärt meine Mutter mit einem süffisanten Lächeln. „Ein bißchen Hehlerei, ein bißchen Autoknacken, ein bißchen Verkauf von Haschisch und Marihuana. Zepp hat seinen beiden Früchtchen nur unter Aufbieten all seiner Beziehungen den Gang ins Gefängnis ersparen können. Hätte ihn fast seinen geliebten Posten als Ortsvorsteher gekostet und war ein Riesenskandal damals. Ich weiß noch, wie dein Vater sich aufgeregt hat. ‚Beugung der Justiz' hat er es genannt."

„Wirklich?" frage ich ungläubig. „Kai und Andy haben gedealt und Autos geknackt? Wann war denn das?"

„Ach, Kind", seufzt meine Mutter. „Woher soll ich das denn jetzt noch wissen? Vielleicht vier oder fünf Jahre, nachdem du weggezogen bist."

Ich bleibe stehen und fange lauthals an zu lachen. „Ich glaube es einfach nicht! Kai und Andy? Das ist zum Brüllen! Schade, daß ich das nicht mehr mitbekommen habe."

Zepp dreht sich um und fragt unwirsch: „Was gibt es denn zu lachen? Hat jemand einen Witz erzählt?"

Pflichtschuldig setze ich wieder eine ernste Miene auf, und wir laufen weiter. Aber ich fühle mich viel besser. Dankbar drücke ich meiner Mutter die Hand.

Schließlich bleibt Zepp unterhalb der Hügelkuppe vor einem unscheinbaren Fleckchen Erde stehen und greift keuchend nach einer Sprühflasche Bronchialspray in seiner Tasche.

„Das ist eines der letzten Gräber, die ich selbst noch vergebe", sagt er, als er wieder Luft bekommt. „Anfang nächsten Monats werden die Zwillinge auch die Friedhofsverwaltung übernehmen. Diese Kletterei ist einfach nichts mehr für mich. Ich bin zu alt."

Wir schweigen und starren auf das Stück Wiese, das vor uns liegt.

„Hier?" fragt meine Mutter schließlich.

Zepp nickt. „Es ist einer der besten Plätze, die ich noch zu vergeben habe. Südlage. Den ganzen Nachmittag Sonne. Garantiert guter Pflanzenwuchs."

Ich bin erschüttert über die Banalitäten, die Zepp ins Feld führt, um uns das Grab schmackhaft zu machen. Aber auf der anderen Seite habe ich auch keine Ahnung, was ansonsten beim Kauf eines Grabes beachtet werden muß. Schließlich mache ich das nicht jeden Tag, wie Wurst und Käse kaufen im Supermarkt. Ich sehe mich ein bißchen um. Links und rechts der geplanten Grabstätte sind ebenfalls Gräber. Vielleicht ist es hilfreich, wenn man weiß, wer in der Nachbarschaft wohnt und ob das soziale Gefälle nicht zu groß ist? Linker Hand ist ein Familiengrab mit den „betenden Händen" von Dürer, Gold auf schwarzem Marmor, und rechts ein Ehepaar, Todesdatum 1965 und 1968. Der Familienname sagt mir nichts.

„Ich hätte ja eigentlich gerne eine Stelle in der Nähe meiner Mutter gehabt", sagt meine Mutter zögernd.

Zepp schüttelt bedauernd den Kopf. „Tut mir leid, Hannah. Aber dort ist kein Platz mehr.“ Das Grab von Oma Gundi befindet sich am Fuße des Hügels auf der Nordseite.

Ich gehe ein Stück den Seitenarm des Friedhofswegs entlang, in Richtung einer kleinen Gruppe von Eichen, deren große Blätter an heißen, sonnigen Tagen viel Schatten versprechen. Vor einem kleinen, unscheinbaren Grab bleibe ich wie angewurzelt stehen. Der bernsteinfarbene Grabstein ist unglaublich häßlich, aber man kann die schwarz eingemeißelte Schrift deutlich lesen:

Ludmilla Podgornowskaja *1908 †1987

Ich laufe schnell zu meiner Mutter und Zepp zurück. Merkwürdig, ich habe plötzlich Angst, jeden Moment loszuheulen.

„Ich wußte nicht, daß sie auch schon tot ist!“ sage ich stockend und deute auf den bräunlichen Grabstein der Zoohändlerin.

„Wer?“ fragt meine Mutter.

„Na, Frau Podgornowskaja!“

„Aber ich bin mir sicher, daß ich dir am Telefon davon erzählt habe“, erwidert sie geistesabwesend. „Du hast es wahrscheinlich nur vergessen. Also, was denkst du?“

„Worüber?“ frage ich verwirrt.

„Na, über diese Stelle hier.“

Ich zucke mit den Schultern. „Ist doch eigentlich ganz nett“, antworte ich, aber mit meinen Gedanken bin ich noch bei Frau Podgornowskaja und dem Tag, an dem sie der kaugummiverklebten Lisa den Hals umdrehen wollte.

„Also gut“, sagt meine Mutter entschlossen. „Dann machen wir es so. Du weißt, daß ich ein Doppelgrab will, Erwin.“

Zepp nickt, aber ich starre meine Mutter mit großen Augen an. „Mama“, stammele ich.

„Ach, Tobias“, sagt sie enttäuscht, „was ist denn jetzt schon wieder?“

Ich suche nach Worten, die meine Gefühle ausdrücken können, aber natürlich bin ich der Situation mal wieder nicht gewachsen. „Es ist nur ... wegen dem Doppelgrab ...“

Zepp nimmt hastig seinen Abschied – ohne mir jedoch die Hand zu geben. Immerhin hat er noch so viel Taktgefühl zu bemerken, wann er nicht erwünscht ist.

„Komm, laß uns bis nach oben gehen", schlägt meine Mutter vor und deutet mit dem Kopf auf die Hügelkuppe. Während wir die Anhöhe erklimmen, hakt sie sich bei mir unter, und zum ersten Mal wird mir klar, daß auch sie keine junge Frau mehr ist. Am höchsten Punkt des Friedhofs steht eine Parkbank, auf die meine Mutter zusteuert. Wie immer holt sie ein Stofftaschentuch aus ihrer Handtasche und breitet es auf der Bank aus, bevor sie sich hinsetzt. Ein Tick von ihr, den ich jetzt rührend finde.

„Also", sagt sie dann fest, „wo ist das Problem, Kind?"

Ich habe plötzlich das unwiderstehliche Bedürfnis, mein Gesicht in ihren Armen zu vergraben. „Es ist okay", antworte ich und schlucke, „ich war nur nicht darauf vorbereitet ... daß du gleich ein Doppelgrab kaufen willst. Ich habe noch nie so weit gedacht."

„Ich bin bald siebzig", gibt meine Mutter zu bedenken.

„In fünf Jahren erst", protestiere ich schwach. „Das ist noch eine halbe Ewigkeit."

„Fünf Jahre sind schnell vergangen."

„Denkst du ... denkst du manchmal an den Tod?" frage ich dann stockend.

„An meinen eigenen? Aber nein, Kind!" sagt sie lächelnd und tätschelt mir beruhigend den Oberschenkel. „Es ist nur eine praktische Überlegung. Wir müssen doch sowieso ein Grab kaufen, jetzt wo dein Vater ... Warum also nicht direkt für die Zukunft sorgen? Und immerhin möchte ich neben ihm beerdigt werden. Aber du solltest aus einer Mücke keinen Elefanten machen. Wirklich nicht."

Bevor wir zurück zum Auto gehen, bleiben wir noch eine Weile sitzen und genießen die Aussicht.

Hier auf der Kuppe des neuen Friedhofs hat man einen weiten Blick ins Umland. An klaren Tagen kann man die Spitze des Vogelsbergs sehen, der heute allerdings dunstverhangen ist. Direkt vor uns liegen die Höhen der Rhön, zu deren Ausläufern unser Dorf geographisch gesehen noch gehört. Der zu Ende gehende

Sommer hat die Felder gelb gefärbt, und auch die Bäume beginnen vorsichtig erste Zeichen des Herbstes zu setzen. Die Landschaft ist unzerstört und gewachsen, die wenigen Ansiedlungen und Höfe haben sich der Natur angepaßt. Nur eine kleine Landstraße zerschneidet Wiesen und Felder, schlängelt sich zwischen Waldstücken hindurch, trennt Äcker und Viehweiden voneinander. Sie verschwindet in nordöstlicher Richtung, im Thüringer Wald, bis sie irgendwann Erfurt erreicht. Die Ostzone, wie es bei uns noch immer heißt.

Aber die Friedlichkeit täuscht. Sie ist eine Errungenschaft jüngeren Datums, genau wie die Landstraße. Noch vor gut zehn Jahren war unser Dorf Zollgrenzbezirk; alle Wege Richtung Osten endeten kurz hinter dem Gehöft von Bauer Mehnert. Nicht einmal zwei Kilometer von dem Punkt entfernt, wo meine Mutter und ich jetzt sitzen, zog sich die Staatsgrenze der DDR mit Elektroschockzäunen, Selbstschußanlagen und Wachtürmen durch die Landschaft wie die langgestreckte, schlecht verheilte Narbe einer Beinfraktur. Als Kind war eine der ersten Lektionen, die mir meine Eltern einbleuten, niemals in die Nähe der Grenze zu gehen, in östlicher Richtung niemals weiter von zu Hause entfernt zu spielen als der neue Friedhof und niemals zu vergessen, wie schnell sich ein Schuß aus einem Gewehr lösen kann.

Ich erinnere mich genau an die so ungewöhnlich ernsten Gesichter meiner Eltern, als sie Anna und mir diese Verbote zu erklären versuchten. Wir waren sechs oder sieben Jahre alt und verstanden nicht genau, worum es eigentlich ging, aber die Furcht und die Ernsthaftigkeit in ihren Augen reichten aus, dieses eine Mal zu respektieren, was sie von uns verlangten. Niemals während meiner ganzen Kindheit bin ich der Grenze zu nahe gekommen – bis auf einen einzigen Tag.

Meine Mutter stupst mich an, und ich finde aus meinen Erinnerungen zurück in die Realität. „Laß uns gehen", sagt sie. „Ich muß heute noch einiges erledigen."

„Ja", antworte ich. Sinnlos, an damals zu denken. Ich kann die Vergangenheit sowieso nicht ungeschehen machen.

Am nächsten Tag wissen wir beide nicht, wie wir uns verhalten sollen. Ich kann Sebastian nicht in die Augen sehen, ohne rot zu werden, und ihm geht es genauso. Der Vormittag in der Schule ist eine Tortur, weil wir nebeneinandersitzen und eigentlich die besten Freunde sind, aber heute vermeiden wir jede noch so zufällige Berührung, als ob der andere eine ansteckende Krankheit hätte. Ich weiß noch immer nicht, was ich über den gestrigen Tag denken soll. Ich habe die ganze Nacht wachgelegen und überlegt, was ich tun soll, und bin am Morgen mit dicken Rändern unter den Augen in die Küche gekommen und konnte überhaupt nichts essen. Irgendwie will ich, daß wir beide vergessen, was passiert ist, und irgendwie will ich, daß es wieder geschieht, am liebsten so bald wie möglich.

Aber Sebastian nimmt mir die Entscheidung aus der Hand. In keiner der Pausen spricht er mit mir oder beachtet mich auch nur mit einem Blick. Lieber hängt er mit den anderen Jungen in der Nähe der Mädchen herum und ist vollauf damit beschäftigt, halb raufend, halb flirtend ihre Aufmerksamkeit auf sich zu ziehen. Ich stehe ein bißchen unschlüssig am Automaten für heiße Getränke herum und tue so, als wäre ich damit beschäftigt, meinen Kakao zu trinken. Trotzdem habe ich das Gefühl, daß es mir auf die Stirn tätowiert worden ist.

Genauso ist es während des Unterrichts. Sonst werden wir ständig von den Lehrern ermahnt, uns endlich auf den Stoff zu konzentrieren, aber heute tuschelt Sebastian kein einziges Wort mit mir. Weder in Mathe noch in Erdkunde noch in Reli, das wir sonst immer nutzen, um Käsekästchen oder Schiffe versenken zu spielen. Statt dessen schreibt er die ganze Zeit kleine Zettelchen und hält schützend seine Hand davor. Die Briefchen wandern quer durch den Klassenraum, bis sie bei ihrer Empfängerin ankommen: Yvonne aus dem Nachbardorf, die lange blonde Haare und ziemlich viel Busen für ihr Alter hat und eine Zahnspange tragen muß. Jedesmal, wenn Yvonne einen Zettel von Sebastian bekommt, hält sie sich die Hand vor den Mund, damit man ihre häßliche Zahnspange nicht sieht, und fängt ganz albern an zu kichern. Dann läßt sie ihre Freundinnen den Zettel lesen, bevor sie Sebastian eine Antwort schreibt. Ich kann verstehen, daß Sebastian an unserem Schulpult so weit wie möglich von mir wegrückt. Auch er muß darüber nachdenken, was gestern geschehen ist, aber ich bin völlig verwirrt über sein plötzliches Interesse an dieser blöden Kuh Yvonne, die er bis gestern überhaupt nicht beachtet hat.

Den Nachhauseweg, der durch den Wald, an Bauer Mehnerts Feldern und am neuen Friedhof vorbeiführt und den wir sonst immer zusammen zurückfahren, muß ich alleine radeln, weil Sebastian nach Schulschluß plötzlich verschwunden ist. Auch am Nachmittag läßt er sich nicht blicken. Aber ich traue mich nicht, zur Tankstelle rüberzulaufen. Vielleicht will er mich ja gar nicht sehen. Vielleicht hält er mich jetzt für einen Schwanzlutscher.

Am übernächsten Tag gehe ich in der ersten großen Pause erst mal pinkeln, und als ich vom Klo komme, sehe ich Sebastian und Yvonne in einer Ecke des Schulhofs stehen. Er hat seinen Arm um sie gelegt, und seine Augen streifen über den Platz, und ich weiß genau, daß er mich sucht. Als sich unsere Blicke treffen, zieht er Yvonne näher zu sich heran, und dann küßt er sie auf den Mund, genauso wie er es drei Tage zuvor nach der Bandprobe mit mir gemacht hat. Anschließend grinst er mich triumphierend an, und ich hasse alle beide sofort und abgrundtief.

Es ist das erste Mal, daß ich den Unterricht schwänze, aber ich halte ich es nicht aus, nochmals drei Stunden neben Sebastian zu sitzen. Ich laufe nach oben ins Klassenzimmer, werfe meine Schulsachen in den Tornister und renne aus dem Schulgebäude. Auf dem Nachhauseweg fange ich plötzlich an zu heulen, und mir wird schlecht, und ich muß anhalten und mich übergeben. Ich rutsche in einer Pfütze aus und lege mich mit dem Fahrrad auf die Fresse, und als ich viel früher als sonst nach Hause komme, verrotzt und verdreckt und verheult, und zu meinen Eltern in die Apotheke stürze, um den Hausschlüssel abzuholen, sagt mein Vater: „Mein Gott, Junge, was ist mit dir los?“ Aber ich weiß es ja selber nicht; ich schließe mich in meinem Zimmer ein und ziehe die Bettdecke über den Kopf, damit meine Mutter, die hinter mir hergelaufen ist, nicht hören kann, wie laut ich heule. Am Abend mißt sie mir Fieber, und natürlich habe ich keins, und als sie mich fragt, was los ist, schüttele ich nur stumm den Kopf, denn wie kann ich ihr das sagen? Und dann fragt sie mich aus heiterem Himmel: „Bist du verliebt?“, und ich schüttele ganz heftig den Kopf, denn das stimmt ganz sicher nicht, wie kann ich denn verliebt sein, wie kann man als Junge einen Jungen lieben, ich bin doch nicht schwul! Und die ganze Zeit muß ich an Sebastian denken und an die Stunden im Geräteschuppen und an den Kuß, den er Yvonne gegeben hat, und alles tut so weh, und tief in mir drin weiß ich, daß meine Mutter recht hat.

Die *Band on the Run* wäre um ein Haar auseinandergebrochen, noch bevor sie mehr als drei Proben hinter sich gebracht hatte. Sebastian und ich sprachen kaum noch miteinander, und wir blickten uns nur noch dann an, wenn es sich überhaupt nicht vermeiden ließ. Mac und Zimmi verzweifelten fast, weil sie natürlich keine Ahnung hatten, was zwischen uns vorgefallen war. Sie bekamen nur mit, daß die Bandproben eine Katastrophe waren und daß zwischen mir und Sebastian eine unausgesprochene Spannung herrschte, die sich bleiern und völlig kontraproduktiv auf unser Zusammenspiel legte. Nicht ein Lied klang auch nur halbwegs anhörbar, weder *A Hard Day's Night* noch *House of the Rising Sun* noch *Hey, Tonight* von *CCR*, und keine der Proben machte auch nur annähernd so viel Spaß wie die erste.

Ansonsten sahen uns Sebastian und ich in den nächsten drei Wochen so gut wie gar nicht außerhalb der Schule. Ich verkroch mich nachmittags auf meinem Zimmer und las J.D. Salingers Roman *Der Fänger im Roggen*, dessen Hauptcharakter Holden Caulfield, auch wenn er nicht schwul war, für mich etwas sehr Tröstliches hatte, denn auch er war verwirrt über das, was in seinem Leben passierte. Allerdings beunruhigte es mich, daß Caulfield am Ende der Geschichte in eine psychiatrische Klinik eingewiesen wurde, denn ich wußte von Sebastians Mutter, daß Nervenkliniken nur wenig von einem erholsamen Kururlaub hatten. So wollte ich nicht enden.

Sebastian dagegen war nachmittags nie zu Hause. Pünktlich um drei Uhr, wenn ich zufällig aus meinem Fenster blickte, konnte ich sehen, wie er sich auf sein Fahrrad schwang und Richtung Nachbardorf radelte, um Yvonne zu besuchen. Manchmal schaute er demonstrativ von der Tankstelle hoch zu meinem Zimmer, bevor er losfuhr, und ich mußte mich ducken, damit er nicht sah, wie ich ihn beobachtete.

Ich glaube, meine Eltern ahnten schon damals, was mit mir los war. Daß ich mich verliebt hatte, war so offensichtlich wie die Grippesymptome, die in diesem Sommer so merkwürdig gehäuft in unserem Dorf auftraten und die mein Vater und meine Mutter mit ihren Säften und Pillen aus der Apotheke bekämpften. Und daß das

Objekt meiner Liebe Sebastian hieß, war natürlich daran zu erkennen, daß wir, die wir sonst unzertrennlich gewesen waren, uns plötzlich ohne ersichtlichen Grund aus dem Weg gingen. Außerdem hatte ich noch nie Interesse an Mädchen gezeigt. Man brauchte nur zwei und zwei zusammenzuzählen. Warum meine Eltern darauf verzichteten, wußte ich nicht.

Und dann, kurz nach Beginn der Schulferien in diesem langen, langen Sommer, änderte sich plötzlich wieder alles.

Schon seit meinem siebten Lebensjahr war ich Mitglied bei den Pfadfindern. Eigentlich war ich damals nur beigetreten, um die Lücke zu füllen, die Sebastians Wegzug nach Bad Oeynhausen bei mir hinterlassen hatte. Als Sebastian zurückkehrte, überredete ich ihn, ebenfalls Pfadfinder zu werden. Da die Leitung der Pfadfinder unserem Kaplan und nicht Pfarrer Neurath oblag, bildete unsere Mitgliedschaft auch nach unserem schmählichen Ausscheiden aus dem Kirchenchor kein Problem.

Zwar kamen wir uns immer ein wenig lächerlich vor in der vorgeschriebenen khakifarbenen Kluft, den kurzen Hosen und den Halstüchern, aber trotzdem waren die Nachmittage und Abende, die wir bei den Pfadfindern verbrachten, immer recht unterhaltsam. Wir lernten verschiedene Knotentechniken – von denen ich heute keine einzige mehr beherrsche –, veranstalteten Grillnachmittage auf der Wiese hinter Pfarrer Neuraths Pfarrhaus, sammelten Altkleider für kranke „Negerkinder" in Uganda, und alle zwei Jahre fuhren wir im Sommer unter Aufsicht von Kaplan Hermer für zwei Wochen ins Zeltlager.

In diesem Jahr war es wieder soweit, und eigentlich hatte ich mich seit Monaten darauf gefreut, denn das Zeltlager hatte, abgesehen von den üblichen Vorteilen, wie zum Beispiel vierzehn Tage ohne elterliche Aufsicht Ferien machen zu können, den besonderen Anreiz, daß es im Rahmen eines „Jamboree" veranstaltet werden würde. Jamborees waren Pfadfindertreffen, zu denen junge Leute aus ganz Deutschland – manchmal sogar aus ganz Europa – reisten, um Erfahrungen auszutauschen. Im Klartext hieß das, man traf sich, um zwei Wochen lang Fez zu haben, neue, zeitlich begrenzte Freundschaften zu schließen und wilde Lagerfeuerromantik zu genießen. Stattfinden würde das Treffen in der Nähe eines kleinen, verschlafenen Küstenorts am holländischen Meer.

Natürlich wollte ich diesmal nicht fahren, denn Sebastian würde auch mitkommen, und es hatte sich nichts geändert zwischen uns. Ich war noch immer unglücklich verliebt, und er ging noch immer mit Yvonne, der „dummen, kleinen Schlampe", wie ich sie heimlich nannte. Im übrigen sträubte sich Sebastian ebenfalls gegen die Fahrt und wäre am liebsten bei den Pfadfindern ausgetreten, denn seine Angebetete blieb, wie ich diskret in Erfahrung gebracht hatte, während der Sommerferien zu Hause. Also würde er zwei Wochen seine Zunge nicht zwischen ihre Zahnspangen klemmen können. Aber sowohl meine Eltern als auch Sebastians Vater blieben hart, denn erstens hatten sie alles schon bezahlt, und zweitens hatten auch sie Pläne. In meiner Verzweiflung versuchte ich, Masern zu simulieren, aber die geschulten Augen meines Vaters enttarnten den angeblichen Ausschlag sehr schnell als die rotbraune Plakafarbe meines Bruders. Außerdem war mir entfallen, daß ich die Masern schon mit fünf gehabt hatte und somit immun gegen einen erneuten Ausbruch war.

Also packte ich mißmutig und mit einem mulmigen Gefühl im Magen meinen Rucksack für die zwei Wochen andauernde Qual, die mir bevorstand, nahm meine Gitarre in die Hand und stieg am Abfahrtstag in den Bus, der uns pünktlich um neun Uhr abholte. Meine Eltern standen am Straßenrand und winkten. Oma Gundi steckte mir verstohlen zwanzig Mark in die Hosentasche, zwinkerte mir zu und flüsterte: „Es wird schon wieder werden, Bub!"

Sebastian, der mit mir zusammen in den Bus kletterte, sah durch mich hindurch und setzte sich zu Freunden auf die hinterste Bank. Ich dagegen suchte mir direkt hinter dem Fahrer einen Platz, damit ich während der Reise einen guten Blick auf die Straße hatte. Um der ganzen Sache einen erträglichen Rahmen zu geben, bildete ich mir ein, ich wäre kein fünfzehnjähriger, liebeskranker Pfadfinder auf dem Weg ins Zeltlager, sondern ein Rockmusiker, der gerade zu seinem nächsten Gig kutschiert wird. Damit meine Fantasie einen realistischen Anstrich erhielt, setzte ich meine coole, verspiegelte Sonnenbrille auf und begann auf meiner Gitarre die ersten Akkorde von Simon & Garfunkels *The Boxer* zu schlagen. Der Busfahrer unterlief meine Bemühungen, indem er eine Musikkassette einlegte und kurz darauf *Schwarzbraun ist die Haselnuß* von Heino durch den Bus schallen ließ.

Meine schlimmsten Befürchtungen wurden bestätigt, als wir an unserem Zielort am IJsselmeer ankamen. Nach dem wie immer etwas chaotischen Zeltaufbau, den Kaplan Hermer und einige schon volljährige Rover und Leiter beaufsichtigten, wurden die Schlafstellen in den Koten verteilt – große, schwarze Rundzelte, die Raum boten für ungefähr zehn Jungen, spitz zuliefen und oben ein Loch als Rauchabzug besaßen. Die Köpfe Richtung Zeltrand, die Füße zur Zeltmitte hin, waren die Schlafplätze in einem Kreis angeordnet, ähnlich den Streichkäseecken, die in runden Verpackungen verkauft werden. Natürlich kamen Sebastian und ich in dieselbe Kote. Keiner von uns beiden war zufrieden mit dieser Regelung, aber wir unternahmen nichts dagegen, schon alleine deshalb, weil wir zum Zeitpunkt der Platzverteilung vollauf mit anderen Aufgaben beschäftigt waren: Sebastian, der erst im Winter Geburtstag hatte, war als Jungpfadfinder oder „Juffi" zum Zeltaufbau eingeteilt worden. Ich dagegen als vollwertiger Pfadfinder hatte vier heimwehkranke und tränenüberströmte Wölflinge am Hals, die einen Ersatz für Mamas Rockzipfel brauchten. Und was hätten wir auch tun sollen? Es war unüblich, angewiesene Plätze zu tauschen, und außerdem hätte ein solcher Wunsch Nachfragen bei Kaplan Hermer und den Leitern ausgelöst. Aus früheren Jahren galten wir als unzertrennlich und befürchteten beide insgeheim, daß etwas von dem, was wir zusammen getan hatten, bekannt werden könnte. Ohne eine Alternative rollten wir unsere Schlafsäcke so weit wie möglich voneinander entfernt aus, so daß nur unsere Füße einander nahe kamen, und versuchten, die Anwesenheit des anderen zu ignorieren. Nach der anstrengenden Reise, dem Zeltaufbau und einem verspäteten Abendessen war es wider Erwarten nicht schwer, einzuschlafen.

Mitten in der Nacht wachte ich auf, weil etwas gegen meine Füße gestoßen war. Sebastian, dessen Schlafsack aufgrund der warmen Sommernacht auch nicht geschlossen war, hatte sich freigestrampelt, und im Schlaf hatten sich unsere Beine ineinander verheddert. Ich traute mich kaum zu atmen und strich vorsichtig mit meinen Zehen über seine Wade. Sebastian seufzte im Schlaf. Vielleicht hatte ich ja zu früh aufgegeben.

Ist irgend jemandem eigentlich schon mal aufgefallen, daß alle Holländer Jan, Johan oder Hans heißen? Ich finde das ein wirklich erstaunliches Phänomen. Wenn man als Fremder auf eine Gruppe von Holländern trifft, braucht man nur hinzugehen und zu sagen: „Hoi, Jan, hoi, Hans!", und zwei Drittel der anwesenden Männer werden sich persönlich angesprochen fühlen. Man sollte meinen, daß es in einem Land mit doch einigen Millionen Einwohnern im Laufe der Jahrhunderte eine gewisse Diversifizierung bei den männlichen Vornamen gegeben hätte, aber dem ist leider nicht so. Ich vermute mal, daß der Holländer an sich immer so sehr damit beschäftigt war, dem Meer noch etwas mehr Land abzutrotzen, daß er keine Zeit hatte, sich über neue Namen Gedanken zu machen. Und in Gefahrenzeiten ist es wahrscheinlich allemal effektiver, wenn man direkt rufen kann: „Hoi, Jan, der Damm ist schon wieder gebrochen! Wirf mal ein paar Sandsäcke rüber und stell die Kuh ins Trockene!", als wenn man wertvolle Zeit damit vergeuden muß zu überlegen, wie der Typ noch mal heißt, der die Sandsäcke in seiner Scheune hat.

Meinen Johan lernte ich direkt am Tag nach unserer Ankunft kennen. Er gehörte zu einer Gruppe von Pfadfindern aus Rotterdam, die neben unserem Zeltplatz kampierte. Zum Mittagessen stand ich mit meinem Blechnapf bei der zentralen Essensausgabe, wo ein dicker, verschwitzter Koch und sein Gehilfe aus überdimensionalen Schüsseln Erbseneintopf mit Würstchen schöpften, als Johan sich hinter mir anstellte.

„Hoi!" sagte er, und ich drehte mich um.

Er war genauso groß wie ich, hatte hellblonde, gelockte Haare, die das Sonnenlicht reflektierten, und war vielleicht zwei Jahre älter. Ich glaube, ich starrte ihn an wie eine Heiligenerscheinung, denn plötzlich fing er an zu grinsen – dieses ertappte, wissende Grinsen, das ich mittlerweile schon so oft in den Gesichtern wildfremder Männer gesehen habe – und ich wußte augenblicklich und intuitiv, daß dieser Junge genauso war wie ich. Ich sah in seine Augen, die dieselbe schmutzig-blaue Farbe wie das Meer hatten, und mochte ihn sofort.

„Hallo", stammelte ich verlegen und starrte ihn weiter an.

„*Waar kom je vandaan*?" fragte er mich.

Ich lächelte verlegen und ein wenig krampfhaft.

„Wo ... *kom je her*?" versuchte es der Junge wieder. Vielleicht dachte er ja, es nützt etwas, wenn er beide Sprachen ein wenig mischte.

„*Duitsland*!" erwiderte ich und hatte damit meinen holländischen Wortschatz erschöpft.

„*Ah*", sagte er, „*en je verstaat geen Nederlands.*" Er zögerte einen Moment, und ich befürchtete schon, er würde die Unterhaltung beenden. „*Ik kan maar een beetje Duits*", erklärte er dann. Ich fand es völlig ausreichend. Von mir aus hätte er auch Kisuaheli oder Serbokroatisch mit mir reden können. Hauptsache, wir unterhielten uns weiter. Meine Knie fingen an, leicht zu zittern.

„*Ik ben Johan*", sagte er und hielt mir die Hand hin.

„Tobias", erwiderte ich schüchtern. Wir grinsten uns weiter an.

„*Jij bent aan de beurt*!" Er stieß mich sanft mit seiner Schulter an, und ich bekam eine Gänsehaut.

„Was?" sagte ich verwirrt und registrierte erst nach einem Moment, daß ich an der Reihe war, meinen Blechnapf vorzuzeigen und eine Kelle Erbsensuppe zu erhalten.

„*Zullen we samen ... eten*?" fragte Johan. *Eten* hieß essen, das wußte ich und überlegte fieberhaft, ob das Zögern in seiner Stimme ausdrücken sollte, daß er gerne noch etwas anderes mir machen wollte, oder ob er nur das passende Wort gesucht hatte. Ich für meinen Teil war mir sicher, daß ich beides wollte. Außerdem hörte sich das Angebot ziemlich zweideutig an. Zum ersten Mal seit Tagen, nein, seit Wochen, verschwendete ich keinen Gedanken an Sebastian.

Etwas abseits der Dutzenden von Pfadfindern, die um uns herumliefen, setzten wir uns auf zwei Holzpflöcke in der Nähe der Essensausgabe und begannen unseren Eintopf zu löffeln. Die Unterhaltung verlief mühsam und stockend, teils weil wir Verständigungsprobleme hatten, teils weil ich so entsetzlich aufgeregt war, daß ich meinen Mund kaum aufbekam. Außerdem hatte ich auf einmal überhaupt keinen Appetit mehr und rührte angespannt in meinem kalt werdenden Eintopf herum.

Johan aß seinen Blechteller leer und wischte sich anschließend den Mund am Ärmel seines Hemdes ab. Ich bekam einen Ständer.

„Je hebt bijna niks gegeten", sagte er und deutete auf meine Portion.

Ich schüttelte den Kopf. „Ich mag keine Erbsensuppe. Willst du?" fragte ich und hielt ihm meinen Teller hin.

„Nein, danke", antwortete er und strahlte mich an.

Eine Weile schwiegen wir, und ich war unschlüssig, was jetzt von mir erwartet wurde. Vielleicht hatte ich mir ja alles nur eingebildet? Vielleicht war alles nur Wunschdenken gewesen?

„Zullen we naar het strand gaan?" fragte er dann, und ich hätte schwören können, daß Johan verstohlen gezwinkert hatte.

Zum Strand?

Zweifelnd schielte ich auf den Zeltplatz meiner Gruppe. Niemand achtete auf mich, und auch Sebastian war nirgendwo zu sehen. Für den Nachmittag waren ein Zählappell angekündigt worden und ein Tauziehwettbewerb gegen ein paar andere Pfadfindergruppen. Aber das war erst zwei Stunden später. Und vor dem Küchendienst hatte ich mich gedrückt, indem ich mich für eine Nachtwache von Mitternacht bis zwei Uhr morgens gemeldet hatte.

„Ja", antwortete ich, „okay."

Wir liefen zum Strand, der nur einige hundert Meter von unserem Lagerplatz entfernt war. Johan, der offenbar große, unruhige Schritte gewohnt war, paßte sich meinem gemächlicheren, zögernderen Gang an.

Kaum hatten wir den Damm überquert, der das Pfadfinderlager vom Meer trennte, ließen wir den Trubel und die Hektik hinter uns, die von den fast dreihundert pubertierenden Jungen ausging. Hier am Meer war es seltsam ruhig und beinah menschenleer. Trotz Sommerferien war auf dem Strandabschnitt, an dem wir uns befanden, kaum jemand zu sehen, außer zwei einsamen Spaziergängern, die einen Hund Stöckchen apportieren ließen, und einem jungen Ehepaar, das seine kleinen Kinder auf den Schultern trug. In einiger Entfernung stakten ein paar schläfrige Möwen lustlos auf einer Mole umher.

„Wieso ist hier nichts los?" fragte ich verwundert.

„Dit is geen toeristengebied", erklärte mir Johan. *„Geen hotels, geen pensionnetjes. Hier is niks te beleven. Kijk maar, geen strandtent of parasol te zien ..."*

„Was für Dinger?"

„Ach, op Duits – Sonnenschirme?"

„Sonnenschirme", bestätigte ich und fügte dann, ohne nachzudenken, hinzu: „Wir sind fast allein."

Johan sah mich an und grinste wieder dieses Grinsen.

Die Luft roch salzig und nach Fisch. Wir gingen ein Stück den Strand entlang und passierten die Stelle, wo der Damm in die Dünen überging, und nur um Johan nicht ständig anzustarren, begann ich, Kieselsteine in die schwache Brandung zu werfen. Die Steine titschten auf der Wasseroberfläche auf, einmal, zweimal, dreimal, viermal. Mein Rekord lag bei acht. Eine Qualle lag im Sand, und wir stachen mit einem Stock in den glibbrigen, durchsichtigen Körper, um zu sehen, ob sie tatsächlich tot war. Die Sonne brannte auf uns herab, und Johan zog sein Hemd aus und steckte es achtlos in den Gürtel seiner Jeans. Er war definitiv älter als ich. Mit einer Mischung aus Schock und Bewunderung warf ich einen hastigen Blick auf den Beginn seiner blonden Brustbehaarung und versuchte, das Verlangen aus meinen Gesichtszügen zu bannen. Ich dachte beschämt an meinen eigenen, völlig haarlosen Oberkörper und traute mich nicht, mein Hemd auszuziehen, obwohl der Schweiß den Stoff unter meinen Achselhöhlen dunkel färbte. Unterhalb seines Bauchnabels zog sich eine feine Linie blonder Haare nach unten und verschwand vielversprechend in der Jeans. Ich hätte alles dafür gegeben, diese Haare berühren zu dürfen, die Knöpfe an seiner Hose öffnen zu können. All meine Vorsätze – vergessen. Selbst der Liebeskummer, den ich wegen Sebastian empfand – beiseite geschoben. Für diesen Moment, für diesen Augenblick, wollte ich nur Johan.

Plötzlich begann er zu rennen. „Los, komm, Toby. *Ik wil je de duinen laten zien*!" rief er mir zu und lief weiter, ohne sich nach mir umzudrehen. Noch nie in meinem Leben hatte mich jemand „Toby" genannt. Toby! Das klang nach *Chappi* und Hundeshampoo. Aber ich lief Johan trotzdem hinterher.

„Ich heiße Tobias!" keuchte ich, als ich ihn in einem der schmalen Dünentäler eingeholt hatte. Atemlos ließ ich mich neben ihm nieder. Er tat so, als hätte er mich nicht gehört.

„Wie alt bist du?" fragte ich ihn schließlich, als ich wieder genug Luft bekam.

„*Zeventien*", antwortete Johan.

„Du bist schon Rover!" sagte ich erstaunt, weniger beeindruckt von seinem Alter als von der nächsthöheren Hierarchiestufe der Pfadfinderschaft. Johan brauchte einen Augenblick, bis er mich verstand.

Vorsichtig sah ich mich um. Wir lagen in einer Sandkule, umgeben von dornigem Gestrüpp und Sträuchern, die im Herbst gelbe und rote Heckenrosen hervorbrachten. Kein Mensch konnte uns sehen, selbst wenn er nur zwei Meter von uns entfernt gestanden hätte. Die Hitze ließ die Luft flirren, etwas in unserer Nähe begann zu zirpen, und mir lief der Schweiß den Rücken hinunter.

„Du wolltest mir die Dünen zeigen", sagte ich, nur um die merkwürdige Stille zu durchbrechen. Eigentlich war ich mehr daran interessiert, daß er mir andere Dinge zeigte, aber ich traute mich natürlich nicht, das zu sagen.

Abrupt setzte sich Johan auf und kniete sich vor mir in den Sand. Dann begann er wortlos mein Pfadfinderhemd aufzuknöpfen. Vorsichtig streckte ich meine Hand aus und berührte zaghaft den Flaum auf seiner Brust. „*Vind je mijn borsthaar leuk*?" fragte Johan und grinste.

Ich nickte, und mein Mund war auf einmal ganz ausgetrocknet. Johan beugte sich vor und nahm vorsichtig meine Nippel in den Mund, einen nach dem anderen, und begann daran zu saugen. Ich stöhnte auf, hielt die Luft an und betete, daß er nicht aufhören würde. Seine Hände fuhren über meinen Körper, kneteten meine Oberarme und meine Oberschenkel, und seine Zunge bohrte sich in meinen Bauchnabel. Bevor ich wußte, was passierte, waren wir beide nackt und rollten herum wie zwei verspielte Welpen. Sand war in meinen Haaren, klebte auf meinem Rücken und auf meinen Pobacken, und als Johan mich küßte, war es ganz anders als mit Sebastian. Er war viel erfahrener, und seine Zunge wußte genau, was sie tat. Doch auch ich lernte schnell.

Irgendwann hielt er plötzlich inne, starrte mich verwundert an und flüsterte: *„Dit is niet de eerste keer voor jou"*, und ich schüttelte den Kopf und zog ihn ungeduldig wieder auf mich hinunter, bis er mit seinem ganzen Körper auf mir lag.

Später, als ich seinen Schwanz in den Mund nahm, kam er zu seinem Höhepunkt, und es war das erste Mal, daß jemand sein Sperma in mir abspritzte. Es schmeckte bitter und süßlich und milchig, und ich war nicht sicher, ob ich es ekelig oder geil finden sollte.

Diesmal flüchtete ich nicht sofort, sondern blieb schwer atmend neben Johan liegen, während seine Hand mit meinem klebrigen Schwanz spielte.

„Vertel mij von dein erstes Mal", bat er unvermittelt.

„Das war erst vor ein paar Wochen", murmelte ich verlegen und mit roten Ohren. „Ich bin nicht schwul."

„Oh", erwiderte Johan spöttisch, *„natuurlijk. Ben jij de einige thuis die zo is?"*

„Nein", sagte ich zögernd und ohne seine Ironie zu bemerken, „es gibt da noch einen Jungen." Aber dann fiel mir ein, daß Sebastian ja jetzt mit Yvonne ging. „Doch, ich bin der einzige." Plötzlich fühlte ich mich sehr einsam und kuschelte mich an Johan.

Wir blickten in den Himmel und beobachteten ein paar Möwen, die über uns ihre Kreise drehen. Irgendwann zogen wir unwillig unsere Klamotten wieder an. Es war Zeit, zum Lager zurückzukehren.

Die nächsten drei Tage verbrachten Johan und ich so viel Zeit zusammen, wie wir konnten. Und jedesmal, wenn wir uns trafen, hatten wir Sex. Wir trieben es in den Dünen, an unserem Platz in der Sandkule, einmal sogar auf dem Jungenklo, und einmal, in der

Dämmerung, zwischen den Bäumen hinter der Küche. Ein bißchen komisch war, daß wir nach dieser ersten Unterhaltung, bei der wir uns kennengelernt hatten, kaum noch miteinander sprachen. Anstatt ungeschickt nach Wörtern in der fremden Sprache zu suchen, drückten wir unsere Wünsche durch Berührungen und mit unseren Augen aus. Es war wie eine stille Abmachung, daß bei unserem Zusammensein Worte nicht wichtig waren und keine Funktion erfüllten. Keiner von uns sprach es aus, aber wir wußten beide, daß das, was wir miteinander teilten, nicht lange andauern würde. Ich entdeckte im Verlauf dieser viel zu kurzen Zeit, was für ein mächtiges Instrument Körpersprache sein konnte. Johan war mein Lehrmeister, derjenige, der mich in die „Geheimnisse" schwuler Sexualität einführte. Zum Schluß waren meine Lippen spröde, und mein Schwanz tat weh, weil wir nicht genug voneinander bekamen, und ich wurde schon hart, wenn ich Johan nur in die Augen sah. Er war es auch, bei dem ich lernte, meine romantische und etwas verquaste Vorstellung abzulegen, daß man jemanden lieben muß, wenn man Sex haben will. Es reichte uns vollauf, daß wir uns sympathisch waren.

Dann jedoch, so wie wir es von Beginn an gewußt hatten, mußte Johan abreisen, obwohl das Jamboree gerade erst begonnen hatte, denn er wollte einige Tage später eine Lehre als Zimmermann beginnen. Am Morgen unseres vierten Tages verließ er mit seinem Seesack den Zeltplatz, und ich blickte etwas verloren dem Bus hinterher, der ihn nach Rotterdam zurückbrachte.

Als ich mich umdrehte, um ins Zelt zu gehen und mich in meinem Schlafsack zu verkriechen, stand Sebastian vor mir.

Das war nicht mehr, als ich erwartet hatte, denn zu meinem Erstaunen hatte Sebastian mir in den letzten Tagen, eigentlich seitdem ich Johan kennengelernt hatte, aus der Ferne immer mehr Aufmerksamkeit geschenkt. Immer wieder hatte ich bemerkt, wie er uns beobachtete, uns mit seinen Blicken folgte, wenn Johan und ich uns von den anderen entfernten, und das eine Mal, als wir es auf der Jungentoilette getrieben hatten, hätte ich schwören können, die Spitzen seiner Turnschuhe unter der Tür hervorlugen zu sehen, als lauschte er draußen, was sich im Inneren der Kabine abspielte. Natürlich hatte ich Sebastians wieder aufkeimendes Interesse ausgenutzt, hatte Johan geküßt, wenn ich wußte, daß Sebastian uns beobachtete, hatte wie zufällig Johans Hintern in einer eindeutigen Geste berührt, wenn Sebastian in unserer Nähe war.

„Na, hat sich dein Freund verpißt?" Seine Worte waren beleidigend gemeint und sollten wie eine Ohrfeige wirken, aber ich konnte die Eifersucht in seinem Gesicht erkennen. Eifersucht! Ich traute meinen Augen kaum. Ich starrte ihn einfach an und wollte an ihm vorbeigehen.

Mit einer groben Handbewegung hielt mich Sebastian zurück. „Hat er deinen Schwanz gelutscht?" zischte er mich wütend an.

Wieder sollten mich seine Worte treffen und mich niedermachen, aber ich hatte dazugelernt. „Er hat genau dasselbe gemacht, was du mit mir auch gemacht hast", antwortete ich kühl und registrierte zufrieden, wie er zusammenzuckte. Ja! Endlich war ich der Stärkere von uns beiden! „Außerdem hast du doch jetzt Yvonne!" fügte ich gehässig hinzu. „Was geht es dich also an?"

Jetzt war Sebastian derjenige, der aussah, als wäre er geschlagen worden. „Ja", murmelte er, „stimmt", und dann schlich er sich davon wie ein geprügelter Hund. Aber anstelle eines Triumphgefühls verspürte ich nur einen schalen Geschmack im Mund.

Am späteren Abend zog ich mich ins Zelt zurück, nachdem ich Kaplan Hermer gesagt hatte, ich hätte Magenschmerzen. Ich hatte keine Lust, mich zu den anderen ans Lagerfeuer zu setzen, mich von vorne wie eine Bratwurst grillen und von hinten tiefkühlen zu lassen und Pfadfinderlieder wie *Kumbaya, My Lord* und *Ghostriders in the Sky* zu singen. Dazu war ich jetzt zu erwachsen. Ich hatte Sex gehabt – und was für welchen! Ich wollte lieber von Johan träumen.

Gedankenverloren beobachtete ich die Ameisenstraße, die sich um einen Marmeladenfleck in der Nähe der Zeltmitte gebildet hatte und von dort auf dem kürzesten Weg nach draußen führte – eine winzige, unermüdliche Insektenkarawane quer über zerknautschte Kissen, liegengebliebenes Eßgeschirr, schmutzige Unterwäsche und einen Feldstecher.

Plötzlich öffnete sich die Plane des Zelteingangs, und ein Stück der sternenklaren Nacht und des flackernden Scheins des Lagerfeuers fiel herein, als Sebastian in das Zelt schlüpfte. Für einen Moment ignorierte er mich und tat, als suchte er etwas in seinem Rucksack. Ich beobachtete ihn erwartungsvoll. Es war so offensichtlich, daß er mit mir noch nicht fertig war. Dann drehte er sich um, baute sich vor mir auf und sah anklagend auf mich hinunter.

„Ich hab gedacht, du würdest das nur mit mir tun!" stieß er hervor.

„Und ich hab gedacht, du willst das nicht mehr", gab ich zurück. „Jetzt, wo du mit ... Yvonne gehst!"

Er setzte sich im Schneidersitz auf die Erde und sah ziemlich verwirrt aus. „Ich ... ich weiß nicht, ob ich mit Yvonne gehe", druckste er herum. „Das mit dir war irgendwie ... besser. Es ist ekelig, sie zu küssen mit den doofen Zahnspangen. Und ich hasse ihre dicken, wabbeligen Titten! Wie Luftballons mit Wasser gefüllt!" Unsicher befingerte er das Grübchen an seinem Kinn und rieb die Stelle auf seiner Nase, wo seine Brille auflag. „Außerdem will sie keinen richtigen Sex machen, so wie wir, meine ich. Aber es ist krank, wenn Männer es miteinander tun! Es ist nicht normal! Findest du das nicht?" Seine Stimme war auf einmal laut geworden, und erst im letzten Moment erinnerte er sich, daß die anderen nur ein paar Meter entfernt am Lagerfeuer saßen.

Ich zuckte mit den Schultern. Ich wußte nicht, was ich darauf sagen sollte.

„Bist du sauer auf mich?" fragte er.

Langsam schüttelte ich den Kopf. „Nein", antwortete ich, „nicht mehr." Und dann beugte ich mich zu ihm hinüber und küßte ihn.

1976 – A Glass of Champagne

Nach unserem Ausflug zum Friedhof setze ich meine Mutter vor der Bäckerei ab. Sie will zusammen mit Bäcker Hartmann überlegen, wieviel Tonnen Gebäck und Kuchen wohl reichen könnten, um eine Dorfgemeinschaft zu sättigen, die während eines Leichenschmauses üblicherweise Nahrung verzehrt, deren Gegenwert dem Staatshaushalt von Ghana entspricht.

Ich fahre derweil nach Hause. Nach Hause! Es dauert einen Augenblick, bis ich mir ins Gedächtnis rufe, daß das Haus meiner Eltern schon lange nicht mehr mein Zuhause ist, sondern daß der Mittelpunkt meines Lebens sich in Köln befindet. Plötzlich habe ich Heimweh nach meiner Wohnung, meinem Bett, nach dem neuesten Szenetratsch und sogar nach meinem Kater. Was würde ich jetzt dafür geben, mit der KVB irgendwo zwischen Friesenplatz und Rudolfplatz steckenzubleiben und dem Desinteresse des Fahrers und der Leitstelle ausgeliefert zu sein. „Eine Information an die Linien 1, 7, 9, 12, 16 und 18: Aufgrund einer vorangegangenen Störung kommt es zu kleineren Fahrplanunregelmäßigkeiten. Wir hoffen jedoch, daß es in drei bis fünf Stunden weitergeht."

Aber im Moment ist Köln soweit weg, und die Ereignisse der letzten Tage haben sogar das Ende meiner Beziehung mit Christoph völlig in den Hintergrund gedrängt. Ich bin überrascht und auch ein bißchen erschrocken, als mir auffällt, daß ich in den letzten Tagen nicht an ihn gedacht habe. Bin ich einfach nur herzlos, oder hatte Christoph vielleicht wirklich recht, und ich habe ihn nie geliebt? Hat er intuitiv gespürt, was ich noch immer nicht wahrhaben will? Hat er seine Niederlage erkannt, während ich mir noch nicht einmal bewußt war, daß wir uns auf einem Schlachtfeld befanden?

Je länger ich hier bin, desto stärker beschäftigt mich, was in der Vergangenheit geschehen ist, und je häufiger ich an früher denke, um so schärfer werden die Bilder. Ich scheine mich auf einer Rutschbahn zu befinden, die mich schneller und schneller von meiner Kindheit in die Tage meiner Jugend befördert, und in jeder Kurve kann ich vor mir Sebastian sehen. Mal dreht er mir den Rücken zu, mal schaut er sich nach mir um, aber immer bleibt er unerreichbar, sosehr ich mich auch bemühe, ihn einzuholen. Und ich weiß, daß am Ende der Rutsche Jonas auf uns wartet, und ich fürchte mich vor dem Aufprall, wenn wir alle drei im Sand übereinanderfallen.

Als ich die Haustür aufschließe, legt Franziska gerade den Telefonhörer auf und reibt sich das Ohr.

„Ich kann nicht mehr!" sagt sie entnervt und läßt sich im Wohnzimmer demonstrativ in einen Sessel fallen. „Können wir bitte bei einer Zeitarbeitsfirma anrufen und eine Sekretärin einstellen, bis diese Beerdigung vorbei ist? Seit ihr zum Friedhof gefahren seid, hat ununterbrochen das Telefon geklingelt. Ich bin noch nicht einmal dazu gekommen, meine Morgenmeditation durchzuführen!"

„So?" antworte ich ohne eine Spur von Mitleid. Franziska hat diesen „Gib-mir-sofort-was-Süßes-oder-ich-schreie"-Blick aufgesetzt, und ich kann mir lebhaft vorstellen, wie ihre Meditation ausgesehen hätte: eine Pilgerfahrt zum Kühlschrank, gefolgt von der abrupten Segnung einiger Doughnuts, der Besprechung von ein paar Pralinen sowie der intensiven Untersuchung der Aura des Kirschkuchens, der

Samstag nicht verzehrt wurde. Und wenn sie satt ist und der Kühlschrank leer, rülpst sie mit diesem Nina-Hagen-Augenaufschlag die heilige Silbe „Om".

„Wer hat denn alles angerufen?" frage ich.

Franzi zuckt mit den Schultern. „Was weiß ich! Pfarrer Neurath, Anna, Achim, Gesike, der Mensch, der die Trauerkarten druckt, Kerstin ..."

„Kerstin hat angerufen!" Mein innerer Hilferuf wurde erhört! Ich stürze zum Telefon.

„... und Sebastian", beendet meine Schwester zufrieden ihren Satz.

„Sebastian?" frage ich, ohne nachzudenken. „Warum?"

Franziska zieht eine Augenbraue hoch. Jetzt bräuchte sie nur noch spitze Ohren, dann sähe sie aus wie Mr. Spock. „Er wollte dich sprechen."

„Mich? Wieso?"

„Du kannst ihn selber fragen. Er wollte gleich vorbeikommen."

„Dann sind wir nicht hier!" sage ich schnell. Kerstin kann warten. Kerstin *muß* warten!

„Häh?" macht Franziska. „Was soll das denn heißen?"

„Das heißt, daß ich jetzt nach Fulda fahre, um einen Anzug für Papas Beerdigung zu kaufen. Und da ich keine Lust habe, alleine loszuziehen, wirst du mich begleiten."

„Ich will aber gar nicht nach Fulda!" protestiert meine Schwester.

„Schön", sage ich boshaft, „dann kannst du ja weiter Telefonfräulein spielen. Bis Mutter von Bäcker Hartmann zurückkommt, wird es noch eine Weile dauern."

„Das ist mal wieder typisch", stöhnt Franziska mißgelaunt, „Selbstverwirklichung ist in dieser Familie schon immer kleingeschrieben worden!"

„Jetzt hör auf zu nörgeln und setz dich in Bewegung", sage ich mit einem nervösen Seitenblick auf die Tür.

„Und was ist mit Sebastian?"

„Wenn die Hölle zufriert", murmele ich und schiebe meine Schwester ins Auto. Kurz darauf sind wir auf dem Weg in die Stadt.

Fulda ist nicht gerade das, was man im herkömmlichen Sinn als eine Großstadt bezeichnen könnte, da das Wort ja auch den Beiklang von weltoffen und tolerant, aufregend und modern beinhaltet. Fulda ist nichts von alledem. Im Gegenteil. Es ist in sich gekehrt, konservativ, gottesfürchtig und öde. Mit etwa sechzigtausend Einwohnern ist es noch nicht einmal eine „große Stadt". Aber wie immer ist alles relativ. Wenn man aus einem Dorf mit fünfhundert Einwohnern stammt, wirkt jeder Fleck Erde, der nicht der Aufzucht von Schweinen oder dem Anbau von Getreide und Rüben vorbehalten ist, wie Las Vegas.

Daß Fulda nicht ein unbedeutender Fliegenschiß auf der Landkarte geblieben ist, liegt – wie sollte es auch anders sein – an der katholischen Kirche, die sich hier in einer Selbstherrlichkeit entfaltet, die ihresgleichen sucht. In der Stadt barockt es an allen Ecken und Enden: Vom Dom in der Stadtmitte mit den Gebeinen des heiligen Bonifatius bis hin zum Schloß, in dem früher die regierenden Fürstäbte ihre Residenz hatten. Fachwerkhäuser, mittelalterliche Bauten – es ist alles im Dutzend vorhanden. Außerdem gibt es natürlich die hinter dem Schloß gelegene Orangerie, in deren Schatten Oma Gundi den Privatfriedhof für ihre Wellensittiche anlegte. Die einen auf Schritt und Tritt verfolgende religiöse Vergangenheit zieht heute Scharen von Touristen an, die hier busladungsweise von den Reiseunternehmen angekarrt werden, um den Verkehr in der Innenstadt lahmzulegen.

So ist es natürlich auch, als Franziska und ich durch das Stadtzentrum fahren und verzweifelt nach einem Parkplatz Ausschau halten. Es dauert eine Weile, bis wir in der Nähe der Geschäftsstraßen einen finden.

„Und jetzt?" fragt Franziska, während sie einen japanischen Touristen aus dem Weg scheucht, der unbedingt ein Foto mit ein paar Eingeborenen machen möchte.

„*You want photo*?" fragt sie den Japaner unvermittelt, der so begeistert nickt, als hätte Franziska ein Dirndl an und die Haare zu dicken, langen Zöpfen geflochten. „*Ten Deutschmarks*!" bellt sie, und der Japaner sucht empört das Weite.

„Hab ich doch gesagt", erwidere ich. „Du bist hier diejenige, die sich auskennt und weiß, wo ich einen dunklen Anzug herkriege. Ich war schon seit zwanzig Jahren nicht mehr in Fulda."

„Und was springt dabei für mich raus?" fragt Franziska.

Ich hasse diesen berechnenden Zug an meiner Schwester, aber andererseits hat sie was gut bei mir, weil ich sie heute morgen angemeckert habe. „Eine Einladung zu Kaffee und Kuchen?" frage ich vorsichtig.

„Buttercreme!" antwortet Franziska bestimmt und läßt sich händereibend auf den Deal ein. „Zwei Stück!"

„Also schön", gebe ich seufzend nach.

„Gut", sagt sie, „dann gehen wir jetzt zu Stefano."

„Was tun wir?" frage ich verwirrt.

„Das ist ein Bekannter von mir, der in einem Herrenbekleidungsgeschäft arbeitet. Er ist übrigens auch schwul."

Klar, denke ich. Herrenbekleidung. Logisch.

„Ich hab ihm schon ein paarmal von dir erzählt", plappert Franziska munter weiter, während sie mich zielstrebig in eines dieser Einkaufszentren schleift, die alle überdacht, verglast und in der Mitte mit möglichst viel tropischem Grün und eventuell noch einem Springbrunnen ausgestattet sind. Diese Passage ist nicht häßlicher oder schöner als andere; die Geschäfte, alle gehobenen Standards, befinden sich an den Seiten. Ich finde es ausgesprochen erstaunlich, daß so etwas auch in Fulda existiert. Es sei denn, das Grundstück *gehört* der Kirche, dann wiederum würde es mich gar nicht wundern. Was ist wohl der heutige Gegenwert von dreißig Silberlingen?

Wir wandern ein Stück die Promenade entlang und bleiben vor einem Schaufenster stehen, in dessen Auslage ein einziger grauer Anzug drapiert ist. Gegenüber hat ein Café ein paar Tische und Stühle rausgestellt und bietet Espresso und Cappuccino an.

„... und er findet es bestimmt total cool, dich endlich kennenzulernen!" sagt Franziska gerade.

„Wieso?" frage ich, plötzlich mißtrauisch geworden. „Was hast du ihm denn erzählt?"

„Nichts weiter", erwidert Franziska etwas zu vage für meinen Geschmack. „Du wirst ihn bestimmt mögen. Er ist total niedlich!"

Mit einem unguten Gefühl öffne ich die Tür von *Herrenbekleidung da solo*. Ich habe etwas gegen „total niedliche" Männer. Die auffällige Steigerung des Adjektivs bedeutet meist, daß diese Männer ein nicht unbedeutendes Manko haben, welches sie auf dem schwulen Markt immer zu kurz kommen läßt. Und das aus gutem Grund. Wer will schon einen „total niedlichen" Mann im Bett, wenn er genausogut die geile Sau vorne am Tresen haben kann? Meist besteht das Manko darin, daß diese Typen aussehen wie Gonzo aus der *Muppet-Show*, den IQ eines *Big Brother*-Kandidaten noch unterbieten oder einen superkleinen Schwanz haben.

Das, was aus der Herrenunterwäsche-Abteilung direkt auf uns zugestürmt kommt, kaum daß wir den menschenleeren Laden betreten haben, scheint auf den ersten Blick unter all diesen Problemen zu leiden. Und es ist außerdem noch eine Tunte mit blondgefärbten Strähnchen.

„Laß uns gehen!" zische ich Franziska zu und drehe mich auf dem Absatz um.

„Du hast wohl einen Knall!" zischt sie zurück. „Du hast mich hierhergeschleift, jetzt steh das gefälligst auch durch! Das ist der beste Laden für Anzüge in der Stadt!"

Ich frage mich, woher meine Schwester das wissen will, denn nach ihrem äußeren Erscheinungsbild zu urteilen, würde sie mir eher sagen können, wo ich am preiswertesten buddhistische Mönchskutten bekommen kann, aber dann hat uns Stefano auch schon erreicht.

„*Buon giorno, buon giorno*!" zwitschert er und wackelt zur Begrüßung mit dem Hintern. Die schmalbrüstige Discohusche ist ungefähr zehn Jahre jünger als ich, reicht mir bis zu den Schultern und trägt ein Outfit von *Dolce & Gabbana*. Er urmarmt Franziska, als wäre sie eine Überlebende der Titanic, küßt links und rechts die Luft neben ihren Wangen und sagt: „Bussi! Bussi!" Ich überlege, ob wir uns irgendwie verfahren haben und aus Versehen in Schwabing gelandet sind. Franziska kichert amüsiert. Sie scheint diesen kleinen, häßlichen, nach *Lagerfeld* stinkenden Troll wirklich zu mögen.

Stefano reißt sich von meiner Schwester los, geht einen Schritt zurück und macht entzückt: „Oh!"

Unwillkürlich drehe ich mich um, ob hinter mir vielleicht Leonardo di Caprio das Geschäft betreten hat, aber Stefano scheint tatsächlich mich zu meinen.

Er betrachtet mich von oben bis unten, als wäre ich gerade nur mit einem Jock-strap bekleidet aus seiner Geburtstagstorte herausgesprungen. „Nichts sagen, nichts sagen", wehrt er theatralisch ab, als Franziska den Mund öffnet, um mich vorzustellen, und die Goldkettchen an seinen Handgelenken klimpern ungestüm. „Du mußt Tobias sein, der Bruder, von dem Franziska mir so viel erzählt hat! Hallöchen!" Er reicht mir die Hand, als erwarte er einen Handkuß, und ich revanchiere mich, indem ich fest zudrücke und den schmerzverzerrten Ausdruck auf seinem Gesicht genieße.

„O Gott, ein richtiger Kerl!" stöhnt Stefano und verzieht die Lippen zu einem „Mein-Hüfthalter-bringt-mich-um"-Lächeln, während er sein Handgelenk massiert. „Fällt das schon unter Vorspiel? Wenn ja, werde ich den Rest des Tages krank feiern!"

Seine Augen mustern mich noch immer begierig, und endlich verstehe ich die Bedeutung des Wortes „Frischfleisch". „Und du bist wirklich aus Köln? Aus dem Sündenpfuhl?"

Ich habe keine Ahnung, wovon dieser parfümierte Zwerg spricht. Nur langsam dämmert es mir, daß Köln hier in der Provinz einen Ruf hat, dem es in der Realität vielleicht nur zu Karneval gerecht wird.

„So toll ist es auch wieder nicht", sage ich erst abwehrend, aber dann sticht mich doch der Hafer: „Letzte Woche zum Beispiel hatte ich nur drei Typen. Mittwochs. Durchschnittsware. Am Wochenende waren es allerdings ein paar mehr ..."

Stefano schluckt und sieht mich mit glasigen Augen an. „Wi ... wirklich?" stottert er. „Drei ... drei Männer?"

Franziska fängt an zu lachen. „Jetzt hör schon auf, Tobias!"

„Nein, laß ihn doch!" unterbricht Stefano. „Er soll ruhig weitererzählen! So was kriege ich in diesem Kaff schließlich nicht jeden Tag zu hören. Ich werde schon ganz feucht im Schritt."

Und das wollen wir doch unter allen Umständen vermeiden! denke ich und räuspere mich. Aber Stefano ist nicht zu bremsen. Aus einem Regal hinter der Theke zaubert er drei Gläser und eine Flasche *Mumm*-Sekt hervor, und bevor ich etwas sagen kann, hält jeder ein Glas in der Hand, und Stefano stößt mit uns an.

„Das muß gefeiert werden", sagt er und zwinkert mir zu. „*Salute*!"

Ich kippe den Alkohol in einem Zug herunter. Jetzt fühle ich mich der Situation schon eher gewachsen. Kerstin wäre stolz auf mich. Stefano schenkt nach, aber diesmal nippe ich nur an dem Glas.

„Eigentlich sind wir ja hier, weil ich einen schwarzen Anzug brauche", wechsele ich dann das Thema.

Stefano zieht die Augenbrauen hoch. „Schwarz? Das ist diese Saison aber überhaupt nicht angesagt, Schätzchen!" Er schüttelt sich demonstrativ und geht mit mir nach hinten in die Ecke mit den Herrenanzügen. „Ich hätte da ein nettes Stück in grau, und dieser Anzug hier in mauve ist sogar von ... Giorgio!" Er flüstert den Namen fast ehrfürchtig, als bete er eine Heiligenstatue an. „Schwarz ist was für Beerdigungen!"

„Genau", erwidere ich hämisch. „Für eine Beerdigung!"

„Oh!" sagt Stefano, und sein Gesicht fällt zusammen, als hätte er in ein Stück faules Obst gebissen. „Das tut mir leid. Ich wußte nicht ..."

„Ist schon gut, Steffi", schaltet sich Franziska ein. „Unser Vater ist vor ein paar Tagen gestorben. Konntest du nicht wissen. Deshalb muß es schon ein schwarzer Anzug sein, okay?"

„Ja, natürlich, natürlich. Hach, Gott, das ist mir jetzt aber peinlich!" Stefano klimpert entschuldigend mit den Wimpern und macht sich emsig an einigen dunklen Ausstellungsstücken zu schaffen. Kritisch nimmt er meine Figur unter die Lupe. Er zückt ein Bandmaß, beugt sich ganz weit an mir herunter, bis sein Gesicht unterhalb meiner Gürtellinie hängt, und versucht meine Schrittlänge zu messen. Ich bin mir ziemlich sicher, daß ich leise Sabbergeräusche vernehmen kann und halte vorsichtshalber meine Hände schützend vor die Genitalien. Stefano richtet sich mit rotem Kopf auf, schnalzt anzüglich mit der Zunge und holt mir dann drei verschiedene Anzüge. Für mich sehen alle gleich aus.

Franziska beäugt die Modelle mißgelaunt, als wäre jedes Stück Stoff ein persönlicher Affront gegen sie. Sie ist von Natur aus ungeduldig und haßt es, warten zu müssen, vor allen Dingen dann, wenn sie nicht im Mittelpunkt steht. Ihre Finger beginnen einen nervösen Trommeltanz.

„Ihr braucht mich doch jetzt nicht unbedingt“, sagt sie plötzlich. „Während ihr die Anzüge anprobiert, könnte ich mal eben schnell in den CD-Laden schräg gegenüber springen, oder? Ich bin so in einer halben Stunde wieder da, okay? Bei Stefano bist du ja in guten Händen, Tobias!“ Noch bevor ich protestieren kann, hat sie sich umgedreht und den Laden verlassen. Die Eingangstür schließt sich lautlos hinter ihr, ominös und wie von Geisterhand, und Franziskas Gestalt verschwindet im Plattenladen auf der anderen Seite der Einkaufsarkaden. Das werde ich ihr nie verzeihen! Schlagartig werde ich darauf aufmerksam, daß sich außer mir kein weiterer Kunde in dem kleinen Geschäft aufhält.

„Die Umkleidekabine ist direkt hier hinter der Säule!“ flötet Stefano, während er mir den ersten Anzug in die Hand drückt und seine Finger einen Tick zu lange auf meiner Schulter liegen läßt.

Beunruhigt ziehe ich die Gardine der engen Kabine hinter mir zu. Mir wäre wohler, wenn ich jetzt eine Tür zum Abschließen hätte. Mit einem Sicherheitsschloß. Und einer Eisenkette. Zögernd pelle ich mich aus meiner Jeans und ziehe die erste Anzughose über. Viel zu lang, die Hosenbeine schleifen fünf Zentimeter auf der Erde. Im Spiegel sehe ich aus wie Loriots Herr Hoppenstedt. Als ich gerade den Reißverschluß hochziehen will, raschelt es verräterisch hinter mir, und Stefano steckt den Kopf in die Kabine.

„Kommst du zurecht, oder brauchst du Hilfe?“ fragt er und bleibt mit seinen Augen an meinem Hosenschlitz hängen. Ich wußte gar nicht, daß mein Schwanz hypnotische Fähigkeiten hat.

„Weder noch!“ sage ich barsch. „Sind die anderen auch so unförmig? Das Teil hier ist viel zu groß!“

„Wirklich?" fragt Stefano. „Für mich können sie ja nie groß genug sein."

Die Tunte hat eindeutig einen Samenstau. Bei solchen Typen haben Frauen ja angeblich immer Tränengas in der Handtasche. Ich besitze weder das eine noch das andere. Vielleicht sollte ich mich verbarrikadieren und warten, bis Franziska wieder auftaucht.

Stefano reicht mir den zweiten Anzug und läßt den Vorhang ein Stückchen offen. Mit einem lüsternen Blick sieht er mir zu, wie ich mich wieder ausziehe und mir – nur mit der Unterhose bekleidet – an der zweiten Anzughose zu schaffen mache.

Ich fühle mich immer unwohler. Um meine Abneigung zu signalisieren, drehe ich Stefano demonstrativ den Rücken zu. Aber wie es scheint, ist er subtilen Andeutungen gegenüber gänzlich unempfänglich oder interpretiert die Tatsache, daß er jetzt einen ungestörten Blick auf meine Pobacken hat, als Einladung. Jedenfalls verliert er plötzlich jegliche Zurückhaltung, tritt zu mir in die Kabine, und einen Moment später fühle ich seine klammen, goldberingten, sonnenstudiogebräunten Hände auf meinem Hintern. Ruckartig drehe ich mich herum, aber er hat das Überraschungsmoment auf seiner Seite. Außerdem bin ich gehandikapt, weil die Anzughose auf meinen Knien hängt und mich in meiner Bewegungsfreiheit einschränkt. Ich poltere mit dem Rücken gegen die Wand, und Stefano wirft sich in meine Arme. Seiner heißer Atem schlägt mir ins Gesicht.

„Los, komm", keucht er, „wir haben eine halbe Stunde Zeit." Hektisch durchforsten seine Hände meine Unterhose, während mir der Duft seiner parfümierten Haut in die Nase steigt und mich zum Niesen reizt. „Du kannst mit mir machen, was du willst!"

„Ich will aber gar nichts mit dir machen!" gebe ich zurück, während ich verzweifelt versuche, Stefano abzuwehren und gleichzeitig die Hose hochzuziehen, um ihm weniger Angriffsfläche zu bieten. Es ist, als hätte er plötzlich hundert Arme und Hände. Eine schwule, liebestolle Krake, die mich am liebsten verschlingen würde.

Stefano hört mir überhaupt nicht zu. Er reißt mir die schwarze Anzughose herunter und kniet sich vor mir hin. „Ich will deinen

Schwanz blasen!" sagt er schnaufend. „Gib ihn mir! Stell dich nicht so an!"

„Nein! Ich will nicht! Hau endlich ab, du häßliche, kleine Tunte!" schreie ich und stoße ihn von mir weg, so daß er auf seinen spitzen, italienischen Hintern fällt und wenigstens für einen Moment außer Gefecht gesetzt ist. Mit einem kräftigen Ruck reiße ich die Gardine der Umkleidekabine von ihren Haken und werfe sie wie ein Fischernetz über Stefano. So was ähnliches hab ich mal in einem James-Bond-Film gesehen, und es verschafft mir einen weiteren Augenblick Atempause. So schnell ich kann, ziehe ich mir die Hose hoch und hechte aus der Kabine. In einem 007-Film würde jetzt das neueste Modell eines silbermetallic-glänzenden, ferngesteuerten BMWs auf mich warten, mit Überschallgeschwindigkeit, laufendem Motor und einem geschüttelten Martini, aber wie immer ist die Realität wesentlich ernüchternder als die Fiktion. Statt dessen renne ich aus Versehen gegen die Theke, stoße mir den Fuß und reiße die drei halbvollen Sektflöten herunter. Ihr inzwischen schal gewordener Inhalt ergießt sich auf den edlen, pastellgrünen Teppich. Verzweifelt sehe ich mich nach einem Versteck um, aber in dem kleinen Laden ist man vor den sexuellen Gelüsten einer durchgeknallten Tunte natürlich nirgendwo sicher. Im Hintergrund höre ich, wie Stefano sich aufrappelt. Gleich wird er wieder hinter mir her sein und erneut versuchen, mir die Sachen vom Leib zu reißen.

„Bleib stehen!" ruft er, während er aus der ruinierten Kabine kriecht. Die Gardine hängt ihm wie eine Toga über die Schulter, und die sorgsam gegelten Haare sind wie bei einem mißlungenen Hefekuchen in sich zusammengesunken. „War doch nicht so gemeint! Verstehst du keinen Spaß? Komm zurück!"

Aber ich denke nicht daran.

Eigentlich denke ich im Moment überhaupt nicht, denn sonst wäre es mir sicherlich in den Sinn gekommen, daß das Dümmste, was ich tun könnte, ist, aus dem Geschäft hinauszulaufen und mich halbnackt auf die Promenade der Einkaufspassage zu flüchten. Aber ich tue es trotzdem. Stefano läuft auf mich zu, und ich will nur noch weg. Ich sprinte aus dem Laden, sehe, wie die Türen sich hinter mir schließen und komme erst wieder zu mir, als mich zwei ältere Damen, die im Café gegenüber Espresso schlürfen, mißbilligend von oben bis unten begutachten. Dann fällt auch mir auf, daß ich keine Schuhe anhabe und mit einer Hand krampfhaft versuche, eine schlechtsitzende, schwarze Anzughose mit viel zu weitem Bund davon abzuhalten, mir auf die Fußknöchel zu rutschen. Jetzt weiß ich, warum der *homo sapiens* nur knapp doppelt so viele Gene wie die gemeine Fruchtfliege hat.

Hilfe! denke ich stöhnend. Warum immer ich?

Wir waren so vorsichtig. Das dachten wir zumindest.

Nach dem Pfadfinderlager war mein Liebeskummer verflogen, als hätte ich nie tagelang mit verheulten Augen in meinem Zimmer gesessen und wie ein Dieb hinter Sebastian her spioniert. Alles, was ich je gewollt hatte, schien ich erreicht zu haben. Alles war perfekt. Was für ein Gefühl! Mit jedem Atemzug glaubte ich, vor Glück platzen zu müssen. Jeder Tag war ein langersehntes Geburtstagsgeschenk, das man sich doch nie zu wünschen gewagt hatte, eingepackt in glänzendes Silberpapier, wie man es im Schreibwarengeschäft der Witwe Kretschmer im Nachbardorf für eine Mark kaufen konnte. Ich brauchte Sebastian nur anzusehen, und ein permanentes Lächeln grub sich in meinen Mundwinkeln ein.

Zum ersten Mal war ich mir sicher, daß Sebastian mir gehörte. Seit dem Tag während des Jamboree, an dem wir uns geküßt hatten, versuchte er nicht mehr, seine Gefühle mir gegenüber zu überspielen. Es war, als hätte ihn der Kuß überzeugt, die Waffen zu strecken und vor dem Unvermeidlichen zu kapitulieren. Ich war der Prinz, der sein Dornröschen wachgeküßt hatte. Sebastian tat, als hätte es Yvonne und ihre Zahnspangen nie gegeben, und ich war sensibel genug, Johan nicht zu erwähnen, auch wenn ich manchmal an ihn dachte.

Den Rest des Sommers verbrachten Sebastian und ich soviel Zeit wie möglich miteinander. Zwar mußte er hin und wieder an der Tankstelle aushelfen und Windschutzscheiben wischen, Kunden in dem kleinen Laden bedienen oder seinem Vater Werkzeuge anreichen, wenn der Autoreparaturen schwarz durchführte, aber selbst dann hielt ich mich in seiner Nähe auf und schaute ihm zu. Hauptsache, ich konnte bei ihm sein. Heimlich schwor ich mir, ihn jetzt, wo ich ihn hatte, niemals wieder gehen zu lassen.

Hinter dem Dorf, aber immer noch weit genug entfernt von den Grenzanlagen, bauten wir uns ein Baumhaus. Das Waldstück lag abseits aller Wanderwege, und das Versteck entstand in einer knorrigen Eiche. Wir benutzten es als Fluchtburg, wenn wir allein sein wollten. Und wir wollten oft alleine sein. Grob zusammengehämmert aus Holzbrettern, die wir in der Dämmerung aus dem Lager eines Holzhandels stahlen, bot es uns Schutz vor der Witterung und den neugierigen Blicken einsamer Spaziergänger. Die Inneneinrichtung bestand aus unseren Schlafsäcken und einer zerfledderten Taschenbuchausgabe von Tolkiens *Herr der Ringe*, in der wir immer wieder schmökerten. In unserem Zufluchtsort, versteckt im dichten Blattwerk der Eiche, war es so einfach, sich in die Abenteuer von Frodo, Sam, Merry und Pipin hineinzuversetzen und die Welt von Mittelerde Gestalt werden zu lassen. Sebastians Lieblingsfigur war Gandalf, der mächtige und gute Zauberer.

„Aber Gandalf muß sterben“, argumentierte ich. „Er ist ein tragischer Held.“

Sebastian schüttelte heftig den Kopf. „Blödsinn“, antwortete er, „er ist der eigentliche Gewinner der Geschichte. Er besiegt sogar den Tod! Er hält alle Fäden in der Hand.“

Schon damals spürte ich, daß solche Ambitionen weit über meine Kräfte gingen. Meine Sympathien galten vor allen Dingen dem alten Bilbo, dem kleinen Hobbit, der die Geschichte ins Rollen gebracht hatte und vom Schicksal von einem Ort zum anderen gespült wurde. Damit konnte ich mich viel besser identifizieren. Genau wie Bilbo war ich ausgezogen, um mein Glück zu finden. Jetzt, wo ich es besaß, bestand mein einziges Interesse darin, es festzuhalten und mich seiner Gegenwart zu vergewissern. Alles andere hatte keine Bedeutung. Sollten sich doch andere um den Lauf der Welt kümmern. Ich hatte Sebastian, das genügte mir.

Nur Jonas wußte von unserem Versteck. Er mochte zwar zurückgeblieben sein, aber er war bärenstark, und für manche Arbeiten am Baumhaus benötigten wir seine Kräfte. Allerdings mußten wir ihn dazu mit einem Teil unseres kargen Taschengeldes bestechen, denn Jonas ließ sich nur ungerne von seiner neuesten Lieblingsbeschäftigung abhalten, die darin bestand, Oma Gundi in ihrem Rollstuhl herumzufahren.

Schon seit einigen Monaten war das Laufen für meine Großmutter immer beschwerlicher geworden. Der Rollstuhl kam ihr wie gerufen, und Jonas als „Chauffeur" ebenfalls. Im Gegensatz zu meiner Mutter gab er keine Widerworte und schob sie, wohin sie wollte. Als besonderen Clou hatte sich Oma Gundi von meinem Vater eine Fahrradklingel an den Rollstuhl montieren lassen, die Jonas jedesmal mit Inbrunst betätigte, wenn die beiden unterwegs waren.

Als wir Jonas endlich einmal von Oma Gundis fahrbarem Untersatz weggelotst hatten, schärften wir ihm ein, daß der genaue Ort unseres Bauprojekts ein Geheimnis sei, das er niemandem verraten dürfe, denn Jonas' Gedächtnis war wie das Sieb, das meine Mutter zum Abtropfen von Obstkonserven benutzte: nur große Gedanken blieben darin hängen. Doch wider Erwarten verplapperte er sich nicht.

Zusammen hämmerten und sägten wir den halben Sommer über. Das Zurechtschneiden und Hochwuchten der Bretter war schweißtreibende Arbeit, die Jonas sichtlich Spaß machte und uns alleine zu anstrengend gewesen wäre. Als Gegenleistung durfte er uns manchmal in unser zweites Zuhause begleiten und die langen, trägen Nachmittage dieses Sommers mit uns verbringen. Er liebte es, im Freien ein Picknick zu veranstalten und im nahegelegenen Bach Frösche zu fangen.

Einmal kam er aufgeregt zu uns gerannt und hielt eine ängstlich quakende Kröte in den Händen. „Jonas hat Kühlwalda gefangen!" verkündete er und zeigte uns stolz seinen Fang. Sebastian und ich hatten Mühe, ihm seinen Wunsch auszureden, die Kröte mit nach Hause zu nehmen und ihr in einem Schuhkarton neben dem Bett ein neues Heim zu bereiten. Den Rest des Nachmittags beschäftigte er sich damit, leise durch den Wald zu schleichen und hinter jeden Baumstamm zu spähen, weil er nicht von der fixen Idee abzubringen war, daß dort, wo Kühlwalda auftauchte, auch Catweazle nicht weit sein konnte.

Ich war nicht überrascht, daß er sich an die Fernsehserie mit dem verrückten Zauberer erinnerte. Fernsehserien, insbesondere Kindersendungen, waren Jonas' große Leidenschaft. Hier konnte er in eine Wirklichkeit eintauchen, die seinen geistigen Horizont nicht überstieg und ihn als Ebenbürtigen akzeptierte. Der zottelige Zauberer aus dem mittelalterlichen England und seine dicke, häßliche Kröte waren nur die letzten in einer langen Reihe von Bildschirmhelden, deren Abenteuer Jonas mit offenem Mund und starrem Blick verfolgte. Angefangen hatte er 1965 mit der *Augsburger Puppenkiste* und *Der Löwe ist los,* in der ein leicht dämlich dreinschauendes Raubtier von „Irgendwo" ausriß und sich über das Meer auf die Suche nach seinem Zuhause begab. Häufig machte sich Jonas einen Spaß daraus, sich hinter einer Ecke zu verstecken, auf Sebastian und mich zu warten und uns dann mit dem Ruf: „Der Löwe, der Löwe, der Löwe ist los!" zu Tode zu erschrecken. Danach ging er Ende der sechziger Jahre zu *Daktari* über und erkor sich Clarence, den schielenden Löwen, zu seinem Liebling. Die Umstellung auf diese Serie fiel ihm vielleicht deshalb so leicht, weil der Held zur selben Tierart gehört. Als Jonas zusammen mit Sebastian aus Bad Oeynhausen zurückkam, lief er in den ersten Wochen mit einer schäbigen Melone auf dem Kopf herum, die Herr Schulpeter für ihn auf einem Flohmarkt erstanden hatte, und spielte Pan Tau, indem er mit den Fingern auf dem abgewetzten Hut herumtrommelte. Als er allerdings endlich begriff, daß er sich mit seiner Melone nicht in einen Winzling verwandeln konnte, verlor er das Interesse.

Tante Rena und Sebastians Vater waren froh, wenn wir ihnen Jonas für ein paar Stunden vom Hals hielten, und versorgten uns schuldbewußt mit belegten Broten, Cola und Äpfeln, die Jonas ungeschickt auf einer ausgedienten Tischdecke meiner Mutter verstreute und dann vor Vergnügen glucksend in die Hände klatschte. „Familienpicknick!" erklärte er lachend. Die Tatsache, daß seine Familie an diesen Nachmittagen aus zwei Vätern bestand, die auch noch einige Jahre jünger waren als er selber, schien ihn nicht im geringsten zu stören.

Wenn Jonas mit von der Partie war, versuchten Sebastian und ich ein wenig Abstand voneinander zu halten, aber ein paarmal erwischte er uns, wie sich unsere Hände fast wie von selbst fanden. Dann strahlte er uns mit seinem Kinderlachen an und hieb uns mit seinen riesigen Pranken vergnügt auf die Schultern, als wären zwei kuschelnde, Zärtlichkeiten austauschende Jungen für ihn das Normalste der Welt. Und vielleicht war es ja auch so.

Die Zeit, die wir nicht an unserem Baumhaus arbeiteten, verbrachten wir oft auf der kleinen Brücke, die über den Bach führte, der hier durch den Wald und ein paar Kilometer weiter durch unser Dorf floß. Die Brücke war vor Jahrzehnten behelfsmäßig über die tiefste Stelle des Baches geschlagen worden, aber die Witterung hatte die Holzplanken im Laufe der Zeit morsch werden lassen. Das Geländer war an zwei Stellen schon weggebrochen, und die heruntergefallenen Stangen stauten das Wasser in der Mitte des Bachs. Dorfvorsteher Zepp hatte vor einigen Jahren ein kleines Schild aufstellen lassen, das vor dem Betreten der Brücke warnte, aber es war mittlerweile genauso verwittert wie die Brücke selbst und fast unleserlich; grünes Moos überzog mit langen Fingern die verblaßten roten Buchstaben. Butterblumen und wildes Schilf säumten das Ufer. Wir bastelten kleine Schiffe aus Blättern mit winzigen Ästen als Mast, ließen sie am flachen Ufer zu Wasser und rannten dann auf die Brücke, deren Planken unter unseren Füßen knirschten, um die Weiterfahrt unserer Boote zu beobachten. Die meisten trieben ab oder blieben an dem aus dem Wasser ragenden Geländer hängen, aber manche schafften die Reise, und wir verloren sie erst aus den Augen, wenn sie um die nächste Biegung des Baches segelten.

Wenn Sebastian und ich alleine waren, blieb unsere Bettstatt im Baumhaus nie unbenutzt. Manchmal fielen wir übereinander her wie ausgehungerte Raubtiere und rissen uns schon während des Aufstiegs die Klamotten vom Leib. Mehr als einmal erreichten wir unsere Behausung in der Eiche nur splitternackt, während unsere

Kleidung sich über mehrere Zweige und Äste verteilte und träge im Blattwerk unter uns schaukelte. Manchmal war der Sex wie ein Trancezustand, in den wir uns willig fallen ließen, und es konnte sein, daß wir erst nach mehreren Stunden und einer langsamen, beinahe unerträglichen Steigerung zum Höhepunkt kamen. Dann starrte ich in Sebastians kühle, eisblaue Augen, die Hände in seinen dichten, blonden Locken vergraben, während meine Ohren dem Raunen des nahen Baches lauschten. Es kam aber auch vor, daß Sebastian und ich nur angekuschelt nebeneinander lagen, so dicht wie möglich, und durch die Ritzen unseres Baumhauses in die Blätterkrone des Waldes starrten, noch immer nicht ganz begreifend, was mit uns geschah. Sebastian hatte heimlich zu rauchen begonnen, und oft, wenn ich müde vom Sex oder der Nachmittagshitze aus dem Halbschlaf in Sebastians Armen erwachte, war das erste, was ich erblickte, ein feiner, weißer Rauchfaden, der sich in der schweren Luft langsam nach oben kräuselte. Sebastians Küsse schmeckten ein wenig bitter und nach Nikotin, und noch heute erregt es mich, wenn ich den Geschmack von Zigaretten auf den Lippen eines Mannes bemerke. Abends, wenn ich dann mit meinem Fahrrad nach Hause schlich, bemüht, so wenig Lärm wie möglich zu machen, um meine Eltern und Geschwister nicht wissen zu lassen, daß ich wieder erst nach Einbruch der Dunkelheit heimgefunden hatte, waren mein Mund und meine Lippen wund von Sebastians Küssen, und meine Haut roch nach seinem Schweiß.

Zu Hause war es schwer, mein Geheimnis für mich zu behalten. Jeder konnte mir ansehen, daß ich verliebt war. Sogar Anna, die mittlerweile dazu übergegangen war, die Kleider ihrer Barbie-Puppen selbst zu designen und herzustellen, und damit einen ersten Schritt in die Richtung ihrer beruflichen Bestimmung getan hatte, fiel meine ständige gute Laune auf. „Verdammt noch mal, Tobias!" war ihr Kommentar eines Morgens beim Frühstück. „Kannst du dieses dämliche Grinsen nicht aus deinem Gesicht wischen? Das ist ja nicht zum Aushalten!"

Meinen Eltern etwas vorzuspielen war allerdings noch viel schwerer, insbesondere, weil Sebastian und ich vor dem Zeltlager ja kein

Wort miteinander gesprochen hatten und nun plötzlich die gesamten Schulferien unzertrennlich waren. Hin und wieder versuchte ich, mit Sebastian das Problem zu besprechen, aber er wich diesen Gesprächen aus, wahrscheinlich weil er ahnte, daß die Reaktion meiner Eltern nur ein milder Vorgeschmack auf das wäre, was sein eigener Vater ihm erzählen würde.

„Für dich ist es einfach!" sagte Sebastian eines Nachmittags und schnippte wütend eine Zigarettenkippe aus dem Baumhaus. „Du hast zwei normale Geschwister, mit denen sich deine Eltern beruhigen können. Ich habe nur einen schwachsinnigen Bruder!" Ich konnte sehen, daß er auch an seine Mutter dachte und die Anstalt, in der sie lebte. In solchen Momenten fühlte ich mich zusammen mit Sebastian in unserem Baumhaus wie zwei Polarforscher, denen nach der erfolgreichen Überquerung des ewigen Eises in ihrem letzten festen Lager auffällt, daß ihre Vorräte nicht ausreichen werden, um sie zur Zivilisation zurückzubringen. Sebastians Angst hatte ich nichts entgegenzusetzen, und so schwieg auch ich gegenüber meinen Eltern.

Der Sommer ging vorüber, und während sich die Welt um uns herum über die ersten Anti-AKW-Sticker aufregte, die Männer des Dorfes sich im *Hessischen Kalb* mit halbgaren Meinungen über den Stammheim-Prozeß ereiferten und die Sportseiten der *Bild*-Zeitung Borussia Mönchengladbach als Deutschen Meister feierten, thronten Sebastian und ich im Blätterwald hoch über der Erde und versuchten, die Welt zu vergessen. Erst als sich Mitte September die Blätter bunt zu färben begannen und der erste Schultag des neuen Schuljahres in greifbare Nähe rückte, kletterten wir aus unserem Baumhaus wieder nach unten.

Anfangs schien es kein Problem zu sein, unser neues Verhältnis vor unseren Freunden und Schulkameraden geheimzuhalten. Alle waren viel zu sehr mit neuen Lehrern, neuen Stundenplänen und der ewig interessanten Frage „Wer geht gerade mit wem?" beschäftigt, als daß sie sich darum gekümmert hätten, wieso Sebastian und ich uns plötzlich wieder so gut verstanden. Sebastians Trennung von Yvonne – er hatte ihr während der Ferien in einem Brief mitgeteilt, daß er eigentlich auf reifere Frauen stünde – wurde mit nicht mehr als einem Schulterzucken quittiert, da die durchschnittliche Halbwertszeit einer Liebesbeziehung in unserer Altersgruppe sowieso nur ein paar Wochen dauerte. Pärchen, die schon länger als ein halbes Jahr fest befreundet betrug, bildeten die große Ausnahme und gerieten schnell in den gesellschaftlich vernichtenden Verdacht, schon für die Aussteuer zu sparen. Aus Angst, uns in irgendeiner Weise zu verraten, benahmen Sebastian und ich uns den ganzen Herbst und Winter über besonders rüpelhaft, bemühten uns angestrengt, möglichst wenig Körperkontakt in der Gegenwart unserer Freunde zu haben, und waren diejenigen, die in den Pausen am lautesten über die Schwulenwitze lachten, die Andy und Kai-Uwe Zepp in der Raucherecke des Schulhofes genüßlich verbreiteten.

Und dann, bald nach Neujahr, kamen Klammerbluesfeten in Mode, und Sebastian und ich saßen richtig in der Patsche.

Es gab eigentlich nur einen Grund, warum Klammerbluesfeten so beliebt waren: Sie dienten als der Marktplatz unserer Teenagergefühle, auf dem alte Beziehungen einem meist tränenreichen Ende zugeführt wurden und neue Liebschaften ebenso dramatisch wie unvermutet begonnen werden konnten. Dies war das Forum, auf dem unsere überschäumenden, pubertären Hormone ihre Gier nach Emotionen und Alkohol befriedigen durften.

Deshalb liefen Klammerbluesfeten auch immer nach demselben Schema ab: Jemand lud zu seinem Geburtstag ungefähr zwanzig seiner besten Freunde und Freundinnen ein und dekorierte den orangerot tapezierten Partykeller seiner Eltern mit Girlanden und den *Bravo*-Postern seiner Lieblingsbands. Den Eltern wurde im übrigen das Betreten strengstens verboten; was wir feierten, war schließlich kein Kindergeburtstag und hatte nichts mehr mit Topfschlagen und Blindekuh zu tun. Ebenso verpönt waren jüngere Geschwister. Ganz wichtig war auch, daß es ebenerdige Sitzgelegenheiten gab, daß heißt, Matratzen und Kissen wurden strategisch an verschiedenen Ecken und Enden des Raumes verteilt, Sessel und Sofas aus dem Keller verbannt, und in der Mitte des Zimmers mußte Platz sein für eine große Tanzfläche. Dies hatte entscheidende Bedeutung für den Erfolg eines Abends. Kerzen in allen Formen und Farben waren ebenso unverzichtbar, Hauptsache, sie brannten und konnten gegebenenfalls ausgepustet werden. Des weiteren war jeder Gast angehalten, mindestens eine Flasche Alkohol mitzubringen, meist eine Flasche billigen Rotwein aus dem *Konsum* oder ein paar Flaschen Bier, hineingeschmuggelt unter weiten Wintermänteln oder in den unergründlichen Tiefen unserer Parkas. Eltern erlaubten meist nur einen Kasten Bier oder eine Früchtebowle, viel zu wenig, um die relativ hohen Hemmschwellen gegenüber dem anderen Geschlecht zu überwinden. Ebenso mitzubringen waren, falls sie sich nicht schon im Besitz des Gastgebers befanden, die aktuellen Hit-Singles sowie eine ganz bestimmte Auswahl an langsamen Liedern, die schon etwas älter sein durften. Besonders beliebt waren die *Greatest Hits* von Simon & Garfunkel, auf dessen Cover Paul Simon mit schulterlangen Haaren und Barett aussieht, als hätte er gerade ein Bistro ausgeraubt, und Art Garfunkel den Eindruck erweckt, sein Gesicht wäre kurz vor der Aufnahme mit zwei Litern Babyöl eingerieben worden. Ein anderer Klassiker auf dem Plattenteller war *I'm Not in Love* von *10cc* oder auch *Nights in White Satin* von den *Moody Blues*. Deutsches Liedgut wurde natürlich nicht gespielt. Eher hätten wir uns die Finger abgehackt.

Die zeitliche Abfolge einer solchen Party war ebenfalls strengen Regeln unterworfen. Die ersten zwei Stunden wurden die schnellen Platten aufgelegt, und wir begaben uns in den kollektiven Rausch, unseren öden und durch Angst vor Klassenarbeiten und nicht erledigten Hausaufgaben gekennzeichneten Schulalltag beim Tanzen zu vergessen. Der „Bump" war gerade in Mode, ein Tanz, bei dem es darauf ankam, den Tanzpartner im Rhythmus der scheppernden Musik mit den unterschiedlichsten Körperteilen und unter größtmöglichen Verrenkungen anzurempeln. Gespräche, soweit sie über die wummernden Discobässe überhaupt möglich waren, drehten sich meist um die neuesten Gemeinheiten unseres Mathelehrers oder die Klassenbucheinträge, die mit Aussagen wie „Listiger stampft mit den Füßen" oder „Schulpeter quietscht absichtlich mit der Kreide", teilweise skurrile Züge trugen und einiges über den Lehrkörper aussagten. Nur selten wurde die abgeschirmte Welt der Clique, zu der Sebastian und ich uns zählten, von der Realität eingeholt, und wenn, dann waren es Themen wie die Winterolympiade in Innsbruck, bei der Rosi Mittermaier zwei Gold- und eine Silbermedaille gewann.

Sobald die Hälfte der Alkoholvorräte aufgebraucht war, und die aufgestellten Schüsseln mit Kartoffelchips und Erdnußflips sich dem Ende neigten, begannen die Gespräche zu verstummen, die Musik wurde schlagartig romantisch, und die Lichtverhältnisse paßten sich denen eines verlassenen Bergwerkstollens an. Meist erhellte eine einzige schummrige Kerze in der Nähe des Plattentellers den Raum, um notfalls den Tonarm über einen Kratzer weiterzuschieben oder einen neuen Blues aufzulegen. Schon nach wenigen Sekunden tummelten sich die ersten Pärchen auf der dunklen Tanzfläche, engumschlungen, die Hände damit beschäftigt, den Körper des Partners abzutasten, als hätten alle nur auf diesen Moment gewartet, und bald hörten wir das gedämpfte Geräusch von erst zaghaften, dann leidenschaftlicheren Küssen.

Weder Sebastian noch ich hatten eine feste Freundin. Wozu auch? Woran sich unsere Altersgenossen erst langsam heranwagten, hatten wir schon seit einigen Monaten für uns entdeckt. Aber je häufiger die Partys stattfanden, desto mehr wünschte ich mir insgeheim, eine Freundin als Deckmäntelchen zu haben.

Um den Schein zu wahren, forderten Sebastian und ich in der ersten Zeit immer wieder Mädchen auf, mit uns Blues zu tanzen, aber schnell war offensichtlich, daß wir den Annäherungsversuchen von Dagmar, Petra oder Ute ziemlich ablehnend gegenüberstanden und es eigentlich haßten, wenn sie mit ihren Fingern über unsere Rücken streichelten, ihre Becken vorsichtig gegen unsere Leisten drückten und ihre Augen fragend auf unsere richteten. Den tastenden Bewegungen hatten wir nichts zu erwidern, den irritierten Blicken nichts zu antworten, und bald gaben wir auf, so zu tun, als ob. Eine Weile versuchten wir, einfach still nebeneinander auf den Matratzen auszuharren, möglichst gelangweilt ein Bier nach dem anderen zu trinken und darauf zu warten, daß die Lichter wieder angingen. Aber auch das erwies sich als ziemlich undurchführbar, denn natürlich bemerkten die anderen, daß immer nur wir beide uns weigerten, mit einem Mädchen zu tanzen. Nach dem dritten oder vierten Abend waren das Getuschel und einige spitze, wenn auch nicht ganz ernstgemeinte Bemerkungen unüberhörbar.

Was Sebastian und mir zusätzlich in die Quere kam, waren unsere Gefühle füreinander. Es fiel mir schwer, den ganzen Abend neben Sebastian zu sitzen, im romantischen Schein einer flackernden Kerze und bei leiser, melancholischer Musik, und nicht das unwiderstehliche Bedürfnis zu verspüren, ihn zu berühren, ihm durch die Haare zu fahren, ihn zu küssen. Manchmal, wenn wir uns im Dunkel des Partykellers sicher wähnten, hielten wir verstohlen Händchen, während unsere Augen gehetzt hin und her jagten, immer die Möglichkeit in Betracht ziehend, daß unsere Tarnung auffliegen könnte. Ich beneidete die Pärchen auf der Tanzfläche – die langsamen, suchenden und zärtlichen Bewegungen, die angedeuteten und eher symbolischen Drehungen und Tanzschritte, die aneinandergeschmiegten Körper, und ich hätte alles dafür gegeben, Sebastian in meinen Armen halten zu können – aber gleichzeitig durchströmte mich die unbändige, lähmende Angst, daß jemand die Wahrheit über uns erkennen könnte. Schon bald begann ich, die Klammerbluesfeten zu fürchten.

Und natürlich hatten sie etwas damit zu tun, daß unsere Schonfrist eines Tages, ganz plötzlich, ablief.

Der Dreck spritzt auf, als wir unsere Fahrräder mit quietschenden Reifen anhalten. Es ist März. Erstmals haben die milden Temperaturen den gefrorenen Boden aufgetaut; Regen hat die Wege und die Felder in Schlammlöcher verwandelt.

Ich kann sie sehen. Sie haben sich hundert Meter vor uns aufgebaut. Andy und Kai Zepp, Karsten Kretschmer, dessen Mutter das Schreibwarengeschäft im Nachbardorf führt, und Udo Hirschberg, dessen Vater letztes Jahr Schützenkönig auf dem Dorffest geworden ist. Er hat Udo schon mal mit zur Jagd genommen und ihm gezeigt, wie man ein Reh mit einem Blattschuß tötet.

Ich hätte es wissen müssen. Heute morgen auf dem Pausenhof war so eine komische, angespannte Stimmung. Keiner hat mit uns gesprochen, nicht mal die Mädchen, aber alle haben uns die ganze Zeit beobachtet, als wären wir Tiere im Zoo. Ich habe ihnen schließlich den Rücken zugedreht, weil ich die Blicke nicht ertragen konnte, aber Sebastian hat zurückgestarrt und eine Zigarette nach der anderen geraucht. Seine Hände haben dabei leicht gezittert, und die Fingerknöchel waren ganz weiß.

Andy und Kai lassen ihre Mofas aufheulen. Das Geräusch erinnert mich an eine elektrische Heckensäge. Ich sehe mich schnell um, aber es gibt keinen Ausweg. Die Schule liegt weit zurück, mehr als zwei Drittel unseres Heimwegs haben wir schon hinter uns gebracht.

„Warum hier?" frage ich Sebastian. Instinktiv wissen wir beide, was auf uns zukommt.

„Weil wir uns hier nicht verstecken oder wegrennen können", sagt er, ohne die anderen aus den Augen zu lassen.

Er hat recht. Das Dorf fängt erst zwei Kilometer weit weg an; hinter den Zepp-Zwillingen und den anderen liegt der erste Kartoffelacker von Bauer Mehnert. Links geht es in das Niemandsland der Zonengrenze, und ansonsten umgeben uns nur Wiesen und Felder. Gegen die Mofas haben wir auf unseren Rädern keine Chance.

„Es mußte ja so kommen. Früher oder später. Aber warum ausgerechnet jetzt? Wie haben sie es herausbekommen?" sagt er dann.

„Vier gegen zwei", erwidere ich unsicher. „Das ist nicht fair."

Sebastian lacht grimmig auf. „Was hast du erwartet?" Er schiebt sein Fahrrad in den Graben und zieht die Jacke aus, um mehr Bewegungsfreiheit zu haben. Während er die anderen beobachtet, lockert er einen faustgroßen Stein, der am Wegrand liegt.

„Was tust du da?" frage ich entgeistert.

Sebastian sieht mich fast wütend an. „Ich habe keine Lust, mich von denen verprügeln zu lassen. Du etwa?"

„Nein, natürlich nicht", antworte ich kleinlaut. Ich habe Angst. Ich hasse körperliche Auseinandersetzungen, ich bin feige. Schon jetzt kann ich besser mit Worten austeilen. Aber gegen die vier wird mir das nichts nützen.

„Nimm dir irgendwas, womit du dich wehren kannst!" raunzt Sebastian mich an. „Mach schon!"

Hilflos blicke ich mich um. Ich sehe nichts, was mich gegen einen Angriff schützen könnte. Sebastian drückt mir einen dicken Stock in die Hand, den er aus dem Graben gefischt hat. Ich starre den Ast verzweifelt an und weiß genau, daß ich damit nicht zuschlagen kann.

„Dann verteidige dich wenigstens damit!" knurrt mich Sebastian an, obwohl ich kein Wort gesagt habe. Wie gut wir uns mittlerweile kennen.

Wir bleiben stehen. Kai, Andy, Karsten und Udo kommen langsam auf uns zu, und für einen Augenblick fühle ich mich wie in einem Italo-Western. Spiel mir das Lied vom Tod oder so. Fehlt nur noch, daß über den verlassenen Feldern eine klagende Mundharmonika erklingt. Statt dessen knattern plötzlich Auspuffrohre. Die Zepp-Söhne haben ihre Mofas frisiert, so wie jeder das hier in der Gegend tut, auch wenn es verboten ist. Es klingt fast so laut wie richtige Motorräder. Ich wünschte, ich könnte Sebastians Hand drücken, aber ich traue mich nicht. Das ist keine der Sandkasten- und Schulhofprügeleien von früher, das hier ist ernst.

„Liebst du mich?" flüstere ich, als die anderen fast schon in Hörweite sind. Dann haben sie uns umzingelt.

„Ja, wen haben wir denn da?" höhnt Andy. „Die schwulen Turteltauben zurück auf dem Weg in ihr Nest!"

„Was soll der Scheiß!" erwidert Sebastian. Fast wirkt er gelöst, als hätte er darauf gewartet, daß dieser Augenblick kommt. „Laßt uns in Ruhe!"

„Habt ihr das gehört?" fragt Andy. „Sie wollen in Ruhe gelassen werden!" Er hat wie immer die größte Klappe von allen.

„Ey", ruft Karsten laut, „stimmt es, daß ihr zwei Schwulis seid?"

Ich zucke zusammen, und die anderen lachen. Sebastian verzieht keine Miene.

„Wer sagt das?" fragt er.

„Ich sage das", erwidert Kai und starrt Sebastian herausfordernd an, „und alle anderen sagen das auch!"

„Wirklich?" sagt Sebastian.

„Ich habe euch gesehen, letzten Samstag, als ihr von Dagmars Fete abgehauen seid. Ich war gerade fertig damit, Dagmars Eltern vor die Garage zu kotzen. Ihr habt eure Fahrräder aufgeschlossen und euch geknutscht."

Das also war es, was uns das Genick gebrochen hat! Ich erinnere mich an das letzte Wochenende. Alles ist meine Schuld. Yvonnes beste Freundin Dag-

mar hat ihren sechzehnten Geburtstag gefeiert, und es gab mehr Alkohol als üblich. Den ganzen Abend hatten Sebastian und ich uns auf ein paar Sitzkissen herumgelümmelt und Löcher in den Teppich gestarrt. Selbst beim Schmusebluesteil der Fete war es noch zu hell im Raum gewesen. Ich war so frustriert, daß mir die Tränen in die Augen stiegen. Und ja, genau wie die anderen auch hatte ich mehr getrunken, als ich es normalerweise tue. Ansonsten hätte ich vielleicht gewartet, bis wir auf unseren Fahrrädern in der Dunkelheit verschwunden gewesen wären. Aber nach der Party hatte ich solche Sehnsucht nach einer Berührung von Sebastian, daß ich es nicht mehr ausgehalten habe. Wahrscheinlich hatte sich Kai hinter einem Busch versteckt, uns beobachtet und war dann zurück ins Haus geschlichen, um den anderen alles brühwarm zu erzählen.

„Ist ja ekelhaft!" sagt Udo und spuckt mir direkt auf den Schuh. „Bläst du auch seinen Schwanz?" fragt er und rempelt mich an.

Ich taumele ein Stück zurück und starre auf meinen besudelten Schuh.

„Was ist?" Udo kommt wieder auf mich zu, rempelt mich erneut an, und ich stolpere. „Hat's dir die Sprache verschlagen, Schwanzlutscher?"

„Laßt uns in Frieden", murmele ich. „Wir haben euch nichts getan."

„Geht uns aus dem Weg!" sagt Sebastian plötzlich neben mir. Seine Stimme ist kalt und berechnend.

„Boh ey", grölt Andy freudestrahlend und reibt sich die Hände, „die Tunte gibt Widerworte! Das gibt's doch gar nicht! Ich glaube, die beiden müssen mal lernen, wie man sich benimmt!"

Und dann geht alles blitzschnell.

Udo gibt mir einen weiteren heftigen Stoß, auf den ich nicht vorbereitet bin, und ich falle nach hinten in den schlammigen Graben. Dabei verliere ich den Ast, den ich zu meiner Verteidigung benutzen sollte. Kai, Karsten und Andy stürzen sich auf Sebastian. Sie haben sofort erkannt, wer den meisten Widerstand leisten wird. Angesichts der Überzahl holt Sebastian aus und schlägt mit dem Stein auf Andys Stirn. Wütendes Gebrüll ertönt. Ungläubig betastet Andy die Platzwunde und betrachtet seine blutüberströmte Hand.

„Du miese kleine Ratte!" flüstert er haßerfüllt. „Dich mach ich fertig!"

Es ist ein unfairer Kampf. Nach einem kurzen Gerangel haben Kai und Karsten Sebastian entwaffnet und ihm die Arme auf den Rücken gedreht, und dann beginnt Andy auf Sebastian einzuschlagen. Seine Fäuste treffen Sebasti-

an im Gesicht, in der Magengrube, seine Tritte zielen auf seinen Unterleib. Die Schläge hören sich an, als ob er auf einen Sandsack eindreschen würde, und ich sehe, wie Sebastian langsam in sich zusammensinkt. Ich fange an zu schreien und versuche mich loszureißen, aber Udo sitzt auf meinem Brustkorb und drückt mich auf den Boden. Er versetzt mir einen Kinnhaken, der mich Sterne sehen läßt, und rotzt mir ins Gesicht. Sebastian hat aufgehört, sich zu wehren. Seine Schutzreflexe lassen nach, und er ist den Schlägen von Andy hilflos ausgeliefert. Sein Gesicht ist geschwollen, seine Oberlippe ist geplatzt, er hat eine Wunde am rechten Auge und sein Körper krümmte sich. Wenn er Luft holt, zuckt er vor Schmerzen zusammen.

Endlich verliert Andy die Lust daran, auf Sebastian einzuprügeln. „Die schwule Sau hat genug", sagt er atemlos, und nach einem Kopfnicken von ihm lassen Kai und Karsten Sebastian los. Sebastians Knie knicken ein, und er bleibt stöhnend am Wegrand liegen. Seine Hände legen sich schützend um seine Genitalien.

Aber es ist noch nicht vorbei.

Udo geht von mir herunter, und ich werde plötzlich an den Haaren hochgezogen.

„Hose runter!" befiehlt Andy herrisch. Alle vier stehen um mich herum und starren mich ungeduldig und mit einem häßlichen Grinsen an.

„Na los, Listiger, dreckiger Schwuli, zeig uns, wie ihr beiden fickt! Das kannst du doch bestimmt gut? Oder bist du derjenige, der die Beine breitmacht?"

Die anderen grölen und schlagen sich vor Lachen auf die Schenkel. Drohend kommen sie alle einen Schritt näher. Mit zittrigen Fingern öffne ich den Hosengürtel und ziehe meine Jeans nach unten.

„Die Unterhose auch, du Schwein!"

Ich ziehe die Unterhose ebenfalls herunter und senke den Kopf. Mit den Händen versuche ich, meinen Schwanz vor ihren Blicken zu schützen. Karsten schlägt meine Hände zur Seite, und sie begaffen mich wie ein Stück Vieh. Irgend jemand tritt mir in die Kniekehlen, und ich falle mit dem Gesicht in den Schlamm.

„Und jetzt fick den Dreck!" höre ich Andys Stimme über mir. Ein Schuh drückt meinen Hintern nach unten. „Zeig es uns, Listiger! Zeig uns, wir ihr euch in den Arsch fickt! Wir wollen es sehen!"

Ich mache andeutungsweise ein paar Hüftbewegungen.

„Das kannst du doch bestimmt besser!“ höhnt Andy. „Gib dir mal ein bißchen Mühe, oder willst du genauso zugerichtet werden wie dein Schätzchen?“ Er gibt mir einen Tritt in die Seite, und ich bekomme für einen Moment keine Luft.

Ich schließe die Augen und bewege mein Becken. Meine Beine, mein Schwanz, mein Bauch und mein Gesicht sind mit Dreck besudelt, und ich ficke den Schlamm. Der Dreck steigt mir in die Nase, ich schmecke Erde, ich fange an zu weinen, aber ich ficke den Schlamm. Meine Gedanken sind von einer eiskalten Furcht überzogen, die meinen Widerstand lähmt. Ich spüre Tritte auf meinem Rücken und auf meinem Hinterkopf, und plötzlich bete ich stumm, daß es bald vorbei ist. Ich höre grölende und geifernde Stimmen über mir, meine Tränen vermischen sich mit der Erde in meinem Gesicht, und mein Becken bewegt sich im Stakkatotakt, angefeuert von den Rufen meiner Peiniger.

Das Summen eines Mückenschwarms schwirrt um meine Ohren. Reflexartig versuche ich aufzuspringen und erhalte einen weiteren Tritt in die Seite. Aber es sind keine Mücken; es ist das durchdringende Schrillen einer Fahrradklingel, das immer näher kommt. Über mir entsteht Unruhe, Nervosität. Und dann plötzlich Flüche und Geschrei. Jemand wirft sich zwischen Andy, Kai und Karsten, jemand unterbricht das erbärmliche Schauspiel. Ich kann nichts sehen; meine Augen sind schlammverklebt. Schläge und Tritte um mich herum. Ein wutentbrannter Schrei: „Das dürft ihr nicht tun!“ Ich erkenne Jonas' Stimme und höre das empörte Gezeter meiner Großmutter.

Ungläubig bleibe ich am Boden liegen und wische mir den Dreck aus den Augen. Oma Gundi, außer sich vor Zorn, sitzt in ihrem Rollstuhl am Straßenrand und fuchtelt mit den Armen in der Luft, und Jonas, der sonst so sanftmütig ist und keiner Fliege etwas zuleide tut, der noch vor ein paar Wochen tränenüberströmt glaubte, Flipper müsse wirklich sterben – Jonas gerät völlig außer Kontrolle. Angesichts seines zusammengeschlagenen Bruders und meiner Demütigung wird er zu einer Furie und läßt seinen ungeheuren Kräften freien Lauf. Ich will helfen, aber ich kann nicht. Die Furcht drückt mich noch immer auf den Boden, hält mich weiter in ihren Klauen.

Aber Jonas benötigt keine Unterstützung. Wie eine Dampfwalze pflügt er allein durch seine neunzig Kilo alles in seiner Nähe um. Er haut und schlägt und beißt und kratzt bedenkenlos, was sich ihm in den Weg stellt. Er hat Kar-

sten im Schwitzkasten, schlägt Udo die Faust vor das Kinn, bis der Blut spuckt, und renkt Andy den Arm aus. Sein Mangel an Kontrolle, seine Unfähigkeit, die Welt in mehr Farben als Schwarz und Weiß einzuteilen, all das, was ihn sonst zu einem Menschen zweiter Klasse macht, gereicht ihm jetzt zum Vorteil. Kai ist der erste, der zu seinem Mofa rennt, allerdings nicht, ohne von Oma Gundi eine Ohrfeige kassiert zu haben. Dann nimmt auch Udo Reißaus, und die anderen folgen, so schnell sie können. Im Wegrennen stoßen sie leere Drohungen aus, schütteln Fäuste in den Wind – hohle Gesten eines besiegten Feindes.

Endlich gelingt es mir, aufzustehen. Ich zittere am ganzen Körper, und nur mit Mühe kann ich meine Finger dazu bewegen, die dreckverschmierten Hosen hochzuziehen und meine Nacktheit zu bedecken. Meine Seite schmerzt; in den nächsten Wochen werde ich grün und blau herumlaufen.

„Jonas", sage ich keuchend. „Danke."

Sebastians Bruder tätschelt mir mit seiner riesigen Pranke hilflos den Hinterkopf. „Jonas ist zu spät gekommen!" sagt er mit erstickter Stimme, und Tränen quellen ihm aus den Augen. Seine Wut ist wie weggeblasen. „Das waren böse Leute!"

„Böse Leute?" tönt Oma Gundi vom Straßenrand. „Verbrecher! Verbrecher waren das! Die gehören in eine Erziehungsanstalt!"

Zusammen klettern Jonas und ich aus dem Graben und laufen zu Sebastian, der noch immer gekrümmt am Boden liegt.

Jonas kniet neben seinem Bruder nieder und bettet unbeholfen dessen Kopf in seinen Schoß. Jetzt laufen ihm die Tränen wie ein salziger Wasserfall über das Gesicht. Außer sich vor Angst wiegt er seinen Oberkörper hin und her.

„Basti!" sagt er. „Basti!"

Sebastian öffnet mühsam sein linkes Auge. „Hallo, Jonas. Hallo, Oma Gundi", sagt er. Sein Gesicht sieht aus, als wäre er von wilden Tieren angefallen worden. Das rechte Auge ist schon zugeschwollen, und die Oberlippe ist dreimal so dick wie normal. Verkrustetes Blut und Dreck hängen an seinem Mundwinkel und in seinen Haaren. Ein Ärmel seines Parkas ist zerrissen; das Futter quillt wie schmutzige Wolle aus den beschädigten Nähten. Er hustet und spuckt etwas Blut. Andy hat ihm einen Schneidezahn ausgeschlagen.

Sebastian sieht mich an und verzieht seinen Mund zu etwas, was wohl ein Grinsen darstellen soll. „Jetzt ist es heraus", murmelt er.

Oma Gundi fängt an zu gackern, urplötzlich und befreiend. „Wurde ja auch langsam Zeit!" sagt sie.

„Was meinst du?" frage ich überrascht. „Hast du das mit uns etwa gewußt?"

„Bub", sagt sie fast vorwurfsvoll, „glaubst du, ich habe keine Augen im Kopf? Ich bin vielleicht gebrechlich, aber ich bin nicht verkalkt!"

Auf einmal sehe ich meine Großmutter mit ganz anderen Augen. Anscheinend habe ich sie jahrelang unterschätzt. Ich renne zu ihr und umarme sie. „Danke", sage ich.

„Ach, geh weg", wehrt Oma Gundi verlegen ab. „Kümmere dich lieber um deinen Sebastian!"

„Kannst du laufen?" frage ich ihn.

„Nur, wenn ihr mich stützt", antwortet er und stöhnt mit schmerzverzerrtem Gesicht auf, als wir ihn hochziehen und auf die Beine stellen.

Franziska ist natürlich nirgendwo zu sehen. Sie ist in den Untiefen des CD-Ladens verschollen und hat von dem Fiasko nichts mitbekommen.

„Du hast keine Schuhe an", sagt eine Stimme hinter mir plötzlich, „und die Hose sitzt auch ziemlich schlecht."

Ich drehe mich um und starre in Sebastians amüsierte Augen. Wie ich es hasse, von solchen Situationen überrumpelt zu werden!

„Wie kommst *du* denn hierher?" frage ich fassungslos und vergesse, daß mich die Passanten anglotzen, als wäre ich soeben mit einer fliegenden Untertasse im Einkaufszentrum gelandet.

Sebastian zuckt mit den Schultern. „Ich habe dich mit Franziska wegfahren sehen. Genauso wie heute morgen mit deiner Mutter. Und dann kam deine Mutter nach Hause und hat erzählt, daß du noch einen schwarzen Anzug brauchst."

„Du beobachtest mich!" sage ich verärgert, oder womöglich ein wenig geschmeichelt?

„Bilde dir bloß nichts ein!" erwidert Sebastian schroff. „Ich lebe und arbeite nur gegenüber dem Haus deiner Eltern. Mehr nicht."

„Ich habe es nicht vergessen!" gebe ich zurück. Einen Atemzug lang legt sich eine tiefe Stille über uns, und ich höre mein Herz schlagen. Ich habe mehr gesagt, als ich eigentlich sagen wollte.

Sebastian zieht die Augenbrauen hoch, aber ich weiß, was er denkt. Er denkt, daß er allein derjenige ist, der ein Recht auf die Vergangenheit hat. Daß ich meinen Anspruch darauf verwirkt habe, als ich weggegangen bin. Aber das stimmt nicht. Ich habe mein Anrecht nur zwanzig Jahre lang ruhen lassen. Vielleicht wird es Zeit, Sebastian mit meiner Wahrheit zu konfrontieren und die seine in Frage zu stellen.

„Und jetzt?" sagt er und wischt den Augenblick beiseite.

„Meine Hose ist noch in diesem entsetzlichen Laden", erwidere ich zögernd. „Und meine Schuhe auch."

Sebastian grinst spöttisch. „Ich sehe, du hast dich nicht verändert. Kein Fettnapf, den du ausläßt!"

„Es war Franziskas Idee!" verteidige ich mich. „Ich kann nichts dafür!"

Sebastian läßt mich mitten auf der Promenade des Einkaufszentrums stehen und betritt mit entschlossenen Schritten das Herrenbekleidungsgeschäft, in dem Franziskas Freund bestimmt noch im Hinterhalt auf mich lauert. Durch das Schaufenster sehe ich Sebastian ein paar knappe Worte mit dem feuerrot anlaufenden Stefano wechseln. Kurz darauf kommt er zurück und hält mir Jeans und Turnschuhe vor die Nase.

„Hier!" sagt er und drückt mir die Klamotten in die Hand. „Die Anzughose kann deine Schwester ihm später wiedergeben." Er mustert mich von oben bis unten. „Wenn du willst, kann ich dir einen Anzug für die Beerdigung leihen. Wir haben wohl immer noch ungefähr dieselbe Größe."

Manche Dinge ändern sich eben nie! will ich gerade sagen, möglichst mit einem gleichgültigen oder zumindest ironischen Unterton, aber dann ist plötzlich Franziska wieder da, mit einem Stapel CDs in der Hand.

„Hi Basti", sagt sie, als wäre es das Normalste der Welt, daß Sebastian uns gefunden hat, und begutachtet mich kritisch. Ihr Blick bleibt an der viel zu großen, dunklen Hose hängen, die ich noch immer am Bund festhalte. „Wie siehst du denn aus?" fragt sie mißbilligend. „Wieso trägst du deine Klamotten auf dem Arm spazieren? Hast du zuviel getrunken?"

Sebastian zieht seine Augenbrauen hoch. „Ach, deshalb", sagt er. „Na ja, ist ja nicht das erste Mal, daß ihn der Alk in Schwierigkeiten bringt."

Ohne mir die Chance zu geben, die Sache richtig zu stellen, läßt Sebastian uns stehen und geht weg.

„Ja", rufe ich ihm wütend hinterher, „und immer hängst du irgendwie mit drin!" Aber ich bin mir nicht sicher, ob er es gehört hat.

Ich kann nicht schlafen. Schon wieder nicht. Ein Blick auf die Uhr verrät mir, daß ich mich seit über einer Stunde hin und her wälze. Es wird wieder eine dieser Nächte werden, in denen das Kissen zu hart, das Laken zu verknittert, die Bettdecke zu schwer und das Zimmer zu stickig ist. Dabei bin ich vom vergangenen Tag eigentlich völlig erledigt. Erst der Besuch auf dem Friedhof und das Aussuchen des Grabes, und dann hat mir der Ausflug nach Fulda und die Sache mit Stefano den Rest gegeben. Bis in die Knochen kann ich meine Müdigkeit spüren, aber es ist unmöglich, zur Ruhe zu kommen.

Ich habe Durst. Resigniert mache ich mich auf den Weg in die Küche. Vorsichtig und mit nackten Füßen taste ich mich durch die Dunkelheit. Die Schlafzimmertür meiner Eltern ist nur angelehnt. Es ist eine alte Angewohnheit meiner Mutter, ein Überbleibsel aus längst vergangenen Tagen. Alle Kinder, bis auf Franziska, sind seit Jahren aus dem Haus, aber meine Mutter glaubt noch immer, Sicherheit vermitteln zu müssen. Ein mitleidiges Lächeln zerrt an meinen Mundwinkeln, und doch fühle ich mich sofort geborgen, als ich an der geöffneten Tür vorbeischleiche. Die alten Reflexe und Verhaltensmuster sind noch immer fest in mir verwurzelt.

Ich und später auch Achim waren unruhige Schläfer. Wenn ich schlecht geträumt hatte, lief ich hinüber in das Zimmer mit dem großen Ehebett, zwängte mich in die Besucherritze zwischen meine Eltern und schlief sofort wieder ein. Meine Geschwister taten es genauso. Insbesondere in der kurzen Phase von Oma Gundis Gute-Nacht-Geschichten herrschte Platzmangel in dem Bett. Die Horrorbilder, die meine Großmutter mit ihren Erzählungen in uns hervorrief, waren sofort vergessen, wenn wir die Nähe unserer Eltern spürten. Manchmal allerdings wachte ich auch einfach so mitten in der Nacht auf, putzmunter und ausgeruht, schlich mich ins Bügelzimmer und rumorte dort so lange selbstvergessen mit meiner geliebten Holzeisenbahn herum, bis meine Mutter oder mein Vater wach wurde und mich zurück ins Bett trug. Meine Anfälle von Schlaflosigkeit sind also nicht neu.

Die Stufen der Holztreppe knarren unter meinem Gewicht, während ich so leise wie möglich nach unten laufe. Der Wohnzimmerschrank antwortet mit einem gedämpften Knacken, und ein Windhauch raschelt in den Gardinen der offenen Fenster. Geräusche, die wie die Codewörter einer verschlüsselten Sprache klingen, unverständlich und nur nachts, bei absoluter Stille, wahrnehmbar. Draußen, irgendwo auf den Äckern von Bauer Mehnert, zanken sich zwei Katzen, und weit entfernt dröhnt der Motor eines Autos auf der Landstraße.

Das Öffnen der Coladose, die ich aus dem Kühlschrank hole, klingt wie das Zünden einer Bombe, und für einen Augenblick befürchte ich, meine Mutter und Franziska geweckt zu haben. Aber nur das Brummen des Gefrierschranks antwortet mir, als ich lausche.

Auf einmal fällt mir Kerstins Anruf vom Vormittag ein. Höchste Zeit, sie zurückzurufen! Ich wähle meine eigene Nummer und bemerke erst, daß es mitten in der Nacht ist, als sie sich verschlafen am Telefon meldet.

„Weißt du eigentlich, wie spät es ist?" mault sie.

„Weißt du eigentlich, wie furchtbar es hier ist?" gebe ich zurück. „Ich habe sogar wieder mit dem Rauchen angefangen!"

„Im Ernst?" Langsam wird sie wach. „So schlimm?"

„Schlimmer! Wenn ich geahnt hätte, wie es wird, wäre ich erst gar nicht gefahren!"

„Ich wußte nicht, daß du so an deinem Vater gehangen hast."

Ich seufze. Wie kann ich Kerstin erklären, daß es gar nicht so sehr um den Tod meines Vaters geht, sondern um Sebastian? Sie hat den Namen noch nie gehört. Wie alles aus meiner Kindheit habe ich auch Sebastian ihr gegenüber nie erwähnt. Und dabei ist sie meine beste Freundin!

Ich wechsele das Thema. „Warum hast du heute morgen angerufen?"

„Ach, nichts Besonderes", gähnt Kerstin, „ich wollte einfach nur hören, wie es dir geht, und dir sagen, daß Lincoln inzwischen alle deine Pflanzen entlaubt hat. Du brauchst dir also keine Sorgen um die Wohnung zu machen."

„Wie ... entlaubt?" frage ich entgeistert.

„Na ja, er hat von allen Pflanzen die Blätter heruntergeholt. Ich konnte ihn nicht davon abhalten. Er schlägt immer zu, wenn ich weg bin. Selbst die Yucca-Palme im Flur hat er kleingekriegt. Jetzt stehen in deiner Bude überall die kahlen Gerippe von deinem Grünzeug herum. Sieht ein bißchen surrealistisch aus, aber ich glaube, Lincoln hatte seinen Spaß. Seitdem macht er jedenfalls einen ziemlich zufriedenen Eindruck. Ach, ja", fällt ihr plötzlich ein, „Christoph hat sich gemeldet."

„Oh!" sage ich überrascht. „Wirklich? Was wollte er?"

„Er hat sich von Klaus getrennt."

„Hah!" Das ist Balsam für meine Seele. Aber leider auch nicht mehr. Der Gedanke, daß ich Christoph vielleicht wiedererobern könnte, hat etwas Absurdes. Plötzlich will ich ihn nicht mehr. Schnell rede ich von etwas anderem. „Und wie geht's dir? Was macht Leo?"

„Wer?"

„Na, dein Pizzaboy!"

„Ach der! Hör mir bloß auf! Ich hab schon Pickel gekriegt, weil ich drei Tage nur Pizza gegessen habe. Jeden Abend mußten wir zu diesem blöden Lieferservice! Sven ist jetzt angesagt!"

„Sven?" frage ich schwach nach.

„Ja! Er ist Anstreicher. Ich hab ihn gestern bei einer Freundin kennengelernt, die gerade ihre Wohnung renovieren läßt. Du hast ja keine Ahnung, was für interessante Dinge man mit Kleister und Farbe machen kann! Das Problem ist nur das Abwaschen hinterher. Am Bauchnabel habe ich immer noch so einen kleinen weißen Fleck ..."

Ich halte den Telefonhörer vom Ohr weg und lasse Kerstin weitererzählen. Ich wollte meinen Kummer bei ihr abladen, so wie ich es immer tue, und sie erzählt mir von ihren neuesten Eskapaden. Nichts klappt mehr.

„Wann kommst du wieder?“ fragt Kerstin schließlich. „Ich will endlich in meine Wohnung zurück. Ich habe es satt, Gesellschaftsdame für Lincoln zu spielen!“

„Die Beerdigung ist am Donnerstag. Danach irgendwann.“

„Hoffentlich! Und ... Tobias? Du wirst das schaffen! Ganz bestimmt!“

„Ja, ja! Schon gut. Bis bald“, sage ich und beende das Gespräch. Anstatt meine Laune zu bessern, hat es mich nur noch mehr deprimiert. Kerstin kann mir nicht helfen. Ich bin hier ganz allein auf mich gestellt.

Ich wandere ins Wohnzimmer, lasse mich auf die Couch fallen und starre gedankenverloren auf den Fernsehsessel meines Vaters, auf das braune, abgewetzte Leder der Polsterung. Es ist merkwürdig, daß dieses scheußliche, zerschlissene Möbelstück meinen Vater überlebt hat. Es hat seine Funktion verloren und wirkt nun wie ein deplaziertes, monströses Mahnmal. Ich weiß, daß meine Mutter sich niemals in diesen Sessel setzen wird. Vielleicht sollten Franziska und ich ihn auf den Sperrmüll werfen, aber ich bin nicht sicher, ob wir das fertigbringen.

Das Mondlicht fällt auf die Glasvitrine, die angefüllt ist mit Dutzenden kleiner, häßlicher Nippesfigürchen, kitschig bis zum Abwinken. Eine tanzende Porzellanballerina, zwei Miniaturhunde aus Kristall, ein Aschenbecher mit der eingravierten Ansicht von Rothenburg ob der Tauber, ein winziges Kaffeeset mit vier Mokkatäßchen. So fortschrittlich meine Mutter ja in ihrem Denken sein mag, sie hat auch ihre Schwächen – wenn man ihr diese Ansammlung von Schund noch als Schwäche auslegen kann. Ich habe keine Ahnung, wann sie sich diese Geschmacklosigkeiten zugelegt hat. Sicherlich nicht, als ich noch hier gewohnt habe. Die Sachen wären mir ganz schnell zufällig aus der Hand gefallen.

Neben den Nippesfiguren steht ein Familienfoto in einem silbernen Rahmen. Ich hatte völlig vergessen, daß dieses Bild existiert. Es ist mir noch nie aufgefallen an diesem Platz, und ich frage mich, wie lange es schon in dieser Vitrine steht. Monate? Jahre? Gedankenverloren nehme ich das Bild in die Hand und trage es in die Küche.

Wie immer hat es Franziska nicht auf dieses Bild geschafft, weil sie noch nicht geboren war. Sie ist auf einem Extrafoto in einem anderen Rahmen direkt daneben abgebildet. Das Familienbild ist von einem professionellen Fotografen aufgenommen worden. Der Hintergrund des Bildes besteht aus einem dezenten dunklen Blau, um den Blick des Betrachters nicht von den abgelichteten Personen abzulenken. Oma Gundi sitzt in einem Schaukelstuhl, das Gebiß ein wenig verrutscht. Wir Kinder stehen daneben, vor meinen Eltern, ich etwas abseits von den anderen. Anna und Achim lachen gekünstelt in die Kamera. Annas eigentlich glatte Haare werden von einer nur halb gelungenen Dauerwelle gekräuselt, Achim hat noch immer ein wenig Babyspeck auf den Rippen. Das Lächeln meiner Eltern ist angestrengt, als hätten sie erst vom Fotografen daran erinnert werden müssen, daß es üblich ist, für die Kamera ein fröhliches Gesicht aufzusetzen. Meiner Miene ist keinerlei Fröhlichkeit zu entnehmen, statt dessen starre ich den Betrachter ablehnend, fast feindselig an.

Als ich auf dem Foto Schrammen auf meinen Wangen entdecke, entsinne ich mich widerwillig, wann das Bild gemacht worden ist. Es entstand ungefähr zwei Wochen, nachdem Sebastian und ich verprügelt worden waren, zu einer Zeit, in der weder meine Eltern noch ich viel zu lachen hatten. Sebastian und ich konnten uns auf einmal nicht mehr verstecken, die traute Familienidylle hatte Risse bekommen, und ich wehrte mich damals mit Händen und Füßen gegen dieses Familienbild, das ich als verlogen empfand. Aber jetzt – je länger ich das Foto betrachte, desto klarer wird die Absicht meiner Eltern. Ein weiteres Teil des Puzzlespiels, auf das ich mich eingelassen habe, läßt sich plötzlich einfügen. Ich bin froh, daß es Nacht ist und ich allein bin. So kann wenigstens niemand sehen, daß ich mich schäme.

Die ersten, die erfahren, daß wir von den Zepp-Zwillingen und zwei ihrer Freunde verprügelt wurden, sind natürlich meine Eltern. Die zerrissene und völlig verdreckte Kleidung, unsere Verletzungen und Jonas' Aufregung lassen

Sebastian und mir keine Möglichkeit, den Vorfall zu vertuschen, so gerne wir es auch tun würden. Zu viert erreichen wir das Haus meiner Eltern, Jonas und ich stützen Sebastian in unserer Mitte, der vor Schmerzen kaum laufen kann. Oma Gundi geht sofort auf ihr Zimmer; sie genehmigt sich bestimmt einen Melissengeist. Die Aufregung war wohl zuviel für sie.

Mein erster Gedanke ist, daß Sebastian Hilfe braucht. Ich führe uns deshalb schnurstracks in die Apotheke, in der gerade Frau Podgornowskaja ein Schwätzchen mit meinem Vater hält.

Die Tierhändlerin starrt uns mit offenem Mund an. „Haben Kinder Unfall gehabt?" fragt sie erstaunt. „Sind sie gekommen unter Mähdrescher von Bauer Mehnert?"

„Nein", wehre ich mühsam ab, „es ist halb so schlimm." Wenn ich in Gegenwart von Frau Podgornowskaja alles erzähle, weiß es in zehn Minuten das ganze Dorf.

Mein Vater mustert uns mit einem knappen Blick und schleust uns in den Hinterraum der Apotheke. Zwischen braunen Glasflaschen, die mit lateinischen Bezeichnungen etikettiert sind und diverse medizinische Mixturen enthalten, schweren Holzregalen mit Schubladen für Arzneien und mehreren Kartons mit gerade gelieferten Medikamenten befindet sich eine schmale Pritsche für Notfälle, auf die Sebastian von meinem Vater verfrachtet wird. Er überzeugt sich erst, daß Sebastian einigermaßen bequem liegt, und beginnt dann, die Wunden zu begutachten. Frau Podgornowskaja beugt ihren rundlichen Körper angestrengt über die Theke und versucht, ein Auge auf das Geschehen im Hinterzimmer zu werfen. Von Zeit zu Zeit ruft sie meinem Vater gutgemeinte Ratschläge zu.

„Du mußt nehmen heiße Kartoffeln! Sehr gut gegen Schwellungen. Ist traditionelle Behandlung in Rußland." erklärt sie. „Oder waren Halsschmerzen? Jedenfalls nur bei guter Kartoffelernte", fügt sie dann murmelnd hinzu. „Hat Junge Schußwunde? Ich kann helfen bei Entfernung von Kugel! Wir geben ihm Beißholz und dann ..."

Schließlich wird es meinem Vater zu bunt, und er komplimentiert Frau Podgornowskaja sanft, aber bestimmt aus dem Laden.

„Was ist mit euch passiert?" fragt er, als wir endlich allein sind. „Habt ihr euch geprügelt?" Die Frage, vor der ich mich die ganze Zeit gefürchtet habe. Was soll ich jetzt antworten? Vorsichtig untersucht mein Vater Sebastians zu-

geschwollenes Auge, reinigt und desinfiziert die Verletzung. Sebastian wimmert leise vor Schmerzen.

„Jonas hat sie gerettet!" sagt Jonas und schlägt seine Arme wie ein zum Flug startender Pelikan. „Die anderen waren böse, aber Jonas hat sie verhauen. Dann sind sie weggelaufen!"

„So? Das war sehr mutig von dir, Jonas", erwidert mein Vater lächelnd. Wahrscheinlich stellt er sich vor, wie sich Jonas, der viel schwerer ist als andere Jungen seines Alters, wie ein Bulldozer zwischen die Angreifer geworfen hat. „Aber jetzt habe ich noch eine Aufgabe für dich: Sag Hannah, daß ich ihre Hilfe brauche. Sie ist im Garten. Kannst du das für mich tun?"

„Ja, natürlich", antwortet Jonas, sichtlich stolz, von meinem Vater gelobt und mit so einem wichtigen Auftrag betraut zu werden. Bevor er geht, zögert er noch einen Moment. „Machst du Basti wieder gesund?" In seiner Stimme ist ein leichtes Zittern zu hören.

„Aber ja", beruhigt ihn mein Vater. „Dein Bruder ist bald wieder auf den Beinen, hab keine Angst."

Erleichtert macht sich Jonas auf den Weg.

„So", sagt mein Vater ernst, „und jetzt möchte ich wissen, was hier vorgefallen ist. Nein", er macht eine abweisende Handbewegung zu Sebastian, der versucht zu antworten, „du wirst den Mund halten, Freundchen, weil ich deine Lippe verarzten muß. Tobias kann erzählen."

„Es waren die Zepp-Brüder und Udo und Karsten. Sie haben uns auf der Landstraße hinter dem Wald aufgelauert", erkläre ich vorsichtig. „Vier gegen zwei. Total unfair."

„Und warum?" fragt mein Vater.

„Einfach so", erwidere ich schnell, in der irrigen Annahme, ich könnte noch irgend etwas vertuschen. „Wir haben uns gestritten, weiter nichts."

Mein Vater sieht mich scharf an. „Lüg mich nicht an, Tobias!" sagt er verärgert. „Man lauert nicht einfach so jemandem auf und schlägt ihn dann zusammen. Seht euch doch an! Das war keine Rauferei unter Jugendlichen. Was habt ihr angestellt?"

Sebastian schüttelt vehement den Kopf. „Wir haben nichts angestellt", nuschelt er unter seiner geschwollenen Oberlippe hervor. Dann verzieht er erneut das Gesicht und hält die Hände reflexartig vor seine Genitalien.

„Haben sie dir in den Unterleib getreten?" fragt mein Vater besorgt.

Sebastian nickt mit geschlossenen Augen.

„Sie haben ihn zu zweit festgehalten, und Andy hat dann auf ihn eingeprügelt, ohne daß Sebastian sich wehren konnte", sage ich bitter, „und ich konnte ihm nicht helfen, weil Udo auf mir saß."

Mein Vater runzelt die Stirn. Für den Augenblick ist die Behandlung von Sebastians Verletzungen wichtiger als der Vorfall, der dazu geführt hat. Aber ich kenne meinen Vater gut genug, um zu wissen, daß er die Sache nicht auf sich beruhen lassen wird. Manchmal bekommt er zwar nicht alles mit, was zu Hause passiert, aber letztlich kann man ihm nichts vormachen.

„Ich werde dir jetzt den Reißverschluß öffnen und die Hose herunterziehen", sagt mein Vater zu Sebastian. „Ich hoffe, daß es nicht weh tun wird, aber ich kann es dir nicht versprechen. In Ordnung?"

Sebastian nickt schwach.

Während sich mein Vater ans Werk macht, versuche ich Sebastian mit stummen Blicken Mut zuzusprechen. Ich würde vieles dafür geben, jetzt seine Hand zu halten, aber noch sind die entscheidenden Worte nicht gefallen. Noch ist meine Angst vor dem Aussprechen der Wahrheit größer. Als mein Vater Sebastians Unterhose nach unten zieht, beginnen meine Knie zu zittern. Sein gesamter Unterleib ist mit Blutergüssen übersät; Schwellungen werden an mehreren Stellen sichtbar, dort, wo ihn Andys schwere Schuhe getroffen haben.

„Großer Gott!" murmelt mein Vater. Sachte und mit einem schockierten Gesichtsausdruck tastet er Sebastians Hoden ab. Schon bei der ersten Berührung beginnt Sebastian zu schreien. Und plötzlich ist es mir egal, was Papa von mir – von uns – denkt, nichts ist mehr wichtig außer Sebastians Schmerzen. Ich knie neben Sebastian nieder und streiche ihm durch die blutverkrusteten Haare.

„Es wird alles wieder gut", flüstere ich hilflos und übersäe seine Stirn mit kleinen Küssen. Dann wende ich mein nasses Gesicht meinem Vater zu.

„Er wird doch wieder okay, oder?" frage ich.

„Es sieht schlimmer aus, als es ist", erwidert er, als er seine Untersuchung beendet hat. Sein Gesicht wirkt ein wenig entspannter, und sein Blick ruht verwirrt auf meiner Hand, die ich Sebastian auf die Stirn gelegt habe. „Soweit ich das beurteilen kann, wird er keine bleibenden Schäden behalten. Blutergüsse, Prellungen, Quetschungen, ein ausgeschlagener Zahn, ein paar Platzwunden, vielleicht eine angeknackste Rippe. Wir werden ihn sicherheitshalber nachher zum Arzt fahren."

Die Tür der Apotheke öffnet sich, und meine Mutter kommt in das Hinterzimmer gerannt.

„Sieh dir unsere beiden Helden an", sagt mein Vater seufzend zur Begrüßung. „Was für eine Bescherung!"

Mit einem Blick erfaßt meine Mutter die Situation. „Wer war das?" fragt sie und stemmt die Arme in die Hüften. Ich habe sie noch nie so zornig gesehen.

„Kai und Andy Zepp, Udo Hirschberg und Karsten Kretschmer", sage ich leise.

„Und warum?" schnappt meine Mutter.

„Nur so", erwidere ich mit hängendem Kopf. Ihr in die Augen zu sehen, bringe ich nicht fertig. „Kein besonderer Grund."

„Nun", erklärt meine Mutter eisig, „dann braucht ihr ja keine Angst zu haben, wenn ihr morgen wieder in die Schule geht."

„Mama!" Es ist mehr ein gequälter Aufschrei als eine Bitte.

„Tobias, ich will genau wissen, was hier passiert ist und warum! Und ich will keine Ausflüchte hören! Ist das klar?"

Ich nicke stumm. Das Spiel ist aus.

Sebastian stützt sich auf den Ellenbogen auf und sieht meine Eltern mit seinem linken, unverletzten Auge an. „Schwul!" nuschelt er plötzlich, und in diesem Augenblick kann man in dem kleinen Raum die sprichwörtliche Stecknadel fallen hören.

Seit ich mir sicher war, daß ich mich zu Männern hingezogen fühlte, hatte ich darüber nachgedacht, wie ich diese Tatsache meinen Eltern am schonendsten beibringen könnte. Die nervenaufreibenden und emotionsgeladenen Versionen, in denen ich ihnen die Wahrheit trotzig an den Kopf warf und mutig zu meiner Veranlagung stand, hatte ich nach kurzer Überlegung ausgeschlossen. Solche Szenarien ließen mich zwar als das mißverstandene, heroisch kämpfende Kind in einem moralisch günstigen Licht erscheinen, endeten aber unangenehmerweise immer mit einem brüllenden Vater, einer sich die Haare raufenden Mutter und letztlich mit Enterbung und dem Verstoßen des Sohnes. Völlig inakzeptabel.

Die Version, die mir am annehmbarsten erschien, ließ ich schließlich im Wohnzimmer spielen oder wahlweise auch in der Küche. In meiner Vorstellung bat ich meine Eltern um ein Gespräch unter Erwachsenen, zu einer Tageszeit, in der keines meiner Geschwister mir dazwischenfunken konnte, also am besten am frühen Nachmittag, kurz bevor meine Eltern die Apotheke nach der Mittagspause wieder öffneten. In meiner Fantasie hatte meine Mutter uns Kaffee gekocht und ein paar Kekse aus der Küchenschublade gekramt; wir nahmen höflich zusammen am Tisch Platz, meine Eltern mit milder Neugier, ich gestattete mir ein wenig Nervosität. Mein Vater legte die *Fuldaer Zeitung* neben sich auf den Stuhl, widmete mir seine wohlwollende Aufmerksamkeit, und dann präsentierte ich ihnen die Fakten, sachlich, ruhig, ja fast beiläufig, und teilte ihnen, um die Sache abzurunden, noch mit, daß Sebastian und ich ein Paar seien. Im ersten Moment sahen meine Eltern etwas verstört aus, fingen sich aber bald wieder. Mein Vater räusperte sich ein paarmal heftig, meine Mutter zerdrückte eine Träne und ich ließ nachsichtig eine etwas zu heftige Umarmung über mich ergehen. Dann tätschelten sie mir verständnisvoll die Hand und wünschten mir und Sebastian alles Gute für die Zukunft. Wie es sich für zivilisierte Leute gehört.

In besonders zuversichtlichen Momenten flocht ich noch überschwenglich ein Überraschungsgeschenk meiner Eltern zum überstandenen Coming-out ein. Seit längerem hatte ich nämlich einen neuen Rucksack im Auge, da Sebastian und ich beschlossen hatten, im nächsten Jahr, sobald wir sechzehn waren, zu einer Interrail-Tour nach Griechenland aufzubrechen. Und damit wäre die Sache vom Tisch gewesen.

Ja.

Statt dessen fand ich mich plötzlich in einer Situation wieder, die nicht das Geringste mit der Vorstellung gemein hatte, die ich mir in so glühenden Farben ausgemalt hatte: Sebastian und ich waren gerade von vier Mitschülern zusammengeschlagen worden, wir befanden uns nicht in der Küche, sondern hockten im engen Hinterzimmerchen der Apotheke, Sebastian sah mit seiner geschwollenen Oberlippe aus wie Donald Duck und ich mit meinen verdreckten Klamotten, als hätte ich den Vormittag im Schweinetrog zugebracht. Meine Eltern schienen auch nicht milde neugierig darauf zu sein, was ich ihnen mitzuteilen hatte, sondern machten einen Gesichtsausdruck, als erwarteten sie ein Geständnis. Und von Kaffee und Keksen keine Spur.

„Was hat er gesagt?" fragt mein Vater schließlich und unterbricht die Stille.

„Sebastian hat ‚schwul' gesagt", antworte ich zögernd. „Er und ich ... wir sind schwul. Und wir ... sind zusammen", schiebe ich hastig hinterher.

„Papperlapapp", erwidert mein Vater bemüht zuversichtlich. „Ihr seid nicht ... schwul. Ihr seid erst fünfzehn. Ihr wißt noch gar nichts über Sexualität. Geschweige denn über ... Homosexualität." Fast flehend sieht er meine Mutter an.

Meine Mutter seufzt laut. „Paul, ich fürchte, die beiden wissen mehr darüber, als uns lieb ist", sagt sie dann.

„Was meinst du damit?" fragt mein Vater entgeistert.

Anstelle einer Antwort dreht sich meine Mutter zu Sebastian und mir. „Das geht schon so seit letztem Sommer, stimmt's?" fragt sie. „Seit ihr im Pfadfinderlager gewesen seid."

„Schon etwas länger", nuschelt Sebastian verlegen.

„Woher weißt du das?" frage ich zurück. Ich bin völlig geplättet. Nicht nur Oma Gundi, jetzt auch meine Mutter! Vielleicht weiß es ja längst das ganze Dorf!

„Glaubt ihr wirklich, ihr könnt so was vor mir geheimhalten?" Meine Mutter lacht resigniert auf. „Ich erinnere mich noch sehr gut an die liebeskranken Blicke, die du letztes Jahr Sebastian hinterhergeworfen hast, Tobias. Gott im Himmel, du warst wirklich unerträglich."

„Tatsächlich?" wirft Sebastian ein. Das ist auch für ihn neu. Er verzieht sein Gesicht zu einem befriedigten Grinsen, und ich laufe rot an. Eine Information, die ich lieber für mich behalten hätte.

„Allerdings habe ich das nur für eine Phase gehalten", fährt meine Mutter fort, „bis ich euer Baumhaus entdeckt habe."

„Du kennst unser Baumhaus?" rufe ich erstaunt. „Wie hast du es gefunden?"

Meine Mutter zuckt mit den Schultern. „Dein Schlafsack hat euch verraten. Du hast ihn nach dem Lager nicht zum Waschen abgeliefert. Er war plötzlich wie vom Erdboden verschluckt. Als ich dich danach gefragt habe, hast du immer so getan, als ob du nicht wüßtest, wovon ich rede. Und glaubst du wirklich, daß ich nicht gemerkt habe, daß du im Sommer oft erst nach Einbruch der Dunkelheit ins Haus zurückgeschlichen bist?"

„Ja, aber ...", unterbricht Sebastian.

„Ich bin Tobias eines Tages einfach nachgelaufen", sagt meine Mutter. „Und glaubt mir, ich bin nicht stolz darauf, daß ich das getan habe. Dem eigenen Sohn nachzuspionieren! Als ihr wieder weg wart, habe ich eure Behausung inspiziert und die Schlafsäcke gefunden. Da war mir auf einmal alles klar!"

Schuldbewußt sehen Sebastian und ich uns an. Wir hatten die zwei Schlafsäcke mit Hilfe der Reißverschlüsse zu einem großen verbunden, um uns besser aneinander ankuscheln zu können.

„Baumhaus? Was für ein Baumhaus?" echot mein Vater verständnislos.

„Direkt an der alten Brücke im Wald hinter Mehnerts Feldern", sagt meine Mutter ungeduldig.

„Ich wußte gar nicht, daß es die Brücke noch gibt!"

„Sie ist auch völlig baufällig. Ich hoffe, ihr seid nicht darauf herumgeturnt", bemerkt meine Mutter nebenbei.

Langsam schütteln Sebastian und ich die Köpfe. Diese kleine Unwahrheit können wir uns gestatten.

Mein Vater schließt für einen langen, langen Augenblick die Augen und atmet tief durch. „Und ihr seid von den anderen verprügelt worden, weil sie herausbekommen haben, daß ihr ... was zwischen euch ist?" Er hat erhebliche Schwierigkeiten, das S-Wort auszusprechen.

„Ja", antworte ich. Die Erinnerung an die Prügelei läßt meine Stimme wieder bitter werden. „Wir sind die Schwulis, die Perversen, die Arschficker!"

„Tobias!"

„Das haben sie gesagt, nicht ich!" erwidere ich heftig. „Sie haben Sebastian zusammengeschlagen und auf der Straße liegenlassen. Ich habe gedacht, sie schlagen ihn tot", erzähle ich mit leiser Stimme weiter, „und dann haben sie mich in den Dreck gestoßen. Sie haben mich getreten und bespuckt, und ich mußte ihnen zeigen, was ... was Sebastian und ich miteinander tun." Ich drehe mich zu meinem Vater, und die Tränen steigen mir in die Augen. Plötzlich weine ich, wie ich es lange nicht mehr getan habe.

Mein Vater nimmt mich in den Arm, eine Geste, die er sich seit Jahren verkniffen hat, und streichelt meine verdreckten Haare.

Während die Reaktion meiner Eltern auf unser Coming-out relativ glimpflich verlaufen war, hatte Sebastian einen viel schwereren Stand – genau wie er es vorausgesagt hatte.

Nachdem mein Vater Sebastian verarztet hatte, brachten wir ihn nach Hause. Mutter unterrichtete Tante Rena, die entsetzt die Hand vor den Mund hob, in groben Umrissen über das, was geschehen war. Vater gab Franz Schulpeter Instruktionen, daß Sebastian möglichst viel liegen müsse und am Nachmittag den Arzt aufsuchen solle. Danach zerrte er mich aus dem Haus, obwohl ich mich mit Händen und Füßen dagegen sträubte, Sebastian jetzt allein zu lassen.

„Das ist eine Familienangelegenheit", erklärte mein Vater bestimmt. „Das geht nur Schulpeters etwas an."

„Aber Sebastian war auch bei uns dabei!" widersprach ich trotzig. „Ich will ihm doch nur helfen!"

„Es reicht jetzt, Tobias!" herrschte mich mein Vater an, aber in seiner Stimme klang auch Unsicherheit mit. „Das Maß ist voll für heute!"

Bedrückt setzte ich mich zu Hause an den Küchentisch und lauschte angestrengt durch die offenen Fenster nach drüben. Selbst meine Eltern hielten sich unter diversen Vorwänden in der Küche auf und waren ungewöhnlich still. Wir alle wußten, daß Franz Schulpeter dieses weitere Drama in seiner Familie nicht so leicht verkraften würde. Meine Augen ließen das Fenster von Sebastians Zimmer keinen Moment aus dem Blick.

Das Zuschlagen einer Tür im Haus gegenüber ließ mich zusammenzucken. Der Wind trug nur Satzfetzen zu uns herüber, aber das, was wir verstanden, reichte aus, um meine schlimmsten Befürchtungen zu bestätigen. Je länger Sebastians Vater redete, desto mehr steigerte sich seine Wut. Seine Stimme wurde immer lauter.

„... dulde so etwas nicht in meinem Haus!" hörten wir, „... werde ich dir schon wieder austreiben! ... hat er dich dazu angestiftet? ... verbiete dir den Umgang ..."

Verzweifelt sah ich meine Eltern an.

„... habe nicht vergessen, was damals in der Kirche passiert ist ...", brüllte Sebastians Vater weiter, „... zwei saubere Früchtchen, aber damit ist jetzt Schluß!"

Wenn Sebastian überhaupt etwas erwiderte, dann war es so leise, daß wir es nicht hören konnten.

Aber Franz Schulpeter war noch lange nicht fertig. „... darf gar nicht an das Gerede im Dorf denken! Erst Jonas, dann deine Mutter und jetzt auch noch du! ... wirst dieses Haus nur noch verlassen, um zur Schule zu gehen ... jeden Nachmittag an der Tankstelle aushelfen ... wollen wir doch mal sehen ... sollte dich windelweich prügeln!"

Dann, plötzlich, erneutes hektisches Türenschlagen, und eine weitere Stimme mischte sich in die Auseinandersetzung ein: Jonas. Jonas, dem es scheinbar auf eine merkwürdige Art und Weise bestimmt war, zu unserem Schutzengel zu werden.

„Papa, nein!" rief er mit kippender Stimme. „Das darfst du nicht tun! Das ist böse! Nicht schlagen! Basti ist krank!"

„Geh sofort auf dein Zimmer, Jonas!" brüllte Franz Schulpeter außer sich vor Wut. „Du hast hier nichts zu suchen!"

Danach hörten wir ein Poltern, Schreie und auf einmal Sebastians laute und verzweifelte Stimme: „Laß ihn in Ruhe, Papa! Er hat dir nichts getan! Er weiß doch gar nicht, worum es geht! Laß ihn los!"

Meine Mutter drehte sich mit einem entsetzten Blick zu meinem Vater um. „Das geht zu weit", sagte sie. „Du mußt etwas unternehmen, Paul!"

Aber mein Vater war schon auf dem Weg zur Tür. „Ich werde mit Franz zu Gesike gehen. Rechne nicht vor heute abend mit mir", rief er ihr zu, dann eilte er über die Straße und lief zu Schulpeters ins Haus. Einige Zeit später kam er mit Sebastians Vater wieder nach draußen, redete beruhigend auf ihn ein und klopfte ihm auf die Schulter. Zusammen machten sie sich auf den kurzen Weg ins *Hessische Kalb*, um die Ereignisse des Tages in einem See von Alkohol zu ertränken. Sobald die beiden außer Sichtweite waren, rannten meine Mutter und ich nach drüben, um nach Sebastian und Jonas zu sehen. Tante Rena empfing uns schon in der Haustür.

„Er kann nichts dafür", sagte sie bedrückt und ließ sich von meiner Mutter umarmen, „für ihn ist einfach eine Welt zusammengebrochen! Jonas' Behinderung, Irenes Krankheit und jetzt Sebastian. Das war einfach zuviel für ihn, und er hat die Beherrschung verloren ... er denkt, es ist alles seine Schuld."

Schnell schlüpfte ich an den beiden Frauen vorbei und rannte nach oben zu Sebastian. Er kniete neben Jonas am Boden, der sich zu einer Kugel zusammengerollt hatte und leise wimmerte.

„Er hat auf Jonas eingeschlagen", schluchzte Sebastian und umarmte seinen Bruder. „Jonas hat die Schläge erhalten, die Papa mir geben wollte!"

„Es tut mir leid", flüsterte ich, „es tut mir so leid."

Sebastian schluckte seine Tränen hinunter und wischte meine Entschuldigung beiseite. „Du kannst ja nichts dafür. Mein Vater ist ein Arschloch!"

„Jonas", sagte ich vorsichtig, „Jonas, es ist vorbei. Alles wird wieder gut!" Aber Sebastians Bruder hörte nicht auf zu wimmern.

„Er hat sich überhaupt nicht gewehrt", sagte Sebastian. „Er hat sich einfach zwischen mich und Papa gestellt und die Ohrfeigen kassiert, die für mich bestimmt waren."

Ich wußte nicht, was ich sagen sollte. Ich stand einfach da und starrte hilflos auf die beiden Brüder hinunter, deren Leben so eng mit meinem verzahnt war.

„Du solltest jetzt gehen, Tobias", sagte Tante Rena sanft, die hinter mir das Zimmer betreten hatte. „Jonas braucht Ruhe, damit er wieder zu sich kommen kann. Ich werde ihm seine Tabletten geben, und dann wird er sich beruhigen. Glaub mir."

„Und was ist ... mit uns?" fragte ich zitternd und deutete auf Sebastian.

„Warte ein paar Tage", seufzte sie. „Gib allen ein bißchen Zeit. Es wird sich alles finden. Du wirst sehen."

Ich nickte automatisch. Als ich mich zum Gehen wendete, beugte ich mich schnell zu Sebastian und legte meine Stirn an seine. „Liebst du mich?" flüsterte ich ihm ins Ohr.

Er starrte mich mit seinem heilen Auge an. „Brauchst du wirklich noch eine Antwort auf diese Frage?" zischte er mir zu, bevor er sich wieder um seinen Bruder kümmerte.

Draußen hält ein Wagen und reißt mich aus meinen Gedanken. Wer um alles in der Welt will mitten in der Nacht zu uns? Rasch gehe ich zur Haustür. Auf dem Bürgersteig steht ein Mercedes der neuen S-Klasse, in einem dezenten Silbergrau und mit Scheinwerfern wie die Flutlichter eines Fußballstadions.

Die Fahrertür wird aufgestoßen, und meine Schwester Anna steigt umständlich aus dem Wagen. Das Handy zwischen Ohr und Schulter geklemmt, winkt sie mir zu, während ich nur mit meiner Schlafanzughose bekleidet die Haustür öffne und mir das Spektakel ansehe, wie sie versucht, gleichzeitig zu telefonieren, ihr Köfferchen vom Beifahrersitz zu holen und danach den Wagen abzuschließen.

Schließlich fallen ihr die Autoschlüssel aus der Hand, und sie ruft: „*Shit! No, not you, Steve, I just dropped my car keys. Listen, can I call you tomorrow, I just got to my parent's place ... yes, okay, bye!*"

„Nettes Auto", sage ich zur Begrüßung. „Neu?"

„Firmenwagen", antwortet sie knapp. „Könntest du mir mal mit der Tasche helfen?"

Ich deute auf meine nackten Füße. „Sorry."

„War ja klar", murmelt sie und trägt genervt ihre Sachen selber ins Haus. Ich trabe hinter ihr her, fühle mich wie ein gemaßregelter Lakai und betrachte meine Schwester heimlich und mißgünstig. Wie lange habe ich Anna nicht gesehen? Drei, vier Jahre? Sie trägt eine andere Frisur als damals: kurzgeschnittene, braune Haare, die ihr nicht stehen, dazu ein graues Kostüm, dunkle Pumps und eine pastellfarbene Bluse. In der Küche unserer Eltern sieht sie fehl am Platze aus. Sie paßt nicht zur Einrichtung. Sie sieht aus wie jemand, der eine *Poggenpohl*-Küche kauft und sie dann nur zum Kaffee kochen benutzt. Wie jemand, der Geschäftsessen von der Steuer absetzen kann. Wie jemand, der geschäftliche Termine vortäuscht und die Verantwortung für die Beerdigung des eigenen Vaters dem jüngeren Bruder aufhalst.

Ich schleuse meine Schwester in die Küche. „Mama und Franziska schlafen schon", erkläre ich. Anna setzt sich müde auf einen Küchenstuhl. „Ich dachte, du kommst erst übermorgen zur Beerdigung", sage ich angriffslustig.

„Hat Franziska denn nicht gesagt, daß ich angerufen habe, um mich für heute abend anzukündigen?"

Ich bin etwas irritiert. Ich erinnere mich vage, daß Franziska heute mittag etwas von einem Anruf Annas gesagt hat, aber ich weiß nicht mehr, ob sie etwas über den Inhalt des Telefonats hat verlauten lassen. Wahrscheinlich nicht. Franziskas Gehirn besteht sowieso zu fünfzig Prozent aus Gummibärchen, und der Rest ist meistens zerstreut.

„Wie kommt's?" frage ich spitz.

Anna sieht mich etwas merkwürdig an. „Was soll das, Tobias? Ich habe extra einige Termine verschoben, um früher hier sein zu können. Warum machst du mich jetzt an?"

Weil du das älteste Kind bist und dich gedrückt hast! bin ich versucht zu sagen. Weil ich wegen dir schon vier Tage hier herumhänge, weil ich wegen dir ... über Sebastian nachdenken muß. Aber ich sage natürlich kein Wort. Was kann Anna schon dafür? Es wäre nur prima, wenn ich irgendwem die Schuld geben könnte.

„Wie geht es Mama?" fragt sie.

„Geht so", antworte ich ungnädig. „Wie soll es ihr schon gehen? Sie ist traurig. Aber sie hält sich ganz tapfer."

„War es schlimm?"

Was für eine Frage. Was soll ich darauf antworten? Ich zucke mit den Schultern. „Du kennst sie besser als ich."

„Aber ich war nicht hier", sagt Anna heftig. „Außerdem warst du schon immer ihr Liebling!"

Ich starre meine Schwester erstaunt an. „Ich? Du spinnst! In den letzten zwanzig Jahren habe ich sie kaum gesehen!"

„Was spielt das denn für eine Rolle? Ihr habt dafür doch ständig telefoniert."

„Das haben Franziska und ich auch getan", gebe ich zurück. „Das hat nichts zu sagen."

Annas Blick fällt auf das gerahmte Foto unserer Familie minus Franziska, das ich auf dem Küchentisch liegengelassen habe.

„Hier!" sagt sie triumphierend. „Da ist der Beweis! Das Foto hat sie deinetwegen machen lassen. Nur deinetwegen. Ich weiß es noch genau. Gott, ist das lange her."

Entdecke ich da eine emotionale Regung bei meiner sonst so kühlen, geschäftsmäßigen Schwester? Vielleicht sogar so etwas wie Eifersucht?

„Nein", sage ich ruhig, „du irrst dich. Papa wollte das Bild machen lassen. Es war Papas Idee."

„Ja? Na, ist auch egal. Kommt doch auf dasselbe raus", winkt Anna ab. „Hör zu, Tobias, ich bin müde. Morgen können wir uns gerne weiterstreiten, aber jetzt will ich nur noch schlafen, okay? Ich bin seit heute morgen um sieben auf den Beinen. Gib mir einfach eine Decke, und ich lege mich im Wohnzimmer auf die Couch. Wenn Franzi vergessen hat, etwas zu sagen, habt ihr ja wohl kein Bett für mich fertiggemacht, oder?"

Ich schüttele den Kopf. Dann hole ich Anna eine Wolldecke aus dem Flurschrank und werfe sie ihr auf das Sofa.

„Gute Nacht", sage ich leise, und dann steige ich die Treppe hinauf, während sich Anna im Wohnzimmer ein provisorisches Nachtlager bereitet.

Und ich habe doch recht! denke ich patzig. Es war Papas Idee!

Das Familienfoto war eine Reaktion meines Vaters auf die unfreiwillige Entdeckung, daß sein ältester Sohn beschlossen hatte, homosexuell zu werden. Noch mehr allerdings hatte es mit dem Gerede im Dorf zu tun.

Natürlich ließ sich der Grund für die Prügelei nicht verheimlichen, insbesondere weil meine Eltern über das Ausmaß an Gewalt so entsetzt waren, daß sie sowohl bei Dorfvorsteher Zepp als auch den Eltern von Udo Hirschberg und der Mutter von Karsten Kretschmer vorstellig wurden. Andy und Kai erhielten zwei Wochen Hausarrest und mußten sich unter den Augen ihres Vaters bei Sebastian und mir entschuldigen. Udo Hirschberg wurde von seinem Vater mit einer Tracht Prügel versehen, und Karsten bekam einen Monat Taschengeldentzug. Nicht, daß dies Sebastian und mir das anschließende Spießrutenlaufen erspart hätte, aber es war das erste, was meinen Eltern einfiel, um der Gerechtigkeit genüge zu tun.

Nach dem unbeabsichtigten Bekenntnis zu unserer „Veranlagung" wurde jedoch auch meinen Eltern deutlich, daß die Aufklärung, sowohl in ihrer kulturhistorischen als auch in ihrer sexuellen Variante, unsere Gegend eigentlich nur gestreift hatte. Nicht nur wurden Sebastian und ich in der Schule auseinandergesetzt und vom Klassenlehrer strengstens ermahnt, körperliche Kontakte in seiner Gegenwart zu unterlassen, außerdem wurden meine Eltern und Herr Schulpeter vom Schuldirektor zu einem ernsten erzieherischen Gespräch zitiert, in dem ihnen mit wichtigtuerischer Miene erklärt wurde, daß „diese Sache" ja heutzutage heilbar sei und die Schule darauf dränge, diese „Abnormalität" mit medikamentösen oder therapeutischen Mitteln zu beheben. Meine Eltern und sogar Franz Schulpeter waren sprachlos und brauchten ein paar Sekunden, um sich zu fangen. Erst als sich mein Vater dann wütend jede staatliche Einmischung in seine Erziehungsmethoden verbat und den Direktor darauf hinwies, daß Sebastian und ich von vier seiner Schüler verprügelt worden seien und dies ein wohl eher zweifelhaftes Licht auf die humanistischen Lehransätze seiner Institution warf, ließ unser Schuldirektor den Vorfall auf sich beruhen.

Die Hänseleien in der Schule mußten Sebastian und ich dagegen allein und ohne elterliche Hilfe durchstehen. Die Mädchen verhielten sich meist neutral und straften uns maximal mit Verachtung, weil wir unseren Status als potentielles Objekt ihrer weiblichen Begierde verloren hatten. Einige wenige sahen in uns plötzlich Verbündete, die ihnen nun ohne Gefahr die unerklärlichen Schwankungen im Gefühlsleben pubertierender Jungen begreiflich machen konnten, und schütteten uns ihr Herz aus. Es dauerte eine Weile, bis sie kapiert hatten, daß Sebastian und mich das Seelenleben von Kai Zepp oder Karsten Kretschmer einen Scheißdreck interessierte.

Die meisten Jungen reagierten mit Spott, Beleidigungen, Rempeleien und dem Androhen neuerlicher Prügel. Wir gewöhnten uns an, immer einen Blick nach hinten zu werfen. In den ersten Wochen weigerten sich fast alle, nach dem Sportunterricht zu duschen, wenn wir uns in der Umkleidekabine aufhielten. Es war unmöglich, die herablassenden Blicke und miesen Sprüche zu überhören, und ich konnte plötzlich gut nachempfinden, was für eine Demütigung es für Menschen im Mittelalter bedeutet hatte, an den Pranger gestellt zu werden. Einzig Mac und Zimmi, die anderen Mitglieder der *Band on the Run*, machten sich nichts daraus, daß Sebastian und ich jetzt „plötzlich“ schwul waren.

„He“, sagte Mac auf der ersten Bandprobe nach unserem Comingout, „Elton John soll auch schwul sein, und Jimi Hendrix hat es wohl genommen, wie es gekommen ist. Mir ist das egal. Hauptsache, ihr könnt weiterspielen. Wenigstens müssen wir keine Angst mehr haben, daß ihr vom Wichsen krumme Finger bekommt und eure Instrumente nicht mehr halten könnt!“

„Sehr witzig!“ erwiderte ich trocken. „Elton John kriegt 'ne Glatze, und Jimi Hendrix ist tot! Sollen wir uns die jetzt als Vorbild nehmen, oder was?“

Damit war die Sache für Mac und Zimmi gegessen.

Auch in der Schule legte sich die Aufregung allmählich. Nachdem unsere Schulfreunde vergeblich und mit Stielaugen darauf warteten, daß Sebastian und ich während der Pausen in der Raucherecke animalisch über einander herfielen und irgendwelche Perversionen begingen, verloren sie das Interesse und ließen uns in Ruhe. Andere Sensationen, wie die ungewollte Schwangerschaft von Sebastians Exfreundin Yvonne und die hektische Fahndung nach dem unbekannten Vater des Kindes, verdrängten uns schließlich vom ersten Platz der Aufmerksamkeit. Aber Sebastian und ich wurden nie wieder auf eine Klammerbluesfete eingeladen.

Viel schwieriger war ein Problem, mit dem meine Eltern zu kämpfen und mit dem sie nicht gerechnet hatten: die Vorurteile der erwachsenen Dorfbewohner, ihrer Nachbarn und Bekannten, waren nicht so schnell aus der Welt zu schaffen. Anfänglich erfreute sich die Apotheke meiner Eltern eines großen Zulaufs, und mein Vater verzeichnete noch zehn Tage nach der Prügelei bei den Dorfbewohnern eine unerklärliche Welle von Migräneattacken, Rückenbeschwerden und Erkältungssymptomen und damit einhergehend einen sprunghaften Anstieg beim Verkauf der entsprechenden Medikamente. Der Tenor der Kommentare war vor allen Dingen Mitleid mit den armen, geplagten Eltern und ein allgemeines Wehklagen über die moralische Verderbtheit der Jugend von heute. Metzger Herrmann und Gesike machten dafür insbesondere die SPD-Regierung verantwortlich. Die Gewalt, die mir und Sebastian angetan worden war, wurde eher am Rande verurteilt, und Jonas' Rolle als unser Retter mit seinem beschränkten Horizont abgetan.

Als sich meine Eltern aber scheinbar nicht dazu entschließen konnten, mich in ein Erziehungsheim zu schicken oder zumindest kastrieren zu lassen, schwenkte die Stimmung im Dorf um, und die Umsätze meines Vaters gingen drastisch zurück, getreu dem Motto: mitgehangen, mitgefangen. Plötzlich wurden meinen Eltern laxe Erziehungsmethoden angekreidet, und die Verantwortung für mein „Fehlverhalten" wurde ihnen angelastet. Es sah so aus, als wäre meiner Familie und mir die mittelalterliche Rolle der Aussätzigen, der Leprakranken zugefallen, die man nur am Rande der Dorfgemeinschaft duldet und um die man besser einen großen Bogen macht, wenn man nicht angesteckt werden möchte. Selbst eine mehr als deutliche Kanzelpredigt von Pfarrer Neurath, der dieses eine Mal seine persönlichen Überzeugungen hinten anstehen ließ und zur Toleranz und Nächstenliebe mahnte, bewirkte nur ein mäßiges Abflauen der Ablehnung. Anna und Achim beklagten sich, daß sie von ihren Freunden geschnitten wurden, und insbesondere Anna erklärte wütend, daß sie keine Lust habe, nur wegen mir in eine Art Sippenhaft genommen zu werden. Bald lagen bei allen die Nerven blank.

Nach zwei Wochen hatte mein Vater die Nase voll und ging zum Gegenangriff über. Er packte Oma Gundi, meine Mutter, meine Geschwister und mich ins Auto, fuhr mit uns nach Fulda und ließ dort das Foto herstellen, das überdeutlich und allen zeigen sollte, daß die Listigers nach wir vor eine Familie bildeten, unabhängig davon, ob der älteste männliche Nachkomme mit dem Sohn des Nachbarn intimen Kontakt pflegte oder nicht.

Als einige Tage später Frau Bauer, die Schwester von Zepp, die Apotheke betrat, um ein Mittel gegen Sodbrennen zu kaufen – und um meine Mutter mitleidig zu fragen, wie sie denn mit diesem „schweren Schicksal", gemeint war ich, fertig werde –, holte mein Vater demonstrativ das soeben gerahmte Bild hervor und stellte es Frau Bauer direkt vor die Nase auf den Verkaufstresen. Frau Bauers Sodbrennen war auf der Stelle verflogen, und man hätte eher annehmen können, daß sie unter einer Kiefersperre litt. Mit einem säuerlichen Lächeln murmelte sie „Was für ein entzückendes Bild!", drehte sich auf dem Absatz um und stattete der Frau von Bauer Mehnert und Rosalinde Gesike einen hektischen Informationsbesuch ab, genau wie mein Vater vorausgesehen hatte.

Von da an begann sich der Umgang der Dorfbewohner mit meinen Eltern und auch mit Sebastian und mir langsam zu normalisieren. Natürlich hatte dies weniger damit zu tun, daß das Verhalten meiner Eltern gebilligt wurde, denn Schweinkram blieb Schweinkram, aber mein Vater hatte gezeigt, daß er bereit war, für seine Überzeugung und für seine Familie einzutreten, und diese Entscheidung flößte den Leuten Respekt ein.

Vielleicht aber hing es auch damit zusammen, daß die nächste Apotheke zehn Kilometer weit weg war. Der Mensch ist ja von Natur aus faul.

Am überraschendsten jedoch war das Verhalten von Herrn Schulpeter. Nachdem er von meinem Vater an jenem Nachmittag zu Gesike gezerrt worden war, blieben die beiden lange weg. Irgendwann gegen zwei Uhr nachts wurde ich aus dem Schlaf gerissen, als unten auf der Straße zwei kichernde und völlig betrunkene Männer die Kastanienbäume vor unserem Haus umarmten und *Griechischer Wein* sangen. Hinter meiner Gardine verfolgte ich, wie gegenüber und in unserem Haus die Türen geöffnet wurden, und Tante Rena und meine Mutter die jeweiligen Hausherren wortlos nach drinnen zerrten. Mein Vater krachte wie ein notgeschlachtetes Pferd auf sein Bett und begann sofort lauthals zu schnarchen. Am nächsten Tag ernährte er sich ausschließlich von Aspirin.

Danach verlor Sebastians Vater nie wieder ein Wort über unsere Homosexualität. Er tat einfach so, als hätte die Prügelei nie stattgefunden und als hätte er niemals die Wahrheit über mich und Sebastian herausbekommen. Ohne eine einzige Silbe zu sagen, erklärte Herr Schulpeter das Thema zu einem Tabu in seinem Haus, und sowohl ich als auch Sebastian begriffen instinktiv, daß es besser war, diesen faulen Kompromiß zu akzeptieren, als auf einer Auseinandersetzung zu bestehen. Ärger hatten wir schon genug gehabt.

1977 – Year of the Cat

Nachdem ich Anna aufs Sofa verfrachtet habe, schaue ich auf die Uhr. Es ist schon nach eins. Diese Nacht scheint eine der längsten in meinem Leben zu sein. Die Stunden vergehen wie in Zeitlupe, bleiben an mir haften, zäh und klebrig wie der Teig für einen Hefekuchen. Seufzend hake ich jeden Gedanken an Schlaf für diese Nacht ab.

Auf dem Nachttischchen neben meinem Bett steht eine Kerze. Hat meine Mutter Angst vor einem plötzlichen Stromausfall, oder hat sie sich daran erinnert, daß ich das warme, gelbe Licht und den Geruch von brennendem Wachs liebe? Ich muß an Oma Gundi denken, zu deren vielen Eigenarten auch das unbeugsame Festhalten an einigen überholten Traditionen gehörte. Unter anderem vergaß sie nie, abends eine brennende Kerze ins Fenster zu stellen.

„Wozu soll das gut sein?“ fragte ich sie einmal, während sie mit unsicheren Fingern den Docht anzündete.

„Damit zeigt man, daß man an seine Lieben denkt, die gerade nicht bei einem sein können“, erklärte sie mit einem feuchten

Schimmer in den Augen, und ich überlegte, ob sie eher an Opa Friedhelm oder an ihre Wellensittiche dachte. Bei Oma Gundi kamen beide Möglichkeiten in Betracht. Ehemänner oder Wellensittiche, sie verteilte ihre Liebe gleichmäßig. „Die brennende Kerze soll ihnen den Weg nach Hause zeigen."

Die Vorstellung, daß die Flamme einer Kerze Oma Gundis verstorbene Lieblinge aus dem Grab wiederauferstehen ließ und in unser Haus lockte, fand ich ein bißchen gruselig. „Mama und Papa wären bestimmt nicht damit einverstanden, wenn hier plötzlich zehn Wellensittiche durch das Haus flattern würden", wagte ich einzuwenden. „Ich glaube, vor allem Mama hat noch genug von Lisa."

Meine Großmutter musterte mich mit einem verachtenden Blick. „Du hast eine ziemlich große Klappe!" stellte sie fest und drehte mir den Rücken zu.

Ich stehe auf und stelle mich ans offene Fenster. Die Kerze plaziere ich in der Mitte der Fensterbank. Eine schwache Brise versucht die drückende Schwüle des vergangenen Tages zu vertreiben und läßt die Flamme hin und her flackern. Ich starre in den sternenklaren Himmel und lausche in die Nacht. Draußen ist es ganz still; nur ein paar Grillen zirpen irgendwo im Gebüsch. Nirgendwo ist eine Wolke zu sehen: Morgen wird es erneut einen sonnigen und heißen Tag geben. Automatisch fällt mein Blick auf die Leuchtreklame der Tankstelle. Das Licht der Preisschilder für Super, Normal und Diesel taucht einen kleinen Ausschnitt des angrenzenden Ladens in ein mattes Gelb. Ich höre das Geräusch einer zufallenden Tür und das leise Klicken eines Feuerzeuges. Mit halb zusammengekniffenen Augen kann ich von meinem Fensterplatz Sebastian ausmachen, der auf einer kleinen Bank in der Dunkelheit sitzt und eine Zigarette raucht. Vielleicht hat ihn Annas Ankunft geweckt, vielleicht hat auch er noch gar nicht geschlafen. Sein Kopf ist in meine Richtung gedreht, und als sich meine Augen an die Nacht gewöhnen, meine ich, ein hinterlistiges Grinsen auf seinem Gesicht zu erkennen. Minutenlang starren wir uns reglos an, und keiner von uns beiden sagt ein Wort. Dann, plötzlich, beginnt Sebastian an einem kleinen, schwarzen Kasten herumzufummeln, der neben ihm auf dem

Bänkchen steht. Zu spät erkenne ich den Kassettenrecorder. Sebastian drückt eine Taste, und leise Musik weht zu mir herüber. Sebastians Grinsen verschwindet ebenso schnell, wie es entstanden ist. Ich brauche nur ein paar Sekunden, bis ich mit den ersten Klavierakkorden das Lied erkenne. Es ist eine Nachricht für mich. Eine Nachricht, die Zeit und Raum überspringt, mich sofort in ihren Bann schlägt und erst losläßt, als das Lied schon fast wieder verklungen ist:

„Well, morning comes and you're still with her
And the bus and the tourists are gone
And you've thrown away your choice and lost your ticket
So you have to stay on
But the drumbeat strains of the night remain
In the rhythm of the new-born day
You know sometime you're bound to leave her
But for now you're going to stay
In the year of the cat ...“

Mit zitternden Händen räume ich die Kerze zur Seite und schließe das Fenster, um die Musik auszusperren. Aber Sebastian hat sein Ziel erreicht. Es gibt viele Wege, die Geister der Vergangenheit heraufzubeschwören. Meine Gedanken sind weit weg, auf einer winzigen Insel im Ägäischen Meer.

Sebastian und ich hatten hart gearbeitet, um uns den Urlaub zu ermöglichen. Er hatte nachmittags und an Wochenenden die Buchführung seines Vaters überprüft, Autos poliert und sogar kleinere Reparaturen in der behelfsmäßigen Werkstatt der Tankstelle durchgeführt, häufig nur mit einem verdreckten und verschwitzten Blaumann bekleidet – was mich jedesmal fast wahnsinnig machte. Der Geruch von Öl und Schweiß auf seiner Haut erregte mich zusätzlich, und mehr als einmal überredete ich ihn, beim Sex die Arbeitsklamotten anzubehalten. Ich hatte wochenlang in der Apotheke meines Vaters ausgeholfen, Hühneraugenpflaster und Hustensaft verkauft und mir gelangweilt die Schmerzen beschreiben lassen, die Frau Werners Krampfadern und Rosalinde Gesikes Durchblutungsstörungen in den Füßen verursachten. Alles sehr zur Freude meiner Mutter, die so angeblich mehr Zeit hatte, sich um Achim zu kümmern, der gerade die ersten Anzeichen seiner beginnenden Pubertät in Form von unzähligen Pickeln zu zeigen begann und seinen *Clearasil*-Verbrauch um das Dreifache steigerte. Unausgesprochen stand die Angst meiner Eltern im Raum, Fehler, die sie bei mir vielleicht begangen hatten, bei Achim zu wiederholen.

Insgeheim aber verdächtigte ich meine Mutter, daß ihr meine Arbeit in der Apotheke deshalb gerade recht kam, weil sie dadurch endlich Muße hatte, ihrer Lieblingsbeschäftigung nachzugehen. Und die bestand in diesem Sommer darin, alle Wiederholungen der *Forsyte-Saga* zu sehen, die im dritten Programm ausgestrahlt wurde. Anfänglich versuchte mein Vater meiner Mutter zuliebe, ab und zu ebenfalls vor dem Fernseher sitzenzubleiben und die verworrenen Handlungsstränge mitzuverfolgen, aber schon nach der dritten Episode hatte er sich restlos in dem chaotischen Beziehungsgeflecht der Charaktere verheddert.

„Hannah?" fragte er hin und wieder vorsichtig, während meine Mutter nur widerwillig knurrte und wie gebannt auf den Fernseher starrte. „Wer ist der Mann, der sich gerade mit Jolyon streitet? Ist das Monty Darty?"

„Nein, natürlich nicht. Das ist Jo, Jolyons Sohn!" erwiderte meine Mutter unwirsch. „Monty Darty ist doch mit Soames' Schwester Winifred verheiratet."

„Oh, ich dachte, mit der wäre Jo verlobt."

„Nein, Jo ist mit Francis verheiratet, aber June, seine Tochter, stammt angeblich aus einer unehelichen Verbindung."

„June", sagte mein Vater verwirrt, „das ist die Frau, die jetzt gerade hereingekommen ist und die Vitrine putzt, ja? Oder ist es Francis?"

„Nein, Paul!" erklärte meine Mutter und sah meinen Vater verächtlich an. „Das ist nur das Dienstmädchen!"

Eine weitere, für Sebastian und mich recht überraschende Einnahmequelle begann die *Band on the Run* zu werden. Im letzten Jahr hatten Mac, Zimmi, Sebastian und ich hart gearbeitet und fast jeden Sonntag mehrere Stunden in Schulpeters' Geräteschuppen geprobt. Eine Arbeit, die letztendlich nicht nur Spaß machte, sondern sich plötzlich auch auszahlte. Mit der Zeit entdeckten wir, daß wir annehmbare – in Macs Fall sogar talentierte – Musiker waren, erweiterten unser Repertoire gängiger Rocktitel um Songs wie *Get Back* und *Jumpin' Jack Flash*, und hin und wieder übten wir sogar einige von Mac selbst komponierte Lieder ein.

Mac hatte sich von unserer Begeisterung für J.R.R. Tolkien anstecken lassen und im Frühjahr in einer Art Größenwahn *Der kleine Hobbit* vertont. Von seinen Eltern bekam er einen Synthesizer geschenkt, und auf einmal konnten wir den Sound der *Band on the Run* erheblich erweitern und sogar Bläsersätze imitieren. Nachdem wir uns irgendwann auch noch trauten, unsere Stimmen mehrstimmig einzusetzen, stellten wir zu unserer Überraschung fest, daß es uns gelungen war, einen eigenen, unverwechselbaren Stil für unsere Band zu erschaffen. Plötzlich stapften grimmige Zwerge mit wuchtigen, hämmernden Bässen durch unsere Lieder, groovende Trompeten und Saxophone kündeten vom Erscheinen des Königs, und liebliche Streichersätze untermalten Bilbos philosophische Gedanken über die Unendlichkeit von einmal beschrittenen Wegen. Anfänglich war es schwer, Auftrittsmöglichkeiten zu erhalten, und mehrmals mußten wir förmlich darum betteln, auf Schulfeten oder den aufkommenden Anti-AKW-Veranstaltungen unsere Instrumente, Mikrofone und Verstärker auspacken zu dürfen. Im Laufe der Zeit aber entschieden die Zuhörer, daß sie unseren Sound mochten – Tolkien und die Oldies der sechziger Jahre waren mega-in und entsprachen dem Zeitgeist der Bürgerinitiativen –, und immer häufiger bekamen wir Gigs angeboten, bei denen wir nicht nur unsere Unkosten decken konnten, sondern bei denen am Ende für jeden sogar noch ein Hunderter heraussprang. Zimmi, der im Mai volljährig geworden war, legte sich einen rostigen VW-Lieferwagen zu, und damit waren wir nicht mehr davon abhängig, von unseren Eltern zu den Auftritten kutschiert zu werden. Wir waren auf dem besten Wege, von einer namenlosen Schülerband zu einer lokalen Bekanntheit zu werden.

Mac, Zimmi und seine Freundin Martina wurden unsere besten Freunde, und Sebastian und ich verbrachten den Großteil unserer Freizeit mit ihnen. Zusammen fuhren wir in Zimmis Lieferwagen nach Fulda oder Kassel, um Billard zu spielen, einen neueröffneten Minigolfplatz auszuprobieren oder einfach nur in Ruhe ein Bier zu trinken. Je häufiger Sebastian und ich der Enge des Dorfes entfliehen konnten, desto besser ging es uns, denn in der Gegenwart unserer Freunde brauchten wir nicht darüber nachzudenken, ob es in Ordnung war, den anderen zu umarmen oder ihm einen Kuß zu geben. Zwar mußten wir uns zu Hause nicht mehr vor Prügeln oder anderen Anfeindungen fürchten, aber die Ereignisse des letzten Jahres hatten Sebastian und mich gelehrt, vorsichtig zu sein. Wir hatten uns angewöhnt, jede Berührung zu vermeiden, wenn wir zusammen über die Straße liefen oder im Schulunterricht saßen. Wenn wir allein sein wollten, verzogen wir uns in mein Zimmer und verschlossen die Tür. Es dauerte eine Weile, bis meine Eltern in der Lage waren, diesen Umstand zu akzeptieren.

Unsere Lieblingsbeschäftigung in diesen Monaten, wenn wir mit den anderen unterwegs waren, war aber Kino. Wir durchforsteten die Programmkinos, die wie Pilze aus dem Boden schossen, lachten uns halbtot über die makabren Selbstmordversuche in *Harold and Maude* und summten die Cat-Stevens-Lieder mit. Wir nahmen an einer Filmparty der *Rocky Horror Picture Show* teil, bei der wir drei Flaschen Sekt leermachten und tütenweise Reis ins Publikum warfen. Unser absoluter Lieblingsfilm jedoch war das *Kentucky Fried Movie*, eine haarsträubende, cineastische Breitseite gegen die amerikanische Freizeit- und Unterhaltungsindustrie. Auf der Rückfahrt nach Hause rekapitulierten wir den Film, und Zimmi mußte so lachen, daß er den Lieferwagen in einen Graben fuhr und Mac sich in die Hose pißte. Noch Wochen später schlugen wir uns die diversen Filmzitate um die Ohren: „Samuel L. Bronkowitz präsentiert: Katholische Schulmädchen in Not!" oder fragten uns grinsend, ob es Zeit sei, Henry Gibson von der Organisation „Hilfe für die Toten" anzurufen, wenn wir bei Mac oder Martina gelegentliche Schläfrigkeit bemerkten – laut Film ein erstes Warnsignal für den unmittelbar bevorstehenden Exitus.

Das alles war jedoch kein Ersatz für die Reise, der wir beide entgegenfieberten. Im Juli war es endlich soweit: Sebastian und ich hatten genug Geld gespart, um unser erstes Interrail-Ticket zu kaufen und einen Urlaub in den sonnigen Süden Europas, bis nach Griechenland, zu finanzieren. Kurz darauf saßen wir mit unseren Rucksäcken im Zug, bewaffnet mit ein paar frischen Unterhosen, jeder Menge Reiseführer und einem Brustbeutel, in den Tante Rena und meine Mutter unser selbstverdientes Taschengeld eingenäht hatten.

Interrail-Touren – als Möglichkeit, ein weit entferntes europäisches Urlaubsziel zu erreichen – sind ja doch eher etwas für junge Menschen. Heute, im Zeitalter von Billigflügen und ICE-Verbindungen, käme ich im Traum nicht mehr auf die Idee, mich in einen Zug zu setzen, um die ungefähre Strecke einer halben Erdumrundung auf Schienen hinter mich zu bringen, noch dazu in einem Sechser-Abteil mit dunkelbraunen Sitzen und ebensolchen Gardinen, dessen Komfort nach zwanzig Stunden dem eines Viehtransporters nicht unähnlich ist. Wahrscheinlich hätte ich heute weder die Kraft noch die Nerven, eine derartige Strapaze noch einmal durchzustehen.

Unsere erste Station auf dem Weg nach Süden war ein „Abstecher“ nach Paris, auf dem ich als Anfangspunkt unserer Reise bestanden hatte. Fantasien von Paris als Stadt der Liebe und der Romantik spukten in meinem Kopf herum, nur darauf wartend, als Hirngespinste von der Realität enttarnt zu werden. Die achtstündige, nächtliche Zugfahrt verbrachten wir in einem Abteil mit einem siebzigjährigen Asthmatiker, dessen drei Doppelkinne bei jedem Atemzug wie der Vesuv kurz vor einer Eruption bebten, seinem nervösen Dackel, der bei jeder Erschütterung des Waggons – und seines Herrchens – zu bellen begann, und einem französischen Pärchen, das sich auf dem Heimweg von seiner Interrail-Tour befand. Der Junge hatte dem Mädchen wohl gerade gesagt, daß er nach diesem Urlaub die Nase von ihr voll habe, denn nach einem kurzen, aber heftigen Wortwechsel, von dem ich nichts verstand, in dem aber auf der Seite des Jungen die Vokabel *„merde“* eine zentrale Rolle einnahm, begann das Mädchen zu heulen. Anfangs hatte ich Mitleid mit ihr und bot ihr schüchtern ein Tempo an, aber nach zwei Stunden machte sie noch immer keinerlei Anstalten, mit dem Weinen aufzuhören. Spätestens an der deutsch-französischen Grenze hätte sie eigentlich völlig dehydriert sein müssen, aber irgendwie schaffte sie es, aus ihren Tränendrüsen immer noch ein bißchen mehr Flüssigkeit herauszupressen. An Schlaf war natürlich nicht zu denken, und als wir am frühen Morgen in Paris einfuhren, konnte ich ihren Freund zu seiner Entscheidung nur beglückwünschen und hätte ihr am liebsten noch einen Tritt gegeben.

An Paris selber kann ich mich nur noch vage erinnern, außer daß es fast ununterbrochen regnete. Trotzdem gaben Sebastian und ich unsere Rucksäcke an der Gepäckaufbewahrung ab, stolperten in das nächstgelegene Bistro und aßen zum Frühstück Croissants und tranken Milchkaffee. Der Kellner nutzte unsere Unerfahrenheit aus und nahm uns den doppelten Preis ab. Völlig übermüdet, aber trotz des schlechten Wetters ziemlich aufgekratzt, sahen wir uns Notre Dame an, begafften die Maler in Montmartre und ruhten uns während einer Regenpause auf den mit Coladosen und halbleeren Pommes-Frites-Tüten verschmutzten Stufen von Sacre Coeur aus. Zum ersten Mal fühlten wir uns frei von den prüfenden Blicken der Menschen um uns herum. Wir nutzten die Gelegenheit und erkundeten die Stadt Hand in Hand. Es war, als wären wir in die Flitterwochen gefahren. Wenn es anzügliche Bemerkungen von Passanten gab, so verstanden wir sie nicht, da keiner von uns Französisch sprach. Und da wir fremd in der Stadt waren, war es uns auch egal.

Eigentlich hatten wir uns vorgenommen, die Mona Lisa anzusehen, aber vor dem Louvre gab es eine ungefähr zehn Kilometer lange Warteschlange, und einige der Touristen, unrasiert und mit Campingstühlen, Regenschirmen und Gaskochern bewaffnet, sahen aus, als hätten sie schon eine Woche in der Schlange verbracht, und unterschieden sich nur geringfügig von den Obdachlosen, die an ihnen vorbeiwankten. Wir ließen es bleiben. Unser damaliges Versäumnis holte ich vor ein paar Jahren nach und war furchtbar enttäuscht, daß Leonardos Gemälde so *klein* ist. Ich hatte es mir immer viel größer und beeindruckender vorgestellt. Statt dessen hängt da so ein Bild, kaum größer als ein Schulatlas und noch dazu in depressiven Farben. Japanische Touristen mit Überbiß umschwirren das Gemälde wie lästige Insekten, und wenn man sie endlich verscheucht hat, ist alles, was man sieht, eine Frau mit halbseidenem Lächeln und einem leichten Silberblick. Da können die Kunstkritiker doch erzählen, was sie wollen: Mir sind meine Tom-of-Finland-Poster lieber.

Auch das Centre Pompidou, das mir meine kulturbeflissene Mutter wärmstens ans Herz gelegt hatte, beeindruckte Sebastian und mich nicht sonderlich. Von außen sah es aus wie ein überdimensioniertes Parkhaus vom Kaufhof. Immerhin fuhren wir mit der Rolltreppe auf die Dachterrasse, wo uns laut Reiseführer ein toller Blick über Paris erwartete – wenn es nicht geregnet hätte.

Die letzte Station unserer Besichtigungstour bildete der Eiffelturm, wobei wir uns allerdings nicht entschließen konnten, die Stufen hinaufzuklettern oder den Lift zu nehmen. Sebastian, weil er zu müde war, und ich, weil ich angesichts der schmalen Geländer und der luftigen Konstruktion grauenvolle Höhenangst bekam. Den Abend unseres ersten Urlaubstages bis zur Abfahrt unseres Nachtzuges nach Brindisi verbrachten wir zusammen mit ein paar Clochards und einigen Interrailern auf den Abluftgittern vor einem Seiteneingang des Pariser Bahnhofs, froh, unsere müden Beine auf unseren ausgerollten Schlafsäcken ausstrecken zu können. Zum Abendbrot gab es Baguette, Camembert und einen billigen Rotwein. Jemand hatte die Schuhe ausgezogen und erschlug hin und wieder Kakerlaken, die aus den Rohrschächten kletterten; ein amerikanischer College-Student hatte seine Gitarre ausgepackt und spielte Bob Dylans *Blowin' in the Wind*, und ein paar mitleidige Passanten warfen uns ab und zu ein paar Centimes in den Schoß. Meine Vorstellungen von Paris sahen jetzt nüchterner aus.

Aufgrund unseres schmalen Reisebudgets hatten wir mehrere Nachtfahrten eingeplant, um das Geld für die Jugendherberge zu sparen. Wir hatten dabei allerdings nicht berücksichtigt, daß es grundsätzlich unmöglich ist, in einem Zug voller Rucksacktouristen zu schlafen. Die unglücklichen Umstände unserer ersten Reiseetappe nach Paris hatten Sebastian und ich für einen Zufall gehalten. Wir sollten schnell eines Besseren belehrt werden.

Das Gedränge, das uns auf dem Bahnsteig empfing, glich dem Treiben eines orientalischen Basars zur Haupteinkaufszeit. Junge Leute aller Nationalitäten drängten sich dicht an dicht und versuchten mit allen Mitteln, eine gute Ausgangsposition für die Erstürmung des Zuges nach Süditalien zu erkämpfen. Vielfältiges Stimmengewirr scholl uns entgegen. Englisch, Französisch, Deutsch, Griechisch und verschiedene skandinavische Sprachen waren herauszuhören. Mittendrin bildeten einige italienische Großfamilien, die scheinbar ihren gesamten Hausrat inklusive riesiger Wäschetruhen und einiger Hühnerkäfige wie eine Trutzburg um sich aufgebaut hatten, ein paar homogene Sprachinseln.

Natürlich gelang es Sebastian und mir aufgrund unserer Unerfahrenheit nicht, eine aussichtsreiche Position auf dem Bahnsteig zu ergattern, die uns einen Sitzplatz für die lange Fahrt nach Brindisi garantiert hätte. Sobald der Zug auf dem Gleis bereitgestellt wurde, ging ein Ruck durch die Menge. Wie eine Schar Lemminge strömte alles auf die schmalen Zugtüren zu. In dem Gedränge schlug eine rundliche italienische Matrone Sebastian energisch und diverse Flüche ausstoßend ihre Handtasche auf den Kopf, als er sich an ihren zwei kleinen Kindern und fünf Reisetaschen vorbeidrängen wollte, und mir versperrte ein finnischer Hüne mit einer Boxernase zwei Minuten lang den Eingang in den Zug. Sebastian und ich mußten uns mit Plätzen auf dem Fußboden direkt vor der Toilette zufrieden geben.

Der Zug war völlig überfüllt. Nicht nur die Abteile waren restlos mit Reisenden und ihren Koffern, Taschen und anderen Habseligkeiten vollgestopft, auch in den Gängen war kein Durchkommen mehr. Überall standen klobige Rucksäcke im Weg; ein paar erschöpfte Urlauber legten sich auf den Boden, so daß man aufpassen mußte, nicht auf ausgestreckte Hände, Beine oder Füße zu treten. Zwei schon besonders erfahrene Interrailer versuchten, die Nacht in den Gepäcknetzen zu verbringen, und ab und zu tönte ein Fluch durch den Gang, wenn sie sich beim Umdrehen den Kopf an der Decke gestoßen hatten. Trotz geöffneter Fenster war die Luft im Wagen entsetzlich stickig. Die Körperausdünstungen unserer Leidensgenossen waberten um uns herum wie eine dichte Nebelwand und erinnerten mich unwillkürlich an die Sportumkleide unserer Schule. Sebastian und ich ließen seufzend die Rucksäcke von unseren Schultern gleiten, setzten uns auf den Boden und ergaben uns in unser unvermeidliches Schicksal.

Trotz der Unannehmlichkeiten war die Stimmung im Zug ziemlich gut. Nachdem alle begriffen hatten, daß sie sowieso nichts an ihrer Situation ändern konnten, versuchte jeder, das Beste daraus zu machen. Schon nach wenigen Stunden kam es zu Verbrüderungsszenen, deren langfristige Auswirkungen auf die politische Einigung der Europäischen Union nicht unterschätzt werden sollten. Zwei griechische Mädchen, die vielleicht drei oder vier Jahre älter waren als wir, erzählten in radebrechendem Englisch und mit glühenden Augen, wie ihr Campingplatz in der norwegischen Tundra von einem wütenden Elchbullen angegriffen und ihr Zelt zerfetzt worden war. Der Elch hatte ihre Rucksäcke durchwühlt und war dann triumphierend mit einem ihrer Bikini-Oberteile, dessen Träger sich in seinem Geweih verheddert hatten, im Wald verschwunden. Ein Engländer, der sich den Platz neben mir und Sebastian erkämpft hatte, teilte mit uns sein letztes Six-Pack Dosenbier und erklärte uns in allen Einzelheiten die Vor- und Nachteile jeder Fußballmannschaft in der englischen Oberliga; die italienische Mama, die für sich, ihre Kinder und ihr Gepäck die Hälfte eines Abteils erobert hatte, spendierte den auf dem Gang lagernden Interrailern eine selbstgemachte, fettriefende Salami, und der Finne, der mir erst den Weg verstellt hatte, aber dann trotz seiner breiten Schultern keinen Sitzplatz bekommen hatte, ließ nach Mitternacht versöhnlich einen Joint kreisen. Gegen drei Uhr nachts waren wir satt, ein bißchen betrunken und total bekifft – und hatten mit allen Mitreisenden Adressen getauscht.

Am nächsten Vormittag verschlechterte sich hinter Mailand die Situation allerdings dramatisch, weil die Zugtoilette dem Ansturm der Fahrgäste nicht mehr gewachsen war. Der Seifenspender hatte schon während der Nacht sein Leben ausgehaucht, danach war das fließende Wasser versiegt, jetzt aber verabschiedete sich auch die Klospülung. Die meisten Passagiere hielt das jedoch nicht davon ab, die Toilette weiter zu benutzen, da es mindestens eine halbe Stunde gedauert hätte, sich zur Toilette im nächsten Wagen durchzukämpfen. Gerüchte, die uns von den völlig überforderten Schaffnern aus dem vorderen Zugteil zugetragen wurden, besagten, daß unser Klo nicht das einzige war, das seinen Dienst eingestellt hatte. Der Gestank, der bald aus der engen Kabine drang, wenn jemand die Klotüre öffnete, war unerträglich und wurde anfangs mit feixendem Gejohle, später aber mit sichtlichem Unwillen kommentiert. Jason, der Engländer, blies jedesmal einen Tusch auf seinem Kamm, wenn die Klospülung vergeblich getätigt wurde, bekam dann eine grünliche Gesichtsfarbe und stammelte in regelmäßigen Abständen: *„Fuckin' Jesus*!". Selbst Maati, der Finne, der laut eigener Aussage in vierzehn Tagen fünftausend Kilometer zurückgelegt hatte, wurde immer stiller. Zum ersten Mal in unserem Leben gratulierten Sebastian und ich uns zu der Tatsache, daß wir auf dem Land aufgewachsen waren. Der Gestank von Jauche, der hin und wieder über Bauer Mehnerts Felder zog, hatte uns abgehärtet.

Nach mehr als einem Tag Bahnfahrt war jedoch auch unsere Leidensfähigkeit erschöpft, und als wir mitten in der Nacht in Brindisi ankamen, hätte ich alles, aber auch wirklich alles für eine Dusche und ein richtiges Bett zum Schlafen getan. Zusammen mit den beiden griechischen Mädchen, die mittlerweile herausgefunden hatten, daß Sebastian und ich schwul waren, und sich ausgesprochen wohl in unserer Gesellschaft fühlten, schleppten wir uns zum Hafen der süditalienischen Kleinstadt, die außer einem heißen Südwind und ein paar schmutzigen Häusern nichts zu bieten hatte, und warteten am Pier auf den Morgen und auf das nächste Schiff, das nach Patras übersetzen würde.

Auf dem Peleponnes verabschiedeten wir uns von den beiden Griechinnen, die in der Nähe von Korinth zu Hause waren, und fuhren weiter in das schon damals smogverseuchte Athen. Keiner von uns beiden hatte die Kraft oder Lust, sich die Akropolis anzusehen, und so entschieden wir uns, die nächstbeste Fähre auf irgendeine Insel zu nehmen, Hauptsache, es gab Sonne, Sand und Meer – und eine frische Brise.

Drei Tage, nachdem wir von zu Hause losgefahren waren, kamen wir auf Hydra an, einer winzigen Insel südlich von Athen, von der wir noch nie zuvor gehört hatten und die wir auch erst vergeblich in unserem Reiseführer suchten. Das Meer war dunkelblau; goldgelbe Klippen spiegelten sich im Wasser. Die kleine Ortschaft am Hafen bot eine Taverne, ein Restaurant mit drei wackeligen Tischen und einen Minimarkt, der nur nachmittags geöffnet hatte und uns mit den Notwendigkeiten des Lebens versorgte. In einer kleinen, weißgetünchten Pension, in der Mitte eines kargen, steinigen Hangs etwas oberhalb des Dorfes, bekamen wir ein Zimmer mit einem großen Doppelbett. Bei Tagesanbruch verfingen sich die ersten Sonnenstrahlen in der rotblühenden Bougainvillea neben unserem Fenster. In dem hellgestrichenen Innenhof wuchs ein Zitronenbaum, unter dessen Schatten wir morgens an einem steinernen Tisch frühstückten und den Fischern im Hafen beim Flicken ihrer Netze zusahen. Wir hatten unser Paradies gefunden.

Es ist spät, als ich aufwache. Durch die schlaflosen Nächte verschiebt sich mein Tagesrhythmus immer weiter nach hinten. Panisch springe ich aus dem Bett. Wahrscheinlich gibt es tausend Sachen, bei denen meine Mutter meine Hilfe braucht. Ich spüre schon ihre vorwurfsvollen Blicke, die mir ein weiteres Mal meine Unzulänglichkeit vor Augen führen. Es ist zum Verrücktwerden. Hier habe ich ständig das Gefühl, von den Ereignissen überrollt zu werden.

Aber in der Küche herrscht geschäftige Ruhe, als ich nach unten komme. Meine Mutter, Franziska und Anna sind damit beschäftigt, die letzten Trauerkarten zu beschriften und einzutüten. Für die Beerdigung, die übermorgen stattfindet, werden diese Benachrichtigungen ihre Empfänger natürlich viel zu spät erreichen, aber die Karten sind eh für Freunde meiner Eltern gedacht, die weit entfernt wohnen und nicht zur Trauerfeier kommen können. Meine Mutter hat es aufgegeben, jedem ein paar persönliche Worte unter den offiziellen Text zu schreiben, zu groß ist der Bekanntenkreis meiner Eltern.

„Kann ich euch helfen?" frage ich.

Anna schüttelt den Kopf. „Nein", sagt sie mißbilligend, „jetzt sind wir schon fast fertig." Der Vorwurf in ihrer Stimme ist unüberhörbar. Sie trägt eine schwarze, modische Hose, das Markenlabel so unauffällig plaziert, daß man es sofort bemerkt, eine schwarze Bluse und schwarze, flache Schuhe. Zusätzlich hat sie ein dezentes Makeup aufgelegt, das ihre Managerqualitäten unterstreichen soll. Handy und Laptop liegen griffbereit neben ihr. Ob sie einige Trauerkarten auch als E-Mail verschickt? Oder als SMS? Es ist jedenfalls offensichtlich, daß sie die Organisation der Beerdigung übernommen hat. Plötzlich kommt mir die Küche wie eine Dependance ihres Büros vor.

Ich öffne den Mund, um ihr zu widersprechen, will mich verteidigen und ihr erklären, daß ich es für meine Verhältnisse bisher ganz gut geschafft habe, schließlich sei sie diejenige, die nicht rechtzeitig zur Stelle gewesen ist, aber dann überlege ich es mir anders. Eigentlich ist es doch genau das, was ich will: Soll Anna die Verantwortung übernehmen. Soll sie ab jetzt auch ihr Scherflein beitragen. Kann mir nur recht sein. Dann habe ich wenigstens mehr Zeit für ... ja, wofür?

Unsicher gehe ich zum Kühlschrank und schmiere mir ein Butterbrot. In der Thermoskanne ist noch Kaffee. Während ich esse, beobachte ich meine nun bis auf meinen Bruder vollzählige Familie. Franziska hat sich verschreckt dem Kommandoton Annas untergeordnet, jedenfalls für den Moment. Ihr war die Effizienz ihrer großen Schwester immer ein bißchen unheimlich; darin sind wir uns ähnlich. Aber bald wird sie sicherlich eine Ausrede finden und sich davonschleichen. Das kann sie besser als ich. Mutter hat gerötete Augen. Wahrscheinlich hat sie geweint, als sie heute morgen Anna im Wohnzimmer begrüßt hat.

Als ich mir nach dem Frühstück eine Zigarette anzünde und die blauen Rauchschwaden durch die Küche wabern, rümpft Anna tadelnd die Nase.

„Ich dachte, du hast mit dem Rauchen aufgehört“, sagt sie.

Ich schweige, versuche, ihre anklagende Stimme ins Leere laufen zu lassen.

„Er hat wieder angefangen, als er am Samstag Sebastian wiedergesehen hat“, platzt es aus Franziska heraus. Wenn meine Blicke töten könnten, würde Franziska jetzt langsam über einem offenen Feuer geröstet werden.

„Es ist mir ja egal, was du mit deiner Gesundheit machst, aber ich finde den Geruch von Zigarettenqualm in meiner Kleidung abscheulich!“ erklärt Anna. Sie setzt ein Gesicht auf, als ob sie mich gleich entlassen wollte. „In meiner Firma darf nicht geraucht werden.“

„Wie gut, daß ich nicht einer deiner Angestellten bin“, gebe ich bissig zurück. „Wahrscheinlich wäre ich der erste, der es wagt, sich deinen Anordnungen zu widersetzen. Eine ganz neue Erfahrung für dich!“ Trotzdem drücke ich die halbgerauchte Zigarette im Aschenbecher aus.

Als ich elf war, habe ich Anna eine Packung *Slime* in die Haare geschmiert, so eine grüne, glibberige, zähe Masse, die damals in der Schule besonders beliebt war, um Klassenbücher und Schulhefte zuzukleistern und unbrauchbar zu machen. Damals mußte Mutter Anna die Haare drei Millimeter kurz abschneiden, weil sie das Klebezeug nicht mehr vom Kopf bekam. Anna sah aus wie ein Vorläufermodell von Sinead O’Connor, bekam einen Heulkrampf und sprach drei Wochen lang nicht mit mir. Ob es das Zeug wohl heute noch gibt?

„Kinder, bitte!“ sagt meine Mutter. „Hört auf, euch zu streiten!“

Für ein paar Minuten herrscht Ruhe in der Küche. Dann fragt meine Mutter: „Was ist denn jetzt mit dem Anzug, Tobias? Hast du dir gestern einen gekauft?“

Mit zusammengekniffenen Lippen schüttele ich den Kopf. „Es war kein passender da“, antworte ich.

„Und wenn du Bastis Angebot annimmst?“ fragt Franziska.

„Was für ein Angebot?“ will meine Mutter wissen.

Ich stöhne innerlich auf. Ich habe gewußt, daß ich nicht darum herumkommen werde. Sieht aus, als hätte ich immer weniger Optionen.

„Ach, wir haben Basti gestern beim Shoppen in Fulda getroffen", erwidert Franziska. „Nach dem Fiasko bei Stefano hat er Tobias angeboten, ihm einen Anzug zu leihen."

„Welches Fiasko?" Mutter ist verwirrt.

„Ihr sprecht also wieder miteinander?" wirft Anna ein.

„Tun wir nicht!" antworte ich heftig und ignoriere die Frage meiner Mutter. „Da gibt es nichts zu sagen."

„Hah!" sagt Anna und lacht humorlos auf. „Du müßtest dich mal hören, Tobias! Wie ein kleines, sturköpfiges Blag! Werd endlich erwachsen!"

„Ach, halt dich doch raus aus meinem Leben! Du hast doch keine Ahnung, worum es geht!"

„Ich will dir mal was sagen", fährt mich Anna plötzlich wütend an. „Es reicht jetzt wirklich! Seit zwanzig Jahren tust du so, als existiere Sebastian nicht. Seit zwanzig Jahren rennst du davon, weil du Angst vor deinem eigenen schlechten Gewissen hast. Vielleicht hast du damals einen Fehler gemacht, vielleicht hat er einen Fehler gemacht – ich weiß es nicht, ich war nicht dabei. Aber ich habe bei Gott keine Lust mehr, so zu tun, als hätte es dich und Sebastian nicht gegeben, nur um deine Gefühle nicht zu verletzen! Im Moment gibt es wirklich wichtigere Dinge. Und um ganz ehrlich zu sein, Tobias: An der Tatsache, daß Jonas gestorben ist, wird sich auch nichts ändern, nur weil du nicht darüber nachdenken möchtest."

Franziska und meine Mutter starren Anna mit offenem Mund an. Sie hat das Tabu gebrochen, sie hat das Unsagbare gesagt. Ein Schrei schnürt meine Kehle zu, und ein Teil von mir möchte sich auf Anna stürzen und auf sie einprügeln, die Worte, die sie gesagt hat, einfangen und zurück in ihren Mund stopfen.

„Also wirklich, Anna! Taktloser geht's echt nicht mehr!" zischt Franziska.

„Ach, ist doch wahr!" murmelt Anna.

„Tobias ...", sagt meine Mutter vorsichtig.

Aber ich höre nicht hin. Wütend schlage ich die Küchentür hinter mir zu und renne aus dem Haus. Ich brauche frische Luft. Meine Hände zittern, und mein Herz rast. Das geht Anna alles einen

Scheißdreck an! Das ist eine Sache zwischen Sebastian und mir! Ich will nicht darüber nachdenken, was damals passiert ist. Ich kann nicht. Es tut so weh.

Zwanzig Jahre habe ich alles verdrängt und bin damit ganz gut gefahren. Warum sollte es die nächsten zwanzig Jahre nicht auch funktionieren? Übermorgen, nach der Beerdigung, kann ich wieder zurück nach Köln fahren und mit meinem alten Leben weitermachen, kann mein altes Ich wieder zusammenbauen, und nichts und niemand kann mich zwingen, Sebastian jemals wiederzusehen. Alles kann sein wie vorher. Ich kann mit Kerstin um die Häuser ziehen, ich kann mich mit Freunden zum Kino verabreden, ich kann meine Wochenenden im *Chains* oder im *Cox* verbringen, ich kann sogar versuchen, Christoph zurückzugewinnen, obwohl ich ihn ja eigentlich gar nicht mehr will. Nichts von dem, was hier ist, muß einen Einfluß auf mein Leben in Köln haben. So habe ich es immer gewollt. Zwei getrennte Welten, zwei verschiedene Existenzen, die keine Schnittmenge besitzen. Warum also schlafende Hunde wecken? Warum weiter in dieser alten, noch immer eiternden Wunde herumstochern?

Aber das sind nur Rückzugsgefechte. Die Wirklichkeit treibt mich immer weiter nach vorne, immer weiter auf einem Weg, den ich nicht gehen will, gegen dessen eingeschlagene Richtung sich alles in mir sträubt.

Ich hole tief Luft und starre die Tankstelle herausfordernd an. Dann überquere ich die Straße. Also schön!

Sebastian ist nicht auf dem Gelände der Tankstelle und nicht im Laden. Eine brünette Aushilfe mit einer schiefgewachsenen Hakennase und knallrot gefärbten Lippen sitzt hinter der Kasse. Als ich nach Sebastian frage, blickt sie gelangweilt an mir vorbei und deutet auf den Geräteschuppen nebenan. „Der Chef ist in der Werkstatt."

Wow! denke ich plötzlich belustigt. Chef! Werkstatt! Wir haben expandiert! Wir sind ein bißchen größenwahnsinnig geworden! Aber eigentlich bin ich neidisch darauf, daß Sebastian sein eigener Herr ist, während ich in einem miefigen Büro sitze und den Launen der Kassenpatienten und denen meines Chefs ausgeliefert bin.

In unserem alten Proberaum erinnert nichts an die Musik, die wir einmal hier gemacht haben. Das Schlagzeug und die Verstärker, die Mikrofonständer und Kabelrollen haben sich in Luft aufgelöst – genauso wie die *Band on the Run*. Die alten Tonbandaufnahmen, die wir gemacht hatten, habe ich fortgeworfen, als ich von hier weggegangen bin. Die ausgeleierte Matratze, auf der Sebastian und ich unseren ersten Sex hatten, ist auch nicht mehr da. Wahrscheinlich längst verrottet auf irgendeiner Mülldeponie. Statt dessen sehe ich Autoersatzteile, Reifen, einen Wagenheber, eben alles, was man vermutlich in einer kleinen Kfz-Reparaturwerkstatt braucht. Ich habe keine Ahnung. Ich könnte nicht einmal einen Ölwechsel vornehmen. In einer Ecke auf einem Regal dudelt leise ein Radiorecorder. Ich erkenne das Gerät von letzter Nacht wieder.

Sebastian liegt unter der Karosserie eines alten Golfs und klopft den Unterboden des Wagens auf rostige Stellen ab. Von meiner Ankunft hat er nichts bemerkt. Ich kann nur seinen Unterkörper sehen, das heißt, eigentlich sehe ich nur sein Becken und seine Beine, die in einem dreckverschmierten blauen Overall stecken. Ich bekomme sofort eine Latte, und alle meine Vorsätze, endlich die Vergangenheit mit Sebastian auszufechten, werden hinweggefegt. Ich starre auf den Overall und auf die Beule, die sich unter dem Stoff abzeichnet. Ich brauche mich nur zu bücken und ihm den Reißverschluß aufzumachen. In seiner Position hätte er gar keine Möglichkeit, sich zu wehren. Er wäre meinen Lippen und meiner Zunge ausgeliefert. Ob er erkennen würde, wer ihm einen bläst? Blöde Frage, natürlich wüßte er es. Wer außer uns beiden ist noch schwul in diesem Nest? Ich starre und starre und bin völlig fassungslos, daß ich plötzlich, nach all diesen Jahren, wieder scharf bin auf diesen Mann. Oder müßte es heißen: noch immer? Selbst seine ausgetretenen, verdreckten Turnschuhe finde ich irgendwie erotisch.

Ich schließe die Augen und sammle mich ein paar Augenblicke. „Wie war das jetzt mit dem dunklen Anzug?" frage ich schließlich ohne Vorwarnung, und meine Stimme quiekt ein wenig vor Aufregung.

Es gibt einen lauten Rumms, und Sebastian stößt sich vor Schreck den Kopf am Boden des Golfs. „Verdammte Scheiße!"

flucht er. Verärgert robbt er unter dem Wagen hervor und reibt sich den Schädel, während er aufsteht. „Mußt du dich so anschleichen? Das gibt ein dickes Horn!"

„Tut mir wirklich leid", sage ich, aber ich meine es natürlich nicht so. „Ich wollte dich nicht erschrecken."

„Was willst du?" fragt er kurz angebunden. „Ich habe zu tun."

„Den Anzug", gebe ich ebenso barsch zurück. „Den Anzug für die Beerdigung."

„Ach so", sagt er, und es klingt, als hätte er etwas anderes erwartet.

Da kann er warten, bis er schwarz wird! denke ich pampig.

Sebastian geht vor mir her ins Haus, in dem er früher mit seinem Vater, Tante Rena und Jonas gewohnt hat. Jetzt lebt er allein hier. Die Küche ist schmutzig. Das Frühstück steht noch auf dem Tisch. Sebastian hat vergessen, die Butter in den Kühlschrank zu räumen, und jetzt schmilzt die Hitze ein paar fettige Pfützen auf die Tischplatte. Die Spülmaschine ist vollgestopft mit dreckigem Geschirr; der Fußboden müßte geschrubbt werden.

„Du könntest eine Putzhilfe gebrauchen", sage ich, ohne zu überlegen.

„Es würde schon reichen, wenn du dir deine Kommentare sparst. Ich komme ganz gut zurecht", erhalte ich zur Antwort.

Wir spielen Katz und Maus. Keiner von uns beiden kann mit der Situation umgehen. Zwanzig Jahre und Jonas stehen zwischen uns. Zuviel, um belanglose Konversation zu betreiben. Ich weiß nicht mehr, warum ich hier bin. Am liebsten würde ich mich auf dem Absatz umdrehen und flüchten. So wie damals.

Wir gehen in das Schlafzimmer von Sebastians Vater, das jetzt Sebastians ist. Der Wäschekorb quillt über, schmutzige Socken und ein paar T-Shirts liegen verstreut auf dem Boden, als hätten sie versucht, aus eigener Kraft zur Waschmaschine zu gelangen. Das Bett ist ungemacht. Es gibt nur eine Decke und ein Kopfkissen, und am zerwühlten Bettlaken kann ich erkennen, daß Sebastian immer noch so unruhig schläft wie früher. Ich will nicht hier sein.

Sebastian öffnet den Kleiderschrank und nimmt einen schwarzen Anzug mit schmalem Kragen heraus.

„Hier“, sagt er, „müßte dir eigentlich passen. Mir sind die Hosen ein klein wenig zu kurz, deshalb dürftest du damit keine Probleme haben.“ Er reibt sich geistesabwesend über das Grübchen am Kinn, und meine Nackenhaare sträuben sich. Mein Schwanz beginnt, sich wieder zu regen.

„Danke“, bringe ich heraus und stehe da wie angewurzelt. Ich überlege, ob Sebastian jetzt von mir erwartet, daß ich den Anzug sofort überziehe, aber eine zweite Anprobe innerhalb von zwei Tagen, in denen ich unverhohlen, wenn auch aus den unterschiedlichsten Gründen, gemustert werde, verkrafte ich nicht.

„Ist sonst noch was, Tobias?“ fragt Sebastian ungeduldig. „Ich muß weiterarbeiten.“

Ich schüttele den Kopf und sage: „Ja.“

Sebastian zieht die Augenbrauen hoch und wartet.

Schließlich schaffe ich es, mich zu konzentrieren. „Letzte Nacht, das Lied von Al Stewart ... du hast gewußt, daß ich oben am Fenster stehe. Warum hast du es gespielt?“ Ich traue mich nicht, ihm in die arroganten Augen zu sehen.

Für ein paar Sekunden glaube ich, daß jetzt der entscheidende Augenblick gekommen ist, und ich fühle, wie er zögernd und unsicher wie ein Schmetterling auf uns zuflattert; fast glaube ich zu sehen, wie sich Sebastian seufzend auf das Bett setzt, mich mit einem traurigen Lächeln anblickt, und freue mich darauf, endlich, endlich ohne diesen Klumpen im Magen mit ihm reden zu können. Aber das Schlagen der Flügel entfernt sich, der Moment ist vorbei, und Sebastian steht noch immer vor mir und mustert mich kühl.

„Zufall“, sagt er, „hat nichts zu bedeuten.“

Lügner! denke ich aufgebracht. Lügner!

Jeden Morgen wachen wir auf in dem gleichen gleißenden Licht, das den Himmel hier so anders aussehen läßt als zu Hause. Ich bin meist als erster wach, geweckt durch das leise Surren des Ventilators an der Decke. Wenn ich die Augen öffne und die kahlen, aber freundlichen Wände des Zimmers sehe, bin ich glücklich. Der Fensterrahmen wird von der Sonne, die auf die blühende Bougainvillea scheint, in ein sanftes Rot getaucht, und meist berührt Sebastians

Hand ein Stück meiner Haut. Er braucht Kontakt, wenn er schläft, und ich spüre seine Hand mal auf meiner Brust, mal auf meinem Oberschenkel, mal auf meinem Schwanz.

Die Vormittagsstunden sind die beste Zeit, um Sex zu machen. Schlaftrunken finden sich unsere Körper auf der Suche nach Geborgenheit und Rausch, und wir tun es gemächlich und meist stundenlang, als wäre der andere eine Süßigkeit, auf die man sich zu lange gefreut hat, um sie mit einem Bissen zu verschlingen. Ich vergrabe mein Gesicht in seinen blondgelockten Haaren, die nach Meerwasser und Sonnenlicht riechen, und fühle seinen Körper unter meiner Handfläche vor Erregung zittern. Er stöhnt, wenn ich mit meiner Zunge seine Wirbelsäule entlangfahre, und ich flüstere seinen Namen, wenn er in mich eindringt.

Danach laufen wir zu der kleinen Taverne am Hafen, deren Wirt jeden Morgen ein Weißbrot, eine schmale Thermoskanne türkischen Kaffees und ein Augenzwinkern für uns bereithält. Wir frühstücken im Innenhof unserer Pension im Schatten des Zitronenbaums. Manchmal gelingt es uns, eine Bild-Zeitung zu ergattern, die den langen Weg von Deutschland bis hierher gefunden hat und deren Erscheinungsdatum meist ein paar Tage oder sogar eine ganze Woche zurückliegt. Dann lesen wir uns gegenseitig die Schlagzeilen über den Tod von Elvis, die Ponto-Ermordung und über den Prozeß von Ingrid van Bergen vor, während wir unseren starken, schwarzen Kaffee schlürfen und auf das Meer schauen, und die Nachrichten aus unserer Heimat kommen uns vor wie Botschaften, die mit einer Flaschenpost aus einer weit entfernten Welt an unseren Strand gespült wurden.

Gegen Mittag erst verlassen wir unsere Höhle und laufen die Klippen entlang, bewaffnet nur mit einem Handtuch, einer Flasche Wasser, ein wenig Obst, Sonnenbrille, Sonnencreme und etwas zu lesen. Unser Lieblingsplatz ist ein großer, flacher Fels, auf dem gerade Platz genug ist für uns beide. Die wenigen Touristen, die Hydra entdecken, wagen sich nicht bis hierher. Diese Stelle haben wir ganz für uns allein. Der Felsen bildet den letzten Ausläufer der Klippen und ragt weit in das Meer hinaus. Wenn wir unsere Arme über den Rand hängen lassen, können unsere Finger in der seichten Brandung spielen. Das Wasser ist so blau und klar, daß man fünf Meter tief auf den Meeresboden blicken kann. Kleine Fischschwärme nagen an den Algen, die sich am Felsgrund festgesetzt haben. Wir cremen uns gegenseitig ein, viel länger als eigentlich nötig ist. Wenn die Sonne zu stark brennt, kühlen wir uns mit einem Sprung ins Meer ab und tollen im Wasser herum, wie zwei junge Delphine, die die Lust am Spielen entdeckt haben. Ab und zu schleppen wir unsere Luftmatratze mit und paddeln träge auf der Wasseroberfläche. Die meiste Zeit aber liegen wir auf dem Felsen, dösen, betrachten das geruhsame Treiben der Fischerboote im Hafen oder lesen in den Büchern, die wir mitgenommen haben. Ich habe ein paar Krimis als Lektüre erstanden, und Sebastian hat Die Brüder Löwenherz von Astrid Lindgren eingepackt. Es ist ein trauriges Buch. Wenn Sebastian darin liest, stehen ihm manchmal Tränen in den Augen, und dann nehme ich ihn in meine Arme und halte ihn fest, bis er sich beruhigt hat.

Abends, wenn die Sonne schwächer wird und eine erste frische Brise vom Meer her die Hitze des Tages vertreibt, laufen wir zurück in unser Zimmer, duschen und machen oft noch einmal Sex, diesmal aber wilder, fordernder, schneller, weil wir noch so viel Energie vom Tag übrighaben und unsere Mägen knurren.

Danach schlendern wir hinunter zum Hafen, streunen durch die engen Gäßchen des Dorfes und setzen uns schließlich an einen der Tische des Restaurants, das direkt am Hafen liegt. Es gehört Costas und Emilia, einem jungen Paar, das für einige Jahre in Deutschland gearbeitet hat, aber dann zurückgekommen ist, weil es ihnen in Deutschland zu kalt und zu hektisch war. Hier leben sie von den paar Rucksacktouristen, die für einige Tage bleiben und dann mit der Fähre zur nächsten Insel übersetzen. Sie verdienen zwar nicht viel Geld, aber es reicht zum Leben, und sie sind glücklich.

Beide sprechen ein bißchen deutsch, und wenn in der Küche nicht viel zu tun ist, setzen sie sich zu uns an den Tisch und fachsimpeln mit Sebastian und mir über die Qualität des Sonnenuntergangs, fragen uns nach unserem Leben zu Hause oder was wir heute unternommen haben. Wir essen Souvlaki oder frischgefangenen Fisch und trinken Retsina, und ab und zu spendiert uns Costas einen Ouzo als Abschluß, wenn das Essen besonders schwer war. Costas' große Liebe, neben Emilia, ist die Musik: natürlich Sirtaki, aber auch englische Popmusik, die er sich bei seinen monatlichen Fahrten nach Athen besorgt – ruhige, besonnene und manchmal temperamentvoll aufflackernde Lieder, die zum Lebensrhythmus der Insel passen. So haben wir zum Essen immer Tischmusik, entweder Mikis Theodorakis oder die Eagles und Al Stewart – je nachdem, in welcher Stimmung Costas gerade ist.

Es ist ein ruhiger, beschaulicher Urlaub, den Sebstian und ich auf Hydra verbringen. Der Tourismus hat die Insel noch nicht entdeckt, ihre Kargheit eignet sich nicht einmal als Geheimtip, und dazu kommt, daß Autos hier verboten sind. Keine Motorengeräusche dröhnen durch den anbrechenden Abend, keine Auspuffgase vermischen sich mit dem Geruch von Fisch und Salz, nur ab und zu knattert einer der Dorfjungen auf einem Mofa an uns vorbei und scheucht ein paar gackernde Hühner auf. Eine Fähre zu anderen Inseln und zum Festland legt nur einmal am Tag an. Von den wenigen Interrailern, die sich nach Hydra verirren, halten wir uns fern.

Manchmal sitzen wir an unserem Tisch und spekulieren träumerisch, wie es wäre, unsere Sachen zu packen und zu einem anderen Ziel aufzubrechen. Unser Interrail-Ticket gewährt uns sogar Einlaß nach Jugoslawien; die Möglichkeiten der Fahrkarte haben wir kaum genutzt. Wir könnten am nächsten Morgen abreisen und uns auf der Rückfahrt Belgrad oder Wien oder Avignon ansehen. Wir könnten das Grab von Sissy und Franz-Josef oder die Residenz der französischen Päpste besichtigen. Vielleicht haben wir nie wieder die Möglichkeit. Aber wir wissen beide, daß es uns nirgendwo so gut gefallen würde wie hier auf dieser winzigen Insel in der Ägäis, und so bleiben wir sitzen und verbringen unseren gesamten Urlaub auf Hydra.

Nachdem wir bezahlt und Costas und Emilia für das Essen gedankt haben, laufen wir meist ein paar Schritte auf die naheliegende Mole, setzen uns auf den Holzsteg, baumeln mit den Beinen über dem Wasser und starren auf das dunkle Meer. Unsere Schultern berühren sich, wir spüren unsere Nähe, und dann reden wir. Manchmal machen wir nur Faxen und spinnen herum, wie es sein wird, wenn wir zusammen mit Mac und Zimmi unsere erste Platte aufnehmen und unseren ersten Hit landen. Ab und zu malen wir uns eine gemeinsame Zukunft irgendwo in einer geräumigen Wohnung der Großstadt aus, dann lachen wir leise, weil es so fantastisch und unerreichbar klingt, und hin und wieder reden wir auch ganz ernst über die Dinge, die wir schon erlebt haben.

„Manchmal frage ich mich, wie es meiner Mutter geht", sagt Sebastian eines Abends. „Es ist so lange her, daß ich sie besucht habe. Ich fange an zu vergessen, wie sie ausgesehen hat."

Ich traue mich kaum zu atmen, denn er hat noch nie mit mir über seine Mutter gesprochen.

„Ich kann mich nicht erinnern, ob sie blonde oder braune Haare hatte“, fährt er fort. „Und ihre Augenfarbe weiß ich auch nicht mehr.“

„Woran erinnerst du dich?“ frage ich.

Sebastian seufzt. „An das Geschrei und an das Gezänk. Daran, daß sie nie wußte, wie sie mit Jonas umgehen sollte. Daß sie irgendwie ... Angst vor ihm hatte.“

„Angst?“

„Es ist schwer zu erklären, und ich war damals ja auch noch so klein, aber ich habe gespürt, daß sie Angst vor ihm hat.“

„Aber Jonas tut keiner Fliege was zuleide“, wende ich erstaunt ein, und dann denke ich daran, wie er die Zepp-Zwillinge und die anderen beiden verprügelt hat. „Meistens jedenfalls“, setze ich dann hinzu.

„Vielleicht hat sie das ja gespürt, daß er nur genug gereizt werden muß und dann die Kontrolle verliert.“

Wir sind beide still und lauschen dem Rauschen der Wellen. Zu Hause ist so weit entfernt von diesem winzigen Fleck im Mittelmeer, und doch ist es auch wieder ganz nah. Jeder von uns denkt plötzlich an Jonas. Irgend etwas stimmt nicht mit ihm, und wir beide wissen es. Seit dem Tag, an dem ihn Sebastians Vater geschlagen hat, seit dem Tag, an dem wir von den anderen Jungen verprügelt wurden, hat er sich immer mehr zurückgezogen, ist schweigsamer und unzugänglicher geworden, wie ein Bär, der sich auf den Winterschlaf vorbereitet. Als hätte er wie ein kurzfristiger Besucher unsere Welt angeschaut, geprüft und sich entschieden, daß es sich nicht lohne, an ihr teilzuhaben. Es ist ein langsamer Prozeß, der da vonstatten geht, etwas, vor dem man die Augen verschließen kann, wenn man will, so wie Herr Schulpeter es tut, aber Sebastian und ich sind uns ganz sicher. Das Sabbern, das im Jahr vorher fast völlig aufgehört hatte, ist wieder da, ununterbrochen läuft ihm Spucke aus dem Mundwinkel; seine Sprache ist verwaschener und einsilbiger geworden. In der Gegenwart anderer Menschen ist Jonas scheu und ängstlich. Er reagiert empfindlicher auf laute Geräusche und Geschrei als in den letzten Jahren, manchmal hat er Wutausbrüche, die scheinbar ohne Grund auftreten. Dann läuft sein Gesicht rot an, und er schlägt ohne Ziel und Rücksicht auf alles ein, was in seiner Nähe ist, und nur Sebastian kann ihn beruhigen. Danach dreht er sich mit dem Gesicht zu einer Zimmerecke und starrt auf den Boden, zieht die Beine an den Oberkörper und schaukelt hin und her. Wie eine Aufziehpuppe, deren

Radwerk kaputt ist. Neulich hat Sebastian sich mit seinem Vater gestritten, es ging wohl um die Mathehausaufgaben, und ihre Stimmen sind ein bißchen lauter als sonst geworden. Jonas hat angefangen zu weinen und dann, ganz plötzlich, hatte er einen epileptischen Anfall. Zum ersten Mal. Weißer Schaum triefte ihm von den Lippen, und er konnte seine Gliedmaßen nicht mehr kontrollieren. Zu zweit haben sie ihn festgehalten und ihm einen Waschlappen in den Mund gesteckt, damit er sich die Zunge nicht abbeißt. Danach hat er fast zwanzig Stunden geschlafen.

Nur wenn wir beide mit Jonas alleine sind, gelingt es uns ab und zu, ihn aus seiner kleiner werdenden Welt herauszuführen, dann können wir ihm manchmal ein Lachen entreißen, für einen Moment, einen kurzen Augenblick. Aber meistens ist es, als ob er sich entschlossen hätte, sich wieder dorthin zurückzubegeben, wo er war, bevor wir ihn aus seiner Reserve gelockt haben.

„Vielleicht ist es Zeit, deine Mutter wieder einmal zu besuchen", sage ich vorsichtig.

Sebastian antwortet nicht. Im Licht des Mondes kann ich erkennen, wie seine Gesichtsmuskeln arbeiten. Er schweigt so lange, daß ich fast glaube, er hat mich nicht verstanden.

„Nein", sagt er dann auf einmal heftig, und seine Stimme klingt wie die eines trotzigen Kindes. „Sie hat alles kaputtgemacht!"

„Sie war krank, Sebastian", halte ich entgegen. „Das weißt du doch."

Sebastian nickt, aber auf seinen Wangen glitzern ein paar Tränen. „Natürlich weiß ich das. Aber manchmal denke ich trotzdem, sie hätte sich vielleicht nur ein bißchen mehr anstrengen müssen, ein bißchen mehr Mühe geben müssen und dann ..."

„Und dann?" frage ich ungläubig nach. „Dann wäre Jonas gesund geworden?"

Sebastian schüttelt den Kopf und fängt an zu schluchzen. „Nein, aber wir wären immer noch zusammen! Ich weiß, daß das Quatsch ist", bricht es aus ihm heraus, „aber wenn ich abends im Bett liege, stelle ich mir ab und zu vor, wie es wohl gewesen wäre, wenn wir eine normale Familie gewesen wären, wenn meine Mutter nicht in einer Nervenklinik gelandet wäre, wenn mein Bruder nicht schwachsinnig auf die Welt gekommen wäre, wenn ... wenn es so gewesen wäre wie bei euch."

„Bei uns?" frage ich erstaunt.

„Ja, bei euch!" sagt er wütend. „Bei der perfekten Familie Listiger, mit dem perfekten gutmütigen Vater, der perfekten umsichtigen Mutter und den perfekten wohlerzogenen drei Kindern!"

Ich habe keine Ahnung, was hier gerade passiert und warum Sebastian sauer auf mich ist. Ich habe doch nichts getan, ich bin mir keiner Schuld bewußt. Ich kann doch nichts dafür, daß meine Familie so ist, wie sie ist! Und seit wann sind Anna, Achim und ich wohlerzogen? Seine Wut verletzt mich, aber sie macht mich auch betroffen, denn ich kann mich gegen seinen Vorwurf nicht wehren, wenn es denn ein Vorwurf ist. Ich drehe meinen Kopf von ihm weg.

„Verdammt, Tobias", sagt er, „kannst du nicht begreifen, daß ich eifersüchtig bin? Und es eigentlich mein ganzes Leben lang war?"

„Aber worauf denn nur?" frage ich zurück. „Ich kann doch nichts dafür, daß ..."

„Das habe ich auch gar nicht gesagt! Ich meine bloß, daß ich immer nur einen Blick über die Straße werfen mußte, um zu wissen, wie verkehrt alles in meiner Familie war! Ihr dagegen habt uns vorgelebt, wie es sein sollte. Der Papa geht arbeiten, die Mama kocht das Essen, die Kinder machen die Hausaufgaben. Ein Leben wie auf Unserer kleinen Farm*! Und was hatte ich? Einen bescheuerten Bruder, der immer noch nicht bis zehn zählen kann, und eine Mutter, die wegen jeder Kleinigkeit einen hysterischen Weinkrampf bekommen hat! Glaubst du, daß man da nicht anfängt, Vergleiche zu ziehen, und sich wünscht, es wäre alles irgendwie anders, irgendwie normaler, irgendwie besser?"*

„Wir hatten Oma Gundi!" sage ich schließlich lahm.

Sebastian schnaubt auf. „Das zählt nicht." Er läßt den Kopf hängen und starrt auf die Planken des Holzstegs. „Manchmal würde ich alles dafür geben, auf der anderen Seite der Straße geboren worden zu sein", sagt er schließlich leise.

Ich weiß nicht, was ich sagen soll.

„Was war in Bad Oeynhausen?" frage ich nach einer Weile. Ich habe mich noch nie getraut, diese Frage zu stellen.

Wie jemand, der gerade aus einem tiefen Schlaf geweckt wird, sieht er mich ein paar Sekunden verständnislos an. Dann beginnt er stockend zu sprechen.

„Bad Oeynhausen? Zu Anfang war alles besser als vorher. Papa ging arbeiten, obwohl es ihm nicht gefiel, daß er nur ein Angestellter bei einem dieser großen Ölkonzerne war. Jonas ging auf eine Spezialschule, ich auf eine norma-

le Schule, und Mama war in der Klinik in Behandlung. Jeden Tag brachte mein Vater sie vor der Arbeit hin, und abends holte er sie wieder ab, als hätte sie einen normalen Job. Den Nachbarn habe ich erzählt, meine Mutter sei Verkäuferin bei C&A, weil ich mich so geschämt habe. Manchmal hat sie abends sogar gekocht, irgend etwas Einfaches, Rührei oder Pfannkuchen, alles andere war ihr ja zu anstrengend, aber immerhin. Aber dann hatte Jonas eine schlechte Phase, er war dauernd quengelig, schlecht gelaunt und hat viel geweint ... du kennst das ja. Ich habe gemerkt, wie Mama immer nervöser wurde und daß sie mit seinen Launen überhaupt nicht zurechtgekommen ist, daß sie nicht wußte, wie sie mit Jonas umgehen sollte. Sie wollte auch nicht mehr, daß er sie umarmt, und er braucht doch ständig Körperkontakt. Jeden Tag hatte sie dicke Ringe unter den Augen, und Jonas durfte keinen Mucks mehr machen, weil sie sonst sofort an die Decke gegangen ist. Ich habe versucht, Jonas so gut es ging von ihr fernzuhalten. Immer hatte ich diesen Gedanken im Kopf: Mama ist krank, sie darf sich nicht überanstrengen, sie darf nicht übermäßig belastet werden! Aber es hat alles nichts genützt. Einmal, als Jonas schon geschlafen hat, habe ich an der Schlafzimmertür gelauscht. Mama hat mal wieder geweint, weil sie so erschöpft war, und dann hat sie mit einer ganz tonlosen Stimme gesagt – komisch, das weiß ich noch ganz genau –: ‚Ich kann nicht mehr, Franz, ich kann einfach nicht mehr! Ich wünschte, der Junge wäre nie zur Welt gekommen!' Kannst du dir das vorstellen? Ich meine, klar, Jonas ist anstrengend, und er wird immer ein Klotz am Bein sein, aber er ist doch mein Bruder! Wie kann sie sagen, daß sie es besser fände, er wäre nie geboren worden?"

„Sie hat es bestimmt nicht so gemeint", versuche ich abzuwiegeln.

Sebastian reagiert nicht auf meinen Einwand. Er ist ganz in seine Erzählung vertieft. „Von da an wurde es eigentlich nur noch schlimmer. Mama hat sich immer mehr zurückgezogen, und Jonas hat das natürlich mitgekriegt und wurde immer fordernder. Irgendwann haben die Ärzte meinem Vater gesagt, daß meine Mutter den Anforderungen an den Familienalltag einfach nicht gewachsen ist und daß sie es für besser halten, wenn sie sich eine Weile stationär behandeln läßt. Das war der Anfang vom Ende. Wir haben sie in der ersten Zeit immer regelmäßig besucht, aber dann haben Jonas' Besuche sie immer so aufgeregt. Er hat doch nicht verstanden, warum sie weg war, und hat sich so gefreut, sie zu sehen, und manchmal war er völlig durchgedreht, wenn wir in die Klinik gefahren sind. Ein paarmal hat er sich sogar in die Hose gemacht vor Aufregung, und immer hat er sie gefragt, ob sie jetzt mit uns nach Hause kommt, und geweint, wenn sie nein gesagt hat, und schließlich durfte Jonas sie nicht mehr besuchen. Ich und Papa durften sie zwar sehen, aber Jonas nicht. Danach habe ich mich die meiste Zeit um Jonas gekümmert, weil mein Vater ja arbeiten mußte, aber das ging irgendwann auch nicht mehr, weil ich immer schlechter wurde in der Schule, und eines Tages, als klar war, daß Mama nicht so schnell nach Hause kommt, hat Tante Rena Papa wohl angeboten, für uns zu sorgen. Und dann sind wir aus Bad Oeynhausen wieder weggezogen. Papa war der Ansicht, daß für Jonas und mich die alte Umgebung wohl am besten wäre. Außerdem wollte er seine eigene Tankstelle zurück."

Sebastian schluckt. Ich sehe ihm an, daß er müde und deprimiert ist. „Mein Vater fährt immer noch einmal im Monat zu ihr. Er sagt, sie fühlt sich dort wohl", fügt er bitter hinzu. „Ihr Zustand hat sich stabilisiert, aber sie wird nicht mehr nach Hause kommen. Sie hat nicht die Kraft, sich mit Jonas auseinanderzusetzen."

Ich schweige und versuche, alles zu verdauen. Ich weiß, daß Sebastian glaubt, seine Mutter hätte den einfacheren Weg gewählt, hätte ihn und Jonas im Stich gelassen, aber ich weiß auch, daß er Unrecht hat. Ich weiß, daß es Menschen gibt, die nicht in der Lage sind, ein solches Problem zu bewältigen, nicht, weil sie nicht wollen, sondern weil sie nicht können.

„Deine Mutter hat keine Schuld", sage ich schließlich sanft. „Sie war nur zu schwach, um die Last zu tragen."

Sebastian sieht mich mit seinen nassen Augen an und seufzt. „Ich weiß, Tobias, ich weiß. Aber manchmal ist es einfacher, so zu tun, als ob man jemandem die Schuld geben könnte."

Erschöpft ruht er seinen Kopf an meiner Schulter aus, und ich lege sachte meinen Arm um ihn. Wir bleiben noch lange zusammen auf dem Steg sitzen und betrachten den Sternenhimmel. Aus Costas' Restaurant dringt leise Musik, und der Wind weht die ersten Akkorde von Year of the Cat *zu uns herüber. Ich habe mich Sebastian noch nie so nah gefühlt.*

Langsam laufe ich nach Hause, den Anzug von Sebastian über dem Arm. Mutter, Anna und Franziska sitzen noch in der Küche und warten auf meine Rückkehr, wie eine dreifache Ausgabe von Penelope, die auf die Heimkehr ihres Odysseus nach der Belagerung von

Troja hofft. Aber Odysseus hat keinen Bock, von dem Kriegsgemetzel und seinen Irrfahrten zu erzählen. Odysseus will sich lieber volllaufen lassen. Und es interessiert ihn nicht, daß es erst drei Uhr nachmittags ist.

Also werfe ich den Anzug achtlos neben mein Bett und mache mich auf den Weg zu Gesike.

Das *Hessische Kalb* ist menschenleer. Die Geräuschkulisse, die mich empfängt, stammt von dem Fernseher, der eine der vielen geistlosen nachmittäglichen Talkshows überträgt, unterbrochen von Werbeeinblendungen für Mittel gegen Blasenschwäche und Boris Beckers Frage: „Bin ich jetzt drin?". Gesike ist nicht da, statt dessen steht seine Frau Rosalinde hinter dem Tresen. Auch sie ist alt geworden, wie alle Erwachsenen aus meiner Kindheit; sie muß über sechzig sein. Ihre Haare sind grau und mit einer nachlassenden Dauerwelle versehen. Ihr Gesicht hat viele Falten bekommen, aber ihre Augen glitzern noch immer wach und aufmerksam. Sie trägt eine Kittelschürze mit schwarzweißen Querstreifen, die die Speckrollen unter ihrem Mieder unvorteilhaft betont und ihr das Aussehen eines kugelrunden Zebras verleiht.

„Ein Helles und einen Klaren", sage ich wortkarg, während ich mich zu ihr an den Tresen setze. Sie nickt und legt das Geschirrtuch zur Seite, mit dem sie gerade die Spüle gewienert hat, um mir ein Bier zu zapfen.

Am Fuße meines Barhockers entsteht ein kleiner Tumult. Etwas Kleines, Weißes, Schneeballartiges mit einer roten Schleife im Fell und einer hechelnden Zunge schaut zu mir herauf und kläfft mich erwartungsvoll an. Das muß Hilda sein, der Hund von Gesikes, jedenfalls so eine Art Hund. Vor einigen Wochen ist Hilda nur knapp dem Tod durch Ertrinken entronnen, wenn man Franziska Glauben schenken darf. Gesikes haben nämlich die Angewohnheit, Hilda immer die Pfoten abzuwaschen, wenn sie vom Gassigehen nach Hause kommen. Dazu muß Hilda auf den Klodeckel springen, und dann bekommt sie mit einem Waschlappen den Dreck von den Klauen gewischt. Leider war beim letzten Mal der Klodeckel nicht zugeklappt, und nachdem Hilda ihren üblichen Anlauf genommen hatte, landete sie mit einem großen Platsch direkt in der Schüssel, den Kopf im Abwasser der Toilette. Gesike konnte sie gerade noch retten. Seitdem hat Hilda eine Wasserphobie und weicht sogar kleinsten Pfützen argwöhnisch aus. Außerdem weigert sie sich, das Bad zu betreten. Franziska hat sich fast totgelacht, als sie es mir am Telefon erzählt hat.

„Noch mal dasselbe!" sage ich, nachdem ich die erste Bestellung heruntergekippt habe.

„So schlimm?" fragt Rosalinde mit einem mütterlichen Unterton.

Ich starre sie verständnislos an und begreife erst nach ein paar Sekunden, daß sie wahrscheinlich den Tod meines Vaters meint. Ich bekomme ein schlechtes Gewissen, denn daran hatte ich überhaupt nicht gedacht. Mir spukt nur noch Sebastian im Kopf herum. Was bin ich für ein schlechter Sohn. Ein Grund mehr, mich zu besaufen. Ich bestelle noch mal dasselbe. Nach der fünften Runde sitzt Hilda auf meinem Schoß, schlabbert mir mit ihrer abwassergeprüften Zunge durch das Gesicht, und ich habe Schwierigkeiten, das Gleichgewicht auf dem Barhocker zu halten.

Ich winke Gesikes Frau etwas unsicher zu mir. „Wissen Sie", ziehe ich sie ins Vertrauen, „alle Männer sind Schweine!"

Rosalinde nickt wissend. „Ach, Bub!" sagt sie, und ich sehe sie mit glasigen Augen erwartungsvoll an, in der betrunkenen Hoffnung, daß sie mir mit einem einzigen Satz mein ganzes Elend erklären kann. „'s wärd schon widder wärn!" fügt sie statt dessen hinzu. Danach geht sie zum Telefon und ruft jemanden an. Wahrscheinlich die Telefonseelsorge oder die Bullen, damit sie mich in eine Ausnüchterungszelle stecken.

Eine Viertelstunde später kommt Franziska zur Tür herein.

„Hallo, Nesthäkchen!" lalle ich ihr zur Begrüßung zu. „Sind dir die Räucherstäbchen ausgegangen? Oder suchst du ein Versteck vor Anna?" Dabei falle ich vor Lachen fast vom Stuhl.

Franziska schüttelt den Kopf und hilft mir vom Hocker. Hilda macht sich japsend aus dem Staub. „Ich soll dich nach Hause bringen." Sie wirft Rosalinde Gesike einen Geldschein auf den Tresen, und dann schleift sie mich nach draußen.

„Er hat mich gar nicht mehr lieb!“ erkläre ich meiner Schwester selbstmitleidig den Grund für mein Besäufnis und stütze mich ein wenig an ihrer Schulter ab.

„Weißt du“, sagt Franziska kurz angebunden, „Anna hat irgendwie recht. Du kannst einem ganz schön auf die Nerven fallen. Du bist ein ziemlicher Feigling.“

Niemand versteht mich.

Als wir zu Hause ankommen, ziehe ich es vor, den Rest des Tages schmollend in meinem Zimmer zu verbringen. Den Vorhaltungen meiner Mutter und den abfälligen Blicken Annas bin ich im Moment nicht gewachsen. Außerdem dreht sich alles bei mir im Kopf, und mir ist schlecht.

1978 – I Can't Stand the Rain

Mittwoch. Nur noch ein Tag, und dann wird mein Vater auf dem neuen Friedhof, oben auf dem Hügel, beerdigt. Achim hat vorhin angerufen. Er, Verena und die beiden Kinder machen sich jetzt auf den Weg und sind heute abend hier. Dann wird das Haus voll sein, so voll wie seit Jahren nicht mehr. Ein letztes Mal wird ihm Leben eingehaucht werden, ein letztes Mal werden alle Familienmitglieder und drei Generationen unter einem Dach vereint sein. Der Clan der Listigers tritt zusammen, um seinem Oberhaupt das letzte Geleit zu geben.

Mutter ist damit beschäftigt, das Haus zu putzen, Zimmer herzurichten, Betten zu beziehen. Anna hilft ihr dabei. Gardinen werden gewaschen, die Armaturen im Badezimmer auf Hochglanz poliert, und selbst das Tafelsilber, das seit Jahren in einer Schublade und in Filz eingeschlagen eine Existenz am Rande des Vergessens führte, funkelt wie neu. Möbel werden verrückt, um auch die kleinste Staubfluse zu erwischen, die Treppe und die Küche erstrahlen in ungewohntem Glanz. Der Geruch von Essigreiniger liegt in der Luft. Franziska habe ich schon seit Stunden nicht mehr gesehen. Heute morgen ist sie ein paarmal mit einem feuchten Lappen zwischen den Fingerspitzen und einem angeekelten Ausdruck auf den Lippen am Wohnzimmerschrank vorbeigelaufen und hat sich seitdem in Luft aufgelöst.

Abgesehen von den Putzarbeiten gibt es nichts mehr zu tun. Die offiziellen Vorbereitungen für den morgigen Tag sind abgeschlossen oder liegen in den Händen anderer. Gesike, der Bestatter, und Pfarrer Neurath kümmern sich um die Trauerfeier, die Karten sind geschrieben und verschickt, Bäcker Hartmann wird für Kaffee und Kuchen sorgen, Gesike, der Wirt, für die Getränke.

Ich bin von Anna dazu abkommandiert worden, das Telefon zu bedienen, aber jetzt, nachdem es Franziska tagelang wahnsinnig gemacht hat, schweigt es. Ich liege auf der Wohnzimmercouch, nippe an einem *Cointreau* und zappe gelangweilt durch das Fernsehprogramm. Auf einem der Privatsender läuft eine Wiederholung von *Der rosarote Panther*. Elise, der tuntigste Ameisenbär aller Zeiten, ist wieder mit von der Partie und geht ihrer ewig erfolglosen Jagd nach Charlie, der Ameise, nach.

Draußen braut sich ein Gewitter zusammen. Vor einer halben Stunde noch war der Himmel hellblau und voller Sonnenschein; jetzt verfinstert er sich zusehends. Dunkle Wolken ballen sich zu einer Regenfront. Die Johannisbeerbüsche und der Pflaumenbaum im Garten biegen sich im aufkommenden Wind. Es ist das erste Mal, seit ich hier bin, daß sich das Wetter ändert. Der Sommer war bisher zu trocken, die Erde ist ausgedörrt. Der Regen wird dem Boden guttun.

Die ersten, dicken Tropfen klatschen an das Wohnzimmerfenster. Sekunden später zuckt ein Blitz über den Himmel, und ein Donner entlädt sich mit einem Knall. Der Regen wird stärker, der Wind fegt die Regentropfen gegen die Scheiben. Sogar ein paar Hagelkörner sind dabei. Ein weiterer Blitz erhellt den asphaltfarbenen Horizont. Auf der Mattscheibe ist plötzlich nur noch Schneegestöber zu sehen; irgendwo in der Nähe hat es wohl ein Fernsehkabel erwischt.

Über mir höre ich hektisches Getrampel. Anna und meine Mutter beeilen sich, die Fenster zu schließen. Draußen auf der Leine tanzt die Wäsche, die meine Mutter heute morgen aufgehängt hat. Zu spät, sie hereinzuholen. Wenn der Regen aufhört, werde ich die Wäschestücke, die sich losgerissen haben, wieder einsammeln. Jetzt nicht. Jetzt werde ich hier liegenbleiben und den Verwüstungen zusehen, die das Gewitter im Garten anrichtet.

Nach einer Weile schleiche ich mich auf Socken in die Küche und betrachte das Unwetter auf der Vorderseite des Hauses. Die beiden großen Kastanienbäume neben dem Bürgersteig werden vom Sturm durchgepeitscht und verlieren einen Teil ihrer Früchte. Wie kleine, mit Nägeln gespickte Bomben prasseln die Kastanien in ihrer stacheligen Hülle auf den Boden. Regenwasser flutet die Straße entlang. Gegenüber, auf Sebastians Tankstelle, schalten die Autos, die gerade zum Tanken gehalten haben, ihre Scheinwerfer an. Wie Grubenlampen flackern ihre Lichter in der Dunkelheit auf. Einige Fahrer steigen aus und betrachten das Naturschauspiel unter dem schützenden Vordach der Tankstelle. Andere ziehen sich in ihren Wagen zurück, kurbeln die Fenster hoch und warten ungeduldig darauf, daß das Gewitter nachläßt. Jemand, wahrscheinlich Sebastian, schaltet die Beleuchtung für die Reklameschilder mit den Benzinpreisen an.

Wie aus dem Nichts taucht Franziska plötzlich neben mir auf. „Ich fürchte mich", sagt sie kleinlaut.

„Wovor?" frage ich erstaunt zurück. „Vor dem Gewitter?"

Sie nickt verlegen.

„Es ist nur eine Abfolge von physikalischen Reaktionen", sage ich, „hat irgendwas mit dem Zusammenprall von Kalt- und Wärmefronten zu tun. Kein Grund, Angst zu haben. In ein paar Minuten ist alles vorbei."

„Das hilft mir nicht."

„Als du geboren wurdest, war das Wetter genauso", fällt mir ein.

Franziska zuckt mit den Schultern. „Ich weiß, ich weiß", sagt sie gelangweilt. „Ich kenne die Story."

Ja, denke ich, natürlich. Aber du weißt nicht, was davor passiert ist.

Eigentlich wollte ich heute zusammen mit Sebastian und Zimmi ins Kino fahren. Saturday Night Fever *ist gerade angelaufen. Travolta finde ich eigentlich zum Kotzen – irgendwie erinnert er mich an einen Zuhälter mit Potenzproblemen –, aber Zimmi meinte, man könne sich den Film ja auch aus beruflichem Interesse anschauen. Ich bin sofort mißtrauisch geworden, denn wir mußten uns schon* Krieg der Sterne *aus demselben Grund reinziehen, und dann hat Zimmi vorgeschlagen, wir sollten auf der Bühne Roboterkostüme wie R2D2 und C3PO tragen.*

„Beruflich? Wieso beruflich?" habe ich also vorsichtig nachgefragt. „Hast du vor, bei einem Tanzwettbewerb mitzumachen oder Go-Go-Boy zu werden?"

„Das wäre ja wohl eher was für euch!" hat Zimmi grinsend erwidert. „Tobias im Tanga und mit seiner nackten Hühnerbrust als Vortänzer in 'ner Disco! Hah! Nein, ich meine, wir sollten uns den Film wegen der Musik ansehen. Ich schwöre dir, dieser Film wird einen Rieseneinfluß auf die Entwicklung der Popmusik haben. Das spür ich in meinen Eiern! Da können wir was von lernen!"

„Von dem Gefühl in deinen Eiern?"

„Idiot! Von der Musik! Vielleicht sollten wir auch ein paar Disco-Nummern à la Bee Gees *einstudieren." Und das von dem Typen, der mal behauptet hat, Rockmusiker zu sein!*

„Wenn du glaubst, daß ich mich in einem weißen Anzug auf die Bühne stelle und anfange, wie ein Eunuch ins Mikrofon zu kreischen, hast du dich geschnitten!" hat Sebastian empört eingeworfen.

Unsere Diskussion wurde dann durch die Ankündigung meiner Eltern überflüssig gemacht, daß sie etwas mit meinen Geschwistern und mir zu besprechen hätten, und zwar ausgerechnet am Samstagabend. Sebastian und Zimmi sind also ohne mich ins Kino gefahren.

Die Vorankündigung einer Familienkonferenz ist ein noch nie dagewesenes Ereignis. Moralpredigten, Ermahnungen, Bestrafungen und schlechte Nachrichten werden bei uns normalerweise gleich ausgesprochen und weitergegeben. Das Verhalten meiner Eltern ist genauso unwahrscheinlich wie die Chancen von Bauer Mehnert, beim jährlichen Wettbewerb um die größte Zuckerrübe Osthessens den ersten Preis zu gewinnen. Und er beteiligt sich immerhin seit fünfzehn Jahren. Anna, Achim und ich haben uns in Annas Zimmer versammelt und überlegen krampfhaft, was wir verbrochen haben könnten. Es muß etwas wirklich Schwerwiegendes sein, denn sonst hätten meine Eltern nicht ei-

nen so förmlichen Termin vereinbart. Achim fällt sofort die Fünf in Mathe ein, die er noch nicht gebeichtet hat, und Anna druckst herum, daß sie Mama vor zwei Wochen zwanzig Mark aus dem Portemonnaie geklaut hat, um sich die neue Frisur, mit der sie neulich nach Hause kam, leisten zu können.

„Hättest du dir auch sparen können", sage ich gehässig, „jetzt siehst du nämlich aus wie Andrea Jürgens!" Um sie noch mehr zu ärgern, summen Achim und ich den Anfang von Und dabei liebe ich euch beide und schütten uns aus vor Lachen.

„Arschlöcher!" sagt Anna würdevoll, aber ich weiß, daß meine Worte sie ärgern. Meine Schwester haßt Andrea Jürgens.

Ich selber bin mir keines Fehlverhaltens bewußt, außer daß ich Papa versprochen habe, die Blumenbeete umzugraben, und es immer noch nicht getan habe. Und vorgestern abend habe ich Pfarrer Neurath an die Kirchentür gepinkelt. Aber das kann es ja wohl alles nicht sein. Wir sehen uns ratlos an.

„Vielleicht hat Papa im Lotto gewonnen!" sagt Achim plötzlich, und seine Augen leuchten gierig auf, in Erwartung des materiellen Gewinns, der dabei für ihn abfallen könnte. Er geht meinen Eltern seit Wochen damit auf die Nerven, daß er eine neue Carrera-Rennbahn braucht. Braucht: so als gehörte sie zur lebensnotwendigen Grundausstattung eines jeden Zwölfjährigen. Ich hatte nur eine Holzeisenbahn!

„Du bist so blöd!" sagt Anna abfällig. „Wenn Dummheit klein machen würde, könntest du unter dem Teppich Fallschirm springen! Die Ziehung der Lottozahlen ist doch erst später. Außerdem spielt Papa überhaupt kein Lotto. Da müßte er schon Karin Tietze-Ludwig bestochen haben, um zu gewinnen."

„Scheiße!" sagt Achim grummelnd, „habe ich vergessen."

Anna verdreht vielsagend die Augen – eine Angewohnheit, die sie von Mutter abgeschaut hat. Sie glaubt immer noch, nur weil sie die Älteste ist, hätte sie die Weisheit mit Löffeln gefressen.

„Also, ich weiß nicht, was das soll", sage ich seufzend. „Mir fällt auch nichts Besseres ein. Laßt uns nach unten gehen, es ist sowieso gleich acht. Dann haben wir es wenigstens hinter uns."

Zusammen traben wir ins Wohnzimmer, bemüht, möglichst ernste und schuldbewußte Mienen aufzusetzen, damit die zu erwartende Bestrafung vielleicht etwas milder ausfällt. Wie drei reuige Sünder nehmen wir nebeneinander auf dem Sofa Platz.

Achim zappelt mit den Beinen, etwas, was er nicht tun soll, aber er kann nie still sitzen. Selbst auf den Stühlen in der Küche muß er immer kippeln. Erst vor drei Tagen ist er beim Mittagessen wieder hinten übergekippt, hat sich den Kopf an der Wand angeschlagen und zur Strafe eine Ohrfeige von Mama kassiert. Aber das ist er gewohnt. Von uns dreien kassiert er die meisten Ohrfeigen. Letzten Freitag waren wir alle im Wald spazieren, und Mama hat einen Ameisenhaufen unter einer großen Buche entdeckt und mit einem Stock darin herumgestochert. Soll man ja auch nicht machen. Anna und ich haben uns in seltener Einmütigkeit kurz angesehen und ihr von hinten einen Stups gegeben. Sie hat das Gleichgewicht verloren und ist bäuchlings mit einem kleinen Schrei auf den Ameisenhaufen gefallen. Als sie sich wutentbrannt wieder aufgerappelt hat, hat sie Achim, der direkt neben ihr stand, erst mal eine gelangt. Anna und ich sind vor Lachen schier zusammengebrochen.

Papa sitzt in seinem Fernsehsessel und legt mit ernster Miene die Zeitung beiseite. Mama sieht etwas blaß um die Nase aus, aber sie strahlt über das ganze Gesicht. Ich und Anna werden sofort mißtrauisch. Wenn wir wirklich etwas angestellt hätten, würde Mutter uns mit ihrem vorwurfsvollen Blick in Grund und Boden starren, bis wir von selbst mit der Wahrheit herausrücken. Außerdem steht eine Flasche Sekt auf dem Tisch, zusammen mit fünf der Gläser, die Mama bei einem Antiquitätenhändler erstanden hat und die nur für besondere Gelegenheiten aus dem Schrank geholt werden. Irgend etwas stimmt hier nicht.

Papa räuspert sich gewichtig. „Wir wollten euch etwas mitteilen. Etwas, das die ganze Familie betrifft."

Anna atmet erleichtert aus: „Also haben meine beiden blöden Brüder keinen Mist gemacht, für den ich meinen Kopf hinhalten muß!"

„Du doofe Ziege!" zanke ich zurück. „Ich baue nie Mist, für den ..."

„Wir kriegen Nachwuchs!" unterbricht meine Mutter den aufflammenden Streit. „Ihr bekommt ein kleines Geschwisterchen!"

Anna und mir fällt die Kinnlade herunter.

„Was?" fragt Achim.

„Sie ist schwanger, du Niete!" erklärt Anna mechanisch.

Achim boxt sie in die Seite, aber Anna ist viel zu überrascht von der Neuigkeit, um angemessen zu reagieren, zum Beispiel mit einer Kopfnuß.

„Aber du bist ... äh ...", ich muß schnell ein wenig kopfrechnen, „du bist vierundvierzig."

„Danke, daß du mich daran erinnerst, Tobias", erwidert meine Mutter trocken, „ich hätte es sonst wahrscheinlich vergessen!"

„Wir dachten, ihr freut euch", ergänzt mein Vater enttäuscht.

Mir wird jetzt einiges klar. Seit ein paar Wochen benimmt sich Mama etwas merkwürdig. Morgens war ihr oft schlecht, sie hat häufig gekotzt, und letzte Woche hat sie vier Gläser saure Gurken im Konsum *von Herrn Schmechter eingekauft. Und sie hat ständig vor sich hin gesummt. Soweit ich weiß, sind das alles Zeichen für eine Schwangerschaft. Nicht, daß ich mich wahnsinnig gut damit auskenne. Fortpflanzung in Theorie und Praxis finde ich doch eher uninteressant.*

„Ja schon, wir freuen uns ja auch", sage ich wenig überzeugend. In Wahrheit sind wir alle noch zu verdattert, um die Tragweite dieser Neuigkeit so schnell zu verarbeiten. Demnächst werden vier Kinder dieses Haus bevölkern, und der Nachzügler wird siebzehn Jahre jünger sein als ich. Theoretisch, rein theoretisch, könnte ich auch der Vater sein. Was für ein merkwürdiges Gefühl!

„Wir kriegen ein Baby? So ein echtes, lebendiges?" Auch bei Achim ist jetzt der Groschen gefallen. „Wow! Ist ja stark! Dann bin ich endlich nicht mehr der Kleinste!"

„Und wann?" fragt Anna.

Mama wiegt den Kopf. „Der Arzt hat gesagt, Ende August. Ich bin im dritten Monat."

„Aber noch vor meinem Geburtstag, oder?" frage ich. Es wäre sehr ärgerlich, wenn ich meinen Geburtstag mit einem neuen Geschwister teilen müßte. Das gäbe auf jeden Fall weniger Geschenke.

„Was wird es denn werden? Junge oder Mädchen?" fragt Anna. „Doch hoffentlich kein Junge. Noch einen Bruder überlebe ich nicht!" Typisch, selbst bei so was denkt sie nur an sich.

„Wir wollen es vorher nicht wissen", sagt Papa lächelnd. „Wir wollen uns lieber überraschen lassen."

„Oh, ist ja super!" murmelt Anna und zieht einen Flunsch.

„Und du bist dir wirklich sicher?" frage ich noch einmal nach. „Ich meine, es ist doch ziemlich ungewöhnlich, wenn man über vierzig ist und nach so einer langen Zeit ..."

„Es war auch eigentlich nicht geplant", erklärt meine Mutter verlegen. „Das Baby ist ... ein Zufall."

„Aber ist es nicht auch ein bißchen gefährlich, ich meine, in deinem Alter.“ Ich erinnere mich dunkel an detaillierte, blutrünstige Horror-Berichte in Oma Gundis Wochenzeitschriften, in denen von nicht mehr zu stillenden Blutungen, Mißgeburten und dem tragischen Tod von spätgebärenden Frauen die Rede war.

„Ich weiß gar nicht, warum du ständig auf meinem Alter herumreitest, Tobias“, erwidert meine Mutter ein wenig pikiert. „Im übrigen hat der Arzt gesagt, es sei alles in Ordnung, sowohl bei mir, als auch bei dem Kind. Mach dir mal keine Sorgen. Ich soll nur alles etwas langsamer angehen.“

„Wir schaffen das schon! Und ganz so ungewöhnlich ist es nicht, daß man mit über vierzig ein Kind bekommt. Die Frau von Zepps Erwin war auch schon einundvierzig, als sie die Zepp-Zwillinge bekommen hat“, wirft mein Vater ein.

Ja, denke ich bitter, und wir wissen alle, was dabei rausgekommen ist!

„Habt ihr euch schon einen Namen überlegt?“ fragt Anna.

Meine Eltern sehen sich zögernd an. „Wir dachten, wenn es ein Mädchen wird, nennen wir es Franziska, und wenn es ein Junge wird, Rüdiger.“

„Noch ein Grund mehr zu hoffen, daß es ein Mädchen wird“, flüstert mir Anna zu.

Ich muß ihr ausnahmsweise recht geben. Rüdiger! Wie sind meine Eltern bloß auf den Namen gekommen! Warum nicht gleich Detlef oder Egon!

„Aber wir haben gar keinen Platz für ein Baby!“ fällt Achim ein. „Alle Zimmer sind belegt!“

„Richtig, Achim!“ sagt Anna ernst und mit einem bedauernden Unterton. „Und deshalb wirst du auch verkauft. Du hast leider die Erwartungen nicht erfüllt, die wir in dich gesetzt haben.“

„Dumme Kuh!“ murmelt Achim, aber in seinen Augen blitzt Unsicherheit auf.

„Anna, bitte! – Auch daran haben wir schon gedacht, Schätzchen“, sagt meine Mutter zu Achim. „Wir werden den Speicher ausbauen. Einer von euch kann dann nach oben …“

„Ich!“ ruft Anna sofort und sieht mich herausfordernd an. „Ich will nach oben!“

Ich zucke mit den Achseln und überlasse ihr kampflos das Feld. Mir ist das egal. Ich habe nichts dagegen, in meinem Zimmer zu bleiben. Im Sommer bin ich mit der Schule fertig und werde eine Ausbildung als Versicherungskauf-

mann anfangen – meine Eltern haben ihre Verbindungen spielen lassen und mir eine Lehrstelle besorgt –, dann bin ich sowieso nicht mehr so häufig zu Hause. Anna bleibt noch mindestens bis zum Abitur hier.

Mein Vater entkorkt die Sektflasche und gießt die Gläser ein. „Dann wollen wir mal auf das neue Familienmitglied trinken!" sagt er und hebt seine Sektflöte.

Achim hüpft erwartungsvoll auf seinem Platz auf und ab. Er darf so gut wie nie Alkohol trinken. „Ja!" ruft er und reißt ungeduldig meinem Vater das volle Glas aus der Hand. „Auf Franzi oder Rüdiger!" Dann stößt er so heftig mit Anna an, daß ihm das feingeschliffene Glas zwischen den Fingern zerbricht und die Scherben in einer großen Sektpfütze auf dem Wohnzimmertisch landen.

Mama steht seufzend auf und holt einen Lappen. „Laß mal", sagt sie, „Scherben bringen Glück."

Das Wetter in diesem Jahr war grundsätzlich schlecht. Nicht nur der Winter und das Frühjahr zeigten sich kalt und ungemütlich, auch der Sommer fiel buchstäblich ins Wasser. Im Herbst beschwerten sich die Winzer über einen ausgesprochen schlechten Jahrgangswein, und zum Jahreswechsel brach eine Schneekatastrophe über den Norden Deutschlands herein, die ganze Landstriche von der Außenwelt abschnitt. Der Katastrophenschutz hatte alle Hände voll zu tun. Mehr als drei Tage ununterbrochenen Schneefall bezahlten zehn Menschen mit dem Leben. Pfarrer Neurath hielt eine Predigt über die Demut, die der Mensch vor der Natur empfinden sollte.

Demütigungen ganz anderer Art hatten Sebastian und ich zu Beginn des Jahres zu ertragen, als meine Eltern und Tante Rena in einer geheimen, konzertierten Aktion beschlossen, daß uns Jungen ein paar gesellschaftliche Umgangsformen nicht schaden würden. Kurz darauf wurde Sebastian und mir eröffnet, daß wir ab der folgenden Woche jeden Samstagnachmittag in der Tanzschule in Fulda erwartet würden. Ähnlich wie Jahre zuvor die Schnapsidee mit dem Kinderkirchenchor konnte dieses Vorhaben nur schiefgehen.

„Ich kann überhaupt nicht tanzen!" wehrte ich entsetzt ab, als meine Mutter mich vor vollendete Tatsachen stellte.

„Ebendrum!“ erklärte meine Mutter bestimmt und faltete die Hände um ihren langsam anschwellenden Bauch. „Deshalb sollst du es ja auch lernen!“

Frau Heidkamp, die sich selbst zu einem Kaffeebesuch bei meiner Mutter eingeladen hatte und keine Anstalten machte zu gehen, stellte ihre Tasse zurück auf den Unterteller. „Ich habe damals meinen Walter – Gott hab ihn selig – beim Foxtrott kennengelernt“, erklärte sie mit verträumten Augen. „Was für eine schöne Zeit!“

Mutter rollte hinter Frau Heidkamps Rücken die Augen. Die Geschichte, wie Frau Heidkamp ihren Verlobten Mitte der fünfziger Jahre bei einer Tanzveranstaltung des Blashornvereins vom Nachbardorf kennengelernt hatte, war mittlerweile Allgemeingut geworden. Fast jeder Dorfbewohner kannte sie auswendig. Walter Döring, Vertreter für Haushaltskurzwaren – heute nennt man diese Berufssparte euphemistisch „Außendienstmitarbeiter“ – hatte Annemarie Heidkamps Herz im Laufe eines Abends im Sturm erobert und sie im wahrsten Sinne des Wortes von den Füßen gefegt: Nach einer zu schnellen Drehung fand sich Frau Heidkamp nämlich zusammen mit Herrn Döring inmitten des aufgebauten, aber noch nicht eröffneten Buffets wieder, ihr einziges gutes Kleid besprenkelt mit kaltem Huhn und Salatsoße.

Dem rasanten Auftakt dieser Romanze folgte allerdings ein klägliches Ende, dessen Frau Heidkamp sich nicht so gerne erinnerte. Nach vierzehn Tagen war Walter Döring plötzlich wie vom Erdboden verschluckt, genauso wie die dralle, blonde Servierhilfe der Konditorei Magenbrod. Diskrete Ermittlungen des verwitweten Vaters von Frau Heidkamp ergaben, daß Walter Döring nicht nur der jungen Annemarie, sondern auch der mit erheblich ausladenderen körperlichen Vorzügen ausgestatteten Bedienung der Konditorei die Ehe versprochen und sich augenscheinlich für die letztere Alternative entschieden hatte. Mit gebrochenem Herzen zog sich Frau Heidkamp in das väterliche Haus zurück und nahm zwei Monate später die Stelle als Haushälterin von Pfarrer Neurath an. In Anbetracht dieser Umstände war es allen Dorfbewohnern schleierhaft, warum Gott Walter Döring selig haben sollte, aber jeder hatte gelernt, den

Mund zu halten, da er sonst Gefahr lief, die jahrzehntealte Geschichte aufs neue und zum hundertsten Male erzählt zu bekommen.

„Aber ich bin schwul! Ich brauche nicht tanzen zu lernen!" erwiderte ich verzweifelt. „Im übrigen habe ich *meinen* Walter schon getroffen", ergänzte ich patzig zu Frau Heidkamp gewandt.

„Es ist nie falsch, ein paar Tanzschritte zu können", antwortete die Haushälterin des Pfarrers kühl. „Das gilt auch für Menschen, die ... die ein wenig verwirrt sind, was ihre Veranlagung betrifft."

Ich beschloß, Frau Heidkamp einfach zu ignorieren. „Mama, bitte, tu uns das nicht an! Wozu sollen wir denn bloß tanzen lernen? Das ist doch total spießig!"

Meine Mutter kniff die Lippen zusammen. „Keine Diskussionen, Kind! Spießig oder nicht, wir haben diesen Kurs schon bezahlt, und du und Sebastian werdet ihn besuchen. Seid lieber froh, daß wir euch zusammen angemeldet haben."

Aus Erfahrung wußte ich, daß es keinen Sinn hatte, mit meiner Mutter zu diskutieren, wenn sie in diesem Tonfall mit mir sprach. Ich würde den Tanzkurs durchstehen müssen und diese Zumutung in den Tiefen meiner Seele vergraben. Später einmal würde dieses Erlebnis vielleicht einem meiner zukünftigen Therapeuten als Hinweis dienen, warum ich eine dermaßen verkorkste Persönlichkeit entwickelt habe.

Sebastian hatte mit seinen Einwänden bei Tante Rena genausowenig Erfolg wie ich bei meiner Mutter, und am Samstagnachmittag standen wir neu eingekleidet mit Bundfaltenhose, Jackett und Krawatte im Ballsaal der Tanzschule Dreber, zusammengepfercht mit ungefähr vierzig anderen Jugendlichen, die ähnlich unglücklich aussahen wie wir.

Der Besitzer der Tanzschule, Herr Dreber, war auch gleichzeitig unser Tanzlehrer. Sonnengebräunt, mit viel Pomade in den schwarzgefärbten Haaren und einem demonstrativ gepflegten Äußeren erinnerte er mich sofort an Vico Torriani, nur daß er nicht zu singen oder zu kochen begann. Sein grimassenhaftes Lächeln legte er während der gesamten zwei Stunden nicht ab. Zur Begrüßung bekamen wir eine kurze Rede über den Nutzen guter Manieren in einer Welt sich ständig ändernder Werte zu hören, während sich über uns an der Decke eine dieser albernen, silbernen Discokugeln drehte. Danach teilte Herr Dreber uns mit einer ausladenden Geste, die Moses bei der Teilung der Fluten würdig gewesen wäre, in zwei Gruppen ein – die Mädchen an die eine Seite des Saals, die Jungen an die andere. Herr Dreber und seine Tanzpartnerin schwebten in die Mitte der Tanzfläche, spreizten ihre Arme und Hände so natürlich und anmutig wie Schaufensterpuppen, aus einem Lautsprecher an der Wand erklang ein Walzer, und wir starrten den beiden auf die Füße, um uns die Schrittfolge zu merken.

„Sehen Sie, es ist ganz einfach", rief Herr Dreber mit seinem gefrorenen Grinsen über die Musik hinweg. „Eins, zwei, drei, eins, zwei, drei. Die Herren mit dem linken Fuß nach vorne; die Damen beginnen die Schrittfolge mit einem kleinen Ausfallschritt nach hinten! Sehen Sie nie nach unten, lächeln Sie Ihren Partner an, und die Herren achten bitte darauf, daß sie sich nicht die Führung von den Damen entreißen lassen! Haha!"

„Haha!" wiederholte Sebastian leise neben mir und deutete einen Brechreiz an.

„Die rechte Hand des Herrn liegt locker auf dem Schulterblatt der Dame, die linke Hand greift die rechte Hand der Dame", fuhr Herr Dreber begeistert von sich selbst fort, während er an uns vorbeitanzte.

„Ich kann das nicht!" raunte ich Sebastian verzweifelt zu.

„Ich will das nicht!" gab er genauso verzweifelt zurück.

Als die Musik endete, verbeugte sich Herr Dreber vor seiner Partnerin, führte sie wie ein Schaf von der Tanzfläche und stellte sie an der Seite ab.

„Und genauso dürfen Sie es jetzt probieren!" erklärte er freudestrahlend. „Die Herren fordern bitte mit einem kleinen Diener eine Dame ihrer Wahl auf!"

Sebastian und ich sahen uns entsetzt an. Diener? Auffordern? Blieb uns denn gar nichts erspart?

Als wir endlich begriffen, daß Herr Dreber alles todernst gemeint hatte, war die Auswahl an passablen Mädchen auf der gegenüberliegenden Seite der Tanzfläche schon erheblich geschrumpft. Wie bei der Wahl der Fußballmannschaften im Sportunterricht blieb die Ausschußware bis zum Schluß übrig. Sebastian verbeugte sich schließlich zögernd vor einer flachbrüstigen Blondine mit dem Ansatz eines Damenbarts und für mich blieb ein Mops, der die Ausmaße von Frau Podgornowskaja und die Größe von Rumpelstilzchen besaß. Zusammen stolperten wir durch die Musik, mit kurzen, abgehackten Bewegungen, verunglückten Drehungen, unsere Blicke mit verkrampften Mienen starr nach unten gerichtet, um uns gegenseitig bloß nicht auf die Füße zu treten. Natürlich kamen wir alle naselang aus dem Takt und waren einen Großteil der Zeit damit beschäftigt, wieder Tritt zu fassen und so wenig wie möglich in der wogenden Menge der Tänzer aufzufallen, denn Herr Dreber ließ es sich nicht nehmen, an den Paaren vorbeizuschreiten und sie auf Schritt- und Haltungsfehler aufmerksam zu machen. Wer eine Tanzschule besucht hat, weiß, daß es zu den peinlichsten Erfahrungen des ganzen Lebens gehört, vom Tanzlehrer in die Mitte einer leeren Tanzfläche gerufen zu werden, um vor einer schadenfrohen, kichernden Menge Jugendlicher darüber belehrt zu werden, daß man sich nicht auf einem Exerzierplatz der Bundeswehr befinde, also nicht im Stechschritt über das Parkett fegen und bitteschön den ganzen Körper einsetzen solle.

„Wie heitht du?“ quiekte plötzlich der Mops in meinen Armen, nachdem ich eine dieser Erniedrigungen hinter mich gebracht hatte.

„Was?“ fragte ich irritiert zurück, da meine Aufmerksamkeit gerade vollkommen von einem seitlichen Ausfallschritt in Anspruch genommen wurde.

„Wie du heitht!“

„Wie ich heithe … äh, heiße? Tobias. Wieso?“ Vorsichtig betrachtete ich meine Tanzpartnerin zum ersten Mal genauer. Sie reichte mir gerade bis zur Schulter, wog mindestens achtzig Kilo und trug ein enganliegendes bordeauxrotes Kleid mit Spaghettiträgern, aus dem ein paar unattraktive Fleischwülste herausquollen. Eigentlich sah sie aus wie eine Preßwurst, der auf geheimnisvolle Weise Leben und eine lispelnde Stimme eingehaucht worden waren. Vielleicht von einer Fee mit einem bizarren Sinn für Humor.

„Tanzen ist eigentlich dazu da, um die Kontaktaufnahme mit dem anderen Geschlecht zu erleichtern", belehrte mich die Preßwurst naserümpfend, „aber dazu gehört natürlich auch dath Beherrschen gethellschaftlicher Umgangthformen, altho: Jetzt mutht du mich nach meinem Namen fragen."

Wer hat denn behauptet, daß ich mit dem anderen Geschlecht Kontakt aufnehmen möchte? dachte ich empört. Laut sagte ich: „Also schön, wie heißt du?"

„Brigitte."

Paßt ja, dachte ich sarkastisch. So sieht also eine Brigitte aus!

„Und weiter?" fragte Brigitte.

„Wie, weiter?" gab ich erstaunt zurück, während ich ihr versehentlich auf den Fuß trat.

„Du mutht jetzt Konverthation mit mir betreiben! Dath gehört thich tho!"

„Wie soll ich mich denn gleichzeitig auf die Tanzschritte und das Reden konzentrieren?" erwiderte ich verzweifelt.

„Ach, dath lernttht du schnell!" sagte Brigitte zuversichtlich. „Path auf, ich mache eth dir vor: Gefällt dir die Tanzthunde?"

„Nein", antwortete ich pampig.

„Ich mache schon den dritten Kurthuth mit", fuhr Brigitte fort, als hätte sie mich nicht gehört. „Immer wieder den Anfängerkurth. Und willtht du auch den Grund withen? In der Schule beachten mich die Jungen nicht, weil ich ihnen zu dick bin, aber hier können thie mir nicht entkommen. Mädchen thind hier Mangelware. Ich bekomme immer einen ab!" Sie grinste mich herausfordernd an.

„Sehr ... interessant", antwortete ich schwach.

„Nächtheth Mal werde ich einen Rock-'n'-Roll-Kurth belegen! Die Thtandard-Tänze finde ich ein bithchen langweilig."

„Einen Rock-'n'-Roll-Kurs?" fragte ich entsetzt nach und stellte mir vor, Brigitte über dem Kopf oder zwischen den Beinen hindurchzuwirbeln. Eine Waschmaschine auf meinen Schultern zu balancieren hätte wohl den gleichen Effekt auf meine Bandscheibe.

„Ja, hatht du wath dagegen?" Brigitte beäugte mich mißtrauisch.

„Nein, nein“, beeilte ich mich zu versichern, während ich insgeheim ihre zukünftigen Tanzpartner bedauerte. „Klingt toll!“

„Dann melde dich doch auch dafür an! Wir könnten den Kurth zuthammen bethuchen! Dath wäre doch spitthe!“ Brigitte hatte anscheinend keine Lust, Zeit zu verplempern.

Ich schluckte, während ich fieberhaft nach einer einigermaßen glaubwürdigen Ausrede suchte. „Tut mir leid, aber das geht nicht“, sagte ich schließlich, „ich bin schon in festen Händen.“

„Oh“, sagte Brigitte sichtlich enttäuscht, „war ja klar. Dath pathiert mir immer! Bitht du dir thicher?“

Bevor ich ihr mit einem klaren „Ja“ antworten konnte, endete die Musik, und ich führte Brigitte an ihren Platz zurück, entschlossen, bei der nächsten Aufforderung etwas entschiedener vorzugehen, um nicht wieder bei ihr zu landen.

„Und, wie war's?“ fragte ich Sebastian, als wir uns wieder auf unserer Seite eingefunden hatten.

„Frag nicht!“ stöhnte er. „Meine hatte Mundgeruch. Aber deine war ja auch nicht viel besser. Die sah ja aus wie ein schlecht verpacktes *Mon Cheri*.“

„Ein *Mon Cheri* mit einem Sprachfehler“, erwiderte ich grinsend.

Wahrscheinlich hätte ich nicht lästern sollen, denn wie allgemein bekannt ist, bestraft der liebe Gott kleine Sünden sofort. Herr Dreber flatterte mit seiner Tanzpartnerin wieder in die Mitte des Saales und erklärte uns die Grundschritte des Rumba.

„Das sieht ja zur Abwechslung mal ganz einfach aus“, murmelte ich Sebastian zu. „Hin und her wiegen und mit dem Hintern wackeln. Das schaffe ich gerade noch!“

„... und nicht vergessen, eins und zwei und Wiegeschritt!“ rief uns Herr Dreber mit blitzenden Jacketkronen zu. „Jetzt sind Sie wieder an der Reihe, und um das Ganze etwas aufzulockern, gibt es jetzt eine ... Damenwahl!“

„O nein“, murmelte ich. „Bitte nicht!“

Auf der gegenüberliegenden Seite konnte ich sehen, wie die Mädchen aus ihren Startlöchern kamen und ein rotgefärbter Kugelblitz direkt auf mich zuschoß.

„Hallo“, sagte Brigitte mit einem triumphierenden Lächeln, „da bin ich wieder! Wath für ein Glück! Darf ich bitten?“

Hilfesuchend sah ich mich nach Sebastian um, aber der war krampfhaft bemüht, nicht in schallendes Gelächter auszubrechen.

„Rumba itht mein Lieblingthtanz“, erklärte Brigitte begeistert, während sie mich auf die Tanzfläche zerrte.

„Tatsächlich?“ antwortete ich resigniert. „Warum?“

„Eth thwingt tho schön!“ quiekte Brigitte und schüttelte erwartungsvoll die Fettmassen ihrer dicklichen Oberarme. „Und eth itht trotzdem romantisch!“

Wir nahmen die Grundposition ein und warteten die ersten Takte des lateinamerikanischen Rhythmuses ab, bevor wir zu tanzen begannen.

„Altho, wath itht?“ fragte sie, als ob wir das Gespräch von vorher nur kurz unterbrochen hätten, und wippte auf den Zehenspitzen.

„Was meinst du?“

„Ob du dir thicher bitht, dath du dich in fethten Händen befindetht!“

Völlig überrascht verhedderte ich mich in einer Drehung und prallte aus Versehen mit dem hinter uns tanzenden Paar zusammen. „Ja, Brigitte, ich bin mir sicher.“

„Itht thie hier?“ Brigitte sah sich suchend in dem Gewühl der Jugendlichen um. „Warte! Nichtth thagen! Eth itht die Blonde da, die mit dem hellgrünen Rock. Stimmtth?“ Sie deutete auf ein Mädchen, das ich noch nie zuvor gesehen hatte. „Aber die itht doch total langweilig! Nimm lieber mich, ich habe wenigthtenth Ethprit!“ Ihren Augen war das Jagdfieber anzusehen.

„Nein“, sagte ich verzweifelt, „du verstehst das völlig falsch. Es hat keinen Sinn, sich zu bemühen. Ich bin mit einem Jungen zusammen.“

Brigitte brach mitten in einem Wiegeschritt ab und sah mich fassungslos an. Im gleichen Moment machte die Musik eine unerwartete Pause, und Brigitte sagte entrüstet in die Stille hinein: „Wath? Du bitht schwul? Hättetht du dath nicht vorher thagen können?“

Vierzig Augenpaare, inklusive dem von Herrn Dreber, starrten uns an. Am liebsten wäre ich im Erdboden versunken.

„Du blöde Kuh!" zischte ich Brigitte zu. Mit einem giftigen Seitenblick auf meine Partnerin und einem Kopf, der einer überreifen Tomate ähnelte, verließ ich im Laufschritt die Tanzfläche und schlug die Tür des Saales hinter mir zu.

Sebastian kam mir nachgelaufen. Verstohlen wischte er sich die Tränen aus den Augenwinkeln.

„O Gott", sagte er nach Luft ringend. „So was Komisches habe ich seit Ewigkeiten nicht mehr erlebt. Das war ja slapstickreif!"

„Du hast gut lachen! Du bist ja auch nicht vor allen Leuten zum Gespött gemacht worden!" schimpfte ich wütend. „Keine zehn Pferde bringen mich da wieder rein! Niemals!"

„Ist ja schon gut! Reg dich ab! Ich hab auch keine Lust dazu. Ich schätze, Tanzen ist wirklich nicht das Richtige für uns." Sebastian begann zu hicksen. „Mist, ich glaube, ich habe einen Schluckauf."

Mir war Sebastians Unpäßlichkeit völlig egal. „Ich will jetzt wissen, wie wir aus dem Schlamassel wieder rauskommen", sagte ich.

Dieser Überlegung wurden wir allerdings schnell enthoben, denn die Tür des Tanzsaals öffnete sich ein weiteres Mal, und Herr Dreber kam auf uns zu. Mit nervösem Augenzwinkern erklärte er uns, daß für Herren unserer „Fasson" leider kein Platz in seinem Institut sei, da die Seriosität seiner Tanzschule leiden könne, wenn „so etwas" an die Öffentlichkeit geriete. Er erklärte sich sogar bereit, uns die Kosten des Kursus zurückzuerstatten.

„Und jetzt?" fragte ich etwas ratlos, als wir uns wenige Minuten später mit einem Scheck in den Händen vor der Tanzschule in Fuldas Altstadt wiederfanden.

Sebastian zuckte mit den Achseln. „Laß uns in die Teestube nebenan gehen. Wir müssen in Ruhe überlegen."

In den nächsten zwei Monaten wurde die Teestube unser zweites Zuhause. Kleine, runde Holz- und Basttische sowie braune Polstersessel, in die man so tief einsank, daß man Schwierigkeiten hatte, wieder aus ihnen herauszukommen, bildeten die Inneneinrichtung. Die Wände waren ebenfalls in dunklen Tönen gehalten; orangefarbene Gardinen hinderten das Tageslicht daran, mehr als ein diffuses Hell zu verbreiten, in dem sich der Qualm von unzähligen Zigaretten und der Duft von aromatisierten Tees vermischten. Das Ganze hatte den Charakter einer Opiumhöhle, aber entsprach weitaus mehr unseren Vorstellungen von einem modernen Lebensgefühl als die spießige Tanzschule, auf die uns unsere Eltern geschickt hatten.

Bei unserem ersten Besuch beschlossen Sebastian und ich, niemandem etwas davon zu erzählen, daß wir aus der Tanzschule geflogen waren. Das allerdings bedeutete, daß wir unseren Eltern das Geld für den Kursus auch nicht zurückgeben konnten, und alles zusammen hatte zur Folge, daß wir die nächsten Wochen jeden Samstagnachmittag in Fulda verbrachten, um den Schein zu wahren.

Die Musik, hauptsächlich *Crosby, Stills & Nash* sowie *America* und Angelo Branduardi, unterstrich den vagen elitären und linken Charakter der Teestube, ebenso die Bedienung, die in einem Mischmasch aus Flowerpower und Indien-Look gekleidet war. Das Publikum rekrutierte sich entsprechend aus der – in Fulda eher klein und verloren wirkenden – linken Szene; Oberschüler und Studenten der Fachhochschule fühlten sich hier heimisch. Aufkleber mit dem Anti-Atomkraft-Zeichen auf den Jutetaschen und Buttons mit der Aufschrift „Gewalt, nein danke!" gaben die gesellschaftspolitische Richtung vor. Fast jede Woche lagen in dem Zeitschriftenständer neue Pamphlete und Handzettel aus, die zu einer der vielen Demonstrationen gegen Kernkraftwerke, das Anti-Terror-Gesetz der Schmidt-Regierung, einer Sitzblockade oder ganz allgemein zu mehr Widerstand gegen den amerikanischen Imperialismus aufriefen.

Tee gab es in der Teestube naturgemäß reichlich und in allen möglichen Variationen. Bevorzugt wurden schwarze Tees aus den geschundenen, unterprivilegierten Entwicklungsländern der dritten Welt ausgeschenkt, um Solidarität zu demonstrieren und das eigene schlechte Gewissen zu beruhigen. Natürlich dachte niemand darüber nach, daß die Teeblätter wahrscheinlich von ebenso minderprivilegierten, geschundenen Frauen mit fünf unterernährten Kleinkindern auf dem Rücken und einer malariakranken Mutter daheim in der Hütte für einen Hungerlohn abgeerntet wurden und wir als

Endverbraucher nicht ganz unschuldig an der Kette der Unterdrückung waren.

Neben den diversen schwarzen Teesorten gab es auch alle erdenklichen Früchte- und aromatisierten Tees: Vanille, Apfel, Kirsch, Mandelblüten, Jasmin, Rosenblüten, Malve und natürlich Pfefferminz und Kamille. Der Tee wurde in kleinen, braunen Tontassen ohne Henkel serviert – an denen man sich ständig die Finger verbrannte – und in den dazu passenden kleinen, braunen Teekannen. Wahlweise gab es braunen oder weißen Kandis zum Süßen. Nie wieder in meinem Leben habe ich so viel Tee getrunken wie in diesen acht Wochen – und nie wieder mußte ich so oft hintereinander pinkeln. Sebastian und ich suchten uns immer einen Platz in der Nähe der Toilette aus, um nicht so weit laufen zu müssen. Es sollte mich nicht wundern, wenn in der Hochzeit der Teestuben Ende der siebziger Jahre die Notwendigkeit von Nierensteinoperationen dramatisch zurückgegangen wäre und die Arbeitslosigkeit unter den Urologen überproportional zugenommen hätte.

Normalerweise verbrachten wir zwei oder drei Stunden teetrinkend. Ab und zu gesellten sich Zimmi und Martina zu uns, und manchmal auch Mac und seine neue Freundin Petra. Dann plauderten wir über belanglose Dinge oder schmiedeten Pläne, wie wir den Samstagabend verbringen könnten. Wenn Sebastian und ich allein waren, spielten wir Backgammon, hörten der Musik zu oder summten ein paar Takte von *A Horse with No Name* und *Sister Golden Hair* mit.

Dies waren stille, erholsame Nachmittage, in denen die Zeit wie ein ruhiges, behäbiges Gewässer an uns vorbeifloß. Niemand beachtete uns, nachdem wir unsere obligatorische Kanne Tee bestellt hatten, niemand kümmerte sich darum, wenn meine Hand auf Sebastians Oberschenkel ruhte, niemand regte sich auf, wenn er meinen Hinterkopf kraulte. Im Gegenzug gaben wir immer großzügig Trinkgeld und lasen uns pflichtschuldig die Broschüren von Selbsthilfegruppen durch, die mittelamerikanischen Bauern den ökologischen Kaffeeanbau beibringen wollten, fernöstliche Meditationstechniken anpriesen oder Kurse in tantrischem Atmen, veranstaltet vom Frauenkreis

Fulda-Süd. Die Handzettel warfen wir auf dem Nachhauseweg immer in die nächstbeste Mülltonne. Weder meine Eltern noch Sebastians Vater oder Tante Rena kamen jemals dahinter, daß wir die Samstage völlig anders verbrachten, als sie geplant hatten.

Aber der Alltag ging natürlich weiter, und zusehends war es Jonas, der uns in Atem hielt.

„Gut, daß ihr endlich kommt!" sagt Anna zu Sebastian und mir, während sie geistesabwesend an einem Apfel kaut und ihre Augen keinen Moment die Mattscheibe außer acht lassen. Im Fernsehen streiten sich gerade Herr Müller-Lüdenscheidt und Herr Dr. Klöbner über das Zuwasserlassen einer Gummi-Ente, und kurz darauf zitiert Evelyn Hamann versonnen ein Gedicht von Rilke, während sie ihrem Sitznachbarn in der Touristenklasse eines Flugzeugs versehentlich eine Dose Ketchup über dem Anzug ausdrückt.

„Wieso, was ist los?" frage ich. Sebastian und ich haben gerade eine längere Fahrradtour hinter uns gebracht. Das Fernglas, mit dem wir die Grenzposten beobachtet haben, baumelt noch um meinen Hals. Schon seit einiger Zeit strahlen die Stacheldrahtzäune und Befestigungen der Zonengrenze eine unwiderstehliche und unerklärliche Anziehungskraft auf uns aus. Wir haben uns in sicherer Entfernung ein Versteck gesucht, sehen den NVA-Soldaten beim Wachwechsel zu, beobachten die diensthabenden Offiziere im Wachturm beim Nasebohren und genießen das Kribbeln der Gefahr auf unserer Haut. Wir schreiben in Tagebüchern auf, wann sie mit den Hunden am Elektrozaun entlanglaufen, welche Wurst sie auf ihren belegten Brötchen haben und wann sie ein unerlaubtes Nickerchen machen. Es ist wie in einem Spionagethriller; unsere Eltern dürfen nichts von diesen Ausflügen wissen. Von der Rückfahrt klebt Schweiß am Rücken meines T-Shirts, und ich will endlich unter die Dusche.

„Jonas ist aufs Dach geklettert und will ein Storchennest bauen", erwidert Anna lakonisch.

„‚Kassel hat ein neues Schwimmbad!'" wirft der Fernseher ein.

„Was?" fragt Sebastian entgeistert.

„Bei euch ist ganz schön was los", erklärt Anna und deutet in Richtung von Schulpeters Tankstelle. „Ich wäre ja auch mit den anderen nach drüben gelaufen, aber ich muß erst noch Loriot zu Ende gucken. Sonst kann ich morgen nicht mitreden."

Sebastian und ich rennen aus dem Haus und auf die gegenüberliegende Straßenseite zur Tankstelle. Annas Beschreibung ist ziemlich untertrieben. Vor dem Haus von Schulpeters herrscht helle Aufregung. Auf dem Bürgersteig steht meine Mutter, hält Tante Rena in ihrem Arm und redet beruhigend auf sie ein. Einige Autofahrer, die eigentlich nur zum Tanken gekommen sind, steigen aus ihren Wagen und gaffen sensationslüstern. Jemand hat eine alte Matratze herbeigeschafft und sie auf den Boden gelegt, in Anbetracht der ernsten Situation eine hilflose, fast makabre Geste. Daneben stehen ein paar Jungen aus der Nachbarschaft, zusammen mit Achim, Kaplan Hermer, Gesike und der Frau von Bäcker Hartmann; alle recken ihre Köpfe, zeigen auf das Dach des Hauses und reden aufgeregt durcheinander.

„Scharf!" höre ich Achim rufen. „Richtig was los hier!"

Wir folgen ihren ausgestreckten Fingern und entdecken zu unserem Entsetzen Jonas, der wie eine übergewichtige Taube auf der Spitze des Daches hockt und sich unsicher an den Kamin klammert. Verängstigt und mit weit aufgerissenen Augen verfolgt er das Geschehen auf der Straße. Auf den Dachziegeln verstreut liegen kleine Zweige und ein paar Büschel vergilbtes Gras.

„Großer Gott", sagt Sebastian. „Wie ist er da hoch gekommen?"

„Jemand sollte Dr. Werner holen!" erklärt Gesike.

„Ach, und was soll der machen? Ihn gegen die Schweinepest impfen?" entgegnet die Frau von Bäcker Hartmann fachmännisch. „Die Feuerwehr muß her! Der Bub stürzt sonst noch ab!"

Die Lippen von Kaplan Hermer bewegen sich tonlos, und ich sehe, wie sich seine Finger um einen Rosenkranz verkrampfen.

„Was ist passiert?" frage ich meine Mutter aufgeregt.

„Es ist alles meine Schuld", erwidert sie verzweifelt und wringt ihre Hände in einer hilflos anmutenden Geste. „Ich habe Jonas erzählt, daß der Storch uns bald ein Baby bringen wird."

„Und warum hockt er jetzt auf dem Dachfirst?" frage ich verständnislos.

Sebastian braucht nicht lange zu überlegen. „Er will ein Storchennest bauen", sagt er ernst. „Er will auch ein Baby geliefert bekommen. Ist doch logisch. Er hat die Storchengeschichte wörtlich genommen."

„Junge, tu irgendwas!" fleht Tante Rena plötzlich Sebastian an. „Auf dich hört er immer am besten. Bring ihn da heil wieder herunter!"

Sebastian und ich kämpfen uns an der kleinen Gruppe Schaulustiger vorbei ins Haus und rennen die Treppen hinauf auf den Dachboden. Oben auf dem Speicher versucht mein Vater Herrn Schulpeter davon abzuhalten, durch die Dachluke zu kriechen. Auch hier liegen Zweige und ein paar Büschel Gras auf dem Boden verstreut. Mein Vater trägt seinen weißen Apothekerkittel, und Herr Schulpeter hat seinen Arbeitsanzug an.

„Der Junge bringt mich noch um den Verstand!" schimpft Herr Schulpeter verzweifelt. „Ich weiß wirklich nicht, was ich noch machen soll mit ihm! Wie ist er nur auf diese dämliche Idee gekommen? Das ist ja schlimmer, als einen Sack Flöhe zu hüten! Komm jetzt sofort da runter, Jonas!"

„Franz, hör auf!" sagt mein Vater nervös, als Sebastian und ich ankommen. „Das hat doch keinen Sinn. Du machst Jonas nur noch mehr Angst mit deinem Gebrüll. Wenn er alleine da runter klettert, bricht er sich das Genick!"

„Mich wundert, daß er da überhaupt heil hochgekommen ist", gibt Herr Schulpeter zurück. „Der Junge ist doch sonst die Tolpatschigkeit in Person!"

„Papa, laß mich mal", sagt Sebastian. „Vielleicht hört er ja auf mich. Bitte!"

„Du?" fragt Sebastians Vater. „Na schön", gibt er dann zögernd nach. „Sag deinem Bruder, er soll sofort von da oben herunterkommen! Aber mach keinen Unsinn!" Trotz seiner ruppigen Art kann man hören, wie die Angst in seiner Stimme mitschwingt.

„Was willst du machen?" frage ich, aber ich weiß es eigentlich schon.

„Na, was wohl! Ich klettere zu ihm hoch und hole ihn runter!" fährt mich Sebastian an.

„Auf das Dach? Bist du bescheuert? Hast du gesehen, wie steil das ist? Du brichst dir den Hals!"

Sebastian sieht mich einen Augenblick spöttisch an. „Jetzt komm schon!" sagt er mit seinem arroganten Grinsen. „Im Klettern haben wir doch Übung! Oder hast du die Kirchenorgel schon vergessen?"

„Nein", erwidere ich leise. „Natürlich nicht."

Wir zwängen uns vorsichtig durch den Taubenschlag, Sebastian zuerst, dann ich. Mit einem vorsichtigen Tritt prüft er die Belastbarkeit der Regenrinne, bevor er sich mit einem Fuß darin abstützt und dann langsam und in geduckter Haltung Schritt für Schritt die Dachziegel emporklettert.

„Scheiße, ist das hoch!" fluche ich, nachdem ich einen vorsichtigen Blick nach unten riskiert habe. Tief unter mir kann ich Tante Rena und meine Mutter erkennen, die die Hände vor den Mund halten.

„Nicht nach unten schauen!" befiehlt Sebastian. „Sieh zu Jonas hinauf, dann wird dir nicht schwindelig. Und paß auf, daß du auf keine lockeren Dachziegel trittst."

Der Kopf meines Vaters taucht in der Dachluke auf, wie der aufgespießte Schädel eines getöteten Ritters nach einer mittelalterlichen Schlacht. „Seid bloß vorsichtig, Jungs! Ich habe die Feuerwehr angerufen. Klettert nur bis zu Jonas, und beruhigt ihn. Versucht nicht, allein wieder herunterzuklettern. Das ist viel zu gefährlich! Wartet bis die Feuerwehr da ist, die holen euch dann alle zusammen vom Dach, verstanden?"

Ich nicke ihm zu und klettere hinter Sebastian her. Zwischendurch versuche ich, Jonas im Blick zu behalten, der unseren Aufstieg mit großen Augen beobachtet.

Sebastian richtet sich plötzlich auf und deutet unruhig auf den Himmel. „Es wird gleich regnen", sagt er und zeigt auf ein paar dunkle Wolken, die langsam näherkommen. „Wir müssen bis dahin auf dem Dachfirst sein. Bei Regen werden die Ziegel ganz glitschig."

„Auch das noch!" stöhne ich.

Vielleicht weil er Angst hat, nicht rechtzeitig bei Jonas zu sein, vielleicht weil er seine eigenen Fähigkeiten überschätzt, macht Sebastian ein paar schnelle, unvorsichtige Schritte. Sein Fuß tritt auf einen moosbewachsenen, morschen Dachziegel, der unter dem plötzlichen Druck zerbricht. Wie in Zeitlupe sehe ich den Ziegel auseinanderfallen und langsam das Dach hinunterrutschen, immer mehr an Fahrt gewinnen, bis die Bruchstücke schließlich über die Kante springen und mit einem Knall auf der Erde zerschellen. Sebastian verliert für einen Augenblick das Gleichgewicht und rudert hilflos mit den Armen in der Luft.

„Basti!" schreie ich.

„Basti!" echot Jonas von oben und macht plötzlich hektische Anstalten, zu uns herunterzuklettern.

„Bleib, wo du bist, Jonas! Rühr dich nicht vom Fleck!" schreit Sebastian zurück. Mit einer gewaltigen Anstrengung läßt er sich bäuchlings auf das

Dach fallen und krallt sich an einigen Ziegelrändern fest. Nach ein paar Schritten bin ich bei ihm.

„Geht's dir gut?" frage ich ängstlich. „Ist alles in Ordnung?"

Sebastian nickt schwer atmend. „Ja, ja, alles okay", keucht er. „Noch mal Glück gehabt." Dann hebt er den Kopf und sieht mich grinsend an. „Der Orgelprospekt damals war ein Kinderspiel dagegen, nicht?"

„Idiot!" flüstere ich. „Du wärst um ein Haar abgestürzt!"

„Jonas hat Angst!" dringt eine Stimme zu uns herunter und erinnert uns, daß wir keine Zeit haben.

„Wir müssen zu meinem Bruder", sagt Sebastian mit unterdrückter Stimme. „Der Regen ist schon fast da!"

Kaum hat er es gesagt, beginnen die ersten, vereinzelten Tropfen die Dachziegel dunkel zu färben. Sebastian rappelt sich ächzend in eine Hocke auf. „Wir kommen, Jonas!" ruft er. „Wir sind gleich bei dir. Bleib ganz ruhig sitzen! Basti und Tobias kommen jetzt! Los, wir kriechen hoch", sagt er dann zu mir. „Dann kann uns nichts passieren. Es sind nur noch ein paar Meter."

Langsam kriechen wir vorwärts, immer wieder den Kopf hebend, um zu sehen, ob Jonas auch auf seinem relativ sicheren Platz am Kamin verharrt. Nach, wie es mir scheint, einer halben Ewigkeit bekomme ich endlich den Dachfirst zu fassen und schiebe meinen Körper auf die Dachspitze, direkt neben Jonas. Meine Hände zittern vor Anstrengung und Angst. Meine Hose und mein T-Shirt sind völlig durchweicht und verdreckt. Sebastian erklimmt die Dachspitze wenige Augenblicke nach mir und setzt sich auf die andere Seite von Jonas, so daß wir seinen Bruder in unserer Mitte haben. Für einen Moment umarmen wir uns alle drei, nur um sicher zu sein, daß die anderen auch wirklich da sind und ihnen nichts fehlt. Von unten dringt erleichtertes Johlen der Zuschauer zu uns.

„Jonas will nach Hause", sagt Jonas mit zitternder Stimme. „Jonas ist kalt!"

„Jonas ist ein ziemlicher Trottel!" sage ich wütend. Die Anspannung weicht der Wut über die Gefahr, in die er uns mit seinem Spatzenhirn gebracht hat. „Jonas hat eine große Dummheit gemacht!" Jonas sieht mich erschrocken an. Seine Mundwinkel zucken. Er ist es nicht gewohnt, daß ich ihn so anfahre. Ich bin es auch nicht.

„Tobias, halt die Klappe!" sagt Sebastian warnend. „Du weißt genau, daß er es nicht absichtlich getan hat." Er nimmt seinen Bruder in die Arme und ver-

sucht ihn zu wärmen. „So ist es gut", redet er beruhigend auf ihn ein. „Jetzt brauchst du keine Angst mehr zu haben. Basti ist bei dir. Kuschel dich einfach an mich, und dann warten wir, bis uns die Feuerwehr hier runterholt."

Die Füße links und rechts vom Dach herunterhängend, den Rücken am Kamin angelehnt, betrachte ich die beiden. Sebastian streicht dem tolpatschigen, schwerfälligen Jonas über die Haare und flüstert ihm besänftigende Worte ins Ohr, bis Jonas langsam ruhiger wird. Die Umarmung, mit der Sebastian Jonas umfaßt, hat eine Vertrautheit, die mich wie selbstverständlich ausschließt, und ich fühle mich plötzlich entsetzlich einsam. Sebastian hat seine ganze Aufmerksamkeit auf Jonas gerichtet; meine Anwesenheit ist vollkommen in Vergessenheit geraten. Wenn Sebastian in diesem Moment seinen Blick heben würde, bin ich mir nicht sicher, ob er mich sehen würde. Mir wird klar, daß Sebastian, sollte er gezwungen sein, sich für einen von uns beiden zu entscheiden, Jonas wählen würde. Nichts in all den Jahren unserer Freundschaft hat mich Sebastian so nahe gebracht, daß er bei seiner Wahl zögern würde. Ich habe einen Wettbewerb verloren, von dem mir nie bewußt gewesen ist, daß ich ihn führe.

Traurig und mit einem Kloß im Hals wende ich mich von den beiden ab und sehe nach unten zu den Schaulustigen.

„Tobias?" fragt Sebastian leise. „Alles klar?"

Ohne ihm in die Augen zu schauen, nicke ich, räuspere mich und frage vorsichtig: „He, Jonas, warum bist du auf das Dach geklettert?"

„Wegen der Störche!" erklärt Jonas erstaunt, als wäre es die natürlichste Sache der Welt. „Störche bringen Babys. Jonas will auch ein Baby zum Liebhaben. So eins wie Tante Hannah!"

Stockend und umständlich erzählt uns Jonas dann die ganze Geschichte, und wir puzzeln aus seinen Worten die Ereignisse zusammen.

Jonas hat am frühen Nachmittag meine Eltern besucht, und dabei war ihm zum ersten Mal der dicke Bauch meiner Mutter aufgefallen, die mittlerweile im siebten Monat ist. Vorsichtig und behutsam hat sie Jonas versucht zu erklären, was sich in ihrem Körper abspielt, hat seine Hand genommen und ihn die Bewegungen des Fötus spüren lassen. Auf die Frage, wo sie das Baby denn herhabe, hat meine Mutter dummerweise geantwortet, daß der Storch es ihr gebracht habe. Jonas hat sich sofort daran erinnert, daß jedes Jahr auf dem Dach von Bauer Mehnerts Scheune ein Paar Störche nistet. Von dem Wunsch beseelt, ebenfalls ein Baby zu besitzen, ist er nach dem Besuch bei meinen El-

tern schnurstracks in den Schweinestall von Bauer Mehnert gerannt, dessen Zuchtsau Berta drei Wochen zuvor sechs Ferkel geworfen hat. Damit war seine Theorie bestätigt, daß man nur ein Nest auf dem Dach brauchte, und über kurz oder lang würde der Storch schon für ein Baby auch bei Schulpeters sorgen. Daß wir kein Storchennest auf dem Dach haben, ist ihm dabei entgangen. Danach ist er in den Wald gerannt, hat trockene Äste und etwas Gras zusammengesucht, ist heimlich auf den Dachboden geklettert und hat das steile Dach von Schulpeters Haus bestiegen, um auf dem Kamin ein Storchennest zu bauen.

„Aber hast du denn keine Angst gehabt, als du auf das Dach geklettert bist?" frage ich fassungslos nach.

Jonas schüttelt den Kopf. „Aber Jonas hat sich geärgert, weil ihm die Zweige und das Gras für das Nest aus der Hand gefallen sind." Unruhig nestelt er in Sebastians Umarmung hin und her, und ein Schluchzen ist in seiner Kehle zu hören. „Jetzt kann Jonas kein Baby bekommen", sagt er mit belegter Stimme. „Jonas ist sehr traurig." Ein paar Tränen laufen ihm über die Wangen.

„Du hast recht", erwidert Sebastian seufzend, „ich glaube auch nicht, daß wir noch ein Baby bekommen. Aber ich bin mir sicher, daß Tobias' Mama dich ihr Baby auch mal halten läßt. Und du darfst es so oft besuchen, wie du willst, und mit ihm spielen. Stimmt's, Tobias?"

Der stärker werdende Regen und ein leiser Donner entheben mich einer Antwort. „Sag mal", frage ich statt dessen und kann nicht verhindern, daß sich ein panischer Unterton in meine Worte schleicht. „Wir sitzen bei Gewitter auf der Spitze eines Daches. Habt ihr eigentlich einen Blitzableiter?"

Sebastian versteht sofort, worauf ich hinaus will. „Da, hinter dir, auf der anderen Seite des Kamins ist einer", antwortet er zögernd. „Aber ich weiß nicht, ob er noch funktioniert. Er ist schon uralt."

„Verdammte Scheiße! Wir müssen hier runter!" rufe ich. „Wenn es blitzt, sind wir erledigt!"

Im nächsten Augenblick biegt unter uns das Feuerwehrauto um die Ecke und kommt direkt vor Schulpeters Tankstelle zu stehen. Ich kann meine Mutter und Tante Rena erkennen, die wild gestikulierend auf die Feuerwehrmänner zurennen und immer wieder auf den sich weiter zuziehenden Himmel deuten. Mit jedem neuen Donner zuckt Jonas zusammen. Sebastians Griff um seinen Bruder wird fester.

Eine Leiter wird ausgefahren, auf deren Spitze ein uniformierter Feuerwehrmann steht, und schwebt langsam auf uns zu. Jonas rutscht unruhig in Sebastians Armen hin und her. Seine Atmung ist auf einmal schnell und flach. Er hyperventiliert; Angst ist in seinen Augen abzulesen. Dann hat uns die Leiter erreicht.

„Jemand verletzt?" ruft der Feuerwehrmann zu uns herüber.

Sebastian verneint heftig.

„Gut! Dann den behinderten Jungen zuerst!"

Mit einiger Verzögerung und nur bruchstückhaft begreift Jonas, was passiert. „Jonas hat Angst! Jonas hat Angst! Nein, nein, nein!" Er beginnt panisch um sich zu schlagen.

Mit Jonas im Arm rutscht Sebastian ein paar Zentimeter auf dem Dachfirst zur Seite, und Jonas wehrt sich immer heftiger.

„Jonas!" sagt Sebastian laut und hält Jonas' Gesicht mit beiden Händen fest. „Es wird alles gut! Ich verspreche es dir! Aber du mußt tun, was der Mann sagt. Er will uns helfen!"

„Nein, nein, nein! Jonas hat Angst! Jonas hat Angst!" In Sekundenschnelle schlägt seine Panik in Hysterie um. Sein Körper bäumt sich auf, Beine und Arme verlieren jede Kontrolle. Wie eine zum Leben erwachte Marionette schleudert er seine Gliedmaßen hin und her. Für einen schrecklichen Augenblick scheint es, als würde Sebastian das Gleichgewicht verlieren und zusammen mit seinem Bruder in die Tiefe stürzen. Ich halte die Luft an; fast schließe ich die Augen, weil ich nicht sehen will, wie Sebastian am Boden aufschlägt. Dann packt der Feuerwehrmann zu und zieht Jonas auf die Feuerleiter. Jonas' angstgeweitete Augen drehen sich nach hinten, das Weiß seiner Augäpfel starrt uns an, und Schaum tritt aus seinem Mund. Sein Hinterkopf schlägt mehrmals heftig auf das Gestänge der Leiter.

„O Scheiße", ruft Sebastian verzweifelt, „er hat einen Anfall! Los, schnell, bringen Sie ihn runter! Er hat einen epileptischen Anfall! Schnell!"

Die Leiter dreht ab und wird langsam eingezogen. Der Feuerwehrmann hält den zuckenden Leib von Jonas fest, so gut er kann. Unten, neben dem Feuerwehrauto, hält ein Krankenwagen mit quietschenden Reifen. Ein Arzt springt heraus, und wir sehen meinen Vater und Herrn Schulpeter auf die Straße rennen. Der Regen wird stärker und prasselt in Bindfäden auf uns herunter. Die nassen Dachziegel sind so glitschig wie die Kacheln in einem Schwimmbad.

„Es ist meine Schuld. Ich darf ihn nicht so lange allein lassen! Er ist doch wie ein kleines Kind!" sagt Sebastian heftig.

„Aber wir waren doch nur ..."

„Und was ist, wenn er stirbt?" schreit Sebastian mich an. Ich senke den Kopf.

Die Leiter kommt wieder nach oben. Sebastian steht auf und springt dem Feuerwehrmann fast in die Arme. Er läßt mich allein zurück und dreht sich noch nicht einmal um. Es ist, als hätte ich mich in Luft aufgelöst. Ich sehe, wie er auf dem Weg nach unten ruhelos hin und her tänzelt. Der Regen läuft mir über die Haare, über den Nacken, übers Gesicht. Meine Schultern zucken, und ich bemerke erstaunt, daß ich weine. Einen Meter über dem Boden reißt sich Sebastian los, springt hastig auf die Erde, läuft vorbei an Tante Rena und meiner Mutter und rennt zu dem Krankenwagen, in dem Jonas inzwischen festgegurtet auf einer Trage liegt. Die Leiter schwenkt ein letztes Mal nach oben, und der Feuerwehrmann nimmt auch mich in Empfang. Vorsichtig robbe ich ihm entgegen. Alles, was ich mit den Händen greifen kann, ist naß und glatt. Ich habe Angst, abzurutschen, und mir ist schwindelig. Als ich endlich auf der Leiter stehe und nach unten schwebe, hole ich tief Luft, als wäre ich fast ertrunken und erst in letzter Sekunde an die Wasseroberfläche zurückgekehrt. Der Feuerwehrmann klopft mir anerkennend auf die Schulter.

„Gut gemacht!" sagt er.

Als ich festen Boden unter den Füßen habe, laufen meine Eltern auf mich zu und umarmen mich heftig. Meine Mutter weint; laute Schluchzer der Erleichterung dringen aus ihrem Brustkorb. Vorsichtig winde ich mich aus ihrer Umarmung und gehe langsam zum Krankenwagen. Sebastian hockt im Wagen neben Jonas und hält ihm die Hand. Jonas ist ganz still und bleich. Der Anfall ist vorbei, aber er ist nicht ansprechbar. Sebastian dreht sich zu mir.

„Ich fahre mit Jonas und Tante Rena ins Krankenhaus", sagt er. Seine Stimme klingt fremd und abweisend. „Kommst du?"

Meine Knie fangen an zu zittern. Ich schüttele wortlos den Kopf. Sebastian zuckt mit den Schultern, dann dreht er sich von mir weg, und die Fahrer schlagen die Türen des Krankenwagens zu. Ich kann nicht mehr.

„Das habe ich nicht gewußt", sagt Franziska.

Überrascht sehe ich sie an. Ich habe gar nicht bemerkt, daß ich laut gesprochen habe. Ich greife nach einer Zigarette aus ihrer Packung, aber plötzlich schmeckt mir das Nikotin nicht mehr. Vielleicht doch nicht der richtige Zeitpunkt, um wieder anzufangen. Genervt drücke ich die angefangene Zigarette im Aschenbecher aus.

„Tut mir leid", sage ich.

Das Gewitter hat sich verzogen, als wäre es nur ein böser Traum gewesen. Die Sonne blinkt in alter Kraft wieder zwischen den letzten Wolken hindurch. Die Zweige der Kastanien auf dem Bürgersteig vor unserem Haus biegen sich unter der Last des Wassers. Zusammen gehen Franziska und ich in den Garten und klauben die Wäschestücke aus dem Gras, die der Wind von der Leine gefegt hat. Einige müssen erneut gewaschen werden. Die sauber gebliebenen Kleidungsstücke hängen wir wieder auf.

„Du mußt den Anzug noch anprobieren", erinnert mich Franziska.

„Er wird passen", murmele ich. „Sebastian hat immer recht."

Franziska mustert mich mit einem scharfen Blick. „Jetzt hör auf, dich selbst zu bemitleiden! Das ist ja nicht zum Aushalten!"

Ich will in mein Zimmer flüchten, aber sie hält mich am Ärmel fest.

„Tobias", sagt sie eindringlich, „siehst du denn nicht, was du tust? Jetzt ist der Zeitpunkt, dich mit Sebastian auszusprechen. All das, was zwischen euch gestanden hat in den letzten Jahren – wenn du dir diese Chance entgehen läßt, nur weil du zu feige bist, ihm gegenüberzutreten, wirst du dich für den Rest deines Lebens darüber ärgern. Wie willst du dich denn von ihm freimachen, wenn du nicht abschließt, was zwischen euch steht? Gott!" stöhnt sie dann plötzlich auf. „Ich kann nicht glauben, daß ich dir das sage! Ich höre mich an wie eine Kummerkastentante!"

„Ich weiß auch gar nicht, warum du dich da einmischst", antworte ich beleidigt. „Bisher war ich eigentlich ganz zufrieden mit meinem Leben, auch ohne mit Sebastian ins Reine zu kommen. Aber kaum bin ich ein paar Tage zu Hause, scheint es für die ganze Familie nichts Wichtigeres zu geben, als Sebastian und mich miteinander zu versöhnen. Kommt mir fast vor wie ein Gesellschaftssport!"

„Zufrieden mit deinem Leben?" antwortet Franziska spöttisch. „Daß ich nicht lache! Und wieso hält dann keine deiner Beziehungen länger als ein paar Monate?"

„Mit Christoph war ich fast ein Jahr zusammen“, versuche ich mich zu verteidigen.

„Wow!“ sagt Franziska ironisch und rollt die Augen. Anscheinend ist das Ausdrücken akuten Mißfallens mittels der Verdrehung der Augenpartie eine Angewohnheit, die auf alle weiblichen Mitglieder meiner Familie vererbt wurde.

Aber ich weiß, daß Franziska recht hat. Ich kann Sebastian nicht entkommen.

Die Wehen begannen Ende August, vier Tage nach meinem siebzehnten Geburtstag, und nur wenige Tage, bevor ich meine Ausbildung als Versicherungskaufmann anfangen wollte.

Wie so häufig in diesem Sommer war das Wetter schlecht. Draußen regnete es Bindfäden, und der Wetterbericht hatte für den Abend Gewitter und Sturmböen vorhergesagt. Ich hatte mich in meinem Zimmer vergraben und war dabei, in dem neuesten Asterix-Band *Obelix GmbH & Co. KG* zu schmökern, als Achim aufgeregt hereinpolterte.

„Es geht los!“ rief er. „Hör auf zu lesen!“

„Verschwinde!“ knurrte ich zurück. „Siehst du nicht, daß ich beschäftigt bin?“

„Das Baby kommt gleich! Mamas Blase ist schon geplatzt!“

„Fruchtblase!“ stöhnte ich und ließ mich auf mein Bett fallen. „Fruchtblase, nicht Blase!“

Achim hüpfte aufgeregt auf der Stelle. „Ist doch egal! Jetzt komm endlich! Papa hat schon die Hebamme angerufen!“

Nach längeren Überlegungen hatten sich meine Eltern für eine Hausgeburt entschieden, für damalige Verhältnisse ein überaus ungewöhnliches Vorhaben. Schon während meiner Geburt und später bei Achims war meine Mutter mit der unpersönlichen, sterilen Betreuung im Krankenhaus unzufrieden gewesen, und nun, bei der Geburt unseres Nachzüglers, wollte sie alles anders, natürlicher und richtiger machen. Alle Ärzte rieten ihr insbesondere aufgrund ihres Alters und eventuell zu erwartender Komplikationen davon ab, aber wie immer, wenn meine Mutter etwas unbedingt wollte, hatte sie ihren Kopf durchgesetzt.

Zusammen pilgerten Anna, Achim und ich zum Schlafzimmer meiner Eltern, wo meine Mutter etwas verloren in dem großen Ehebett lag. Die dünne Wolldecke wölbte sich über ihrem Bauch, als hätte sie eine Wassermelone im Bett versteckt. Mein Vater saß nervös auf der Bettkante, hielt meiner Mutter die Hand und schaute auf die Uhr.

„Alle fünf Minuten!“ sagte er unsicher. „Ich wünschte, Schwester Helga wäre endlich hier!“

„Sie wird schon rechtzeitig kommen“, erwiderte meine Mutter und verzog vor Schmerzen das Gesicht.

„Du mußt tief und regelmäßig atmen. Und pressen!“

„Paul, das Pressen kommt später! Hast du denn gar nichts von dem behalten, was dir Schwester Helga erklärt hat?“

„Ich bin nicht dafür geschaffen, als Geburtshelfer zu arbeiten!“ erklärte mein Vater unglücklich. „Ich bin Apotheker, keine Hebamme!“

Jetzt erst bemerkten meine Eltern mich und meine Geschwister. Wir waren im Türrahmen stehengeblieben und hatten atemlos den Wortwechsel verfolgt. „Hallo, Kinder!“ sagte meine Mutter und lächelte verkrampft. „Es geht los! Bald habt ihr noch einen kleinen Bruder oder eine kleine Schwester.“

„Bist du okay, Mama?“ fragte ich zögernd. Wie meinen Geschwistern war auch mir eine Geburt zu Hause nicht ganz geheuer. War da nicht jede Menge Blut im Spiel und andere unangenehme, ekelerregende Dinge wie Nabelschnüre, Mutterkuchen und Nachgeburt? Schon wenn ich nur daran dachte, wurde mir flau im Magen.

„Natürlich geht's mir gut, Tobias, macht euch keine Sorgen. Ich habe euch alle auf die Welt gebracht, beim vierten Kind wird es auch noch klappen.“

An der Haustür klingelte es dreimal durchdringend. „Gott sei Dank!“ seufzte mein Vater erleichtert. Schnell stand er auf und scheuchte uns drei in die Küche, während er die Hebamme hereinließ – eine kleine, energische Person mit gekräuselten roten Haaren, die uns schon bei ihren vorherigen Besuchen Respekt eingeflößt hatte.

„Niemand von euch hat irgend etwas im oberen Stockwerk zu suchen!" erklärte uns mein Vater zum zwanzigsten Mal. „Ihr dürft erst nach oben kommen, wenn das Baby da ist und ich euch Bescheid sage. Und niemand telefoniert! Das Telefon bleibt für alle Fälle frei, ist das klar?"

„Ja, Vati!" bestätigten wir im Chor.

Dann waren wir auf uns alleine gestellt. Anna und ich hatten noch den Auftrag bekommen, Achim zu beschäftigen, und so beschlossen wir, auf dem Küchentisch *Monopoly* zu spielen. Aber natürlich waren wir alle viel zu unkonzentriert, und anstatt meine Geschwister beim Betreten der Schloßallee bluten zu lassen, horchte ich immer wieder auf die geschäftigen Schritte im Schlafzimmer und Bad über uns.

Draußen braute sich, wie vorhergesagt, ein Unwetter zusammen. Bald peitschte Regen gegen die Fensterscheiben, und Blitze zuckten in kurzen Abständen über den Himmel. Auf den Bürgersteig prasselten Hagelkörner nieder.

„Was für ein Wetter!" murmelte Anna.

„Ich hoffe, daß das kein schlechtes Omen ist", flüsterte ich zurück. Bis dahin war mir nicht klar gewesen, wieviel Aberglauben trotz der modernen Erziehungsmethoden meiner Eltern noch in mir steckte. Die Zeit schien zu kriechen. Jedesmal, wenn ich auf die Uhr sah, war der Zeiger erst wenige Minuten weitergerückt, aber mir kam es immer wie eine halbe Ewigkeit vor.

„Wie lange dauert es denn noch?" maulte Achim und rutschte auf seinem Stuhl hin und her.

„Ich weiß gar nicht, was du willst", erwiderte ich pampig. „Das Spiel läuft doch gut für dich. Ich bin gleich bankrott!" Gerade hatte mein Bruder die Parkstraße akquiriert und bereitete sich darauf vor, die Lessing-, Goethe- und Schillerstraße mit Hotels vollzupflastern.

Endlich, als das Dunkel der Schlechtwetterfront in die Abenddämmerung überging, hörten wir das eindeutige, empörte Geschrei eines Neugeborenen, und kurz darauf kam mein Vater mit dem Baby im Arm die Treppe herunter. Es war eingewickelt in eine rosa Decke und hatte entschlossen die Augen zugekniffen.

„Ach, du Scheiße", sagte Achim, als er sich neugierig über das Bündel beugte, „das ist ja völlig verknittert! Und wieso hat es so viele Haare? Es sieht ja aus wie ein Affe!"

„Was ist es denn nun?" fragte Anna. „Ein Mädchen oder ein Junge?"

„Ein Mädchen!" sagte mein Vater und strahlte wie ein Honigkuchenpferd.

„Ja!" schrie Anna triumphierend. „Gott sei Dank! Ein Mädchen!"

„Hallo, Franziska!" sagte ich und hielt meiner kleinen Schwester meinen Zeigefinger hin, den sie sofort mit ihrer winzigen Faust umklammerte.

Am nächsten Morgen kamen Sebastian und Jonas zu uns, um den Familiennachwuchs zu bestaunen. Jonas war noch aufgeregter, als wir es am Tage zuvor gewesen waren, und gab keine Ruhe, bis mein Vater Franziska aus ihrem Kinderbettchen herausgeholt hatte. Beide durften Franziska für einige Augenblicke im Arm halten, und auch wenn sich meine Schwester nicht daran erinnern kann, weiß ich, daß beide sich sofort in das kleine Mädchen verliebten – als wäre sie auch ihre Schwester.

1979 – I Will Survive

Ein gottverdammtes Rotkehlchen reißt mich aus dem Schlaf. Es sitzt auf der Fensterbank des geöffneten Fensters und zwitschert sich die Lunge aus dem Leib. Wütend werfe ich mein Kopfkissen in die Richtung, aus der der Lärm kommt. Danach ist zwar Ruhe, aber dafür habe ich kein Kissen mehr, weil es jetzt eine Etage tiefer auf dem Bürgersteig liegt. Super. Und früher, beim Basketballspielen in der Schule, habe ich in fünf Jahren nicht *einmal* den Korb getroffen. Ich erinnere mich allerdings dunkel an ein Spiel, bei dem ich mir zwei Zehen gebrochen habe, weil ich mich beim Dribbeln mit dem Ball verheddert hatte. Das Spiel mußte abgebrochen und vier Spieler vom Platz getragen werden. Einer davon war ich; die anderen drei hatten Seitenstiche und Atemnot vor lauter Lachen.

Genervt öffne ich die Augen, nur so weit, daß ich die Ziffern auf dem Wecker erkennen kann. Kurz vor halb sechs. Unglaublich. Seit Jahren bin ich nicht mehr so früh aufgewacht. Wenn ich am Wochenende in Köln auf der Rolle bin, falle ich um diese Uhrzeit manchmal erst ins Bett. Ich will mich gerade noch mal umdrehen, als mir einfällt, daß heute die Beerdigung meines Vaters stattfindet, genauer gesagt, in fünf Stunden. Augenblicklich bin ich hellwach.

Ich kann nicht glauben, wie schnell die letzten Tage vergangen sind. Es kommt mir vor, als wäre ich erst vor wenigen Stunden hier eingetroffen, als hätte ich meinen Vater gerade erst auf dem Bett liegen sehen, einem Schlafenden täuschend ähnlich. Und schon heute sollen ein paar Kilo Erde auf ihn draufgeschaufelt werden?

Während die Tage kaum die Länge eines Wimpernschlags besessen haben, waren die Nächte ein einziger Alptraum. Nicht eine Nacht, in der ich sofort einschlafen konnte oder wenigstens durchgeschlafen habe. Kein Abend, an dem ich nicht stundenlang an Sebastian gedacht habe, anstatt um meinen Vater zu trauern, so wie es sich gehört. Ich bin ein schlechter, undankbarer Sohn. Für einen Moment halte ich inne und versuche meinem Vater zu erklären, daß das natürlich nicht stimmt und ich sehr wohl furchtbar traurig bin. Aber ich bin mir sicher, daß er es weiß.

Mit den Toten zu sprechen ist einfach. Den irdischen Lappalien entrückt, haben sie für alles Verständnis und können über die Unzulänglichkeiten der Hinterbliebenen hinwegsehen. Es sind die Lebenden, die mich sprachlos machen, die Schatten der Vergangenheit, bei deren Anblick mir das Wort im Hals steckenbleibt.

Ich kratze mich am Hinterkopf und schwinge die Beine aus dem Bett, ziehe mir eine Jogginghose, ein T-Shirt, Strümpfe und meine Turnschuhe an. Vorsichtshalber schaue ich nicht in den Spiegel. Die Ringe unter meinen Augen werden nach der kurzen Nacht nicht weniger geworden sein. Wenn ich so aussehe, wie ich mich fühle, steht einer Karriere als abgetakelte Transe in einer heruntergekommenen Travestieshow nichts mehr im Weg. Da gäbe es ja in Köln genug Arbeitsmöglichkeiten.

Leise öffne ich die Tür meines Zimmers und lausche vorsichtig in den Flur hinaus. Im Haus ist es noch still; von allen Seiten umgeben mich die regelmäßigen Atemzüge von schlafenden Menschen. Gestern abend ist Achim mit Verena und den beiden Kindern eingetroffen, deren Namen ich nie behalten kann. Cordula? Ansgar? Meine

Nichte und mein Neffe waren so quengelig und übermüdet, daß meine Schwägerin sie direkt ins Bett verfrachtet hat, oben auf dem Speicher, in Annas ehemaligem Zimmer, das sie nach Franziskas Geburt bezogen hatte. Achim, Verena und ich waren höflich, aber distanziert zueinander. Wir leben in völlig verschiedenen Welten, haben uns nicht viel zu sagen. Genau wie meine ältere Schwester ist Achim zu einem Workaholic geworden, während Verena vollkommen in ihrer Rolle als Hausfrau und Mutter aufgeht. Mit ihr kann man höchstens über Waschmittelpreise diskutieren. Anna dagegen war hocherfreut, die beiden zu sehen. Vielleicht ist sie doch nicht nur wegen ihres Geldes Patin der Kinder geworden. Allerdings kann ich mich nicht erinnern, wann Achim und Anna in unserer Kindheit eine engere Beziehung geknüpft haben. Aber ich war auch immer nur mit Sebastian beschäftigt. Vielleicht ist mir damals einiges entgangen.

Ich schleiche auf Zehenspitzen an der angelehnten Schlafzimmertür meiner Mutter vorbei, die Treppe hinunter und setze in der Küche die Kaffeemaschine in Gang. Nach Frühstücken ist mir nicht, ich würde keinen Bissen hinunterbekommen.

Die dampfende Kaffeetasse in der Hand starre ich nach draußen. Die Anwesenheit der vielen Menschen im Haus erdrückt mich, und ich habe das dringende Bedürfnis, allein zu sein. Wenigstens ein paar Minuten, bevor es losgeht. Geistesabwesend stelle ich den Kaffee beiseite und verlasse das Haus.

Ich setze mich auf die Stufen vor der Haustür, auf denen ich als kleiner Junge gesessen habe, um mir Oma Gundis vernichtende Urteile über unsere Nachbarn und Bekannten anzuhören. Die Pflastersteine des Gehwegs vor mir sind uneben, die starken Wurzeln der Kastanien am Rand des Bürgersteigs haben einzelne Steine nach oben gedrückt, und in den Ritzen hat sich Unkraut festgesetzt. Ich blicke hinüber zur Tankstelle, als könnte sie mir Antworten auf die Fragen geben, die ich nicht einmal zu stellen weiß.

Das leise Klappern von Geschirr, das aus der Küche zu mir nach draußen dringt, schreckt mich aus meinen Grübeleien. Die Haustür wird geöffnet, und meine Mutter steht in ihrem fliederfarbenen Morgenrock neben mir und sieht mich prüfend an.

„Störe ich?“ fragt sie anstelle einer Begrüßung.

Ich schüttele den Kopf.

„Du bist früh auf“, sagen wir gleichzeitig und lächeln uns vorsichtig an.

Meine Mutter hat sich einen Tee gekocht und bläst in die heiße Tasse, bevor sie den ersten Schluck trinkt.

„Ich konnte nicht mehr schlafen“, erwidere ich.

„Ich bin fast jeden Morgen so früh wach“, sagt meine Mutter. „Selbst als dein Vater noch ... lebte. Ich glaube, langsam verstehe ich deine Großmutter. Sie hat sich immer darüber beklagt, daß man als alter Mensch die meiste Zeit damit verbringt, im Bett zu liegen und den Schlaf herbeizusehnen.“

„Ich vermisse sie“, sage ich plötzlich. „Sie fehlt mir.“

„Ja. Mir auch“, antwortet meine Mutter.

„Wirklich?“ Ich bin erstaunt. „Ihr habt euch doch immer gestritten!“

Meine Mutter streicht mir durch die Haare. „Ach, Tobias. Was heißt das schon? Natürlich sind wir uns oft auf die Nerven gegangen, und ich glaube, daß es kein Thema gab, zu dem wir nicht unterschiedlicher Meinung waren. Aber das bedeutet doch nicht, daß ich sie nicht geliebt habe.“ Sie nippt nachdenklich an ihrem Tee. „Meine Mutter war eine starke Frau. Sie hat mich gelehrt, niemals aufzugeben. Eine Lektion, die ich jetzt gut gebrauchen kann.“

„Du hättest sie also nie wirklich ins Altenheim abgeschoben?“

„Du meinst, so wie Dorothy Sophia immer mit der *Schattigen Pinie* gedroht hat?“ Mit einem schelmischen Blick zwinkert mir meine Mutter zu.

Ich muß lachen. Ich habe nicht gewußt, daß sie die *Golden Girls* kennt.

„Nein“, fährt sie fort, „natürlich hätte ich sie nicht abgeschoben. Aber du mußt zugeben, daß es ein gutes Druckmittel war, um Oma Gundi in Schach zu halten!“

Ich grinse, und wir sehen zusammen auf die Straße, wo gerade der Lieferwagen für Schmechters *Konsum* unser Haus passiert. Der Fahrer winkt uns zu.

„Was wirst du jetzt tun?“ frage ich.

Meine Mutter zuckt mit den Schultern. „Weiterleben. Was sonst? Wahrscheinlich werde ich es deiner Großmutter gleichtun und mir ein paar abstruse Hobbys zulegen. Ich habe da neulich einen Artikel über Bungee-Jumping für Senioren gelesen. Ich hätte auch Lust, wieder zur Schule zu gehen und mein Abitur nachzuholen. Etwas lernen. Ich bin mir nur nicht sicher, ob ich mir das noch zutraue. Aber eins kann ich dir versprechen: Ich werde mir keine Wellensittiche anschaffen!“ sagt sie mit leiser Ironie in der Stimme.

Ich will gerade aufstehen und wieder ins Haus gehen, als mich meine Mutter zurückhält.

„Und du, Tobias?“ fragt sie. „Was wirst du tun?“

Auch ich zucke mit den Schultern, aber im Gegensatz zu meiner Mutter kann ich keine Antwort geben.

„Du kannst dich an alles wieder erinnern.“ Es ist keine Frage. Sie konstatiert eine Tatsache.

„Ja“, erwidere ich mit einem bitteren Unterton. „Ich habe die ganze Woche nichts anderes getan, als mich zu erinnern.“

„Und hast du dabei herausgefunden, ob du ihn noch immer liebst?“

Erschrocken sehe ich meine Mutter an. So offen hat sie noch nie mit mir geredet, und irgendwie ist mir diese Offenheit unangenehm.

„Was ich herausgefunden habe“, sage ich langsam, „ist, daß ich das liebe, was einmal zwischen uns war. Aber das hat nichts mit dem zu tun, was jetzt zwischen uns steht.“

„O doch“, widerspricht mir meine Mutter ruhig, „das hat es!“

Bevor ich ihr etwas entgegnen kann, kommt Ansgar, mein fünfjähriger Neffe, die Stufen vor dem Haus heruntergepoltert, verschlafen und mit strubbeligen Haaren, und klettert meiner Mutter auf den Arm.

„Ich will Frühstück, Oma!“ sagt er. „Mama und Papa schlafen noch. Darf ich ein Nutella-Brot haben?“

„Ja, das darfst du“, antwortet meine Mutter und wendet sich wieder dem Alltag zu, wenigstens für ein paar Stunden. Ich bleibe noch einen Moment sitzen und starre erneut zu Sebastians Tankstelle hinüber. Der heutige Tag wird nicht nur für meine Mutter schwer werden. Seufzend stehe ich auf und gehe ins Haus zurück.

Nach Jonas' Kletterpartie auf dem Dach war zwischen Sebastian und mir nichts mehr so, wie es einmal gewesen war. Jonas war bald aus dem Krankenhaus entlassen worden, mit einer ganzen Batterie von neuen Medikamenten, die ihn ruhiger und berechenbarer machen und neue Anfälle verhindern sollten. Allerdings hatten sie den Nebeneffekt, daß er sich noch weiter einigelte, seine Umwelt kaum noch wahrnahm und nur für wenige Menschen ansprechbar war. Wenn er das Haus verließ, was selten geschah, hatte man das Gefühl, daß ein Zombie durch die Straßen wankte. Wache und klare Momente, in denen er wie früher lebhaft herumsprang und lachte, wurden immer rarer.

Sebastian hatte die fixe Idee entwickelt, daß er allein für Jonas' Wohlergehen verantwortlich war, und ließ seinen Bruder nicht mehr aus den Augen. Und da Jonas fast immer zu Hause war, galt dies auch für Sebastian. Sebastian arbeitete nach seinem Schulabschluß jetzt ganztags auf der Tankstelle seines Vaters, und wir hatten nicht mehr viel Zeit füreinander. Das heißt, er hatte keine mehr für mich. Es war, als ahnte er, daß die Zeit mit seinem Bruder begrenzt war. Wenn er nicht arbeitete, kümmerte er sich um Jonas, und ich spürte, daß meine Gegenwart dabei nicht erwünscht war. Sebastian allein zu sehen war so gut wie unmöglich, und wenn ich einige wenige, für mich so kostbare Stunden mit ihm erbettelt hatte, dann war Sebastian mit seinen Gedanken bei seinem Bruder. Fast kam es mir vor, als empfände er das Zusammensein mit mir als eine lästige Pflicht. Mehr als einmal ertappte ich ihn dabei, wie er nervös auf seine Armbanduhr sah, wenn ich mich an ihn kuschelte.

Etwas schob sich langsam zwischen uns, ohne daß ich genau hätte sagen können, was. Wenn wir allein waren, fehlte die Vertrautheit, die sonst immer zwischen uns geherrscht hatte, und eine vage Unbehaglichkeit nahm ihren Platz ein. Manchmal, wenn ich in seine Augen sah, warfen sie nur mein Spiegelbild zurück. Früher war es mir möglich gewesen, die Gedanken zu erraten, die sich hinter seinen Augen versteckten.

Ich glaubte, Sebastian erwartete, daß ich meine Gefühle Jonas' Bedürfnissen unterordnete, und er war verletzt, daß ich nach Jonas' Rettung nicht mit ihm ins Krankenhaus gefahren war. Aber ich wollte Sebastian nicht teilen. Mehr und mehr sah ich in Jonas einen Rivalen, mit dem ich aufgrund seiner Hilflosigkeit nicht konkurrieren konnte. Fakt war, daß ich mehr von Sebastian wollte und er immer weniger zu geben bereit war. Nur wenn wir Sex hatten, spürte ich die Nähe, die ich so sehr brauchte. Nur dann war Sebastian in der Lage, seinen Panzer aus Sorge und Verantwortung für Jonas abzulegen. Aber je mehr Zeit verstrich, desto seltener wurden die Momente, die wir so miteinander teilten. Selbst unsere Lieblingsbeschäftigung, das Ausspionieren der Wachposten an der Grenze zur DDR, verlor für Sebastian ihren Reiz. Immer häufiger machte ich mich allein auf den Weg durch den Wald, vorbei an unserem Baumhaus, bis hin zu einer Stelle, an der ich die Grenzlinie gut versteckt beobachten konnte.

Sebastians Sorge um Jonas war auch schuld, daß sich die *Band on the Run* auflöste. Eines Sonntagnachmittags nach einer Probe verkündete er plötzlich, daß er keine Zeit mehr habe, die Trommelstöcke zu schwingen. Die Gigs, die uns am Wochenende manchmal quer durch Hessen führten, nähmen zuviel Zeit in Anspruch, Zeit, die er lieber mit Jonas verbringen wollte. Zimmi und Mac versuchten stundenlang, ihn umzustimmen, ohne Erfolg. Ich öffnete nicht einmal den Mund, weil ich wußte, daß es keinen Sinn hatte.

„Toll", sagte ich, nachdem Mac und Zimmi enttäuscht ihre Instrumente gepackt und den Proberaum verlassen hatten. „Das hast du ja toll hingekriegt." Vorsichtig stellte ich meine Gitarre in die Ecke und sah Sebastian wütend an.

„Das verstehst du nicht", sagte Sebastian.

„Nein, du verstehst nicht!" gab ich zurück. „Natürlich finde ich es blöde, daß du uns die Brocken hinschmeißt. Ich glaube, es ist ein Fehler, aber darum geht es gar nicht. Was mich am meisten dabei ärgert, ist, daß du mir vorher kein Wort gesagt hast. Ich dachte, ich bin dein Freund!"

„Was hat das denn damit zu tun? Ich habe lediglich gesagt, daß ich keine Zeit mehr habe für die Band. Wenn ich es vorher mit dir besprochen hätte, hättest du doch auch nur versucht, es mir auszureden, genau wie Mac und Zimmi!“

„Na super!“ erwiderte ich verletzt. „Ich bin also für dich nicht wichtiger als Mac und Zimmi. Das sind ja erstaunliche Neuigkeiten!“

„Im Moment ist für mich nichts wichtiger als Jonas!“ Sebastian wurde patzig. „Und wenn du dafür kein Verständnis hast, dann tut es mir wirklich leid.“

„Und was ist mit mir?“ fragte ich. „Was ist mit uns?“

Sebastian gab mir keine Antwort.

Ich starrte ihn fassungslos an, rannte aus dem Raum und knallte das Tor hinter mir zu. Draußen an der frischen Luft atmete ich tief durch. Danach ging ich betont langsam nach Hause, in der Hoffnung, das Tor würde sich öffnen, Sebastian hinter mir her rennen und mich um Verzeihung bitten. Aber nichts passierte. Ich war derjenige, der zwei Tage später Sebastian auf der Tankstelle besuchte. Zögernd vereinbarten wir eine Art Waffenstillstand. Ich versprach, mehr Verständnis für seine Sorge um Jonas aufzubringen, und Sebastian erklärte, daß sich nichts zwischen uns geändert habe. Doch das hatte es natürlich.

Zu Hause gab es niemanden, mit dem ich über meine Probleme hätte sprechen können. Achim war zu klein und wollte sowieso nur über Fußball und Hockey reden. Zu Anna hatte ich kein besonders gutes Verhältnis, und außerdem wurde ihre Aufmerksamkeit in diesen Wochen durch die *Holocaust*-Serie im Fernsehen ganz in Anspruch genommen. Mit einer Leidenschaft, die ich ihr nicht zugetraut hätte, verfolgte sie die Diskussionen und Leitartikel in den Zeitungen, schrieb Leserbriefe und löcherte meine Eltern mit Fragen, wie es denn im Krieg gewesen sei. Manchmal versuchte ich mich an den Unterhaltungen zu beteiligen, aber meine Gedanken drifteten immer wieder zu Sebastian. Oma Gundi mischte sich bei diesem Thema nur selten ein – was wir von ihr gar nicht gewohnt waren. Wenn sie zusammen mit Anna vor dem Fernseher saß, standen ihr Tränen in den Augen, und sie murmelte hin und wieder: „Davon habe ich nichts gewußt!" Zum ersten Mal in meinem Leben hatte ich das Gefühl, daß Oma Gundi uns anlog.

Meine Eltern waren vollauf mit Franziska beschäftigt. Das übermüdete Gesicht meines Vaters und das ständige Gähnen meiner Mutter erinnerten mich jeden Tag daran, daß meine kleine Schwester kaum eine Nacht durchschlief und ständig gefüttert, gewindelt und beruhigt werden mußte, wenn sie brüllend aufwachte. Aber zumindest meine Mutter merkte, daß etwas mit mir nicht in Ordnung war. Eines Abends kam sie kurz vor dem Schlafengehen in mein Zimmer und legte mir ein Buch auf den Nachttisch.

„Was ist das?" fragte ich. Ich hatte den Abend damit verbracht, sentimentale Platten zu hören. Zuerst *„Chiquitita, tell me what's wrong! You're enchained by your own sorrow"* und danach *„I wanna kiss you all over, and over again"*. Beide Lieder waren nicht gerade geeignet, meine Traurigkeit zu bekämpfen, aber das wollte ich auch nicht. Danach hatte ich eine Stunde an die Decke gestarrt und versucht, nicht an Sebastian zu denken.

„Du liest doch so gerne Märchen und fantastische Geschichten", sagte sie. „Das wird dir bestimmt gefallen. Es ist mir in der Buchhandlung empfohlen worden. Vielleicht lenkt es dich auch ein bißchen von deinen trüben Gedanken ab."

Nachdem meine Mutter die Tür mit einem aufmunternden Lächeln hinter sich geschlossen hatte, nahm ich seufzend das Buch in die Hand und schaute mir den Titel an. *Die unendliche Geschichte*. Aber nachdem ich die dritte Seite gelesen hatte, warf ich den Roman wütend an die Wand. Die Hauptperson hieß ausgerechnet Bastian.

Der Vormittag vergeht wie im Flug; schneller als mir lieb ist, rücken die Zeiger der Küchenuhr über dem Gewürzregal Richtung Beerdigung.

Vor unserer Haustür halten in immer kürzeren Abständen Autos und spucken Verwandte, Freunde und Bekannte meiner Eltern aus, die ich teilweise seit Jahren nicht gesehen habe und manchmal sogar nur aus Erzählungen kenne. Alle wollen sich vor dem Gang zum

Friedhof noch mit einer Tasse Kaffee stärken oder haben das Bedürfnis, vage Beileidsformeln loswerden zu müssen. Nach einer Weile ist das Haus so überfüllt, daß es mich unwillkürlich an die Puppenstube erinnert, die Anna mal besaß und in der ganze Heerscharen von Barbie-Puppen herumtobten und Familie spielten.

Die Brüder meiner Mutter, die Schwestern meines Vaters, deren Ehemänner samt unzähligen mir unbekannten Kindern – alle sind sie da. Tante Erika trägt dasselbe Kostüm, das sie vor Jahren zu Oma Gundis Beerdigung anhatte, auch wenn sie nicht mehr dieselbe Figur besitzt. Ihr Gesicht ist puterrot vor Anstrengung, und ich bin mir sicher, daß sowohl ihr Bluthochdruck wie auch sie selbst in ihrem viel zu eng geschnürten Korsett spätestens in ein paar Stunden Amok laufen werden. Ich lächle ihr abwesend zu. Onkel Hans und Tante Gertrud sitzen auf dem Sofa und sind eingenickt. Zwei leere Gläser und die Flasche mit dem Wacholderschnaps stehen vor ihnen auf dem Tisch.

Meine Mutter ist der Mittelpunkt des Interesses. Sie steht im Raum, schüttelt pausenlos Hände und wird in eine Umarmung nach der anderen geschoben. Jeder macht eine banale Bemerkung, wie tapfer sie doch sei und wie gut sie „das Ganze“ doch verkrafte. Und erstaunlicherweise tut meiner Mutter die Aufmerksamkeit gut. Der Trubel lenkt sie ab und läßt sie für eine Weile ihre Trauer vergessen.

Aber auch wir Kinder erwecken Interesse, werden getätschelt und mit Schmatzern übersät, als wären wir alle noch im Vorschulalter. Anna hat ein besticktes Taschentuch in der Hand, mit dem sie ab und zu vorsichtig ihre Augenränder betupft. Weint sie, oder hat sie Angst, daß ihre Wimperntusche verläuft? Achim hat zwei unserer Cousins um sich versammelt und fachsimpelt über Software-Probleme, und Franziska hat zusammen mit Tante Erika die Kuchenverteilung übernommen. Die Tabletts werden mit einer Geschwindigkeit geleert, daß ich befürchte, für das Kaffeetrinken nach der Beerdigung wird nichts mehr da sein. Ich versuche mich etwas abseits zu halten, denn gesellschaftliche Konversation übersteigt momentan meine seelische Verfassung, aber das interessiert meine Verwandtschaft nicht – wie Onkel Frieder, der mich gleich nach seiner

Ankunft in eine Unterhaltung über die Probleme mit seiner Darmflora verwickelt. Mir ist nicht ganz klar, wie ich zu der Ehre komme, denn meine Kenntnisse der Fehlfunktionen des menschlichen Verdauungstraktes sind doch eher mager. Trotzdem spricht mein Onkel mit mir, als wäre mir jede einzelne seiner Darmschlingen persönlich bekannt.

„... und des Ziehe und Blähe, wenn isch nur ei paar Löffel Erbsesubb eß, des iss werglisch nit angenehm." Er schnauft und fährt sich mit einem Taschentuch über die schwitzende Glatze.

Franziska sieht aus der Ferne meinen verzweifelten Gesichtsausdruck und kommt gnädigerweise zu meiner Rettung.

„Tobias arbeitet bei einer Krankenkasse, Onkel Frieder, er ist kein Arzt", sagt sie.

„Ei, ja unne?" erwidert er aufgebracht. „Es hätt doch sei könne, daß der Bub schon mal eine ähnlische Fall gehabt hätt!" Am liebsten würde ich jetzt meine Migräne nehmen und mich in einem dunklen Raum einschließen.

„Warum gehst du nicht zu deinem Hausarzt?" frage ich ein wenig genervt. „Der könnte dir sicherlich helfen."

Vor meinem inneren Auge sehe ich Onkel Frieder, wie er ächzend und wehklagend Bekanntschaft mit einem Darmrohr macht, und kann mir ein heimliches Grinsen nicht verkneifen.

„Meun Hausarzt? Des iss e Quacksalber! Beim letzde Tschek-Ab hat er entdeckt, dass meu Cholesderinweerde zu hoch wärn, un wollt mich uff Diät setze! Un meu Lewwer sei zu groß! Wollt mer de Äppelwoi verbiete! Isch hab'm gesacht, er kann mer gestohle bleibe! Wenn isch meun täglische Bembel net trinke kann, ei ja, dann geht's mer ja fast scho so wie deim Vadder!" Empört greift Onkel Frieder nach einem Stück von den Donauwellen, die uns Tante Erika unter die Nase hält.

Franziska schüttelt den Kopf. „Nein, danke. Ich habe keinen Hunger."

Mir liegt eine böse Bemerkung auf der Zunge, aber dann halte ich den Mund. Sie hat ein Recht auf ihre eigene Form der Trauer. Ich überlasse Onkel Frieder und seine Leidensgeschichte meiner

Schwester und schlängele mich durch die Menge in Küche und Flur, verschwinde nach oben in mein Zimmer.

Es wird Zeit für Sebastians Anzug.

Schon als ich ihn vom Boden hebe und auseinanderfalte, sehe ich, daß ich recht hatte. Er wird mir passen. Die Hose ist nicht zu lang, die Ärmel nicht zu kurz – als hätte er ihn für mich aufgehoben. Allein schon diese Tatsache ärgert mich maßlos. Ich nehme das weiße Hemd aus der Tasche; wenigstens das habe ich in Köln nicht vergessen. Anschließend betrachte ich mich im Spiegel. Was fehlt, ist eine schwarze Krawatte. Ich schleiche mich in das Schlafzimmer meiner Eltern und öffne den Kleiderschrank. Die Sachen meines Vaters starren mich an, anklagend, als erwarteten sie von mir Aufklärung darüber, was mit ihrem Besitzer passiert ist. Zögernd nehme ich einen schwarzen Schlips von der Krawattenstange und versuche umständlich, einen Knoten zu binden. Mir zittern die Hände.

„Das war eine gute Idee von Sebastian", sagt meine Mutter plötzlich hinter mir. „Der Anzug paßt."

„Kannst du mir den Knoten binden?" frage ich unwirsch. Ich bin es leid, die Anspielungen meiner Schwestern und meiner Mutter auf Sebastian zur Kenntnis zu nehmen.

Wortlos ergreift meine Mutter die Krawattenenden.

„Ich will nicht mitkommen", sage ich leise.

Sie sieht mir in die Augen. „Ich auch nicht." Dann schiebt sie mich aus dem Zimmer, und zusammen verlassen wir das Haus.

Der Autokonvoi fährt die Landstraße hinauf bis zum neuen Friedhof. Mutter und ich fahren in Kerstins Wagen, Anna folgt mit Franziska in ihrem Mercedes – wobei Franziska noch einmal aus dem Wagen springt und kurz zurück ins Haus läuft –, dann kommen Achim, Verena und die Kinder in dem Dienstwagen meines Bruders und zum Schluß der Rest der Verwandtschaft. Zepp hat für uns Parkplätze freigehalten, direkt am Eingang neben der Trauerhalle. Dies ist sein letzter Auftritt als Friedhofsverwalter, und er genießt sichtlich, daß es eine große Beerdigung ist.

Als wir die Trauerhalle betreten, sind nur noch die ersten zwei Reihen frei. Alle anderen Plätze sind belegt; das ganze Dorf scheint anwesend zu sein. Während ich, meine Mutter untergehakt, durch den Mittelgang nach vorne gehe, sehe ich Gesike und seine Frau Rosalinde, Frau Heidkamp, Familie Mehnert, ich sehe Bäcker Hartmann, Dr. Werner und seine Frau, selbst Andy und Kai Zepp haben sich hergewagt und in eine der hinteren Bänke gequetscht. Sie rutschen unruhig hin und her, denn neben ihnen sitzt zu meiner Überraschung ausgerechnet Stefano. Ein Hauch von *Lagerfeld* weht mir entgegen. Stefano zwinkert mir zu und schielt danach auf die Oberschenkel von Kai. Unterdrücktes Gemurmel schwirrt durch den Saal; ein Hüsteln springt von einer Reihe zur nächsten. Die Stimmung ähnelt der vor einer Theatervorstellung, und einen Moment lang bin ich irritiert, weil es weder Schalen voller Hustenbonbons noch einen Vorhang gibt.

Und dann stocke ich. Aber es ist nicht der Sarg oder die üppigen Blumengestecke aus Lilien und weißen Rosen, die mich anhalten lassen, es ist Sebastian, der wie selbstverständlich ganz vorne auf der ersten Bank sitzt. Wie konnte ich so dumm sein und vergessen, daß auch er zur Beerdigung kommen würde?

„Was ist?“ zischt mir Anna zu, die mir versehentlich in die Hacken tritt. „Setz dich hin!“

„Ich setze mich nicht neben Sebastian!“ erwidere ich mit unterdrückter Stimme.

Was bildet er sich ein? Wie kommt er dazu, sich als Angehöriger meiner Familie zu sehen? Neben ihm hat eine hagere Frau mit schneeweißen Haaren Platz genommen, die ich im ersten Moment nicht einordnen kann. Dann erkenne ich sie: Tante Rena. Auch sie habe ich seit vielen, vielen Jahren nicht mehr gesehen. Jetzt wohnt sie in Niedersachsen.

„Herrgott nochmal, Tobias“, flüstert Anna und gibt mir einen kleinen, energischen Schubs. „Mach nicht so ein Theater! Das ganze Dorf schaut zu, wie du dich lächerlich machst!“

„Wer hat ihm gesagt, daß er dort sitzen darf?“

„Ich!“ sagt meine Mutter plötzlich, und ihre Stimme hat eine Schärfe, die ich nie zuvor gehört habe. „Ich habe es ihm gesagt, Tobias, und wenn es dir nicht paßt, dann kannst du gehen. Ansonsten hältst du jetzt den Mund und setzt dich. Haben wir uns verstanden?"

Für einen Augenblick überlege ich, was ich machen soll. Ich könnte so tun, als machte es mir nichts aus, könnte großzügig über Sebastians Arroganz hinwegsehen. Oder ich könnte eine Szene vom Zaun brechen und wie Scarlett O'Hara mit wehenden Rockschössen aus dem Saal fliehen. Aber dazu kann ich mich nicht durchringen. Ich bin dafür auch nicht passend angezogen. Also setze ich mich neben Sebastian. Er begrüßt mich mit einem Kopfnicken und einem angedeuteten Grinsen. Wenn wir nicht auf der Beerdigung meines Vaters wären, würde ich ihm eine Ohrfeige verpassen.

Orgelmusik vom Band setzt ein, und dann betritt Pfarrer Neurath durch eine Hintertür das Podium. Das Timing ist perfekt, selbst Madonna oder Michael Jackson hätten es nicht besser machen können. Pfarrer Neurath hat eben über vierzig Jahre Bühnenerfahrung, das zahlt sich aus. Das Raunen verstummt, und alle Blicke richten sich gespannt nach vorne. Mein Vater war eine Stütze der Dorfgemeinschaft. Eine solche Beerdigung wird den Einwohnern nicht jeden Tag geboten. Die Erwartungshaltung ist groß, man will etwas sehen für sein Geld. Pfarrer Neurath hat sein komplettes Ornat angelegt, das mit den goldbestickten Kreuzen und den purpurnen Schulterborden; mit seiner Leichenbittermiene hat er eine gewisse Ähnlichkeit mit dem rächenden Erzengel Gabriel – allerdings nur mit der pensionsreifen, von der Bibel verschwiegenen Version, denn die Falten in seinem Gesicht und seine gebückte Haltung werden durch den Talar nicht kaschiert.

Er breitet die Arme aus, spreizt andeutungsweise die Hände und sagt mit brüchiger Stimme: „Im Namen des Vaters, des Sohnes und des heiligen Geistes."

Ich schlucke und drehe mich verstohlen zur Seite, um einen Blick auf Sebastian zu werfen, doch seine Augen sind starr nach vorne gerichtet. Ich weiß genau, woran er jetzt denkt. Nur mühsam gelingt es mir, meine Erinnerungen im Zaum zu halten, meine Gedanken nicht abschweifen zu lassen, zu jenem Tag vor zwanzig Jahren, als wir Jonas beerdigt haben. Wieder und wieder, wie bei einer Litanei, sage ich mir, daß dies die Trauerfeier für meinen Vater ist. Dies hier hat nichts mit dem zu tun, was damals passiert ist. Meine Hände krallen sich an der Sitzfläche der Bank fest; Schweißperlen bilden sich auf meiner Oberlippe und hinterlassen einen salzigen Geschmack, wenn ich mit der Zunge darüberfahre. Von den Worten, die sich Pfarrer Neurath über das Leben meines Vaters zurechtgelegt hat, bleibt nichts bei mir hängen. Ich spüre, wie die Ereignisse von damals nach mir greifen, mich auffordern, meine Flucht endlich zu beenden, stehenzubleiben, um der häßlichen Erinnerung ins Gesicht zu sehen.

Stück für Stück, ganz langsam, gelingt es mir, die Gedanken an jenen Tag zurückzudrängen, von mir wegzuschieben wie einen aufdringlichen Bettler. Nach einer Weile fühle ich mich sogar dazu im Stande, Pfarrer Neurath zu folgen.

Plötzlich sind alle Augen auf mich gerichtet; sogar der Pfarrer sieht mich an und nickt mir auffordernd zu.

„Jetzt!" flüstert meine Mutter.

„Was, jetzt?" frage ich verwirrt.

„Na, die Musik!" Meine Mutter sieht mich tief enttäuscht an.

Dann fällt es mir schlagartig ein. Ich habe Conny Froboess und Peter Kraus vergessen! Ich habe vergessen, meiner Mutter den einzigen Wunsch zu erfüllen, der ihr für die Beerdigung wirklich wichtig war!

Ich öffne den Mund, um eine lahme Entschuldigung zu stammeln, aber Franziska kommt mir zuvor. Sie deutet mit einer schnellen Handbewegung an, daß ich sitzen bleiben soll, und geht zur linken Seite der Trauerkapelle. Dort auf dem Boden steht ein tragbarer CD-Player. Darum ist sie vorhin zurück ins Haus gelaufen! Sie drückt auf eine Taste, und kurz danach singen Conny und Peter für uns, besser gesagt, für meinen Vater und für meine Mutter – sehr zum Erstaunen der Dorfbewohner, die die außergewöhnliche Musikauswahl mit hochgezogenen Augenbrauen und aufgeregtem Getuschel quittieren. Schon jetzt weiß ich, daß die Beerdigung meines Vaters im *Hessischen Kalb* noch lange Zeit für Gesprächsstoff sorgen wird.

„Wer ist denn auf diese Schnapsidee gekommen?“ höre ich Bäcker Hartmann zwei Reihen hinter uns.

„Des Hannah hat de Verstand verlore!“ Auch Frau Bauer ist empört über die Extravaganz meiner Mutter.

Demonstrativ drehe ich mich zu ihr um und werfe ihr einen Blick zu, der Milch nicht nur gesäuert, sondern sie direkt zu Butter verarbeitet hätte. Prima Gelegenheit, von meinem eigenen Versagen abzulenken.

Kurz darauf beendet Pfarrer Neurath die Trauerfeier und entläßt uns mit seinem Segen. Meine Mutter hat rote Augen und hakt sich bei Anna unter. Auf dem Weg nach draußen packe ich Franziska.

„Danke“, flüstere ich ihr zu, „du hast mir das Leben gerettet. Aber woher ...?“

„Na, woher schon! Als du mit Stefano Hosen anprobiert hast, war ich doch in dem CD-Laden.“

„Oh“, antworte ich, „ja, natürlich.“

„Macht 29,95“, sagt Franziska und sieht mich erwartungsvoll an.

„Was?“ Entgeistert starre ich meiner Schwester ins Gesicht. Pietät ist wohl ein Fremdwort für sie. „Und?“ sage ich schließlich. „Willst du das Geld sofort haben? Hier auf dem Friedhof?“

Die Antwort darauf bleibt Franziska mir vorerst schuldig, denn in diesem Moment wird der Sarg meines Vaters von den Totengräbern herausgetragen. Wie jemand, der von einem schwingenden Pendel hypnotisiert wird, verfolge ich, wie der Sarg an uns vorbeischaukelt. Schließlich rammt mir Achim seinen Ellenbogen in die Seite. Ich atme tief durch und versuche, meine Beine trotz meiner weichen Knie in Bewegung zu setzen.

Wie selbstverständlich reiht sich Sebastian neben mir ein und stiefelt langsam an meiner Seite den Hügel empor, immer den Sargträgern hinterher bis zu dem Grab, das meine Mutter und ich vor einigen Tagen ausgesucht haben. Er sagt kein einziges Wort, und ich bin zu sehr damit beschäftigt, mich zusammenzureißen, um seine Arroganz zu kommentieren. In meinem Kopf dröhnt ein Preßlufthammer, und mein Magen rebelliert. Ich will nur noch diese Beerdigung überstehen. Der Weg hinter uns ist übersät mit Menschen in schwarzer Trauerkleidung, und unwillkürlich muß ich an die Martinszüge am elften November denken, die in meiner Kindheit durch das Dorf zogen. Nur daß diesmal der Zug nicht von einem Mann auf einem Pferd, sondern von einem Sarg angeführt wird.

Endlich sind wir da. Die Träger stellen den Sarg meines Vaters neben dem Grab ab, und Pfarrer Neurath stellt sich an das Kopfende des Loches, das plötzlich vor mir in der Erde klafft. Ich komme zwischen meiner Schwägerin und Franziska zu stehen. Sebastian baut sich auf der anderen Seite des Grabes auf, genau mir gegenüber, breitbeinig und mit verschränkten Armen. Ab und zu kann ich ein winziges Zucken um seine Mundwinkel bemerken. Pfarrer Neuraths Stimme weht zu mir herüber; er spricht ein Gebet und redet irgend etwas von „Asche zu Asche, Staub zu Staub". Worte, deren Bedeutung mir schleierhaft sind. Ich bin nicht mehr in der Lage, zuzuhören. Bilderfetzen fliegen an mir vorbei. Ich sehe einen weißen Sarg mit goldenen Griffen, ich sehe den versteinerten Blick von Sebastians Vater, höre das leise, stetige Weinen von Tante Rena – und plötzlich geht Sebastian schreiend am Grab seines Bruders in die Knie.

„Hier ist okay", sage ich leise und deute auf eine schmale Kuhle zwischen zwei Bäumen, die am äußersten Waldrand stehen. „Von hier aus kann man gut sehen."

Es ist schon spät. Zwischen den Bäumen geht langsam die Sonne unter, und die Abenddämmerung setzt ein. Mit gebückten Oberkörpern schleichen wir uns in das Versteck im Unterholz; matschiges Laub raschelt unter unseren Füßen. Heute morgen hat es ein starkes Gewitter gegeben. Die Bäume sind noch schwer vom Regen, und ab und zu fallen mir ein paar Tropfen in den Kragen. Es ist viel zu eng für uns drei, und eigentlich wollte ich mit Sebastian alleine sein, aber er wäre ohne Jonas nicht mitgekommen. Heute ist einer von Jonas' guten Tagen, und Sebastian will ihm etwas bieten. Ich sage nichts, denn ich bin froh, Sebastian überhaupt einmal zu sehen. Das Gefühl, neben ihm zu liegen, kenne ich kaum noch. Seit Jonas sich immer weiter in sich verkriecht, ist es schier unmöglich, Sebastian auch nur ein paar Minuten für mich zu haben. Er ist zu Jonas' Augen, zu seinen Ohren und zu seinem Mund geworden.

„Es hat nichts mit uns zu tun, Tobias." Er bestreitet es jedesmal, wenn ich ihn darauf anspreche. Aber niemals sieht er mir dabei in die Augen. „Entweder du akzeptierst es so, wie es ist, oder wir lassen es bleiben!"

Er läßt mir keine Wahl.

Wir haben uns dunkle Kleidung angezogen, damit wir zwischen den Büschen nicht so leicht zu erkennen sind. Zusätzlich schützt uns die hereinbrechende Dämmerung. Ich habe den Feldstecher mitgenommen, um die Grenzposten besser beobachten zu können, die in dreihundert Meter Entfernung ihren Dienst versehen. Der Wachturm wirkt fremd und bedrohlich inmitten der Felder und Kiefernwälder. Um Jonas zu beschäftigen, hat Sebastian ein Kaleidoskop eingesteckt und ihm in die Hand gedrückt, sobald wir uns in unserer Kuhle niedergelassen haben. Es ist nicht sehr bequem: Der Boden ist kalt und klamm, kleine Zweige und Tannennadeln piksen uns in den Hintern, und einmal verbrennt sich Sebastian den Handrücken, als er eine Brennessel streift.

„Blöde Scheiße", schimpft er mit unterdrückter Stimme. „Ich hätte mich nicht darauf einlassen sollen. Was machen wir eigentlich hier? Wozu soll das überhaupt gut sein?"

Früher hätte er diese Frage nicht gestellt. Früher haben wir dieses Spiel zusammen gespielt, Sebastian und ich. Aber er war schon lange nicht mehr mit, und ich weiß nicht, was mich in den letzten Monaten immer wieder allein hierhergetrieben hat. Es ist ein ganz bestimmter Nervenkitzel, irgendwie erregend. Jedesmal, wenn ich sie beobachte, wage ich mich ein Stückchen näher heran. Es ist schon fast zu einer fixen Idee von mir geworden, wie dicht ich an die Grenze herankommen kann, ohne entdeckt zu werden.

So nah wie heute war ich allerdings noch nie. Selbst Sebastian ist beeindruckt, als ich ihm den Feldstecher reiche. Vorsichtig linst er zwischen den Blättern hindurch, die uns verbergen.

„Mensch, irre!" flüstert er. „Man kann sogar die Abzeichen auf ihren Uniformen erkennen!"

„Wirklich?" sage ich stolz und nehme ihm das Fernrohr aus der Hand.

Drei Grenzer sind im Turm zu sehen. Ich kenne sie schon lange. Den ältesten habe ich Graubart getauft, er scheint der Vorgesetzte zu sein. Die anderen beiden sind jünger, auch ihnen habe ich Namen gegeben. Milchbubi, ein junger Kerl mit rötlichen Haaren, hat die Beine auf den Tisch gelegt und die Hände hinter dem Kopf verschränkt. Anscheinend ist es ein langweiliger Dienst. Ro-

botnik, den ich noch nie habe lachen sehen, blickt ausdruckslos in unsere Richtung. Meist sind es vier oder sechs Männer, die sich eine Schicht teilen, aber die anderen kann ich nicht sehen. Vielleicht sind sie mit den Hunden unterwegs.

Ich habe mich schon oft gefragt, ob die Grenzpolizisten sich freiwillig für diese Aufgabe melden oder ob sie dazu abkommandiert werden. Mögen sie ihren Job, oder hassen sie ihn? Manchmal, wenn ich ihnen längere Zeit zusehe, male ich mir aus, wie ihre Stimmen klingen. Bei Graubart ist es einfach. Als Vorgesetzter hat er eine väterliche, überlegte, aber entschiedene Stimme. Robotnik ist auch leicht. Seine Stimme hat wahrscheinlich etwas Schneidiges, Militärisches. Das kann ich ihm ansehen. Bestimmt schlägt er seine Frau und seine Kinder, wenn er überhaupt welche hat. Aber Milchbubi, der ist wirklich schwer. Seinem Gesicht kann ich keine Stimme zuordnen. Ein etwas höherer Klang, weil er so jung aussieht? Vielleicht ein unsicherer Tonfall, wenn er mit Graubart spricht? Je häufiger ich ihn sehe, desto schwerer fällt es mir, mich zu entscheiden.

Jonas wirft das Kaleidoskop zur Seite und drängelt sich nach vorne. „Jonas will auch Soldaten sehen!" sagt er laut. Sebastian und ich zischen ihn erschrocken an. „Leise, Jonas!" sagt Sebastian und hebt einen Finger an seinen Mund. In seinen Augen spiegelt sich plötzlich Angst. Wir sind zu nahe, die Posten könnten uns hören. Ich glaube, er begreift endlich, daß dieser Ausflug nichts für Jonas ist. Ich habe es ihm gesagt, aber er wollte ja nicht auf mich hören. Widerstrebend reiche ich Jonas das Fernglas. Zuerst hält er es falsch herum, und Sebastian muß ihm helfen, damit er etwas erkennen kann.

Und dann geht alles so schnell, daß ich gar nicht begreife, was eigentlich passiert.

„Da sind Männer drin!" sagt Jonas erstaunt und fängt an zu lachen. Er springt auf, schiebt mit einer Handbewegung die Zweige zur Seite, die uns vor den Blicken der Grenzer verbergen, und winkt ihnen zu. „Hallo!" ruft er. „Hallo, Jonas kann euch sehen!" In der Stille des Waldes klingt seine Stimme wie das Blasen eines Jagdhorns.

Sebastian und ich versuchen, Jonas zurück ins Unterholz zu zerren, aber natürlich ist es längst zu spät. Die Grenzposten der DDR haben uns entdeckt.

Einer von ihnen reißt ein Megafon nach oben und schreit uns etwas zu, das so klingt wie: „Halt! Stehenbleiben!" Die vielfach verstärkte Stimme hallt durch das Niemandsland des Grenzstreifens wie ein Kanonenschlag. Sie ist wütend und ängstlich – ich bin mir sicher, daß ich Milchbubi höre, auch wenn der Lautsprecher den Klang seiner Stimme verzerrt und blechern wiedergibt. Plötzlich werden wir in gleißendes, grelles Licht getaucht. Die Dämmerung springt zurück in den Wald, überläßt uns dem kalten Lichtkegel der Scheinwerfer. Ich fühle mich nackt und vor Angst wie gelähmt. Jetzt ist es kein Spiel mehr. Das Ganze war ein schrecklicher Fehler. Jonas fängt an zu zittern; seine Augen rasen hin und her und suchen verzweifelt einen Weg zurück in die sichere Dunkelheit der Bäume. Er reißt sich von uns los, springt aus dem Unterschlupf. Sebastian schreit: „Jonas, nicht!“, aber er kann ihn nicht festhalten. Als das Flutlicht seine Gestalt erfaßt, sieht Jonas einen Moment lang aus wie eine Erscheinung von einer anderen Welt, als wäre er gerade vom Himmel gefallen. Der Scheinwerfer blendet ihn, und verwirrt dreht er sich im Kreis. Er ruft: „Basti! Basti!“, und ich höre die Angst in seiner Stimme. Er blickt sich hektisch um, aber das Licht macht ihn blind, er kann uns nicht sehen. Seine Füße werden immer unruhiger, trampeln auf der Stelle, und dann springt er plötzlich los wie ein verängstigtes Reh. Aber er rennt in die falsche Richtung, in seiner Panik läuft er auf den Wachturm zu; der Elektrozaun und die Selbstschußanlagen sind nur noch hundert Meter von ihm entfernt. Jemand brüllt erneut durch das Megafon, diesmal ist es Graubart, aber ich kann ihn nicht verstehen. Die lauten Geräusche ängstigen Jonas nur noch mehr, und er läuft schneller. Hunde fangen an zu bellen.

Dann fällt ein Schuß.

Jonas bleibt abrupt stehen und schaut ungläubig nach oben. Starr vor Entsetzen sehen wir, wie er zusammensackt. Sebastians Hand umklammert meinen Arm mit einem eisernen Griff. Ein Stöhnen entweicht seinem Mund.

Doch plötzlich ist Jonas wieder auf den Beinen. Vielleicht war es nur ein Warnschuß, vielleicht hat ihn der Schuß verfehlt, jedenfalls schlägt er einen Haken, intuitiv oder durch Zufall, und rennt diesmal in die richtige Richtung, weg von der Grenze, weg von dem Lärm und dem Chaos, das hinter ihm ausbricht, in den schützenden Schatten des Waldes. Aber die Angst kann er nicht abschütteln, sie ist ihm auf den Fersen, treibt ihn weiter. Innerhalb weniger Sekunden ist er aus dem Lichtkreis der Scheinwerfer verschwunden, und nur das Krachen seiner Schritte im Unterholz deutet darauf hin, daß er noch immer rennt. Als er unser Versteck erreicht, hält er nicht an, mit einem großen Satz springt er an der Kuhle vorbei. Für einen kurzen Moment erkenne ich die ge-

hetzten Züge eines Tieres auf der Flucht. Dann kann ich mich endlich wieder bewegen. Es ist, als erwachte ich aus einem Alptraum. Sebastian schüttelt mich, und zusammen laufen wir hinter Jonas her. Glas zersplittert unter meinen Füßen, als wir aus der Kuhle klettern. Das Kaleidoskop.

Es ist unmöglich, Jonas einzuholen. Die Furcht verleiht ihm eine Schnelligkeit, mit der wir uns nicht messen können. Uns bleibt nichts anderes übrig, als hinter ihm her zu rennen und zu hoffen, daß ihm irgendwann die Kräfte ausgehen.

Jonas rennt quer durch den Wald, stolpert über verrottende Baumstämme, springt über Steine, weicht Bäumen aus mit einer Behendigkeit, die ich seinem plumpen, tolpatschigen Körper nicht zugetraut hätte. Manchmal verliere ich ihn aus den Augen und kann mich nur anhand seines keuchenden Atems orientieren. Sebastian läuft bald ein ganzes Stück hinter mir. Er mag kräftiger sein als ich, aber er war noch nie ein guter Sprinter.

Der Wald wird ein wenig lichter, und mit einem Mal weiß ich, wohin Jonas läuft. Das Baumhaus und der Dorfbach, an dem wir früher Schiffchen zu Wasser gelassen haben, sind jetzt ganz in der Nähe. Er wird sich bestimmt in unserem Baumhaus verstecken.

Ich habe Seitenstiche und bleibe stehen, um Luft zu holen. Dann sehe ich Jonas vor mir. Er hat die Lichtung erreicht, auf der die Eiche mit unserem Baumhaus steht. Ich kann erkennen, wie er zu der Stelle rennt, an der das letzte Licht des Tages das Blattwerk durchbricht und das Gras auf dem Boden wärmt.

„Jonas!“ rufe ich keuchend. „Bleib stehen! Es ist alles gut!“

Jonas dreht sich um; sein Gesicht ist eine angstverzerrte Fratze. Er blickt mich an und beschleunigt seinen Lauf. Wahrscheinlich hält er mich für einen Grenzer. Er stolpert, dann fängt er sich und läuft weiter.

„Jonas!“ rufe ich. „Ich bin's doch! Tobias!“

Aber er hört mich nicht. Jetzt ist er auf der Höhe der Eiche angelangt. Seine Gestalt verschwindet für einen Augenblick im Schatten des Baumes. Doch dann taucht er wieder auf. Anstatt die Leiter hoch ins Baumhaus zu klettern, sprintet er zur Brücke. Er will den Dorfbach überqueren und nach Hause rennen.

„Nein, Jonas! Nicht!“ schreie ich und setze mich wieder in Bewegung. Plötzlich habe ich genausoviel Angst wie eben bei dem Schuß. Kalter Schweiß rinnt mir den Rücken hinunter. Wenn er in dem Tempo über die Brücke rennt, wird sie sein Gewicht nicht halten können. Leise verfluche ich unsere Leichtsinnig-

keit, als wir Jonas diese Stelle im Wald gezeigt haben. Leise verfluche ich meine schlechte Kondition; seit der Lehre bin ich hoffnungslos außer Übung. Ich werde Jonas nicht rechtzeitig erreichen. Hilfesuchend blicke ich mich um, aber Sebastian ist nicht zu sehen.

Als ich meinen Kopf wieder nach vorn drehe, hat Jonas die Brücke schon erreicht. Er läuft vorbei an dem Schild mit der Aufschrift Betreten verboten. *Zepp hat es noch immer nicht ausgewechselt, und das Moos hat inzwischen die gesamte Fläche überzogen. Jonas' Beine poltern über das Holz, und ich spüre, wie die morschen Planken ächzen und knirschen. Zwei Schritte, drei Schritte. Noch könnte er umkehren. Das Gewitter vom Morgen hat den sonst so friedlichen Bach stark anschwellen lassen, und ich kann das Wasser rauschen hören. Die Ufer sind überschwemmt und morastig. Vier Schritte, fünf Schritte. Genau unter der Brücke, dort, wo das Geländer in den Bach gefallen ist und den Wasserlauf selbst in Trockenperioden staut, hat sich ein Strudel gebildet. Nichts, was einem guten Schwimmer gefährlich werden könnte, aber Jonas kann nicht schwimmen. Und es ist fast dunkel. Sechs Schritte, sieben Schritte. Jonas erreicht die Mitte der Brücke. Jetzt wird er langsamer. Vielleicht ist es doch noch nicht zu spät. Wenn er jetzt stehenbleibt ...*

„Jonas!" schreie ich, so laut ich kann. *„Halt an!"*

Überrascht schaut er sich um. Endlich! Er hat mich erkannt!

„Tobias!" ruft er und streckt seine Hände nach mir aus. Dann passiert es.

Jonas macht einen letzten Schritt. Die Planke, auf der er zum Stehen kommt, biegt sich und gibt nach. Das Holz splittert und zerbricht unter seinem Gewicht. Jonas stößt einen Schrei aus, verliert das Gleichgewicht, rutscht ab und stürzt ins Wasser. Auf seinem Gesicht ist ein ungläubiges Staunen zu erkennen. Dann gibt es einen dumpfen Schlag, als Jonas auf dem Geländer aufprallt, das der Bach in seinem Bett verbirgt. Nur noch einmal taucht sein Kopf für einen Moment aus dem Wasser auf. Und dann ist plötzlich alles still.

Ich kann mich nicht bewegen. Ich bin zu Stein geworden. Meine Beine sind wie Blei, die Brücke liegt am anderen Ende der Welt. Ich starre auf die Stelle, an der Jonas eben noch gestanden hat. Etwas in mir weigert sich zu verstehen, was ich mit angesehen habe.

Doch ich fühle noch etwas anderes. Erst kann ich gar nicht begreifen, was es für ein Gefühl ist, das sich langsam und schleichend in mir ausbreitet wie ein schwarzes, bösartiges Krebsgeschwür, und als ich es endlich einordnen kann, ekele ich mich vor mir selber: Ich bin froh, daß Jonas tot ist. Nie wieder wird er zwischen mir und Sebastian stehen. Plötzlich muß ich mich übergeben, und es dauert Minuten, bis ich einen Schritt tue. Es scheint Stunden zu dauern, bis ich an der Stelle bin, wo Jonas ins Wasser gestürzt ist.

Sein Körper treibt reglos auf der Wasseroberfläche, mit dem Gesicht nach unten. Seine Beine sind zwischen zwei zerborstenen Holzplanken gefangen. Einer seiner Schuhe hat sich gelöst und driftet den Bach hinunter. Jonas' Arme sind weit ausgebreitet wie bei einem Fallschirmspringer, der sich im freien Fall befindet. Aber wenn sich sein Körper bewegt, dann zerbricht die Illusion, denn nicht der Wind in dreitausend Meter Höhe zerrt an ihm, sondern die aufgewühlte Strömung des Baches, und seine Lungen enthalten Wasser statt Luft. An seinem Hinterkopf klafft eine große, blutüberströmte Wunde, dort, wo er auf das Geländer aufgeschlagen ist.

Langsam gehe ich die schmale Böschung hinunter bis an die Stelle, wo das Wasser über die Ufer getreten ist. Dort bleibe ich stehen, und so findet mich Sebastian.

„Was ...?" will er fragen, aber die Frage bleibt ihm im Hals stecken. Seine Augen weiten sich, treten fast aus ihren Höhlen, als er sieht, was geschehen ist, und ein unmenschlicher Laut bahnt sich den Weg aus seiner Kehle.

„Nein", bettelt er, „nein!"

Unbeholfen versuche ich, ihn zu berühren. Am liebsten würde ich ihn in einer schützenden Umarmung verstecken und ihn so lange festhalten, bis dies alles nicht mehr wahr ist. Am liebsten würde ich mich vor mir selber verstecken. Aber Sebastian stößt mich weg und springt in den Dorfbach, tut das, was ich schon längst hätte machen müssen. Mit zwei, drei großen Schwimmzügen ist er bei seinem Bruder und dreht ihn auf den Rücken. Dann faßt er ihn unter den Achseln und schleppt ihn ans Ufer. Die glasigen Augen von Jonas starren in den Himmel.

Sebastian wirft sich neben ihn und beginnt eine hektische Mund-zu-Mund-Beatmung, als stünde es in seiner Macht, seinem Bruder wieder Leben einzuhauchen. Doch nach ein paar Minuten werden seine Versuche verzweifelter, und schließlich hält er inne und fängt an zu schluchzen. Seine Finger umklammern Jonas' kalte, bleiche Hand.

„Basti, ich ..." Ich stottere und versuche noch einmal, meinen Freund zu berühren. Auch mir laufen jetzt Tränen das Gesicht herunter.

Aber Sebastian schüttelt mich ab. „Verschwinde!“ bricht es aus ihm heraus. „Faß mich nicht an!“

Es ist fast so, als ob er etwas ahnt. Seine Worte treffen mich wie eine geballte Faust, wie ein unbarmherziger Schlag in die Magengrube. Ich hebe den Kopf und sehe in seine nassen, eisblauen Augen. Sie stellen mir eine Frage, die ich nicht beantworten kann, und die Kälte in ihnen läßt mich frösteln.

Jonas hat doch noch gesiegt. Endgültig.

Pfarrer Neurath gibt den Totengräbern ein Zeichen, und mit einem Mal senkt sich der Sarg meines Vaters in die Grube.

Ich ringe nach Luft, meine Kehle ist völlig zugeschnürt. Wie ein Betrunkener taumele ich einen Augenblick, bis ich mein Gleichgewicht wiederfinde. Meine Mutter wirft mir einen fragenden Blick zu. Ich drehe mich um und laufe schnell den Hügel hinab, lasse die Stimmen, die wie eine aufgescheuchte Vogelschar durch die Luft schwirren, hinter mir.

Auf dem Weg zurück rempele ich einige verspätete Trauergäste an, die mir erstaunt nachsehen. An der Friedhofsmauer halte ich inne, laut und keuchend hole ich Luft. Ich sehe mich um: Eine schwarzgekleidete Gestalt hat sich aus der Menge gelöst und eilt hinter mir her.

Ich renne.

Meine Arme sind angewinkelt wie die eines Langstreckenläufers, und meine Beine bewegen sich in einem unruhigen, schnellen Stakkato vorwärts. Meine Hände schließen sich zu Fäusten. Noch einmal drehe ich mich um. Mein Verfolger läßt sich nicht abschütteln. Ich konzentriere mich auf das Laufen. Mein Atem beruhigt sich, ich hole tief und gleichmäßig Luft. Wenn meine Füße den Boden berühren, achte ich darauf, mit den Zehenspitzen abzurollen und meine Beine nicht zu verkrampfen. Bald habe ich meinen Rhythmus gefunden. Die kühle Morgenluft weht mir ins Gesicht, und ich spüre, wie mein Herz das Blut durch meine Adern pumpt.

Auf der Höhe von Zepps Friedhofsgärtnerei und dem neuen Friedhof treffe ich auf die Landstraße Richtung Nordosten, auf der Sebastian und ich immer zur Schule geradelt sind, und ich passiere das Gehöft von Bauer Mehnert, vor dem die Hühner im Dreck scharren. Ich renne immer weiter nach Norden, parallel zu mir der Landstrich, auf dem früher die Zonengrenze verlief. In der Ferne erscheinen die Ausläufer der Rhön im Vormittagsdunst.

Das Gewitter vom gestrigen Tag hat seine Spuren hinterlassen. An einigen Stellen ist die Straße mit Lehm und Erde überschwemmt, und meine Schuhe drücken tiefe Spuren in den Schlamm. Der Schmutz spritzt an Sebastians Hose hoch und hinterläßt kleine, dunkle Flecken.

Ich weiß nicht, wie lange ich gerannt bin, als ich den harten Asphalt unter meinen Sohlen zu spüren beginne und mein Atem stoßweise geht. Die Trainingseinheiten im Fitneßstudio sind bei weitem nicht so anstrengend. Auf meiner Stirn und auf meinem Nacken bilden sich Schweißperlen, rinnen mir den Rücken hinunter und über das Gesicht. Im Laufen lockere ich die Krawatte und werfe das Jackett weg. Dann sehe ich vor mir den Wald auftauchen. Meine Beine sind schwer, mein Atemholen klingt wie das Keuchen eines Asthmatikers, mein Puls rast. Je näher ich dem Wald komme, desto schwerer fällt es mir, die Füße vom Boden zu heben. Es ist, als hätte jemand Zement in meine Schuhe gegossen. Schließlich bleibe ich stehen und gehe mit gesenktem Kopf in die Knie.

Nach einer Weile gelingt es mir, die Augen zu heben, und ich starre nach vorn, dorthin, wo zwischen dem Grün der Bäume und dem Wirrwarr des Unterholzes die Reste eines laienhaft gezimmerten Baumhauses und einer verwitterten, morschen Holzbrücke auf mich warten. Ohne den Blick abzuwenden, stehe ich auf. Seit Jonas' Tod habe ich diesen Ort nicht mehr betreten.

Es ist nicht weit, aber der Weg ist mühsam. Der Pfad durch den Wald, an den ich mich erinnere, existiert nicht mehr. Bäume, die ich nicht kenne, haben ihre Äste und Blätter wachsen lassen, Wurzeln haben das ausgetretene Erdreich zurückerobert. Zweige peitschen mir ins Gesicht, und ich muß beide Hände zu Hilfe nehmen. Mein Herz schlägt mir bis zum Hals.

Ich kann spüren, daß er mir folgt. Ich brauche mich nicht mehr umzudrehen. Ich weiß, daß er da ist. Sebastian hat zwanzig Jahre auf diesen Augenblick gewartet, er wird ihn genießen wollen, und ich werde ihm den Gefallen tun. Das bin ich ihm schuldig. Aber er sollte sich vorsehen. Die Vergangenheit ist ein zweischneidiges Schwert. Ich habe zwanzig Jahre gebraucht, um das zu verstehen.

Endlich bin ich da. Vor mir taucht die Lichtung auf, in trügerischen Sonnenschein gehüllt. Die alte Eiche ist noch knorriger geworden, ein Teil ihres Stammes ist leblos und hohl, und viele Äste tragen keine Blätter mehr. Nur noch wenige Sommer, dann wird der Baum absterben. Ich sehe mich vorsichtig um. Von unserem Baumhaus existiert nichts mehr außer ein paar Brettern, die in unerreichbarer Höhe zu einem Teil der Eiche geworden sind. Das Dach ist fort, und die Außenwände ragen wie die faulen Stumpen eines löchrigen Gebisses in den Morgenhimmel. Auch die Leiter ist weg. Aber die Brücke gibt es noch, oder besser gesagt das, was einmal eine Brücke war. Das Holzgeländer ist völlig verschwunden; ein paar mit Unkraut überwucherte Planken rechts und links des Baches sind noch durch morsche Verstrebungen miteinander verbunden und deuten an, wo einst der Übergang über den Dorfbach war. In der Mitte jedoch fehlt ein halbes Dutzend Bretter. Ich bin überrascht. Ich war immer davon ausgegangen, daß nach Jonas' Tod die Brücke abgerissen worden war.

„Das Stück Wald mit dem Baumhaus und der Brücke gehört jetzt mir", sagt Sebastian als Antwort auf eine nicht gestellte Frage. „Ich habe es vor einigen Jahren der Gemeinde abgekauft." Er steht so nah hinter mir, daß ich seinen Atem auf meinem Nacken spüre.

„Warum ist sie nicht abgerissen worden?"

„Du kennst doch Zepp. Er ist nie dazu gekommen." Sebastians Stimme klingt sarkastisch. „Genauso, wie er damals das Schild mit dem Warnhinweis nie erneuert hat."

„Und du? Warum hast du sie nie abgerissen?"

„Ich komme oft hierher. Um mich zu erinnern."

„Das ist ja krank!" entfährt es mir.

„Tatsächlich?" antwortet Sebastian bitter. „Ich finde es eher krank, so zu tun, als wollte man mit seinen Erinnerungen nichts mehr zu tun haben." Er zögert einen Moment. „Es sei denn, man will etwas verdrängen." Sein Ton ist auf einmal schneidend. „Warum bist du zurückgekommen, Tobias?"

„Um meinen Vater zu beerdigen, das weißt du ganz genau!"

„Als Oma Gundi gestorben ist, bist du nur zur Trauerfeier gekommen und gleich wieder gefahren. Warum bist du diesmal geblieben?"

„Glaubst du vielleicht, ich bin freiwillig hier?" schreie ich ihn plötzlich an. „Glaubst du, es macht mir Spaß, an alles erinnert zu werden, was vor zwanzig Jahren und noch früher passiert ist? Ich habe mir redliche Mühe gegeben, all das hier hinter mir zu lassen!" Mit einer weit ausholenden Handbewegung deute ich vage auf die Lichtung. „Und es hat wirklich prima geklappt, bis zu dem Zeitpunkt, als wir uns wiedergesehen haben." Dann füge ich noch lahm hinzu: „Es gab auch keine andere Möglichkeit. Achim und Anna konnten nicht. Sonst wäre ich niemals so lange geblieben."

„O ja, natürlich!" höhnt Sebastian, „Tobias Listiger, ein Mann auf der Flucht vor der eigenen Verantwortung!" Er lacht humorlos auf. „Du warst schon immer ein Feigling! Genau wie damals, als du abgehauen bist nach Jonas' Beerdigung!"

„Was für eine Verantwortung? Ich hatte nichts mit Jonas' Tod zu tun. Das weißt du ganz genau!" Ich zittere vor Wut, aber ich habe auch Angst. Angst vor dem, was jetzt unweigerlich kommen wird und wovor ich mein ganzes Leben weggelaufen bin.

„Und warum ..." Sebastians Stimme überschlägt sich vor Zorn und jahrelang heruntergeschluckter Wut. „Warum hast du ihm dann nicht geholfen? Du warst ganz in seiner Nähe!"

„Ich war erst siebzehn!" versuche ich mich zu verteidigen. „Wir waren doch fast noch Kinder!"

„Erzähl mir keinen Scheiß!" sagt Sebastian heftig. „Hör auf, dich rauszureden! Warum bist du nicht hinter ihm hergerannt, als er von der Brücke gestürzt ist? Du hast am Ufer gestanden und zugesehen, wie er ertrunken ist! Wieder und wieder habe ich die Szene in meinen Gedanken vor mir gesehen! Du hast reglos zugesehen, wie er gestorben ist! Du hast doch gewußt, daß er nicht schwimmen kann. Warum hast du ihn nicht aus dem Wasser gezogen? Nicht einen

Finger hast du gerührt! Warum?" Er hat mich bei den Schultern gepackt und schüttelt mich.

„Du bist ja verrückt!" schreie ich. „Er war schon tot! Er hat sich den Hinterkopf aufgeschlagen, er war schon tot! Ich hätte ihn nicht retten können!"

„Woher willst du das wissen? Du hast es ja nicht einmal versucht! All die Jahre habe ich mir das Gehirn zermartert, warum du nichts getan hast! Immer wieder habe ich hier gesessen, neben dieser verfluchten Brücke, und mich gefragt: Warum ist Tobias einfach stehengeblieben? Warum hat er nichts unternommen? Warum ist er nicht wie ich ins Wasser gesprungen? Vielleicht hätte er Jonas noch retten können. Vielleicht waren das die Minuten, die ich zu spät kam! Vielleicht wäre Jonas nicht umgekommen. Ich habe es einfach nicht verstanden. Ich konnte es mir nicht erklären. Bis mir eines Tages schlagartig ein Licht aufgegangen ist: Du hast es gewollt! Du hast dir seinen Tod gewünscht!"

„Er war schon tot", flüstere ich. „Er war schon tot."

Ich sehe Sebastian an, aber meine Beteuerungen reichen ihm nicht. Ich will seine Vorwürfe abstreiten, mich rechtfertigen, aber dann wird mir klar, daß es keinen Sinn hat. Ich weiß, daß ich mir keine Vorwürfe zu machen brauche. Auch ich hätte Jonas nicht helfen können. Aber darum geht es nicht. Sebastian will etwas anderes wissen.

„Ja", sage ich schließlich leise, „etwas in mir war froh, daß er tot war."

Ungläubig starrt mich Sebastian an. Die ganze Zeit hat er es vermutet, aber jetzt, wo ich seine Ahnung bestätige, scheint es zuviel für ihn zu sein. Seine Gesichtsmuskeln arbeiten, und er fährt sich verwirrt durch die Haare. Er fängt an zu lachen – und verstummt gleich darauf wieder. Seine Lippen bewegen sich lautlos, aber er findet keine Worte und schüttelt hilflos den Kopf. Er dreht sich von mir weg, als wollte er mich allein hier stehenlassen. Dann macht er eine blitzschnelle Kehrtwendung und gibt mir einen Stoß. Ich taumele nach hinten, falle die Böschung hinunter und lande kopfüber im Bach. Hemd, Hose, Schuhe, alles ist sofort klatschnaß und zieht mich nach unten. Sebastian rennt hinter mir her, springt ins Wasser und wirft sich auf mich. Sein Gewicht drückt mich noch weiter hinunter. Wir rollen hin und her, jeder will die Oberhand gewinnen. Sebastian taucht meinen Kopf unter Wasser. Er hat seine Stimme wiedergefunden. „Du Arschloch!" schreit er, während seine Hände sich um meine Kehle legen. Verzweifelt wehre ich mich, schlage mit meinen Fäusten in sein Gesicht. Ich schmecke brackiges Wasser und verschlucke mich. Hustend und nach Luft ringend, versuche ich, seine Hände von meinem Hals zu lösen, aber sein Griff ist wie aus Stahl. Um uns herum spritzt das Wasser auf, der Lehm vom Flußbett wird aufgewühlt. Ein Film aus Dreck und Schlamm legt sich auf mein Gesicht. Mein Atem wird immer knapper, und ich fange an, Sterne zu sehen. Auf einmal verspüre ich Todesangst. Mit letzter Kraft winkle ich mein Bein an und bohre mein Knie in Sebastians Unterleib. Seine Finger lassen meine Kehle los, ich reiße den Kopf über die Wasseroberfläche und bekomme endlich wieder Luft. Ein paar Meter neben mir krümmt sich Sebastian im Wasser, seine Hände schützend vor die Genitalien gelegt. Schwankend finden meine Füße Halt, und ich stehe unsicher auf. Wasser rauscht an mir herab. Ich stolpere ein paar Schritte nach hinten, weg von Sebastian, und schöpfe keuchend Luft.

„Du hast genausoviel Schuld an seinem Tod wie ich", stoße ich röchelnd hervor. „Du bist auch nicht besser als ich! Wir haben ihn beide auf dem Gewissen!"

„Was?" Sebastian sieht schockiert auf. „Das ist nicht wahr! Du lügst!"

„Hah!" sage ich. „Wer von uns beiden will der Wahrheit jetzt nicht in die Augen sehen? Wer verschanzt sich denn jetzt hinter seinen Erinnerungslücken? Du weißt genau, daß ich recht habe!"

„Nein!" brüllt Sebastian. „Nein!"

„O doch!" Plötzlich fühle ich mich wie ein Degenfechter, der seinem besiegten Gegner den Todesstoß androht. Wie schnell sich das Blatt wenden kann. „Erinnere dich! Ich habe dir damals gesagt, daß du Jonas nicht mitnehmen sollst. Ich habe dir gesagt, daß es zu gefährlich ist, mit ihm zusammen die Grenzer zu beobachten, aber du wolltest ja nicht hören. Du hast wie immer gedacht, du hast alles im Griff. Du weißt, daß das wahr ist! Warum hast du ihn mitgeschleppt?"

„Du wolltest doch unbedingt dieses schwachsinnige Spionspiel spielen!"

„Ich wollte mit dir allein sein, so wie früher!"

„Ich mußte auf Jonas aufpassen!"

„Hättest du ihn nicht mitgenommen, wäre er vielleicht noch am Leben."

Ich habe zugestoßen, und ich kann sehen, wie Sebastian den Schmerz in seiner Brust spürt. Sein Gesicht bekommt eine wächserne Farbe; sein Mund öffnet und schließt sich, als hätte Sebastian die Kontrolle über seine Muskeln verloren. Dann sackt er plötzlich zusammen und trommelt mit den Fäusten aufs Wasser. „Nein!" schreit er dabei immer wieder. „Nein, du lügst!" Er kniet noch immer bis zur Hüfte im Wasser, und sein Oberkörper bebt, als er zu schluchzen anfängt. Tränen laufen ihm über die Wangen, und er schlägt die Hände vors Gesicht. Ich lasse ihn weinen.

„Du lügst! Du lügst!" wiederholt er monoton, und ich schüttele den Kopf.

„Keiner von uns beiden ist für Jonas' Tod verantwortlich, Sebastian", sage ich, und zum ersten Mal, seitdem ich hier bin, liegt so etwas wie Zärtlichkeit in meiner Stimme.

Sebastian widerspricht mir nicht mehr; er weint jetzt nur noch still vor sich hin. Ich warte, bis er sich ein wenig beruhigt hat, und dann gehe ich zu ihm und helfe ihm, aufzustehen. Zusammen waten wir aus dem Wasser und setzen uns ans Ufer, den Blick auf die zerstörte Brücke gerichtet.

Wir schweigen lange. Es ist schwierig, die richtigen Worte zu finden. Und es gibt viel, über das wir nachdenken müssen.

„Warum ...?" beginnt Sebastian schließlich zögernd, „... warum hast du dich gefreut? Er hat dir doch nie was getan."

„Ich war eifersüchtig", gebe ich endlich zu. „Ich habe geglaubt, Jonas wäre dir wichtiger als ich."

Wieder herrscht zwischen uns eine Weile Stille.

Eine letzte Frage liegt mir auf den Lippen. Die Antwort spielt zwar keine Rolle mehr, aber dennoch muß ich es wissen. „Sag mir, wenn Jonas nicht gestorben wäre, hättest du dich trotzdem von mir getrennt?“

Sebastian blickt mich von der Seite an und zuckt mit den Achseln. „Ich weiß es nicht“, sagt er.

Ich nicke. Ein leichter Wind kommt auf und verfängt sich in unseren nassen Klamotten. Wir fangen an zu frieren.

„Komm“, sagt Sebastian, „laß uns nach Hause gehen.“

Anna kommt uns bei unserer Rückkehr schon von weitem entgegen. „Mutter hat mich geschickt“, ruft sie uns zu. „Ich soll nachsehen, wo ihr bleibt. Mein Gott“, sagt sie dann mißbilligend, als wir vor ihr stehen, „wie seht ihr denn aus?“

Sebastian und ich schauen schuldbewußt an unseren völlig verdreckten und feuchten Sachen hinunter.

„Ihr ändert euch wohl nie!“ sagt Anna. „Wie alt seid ihr? Zwölf?“

Sebastian geht zur Tankstelle zurück, denn er muß arbeiten. Als ich zu Hause ankomme, ist der Leichenschmaus gerade vorbei. Die letzten Gäste stehen im Flur und verabschieden sich. Erneut bekomme ich erstaunte Blicke zugeworfen, aber ich kümmere mich nicht darum. Als sich die Tür endlich schließt, umarme ich meine Mutter.

„Es tut mir leid“, sage ich. Dann fange ich an zu weinen. Endlich, endlich kann ich meine Trauer herauslassen, und ich weine um Jonas, um Sebastian, um mich – und endlich auch um meinen Vater.

Meine Mutter wiegt mich stumm in ihren Armen und wartet, bis ich mich gefaßt habe.

„Habt ihr es endlich hinter euch gebracht?“ fragt sie schließlich.

Ich nicke mit verheulten Augen und ziehe die Nase hoch.

„Gut“, sagt sie. „Endlich. Und benutz ein Taschentuch!“

Das erste Mal seit einer Woche habe ich tief und fest und ohne Alpträume die Nacht durchgeschlafen. Sobald mein Kopf das Kopfkissen berührte, habe ich die Erschöpfung und die Müdigkeit gespürt.

Ich habe zehn Stunden hintereinander geschlafen, und richtig wach bin ich noch immer nicht. Jetzt sitze ich in der Küche und frühstücke. Wirklichen Appetit habe ich nicht; die Ereignisse der letzten Tage liegen mir zu schwer im Magen.

Die Küchentür öffnet sich, und meine Mutter kommt herein. Wortlos brüht sie sich einen Tee auf und setzt sich zu mir an den Tisch. Ich kaue an meinem Brötchen und nehme einen Schluck Kaffee.

„Es tut mir leid, daß ich gestern so ausgeflippt bin", entschuldige ich mich schließlich, obwohl ich es schon gestern abend ein Dutzend Mal getan habe. „Ich habe dir Papas Beerdigung ganz schön versaut."

Meine Mutter tätschelt mir die Hand und schüttelt den Kopf. „Es ist schon in Ordnung, Kind. Ich weiß, wie dir zumute war."

„Zumindest habe ich für Gesprächsstoff im Dorf gesorgt", sage ich.

„Die Leute reden, was sie wollen. Laß sie nur. Wir haben schließlich schon ganz andere Dinge überstanden."

„Ja", sage ich, „das stimmt."

Meine Mutter wirft einen Blick auf meine gepackte Tasche, die in der Ecke steht. „Du willst fahren?" fragt sie.

Ich nicke zögernd. „Mein Urlaub geht zu Ende", sage ich, „und ich brauche noch ein bißchen Abstand zum Nachdenken, bevor ich am Montag wieder anfange zu arbeiten. Wirst du zurechtkommen?"

„Achim, Verena und die Kinder bleiben noch ein paar Tage. Das wird mich ablenken", antwortet meine Mutter. Ich sehe sie prüfend an; meine Frage ist damit nicht beantwortet. „Ja", sagt sie dann, „ich komme zurecht. In einer Weile. Und du?"

„Man wird sehen. In einer Weile", antworte ich und lächle ihr ein wenig verkrampft zu.

Nach dem Frühstück werfe ich meine Tasche auf den Rücksitz von Kerstins Wagen und verabschiede mich von meiner Mutter.

„Grüß die anderen von mir", sage ich. „Vor allem Franzi."

„Bis bald, Kind", sagt sie und drückt mir einen Kuß auf die Wange.

Ich parke aus, winke meiner Mutter im Rückspiegel zu und fahre auf die gegenüberliegende Straßenseite zur Tankstelle.

Als Sebastian meinen Wagen sieht, kommt er heraus und lehnt sich an die Zapfsäule. Ich steige aus und sage: „Einmal volltanken, bitte!"

Er hat wieder diesen ölverschmierten blauen Overall an, der mich schon vor ein paar Tagen fast wahnsinnig gemacht hat. Während Sebastian meinen Tank mit Benzin auffüllt, beobachte ich aus den Augenwinkeln jede seiner Bewegungen.

„Nette Arbeitsklamotten", rutscht es mir schließlich heraus, „ziemlich sexy!"

Sebastian muß lachen, und zu meinem großen Vergnügen bekommt er einen roten Kopf. Dann ist der Tank voll. Sebastian dreht den Verschluß zu und klopft auf das Autodach, während ich einsteige.

„Bezahl beim nächsten Mal oder sieh es als Service des Hauses an. Wie du möchtest", sagt er. „Bis bald, Tobias."

„Ja", sage ich, „bis bald."

Dann gebe ich Gas.

Danksagung

Es gibt viele Menschen, die mich bei der Entstehung von *Love to Love You, Baby* unterstützt haben. An erster Stelle Susanne Bach, die mich von Anfang an zum Schreiben ermuntert hat, jeden Entwurf gelesen, mit Kritik nicht gespart und mit Lob nicht gegeizt hat. Ohne sie wäre der Roman nie zu Ende geschrieben worden. Dank schulde ich auch den Mitarbeitern der Buchhandlung *Zeus Media GmbH* in Köln, insbesondere Franz Werner, der das Wagnis eingegangen ist, mit einem unveröffentlichten Autoren Lesungen zu veranstalten. Andreas Walther, der Webmaster von www.gaykoeln.de, hat meine ersten schriftstellerischen Gehversuche im Internet veröffentlicht. Des weiteren möchte ich mich bedanken bei Petra Schwarzweller für die Idee zu dem Kapitel „Chirpy Chirpy Cheep Cheep", bei Hans van Boven für die holländische Übersetzung in „If You Think You Know How to Love Me", bei Harald Schmidt für die Nachhilfestunden in Hessisch sowie bei Thomas Schunk für die Betreuung meines PCs.

Und natürlich gilt mein besonderer Dank Norbert Friederichs für die Überprüfung meiner grammatikalischen Kenntnisse und meiner Rechtschreibung. Er ist es auch gewesen, der mich in die Öffentlichkeit „geschubst" hat, und er hat es ertragen, wenn ich mich manchmal tagelang in einer anderen Realität befunden habe und kaum ansprechbar war.

Danke euch allen.